MW01699762

LES ENFANTS DU VAMPIRE

Les journaux de la famille Dracul

DU MÊME AUTEUR
CHEZ POCKET

PACTE AVEC LE VAMPIRE

COLLECTION TERREUR
dirigée par Patrice Duvic

JEANNE KALOGRIDIS

LES ENFANTS DU VAMPIRE

Les journaux de la famille Dracul

RIVAGES/EFFROI

Titre original :

Children of the Vampire
The Diaries of the Family Dracul

Traduit de l'américain par
Daniel Bismuth

Si vous souhaitez recevoir régulièrement
notre zine « **Rendez-vous ailleurs** », écrivez-nous à :

« Rendez-vous ailleurs »
Service promo Pocket
12, avenue d'Italie
75627 PARIS Cedex 13

PRESSECO
PAPIER RECYCLÉ
NATURE PROTÉGÉE

Le Code de la propriété intellectuelle n'autorisant, aux termes de l'article L. 122-5, (2° et 3° a), d'une part, que les « copies ou reproductions strictement réservées à l'usage privé du copiste et non destinées à une utilisation collective » et, d'autre part, que les analyses et les courtes citations dans un but d'exemple et d'illustration, « toute représentation ou reproduction intégrale ou partielle faite sans le consentement de l'auteur ou de ses ayants droit ou ayants cause est illicite » (art. L. 122-4).
Cette représentation ou reproduction, par quelque procédé que ce soit, constituerait donc une contrefaçon sanctionnée par les articles L. 335-2 et suivants du Code de la propriété intellectuelle.

© 1995, Jeanne Kalogridis
© 1997, Éditions Payot & Rivages pour la traduction française

ISBN 2-266-07887-9

Pour S.

REMERCIEMENTS

Ce livre ne serait pas paru sous sa forme actuelle sans l'aide des personnes suivantes :

Mon bien-aimé mari, George, qui m'a gentiment tenu la main durant chaque phase critique du processus créateur, et a trouvé dans l'hémisphère droit de son cerveau des solutions à tous les problèmes de construction romanesque issus de mon lobe cérébral gauche. Sans son intelligence, sa patience, son amour inébranlable et son satané sens de l'humour, la vie perdrait bien de sa drôlerie.

Ma cousine, Laeta, écrivain prometteur et brillant dont les premières esquisses me paraissent tout bonnement époustouflantes. Laeta, grand merci de ton regard sagace sur le livre, particulièrement en ce qui concerne l'inspiration du dénouement. Sans toi, je n'aurais pu mener l'ouvrage à terme.

Ma chère amie, Kathy O'Malley. Merci, Kath, pour ton affection constante, tes encouragements et tes suggestions avisées.

Mon éditrice, Kristin Kiser. Kristin, merci de m'avoir supportée ; je sais que ce ne fut pas facile. Merci, également, de votre patience enjouée et de votre labeur immense. Je *promets* que le prochain volume ne tardera pas autant.

Ma précédente éditrice, Jeanne Cavelos. Merci, ô âme sœur en damnation et débauche, pour les commentaires et l'inspiration.

Mon agent, Russell Galen. Merci, Russ, pour votre présence permanente, votre professionnalisme irréprochable, et pour m'avoir toujours gentiment ramenée à la raison quelles que fussent mes divagations.

Mon amie et complice, Renee Martinez. Merci, Renee,

pour toutes ces longues discussions macabres, ainsi que pour ces idées allègrement proposées et, non moins allègrement, saisies...

Ma chère et toujours joyeuse *yogini*, Suza Francina. Merci de m'avoir renseignée sur la Hollande et la langue néerlandaise – et pour les leçons de yoga qui ont incroyablement estompé les douleurs occasionnées par mes longues stations devant l'ordinateur.

Radu Florescu et Raymond T. McNally, dont l'ouvrage *À la recherche de Dracula* s'est révélé une référence extrêmement utile pour la création des *Journaux de la famille Dracul*.

Mais ma gratitude suprême revient à mon admirable mère qui, par son rayonnement de patience, de grâce, d'amour et de foi au milieu des épreuves, fut un phare pour nous tous.

ARBRE GÉNÉALOGIQUE DE LA FAMILLE DRACUL

VLAD L'EMPALEUR (Dracula)
(1431-1476)
mariage avec Cneajna, princesse de Transylvanie
(suicide, 1462)

Mihnea « le Mauvais » (143?-1510)
m. Smaranda (sans enfant)
m. Voica

Milos — Ruxandra — Mircea II
m. Maria Despina

Petru le Boiteux (?-1594)
m. Maria Amirali (sans enfant)
m. Irina la Gitane
m. Maria (dame d'honneur circasienne)

Stefanitsa

Alexandru* — Maria* — Mircea (1590-1640) — Petru* — Elena
m. Elisabeth de Hongrie

Maria* — Mircea* — Petru — Bogdan, premier à prendre le nom de «Tsepesh» (1616-1672)
m. Ilona

Elisabeth — Bogdan* — Radu Tsepesh (1647-1699) — Milos*
m. Ana

Ana — Radu* — Petru* — Vlad Tsepesh (1699-1724)
m. Catherine (sans enfant)
m. Maria d'Amlash

Vlad* — Mircea Tsepesh (1697-1750)
m. Suzana Rosetti (suicide, 1718)
m. Gavrila Radescu

Maria* — Ana — Mihnea Tsepesh (1721-1778)
m. Maria Tsamblac

Suzana* — Vlad* — Mircea — Alexandru Tsepesh (1760-1811)
m. Elena ? (suicide, 1795)

Ion* — Maria* — Elena* — Petru Tsepesh (1791-1845) — Radu — Alexandru*
m. Vera Vitez

Stefan* — Zsuzsanna* — Arkady Tsepesh (1820-)
m. Mary Windham

Stefan George Tsepesh (1845-)

---

* Morts en bas âge ou affligés à la naissance de difformité physique ou mentale.

Librement adapté du livre de Radu Florescu et Raymond T. McNally, *À la recherche de Dracula* (Robert Laffont, 1973).

Puissent ceux de votre propre sang s'élever contre vous.

Ancienne malédiction du Wexford.

Extrait du Journal de Mary Windham Tsepesh

17 avril 1845. – Puis je lui ai demandé de m'expliquer le Pacte – le *Schwur* dont elle avait parlé – de façon plus exhaustive. Pour cela, il me fallut l'entraîner dans ma chambre, fermer la porte à double tour – et, même alors, elle ne cessa de surveiller anxieusement la fenêtre.

Son récit allia une telle simplicité à une élégance si énigmatique, que je la priai bientôt de reprendre depuis le début en adoptant un débit plus lent, afin de pouvoir consigner ses paroles dans mon journal :

Le Témoignage de Dunya Moroz

Ceci est l'histoire du Pacte avec le *strigoï*, que ma mère m'a racontée comme sa mère la lui avait racontée, et comme la mère de celle-ci avant elle.

Il y a plus de trois siècles, maintenant près de quatre, le *strigoï* était un mortel, Vlad III, connu de la plupart comme Vlad Tsepesh, l'Empaleur, *voïévode* de la Valachie, au sud de la Transylvanie. Il était unanimement craint pour sa grande ambition et sa personnalité sanguinaire ; et pour ses crimes, on vint à le connaître sous le nom de Dracula, le Fils du Diable.

Il existe de nombreuses histoires sur sa terrible cruauté,

laquelle s'exerçait essentiellement à l'encontre des gens coupables de trahison et de félonie. Les femmes adultères voyaient leurs parties intimes découpées, puis on les écorchait comme des lapins ; ensuite, les peaux et les corps étaient accrochés séparément à des poteaux devant tous les villageois. Parfois, on enfonçait un pieu entre leurs jambes jusqu'à ce qu'il ressortît par leur bouche. Ceux qui s'opposaient à la politique de Dracula mouraient aussi horriblement, écorchés vifs ou empalés. Parfois, il empalait des mères coupables par la poitrine et enfonçait dans leurs entrailles leur malheureuse progéniture. Il ne tolérait aucune atteinte à sa fierté. On raconte que des ambassadeurs venus d'Italie ôtèrent leurs chapeaux pour le saluer ; dessous, selon leur coutume, se trouvaient des calottes qu'ils n'ôtaient jamais, pas même devant l'empereur.

« Bien », fit Dracula, « dans ce cas, laissez-moi raffermir vos coutumes » ; et il ordonna que les calottes fussent clouées sur les crânes des hommes.

Malgré sa cruauté, Dracula était respecté de son peuple ; en effet, durant son règne, nul n'osait être malhonnête, ou voler, ou frauder autrui, car tous savaient que la récompense ne se ferait point attendre. On disait qu'une personne pouvait laisser tout son or sur la place du village sans jamais craindre qu'il fût dérobé. Dracula était également admiré pour son équité à l'égard des paysans et son combat courageux contre les Turcs. C'était un guerrier expérimenté et brave.

Mais vint le jour où, pendant une campagne, l'un de ses serviteurs particuliers, de fait un espion turc, le trahit et l'abattit.

Ses hommes le crurent mort. Mais en vérité, Dracula avait vu sa défaite imminente, car la récente défection des forces hongroises et moldaves l'avait laissé vulnérable face aux Turcs. On dit qu'à cette époque sa soif de sang et de pouvoir était si grande qu'il fit un Pacte avec le Diable en vue d'obtenir l'immortalité par absorption de sang, de façon à régner pour toujours ; aussi avança-t-il l'heure de son trépas, sachant qu'il ressusciterait sous peu.

Une fois non-mort et immortel, le *strigoï* emmena sa famille au nord de la Valachie, vers la région sûre que constituait la Transylvanie, où la menace des Turcs était moindre, et où il était moins probable qu'on le reconnût. Il prétendit être son propre frère, mais son identité véritable vint à être murmurée parmi le peuple.

Peu après, il se proclama *domnul* d'un petit village. Il était effroyablement cruel envers les *rumini* qui désobéissaient, mais généreux à l'égard de ceux qui le servaient fidèlement. Néanmoins, les villageois ne tardèrent pas à connaître des temps difficiles. Nombre d'entre eux moururent de la morsure du *strigoï*, et la terreur vint frapper également les bourgades voisines. Bientôt, la population diminua, et les survivants découvrirent le moyen de se protéger du *strigoï*. Quelques âmes courageuses tentèrent même de le détruire, et il redouta qu'on tranchât le fil de son existence maléfique. De surcroît, il devint ardu de garder le secret sur ce qui se passait au château. Le *strigoï* peut contrôler l'esprit d'un homme, de deux, voire plus ; mais il ne peut contrôler les actes et les pensées de toute une population. Aussi ne put-il dissimuler plus longtemps ce qui se passait au château. Des rumeurs se répandirent dans toute la Roumanie, et bientôt il fut en danger de mourir d'inanition.

Alors, il rendit visite aux anciens du village et fit le Pacte : Il ne prélèverait plus sa subsistance sur les villageois ; au contraire, il subviendrait à leurs besoins plus généreusement que tout autre *domnul* de la région. En contrepartie, si les villageois le protégaient, l'aidaient à prélever sa subsistance sur les étrangers, et gardaient le silence sur ce Pacte, il veillerait à ce que les loups n'attaquent point les bêtes.

Les anciens se déclarèrent d'accord, et le village prospéra ; nul ne fut plus tué, à l'exception de quelques âmes simples qui désobéirent. Il y a de cela une génération, quand le monde était dévasté et affamé par les guerres napoléoniennes, nous fûmes préservés et ne manquâmes de rien. Grâce au *strigoï*, nous ne connûmes jamais la faim dans un pays en proie à la famine. Le bétail et les chevaux ne périrent plus quand les loups attaquèrent en hiver, et les *rumini* vécurent bien – si bien que cela devint une coutume d'offrir spontanément les nouveau-nés difformes ou trop maladifs pour survivre ; ces derniers sont d'ailleurs fort nombreux à présent ; en effet, rares sont les étrangers qui s'établissent au village, puisque des rumeurs sur le Pacte se sont propagées à travers la contrée.

Il avait aussi précisé : Nul *strigoï* autre que lui, pour le bien de tous. Il perçait les corps de ces victimes avec un pieu puis les décapitait, afin d'empêcher celles-ci de revenir en tant que non-mortes.

Malgré tout le bien qu'il nous a apporté, nous, les villageois, le craignons ; car on raconte maintes histoires sur les terribles châtiments qu'il inflige à ceux qui rompent le Pacte, qui tentent de lui nuire ou de prévenir ses prochaines victimes. De tous ceux qui jamais essayèrent de détruire le *strigoï*, aucun n'a survécu. Nombre de villageois marmonnent dans leur barbe et lui souhaitent du mal ; ils marmonnent – et vivent grassement des récoltes produites par les champs du *strigoï*.

On dit par ailleurs qu'il a conclu un Pacte similaire avec sa propre famille, un arrangement selon lequel il ne nuira à aucun de ses proches – arrangement qui permet à ses parents de vivre dans une bienheureuse ignorance de la vérité (...), libres de quitter le château pour toujours – en échange de l'assistance de l'aîné survivant de chaque génération.

Je lui lançai un regard horrifié, sachant d'avance ce qu'elle allait répondre à ma question :

« Que voulez-vous dire par *assistance* du fils aîné ? »

Elle détourna son visage, incapable de croiser mon regard hébété.

« Son aide, *doamna* ! Il doit veiller à la subsistance du *strigoï*. Pour le bien de la famille, du village, du pays (...). »

***

Extrait du Journal d'Arkady Tsepesh

21 avril 1845. – « Oh non ! » se récria-t-elle avec une inflexion si stridente qu'elle transperça mon cœur aussi facilement que la dague de V. eût entaillé la chair tendre d'un enfant. « Alors, tu ne connais donc rien de son vrai Pacte – avec le Diable... Ton âme, Kasha ! La tienne, celle de ton père, et celle de son père avant lui... L'âme de l'aîné survivant de chaque génération de la famille Tsepesh : telle est la monnaie avec laquelle il acquiert son immortalité ! »

ROUMANIE

OCTOBRE 1845

Prologue

Le Journal d'Arkady Dracul

Addendum sans date rédigé sur une feuille volante. – Je commencerai donc par le moment de ma mort, car il n'est pas meilleur début à ce témoignage.

J'écris ceci pour toi, cher fils, cher Stefan, qui me fut enlevé le lendemain de ta naissance, le même jour que ta vaillante mère, le même jour que ma vie. Je ne t'épargnerai aucun détail de cette funeste histoire ; il est préférable que tu connaisses toute la vérité sur ton ascendance, afin qu'un sentiment d'horreur te pousse à y échapper. J'écris ces mots avec l'entière conviction qu'ils te parviendront un jour – avant que *lui* parvienne à toi.

Car tu es le descendant mortel d'un monstre immortel : Vlad, connu par certains sous le nom de Tsepesh, l'Empaleur, connu par d'autres sous celui de Dracula, le Fils du Diable. Moi, ton père, lui suis attaché par les liens du sang et de la destinée ; lorsque périra son âme maléfique, la mienne connaîtra le même sort. Actuellement, il vise à te lier à lui, afin d'obtenir par le truchement de ton âme le renouvellement de son immortalité. Et quand tu engendreras un enfant, il cherchera à corrompre cette âme fraîchement innocente pour acquérir un surcroît d'existence équivalant à la durée d'une génération.

Pour ce qui est de mon trépas : je péris dans la lueur grise qui précède l'aube, dans le pays au-delà de la forêt, dans les bras du monstre, tandis que toi et ta mère vous échappiez de votre côté. Je faillis le détruire à un souffle près – mon dernier soupir – car j'étais jusqu'alors en état d'incorruptibilité ; mais à l'instant de ma mort, il fit de moi ce qu'il est, un vampire, piégeant mon esprit entre ciel et terre et sursoyant ainsi à sa propre exécution.

Maintenant je suis, comme lui, un monstre. Mais j'ignore ce qu'il est advenu de toi, ou de ta mère bien-aimée. Je sais seulement que j'existe en vue du jour où je le verrai détruit, et toi délivré de la malédiction familiale...

1

Le journal d'Arkady Dracul

30 octobre 1845. – Le dragon s'éveille.

C'est ce que disent les *rumini*, les paysans, quand le tonnerre roule sur le lac d'Hermannstadt et se répercute dans les montagnes environnantes. En son crescendo, ils entendent la voix de *drac*, le Grand Dragon : le Diable en personne, mugissant un avertissement à ces âmes assez folles pour ne pas fuir son courroux, assez folles pour s'attarder, face à l'orage imminent, sur les rives du lac battu par les vents. Chaque année, il en périt des douzaines, abattues par la foudre en un moment d'embrasement funeste.

Le soleil vient de se coucher, et moi, comme la tempête, je viens de m'éveiller. Sans crainte, je demeure assis à même la terre froide, sous le couvert d'un immense pin, levant un regard nostalgique en direction des éclairs éblouissants qui illuminent fugitivement les nuages menaçants, puis l'abaissant vers l'eau noire et insondable qui fit miroiter en bien des esprits l'idée du suicide. J'aspire à la mort ; mais ce suave oubli ne m'est point destiné. Pas avant que ma tâche soit accomplie...

L'air sent l'électricité. Les stries brillantes et dentelées m'aveuglent presque ; elles me sont pénibles, tout comme autrefois il m'était douloureux de regarder le soleil en face. Même sans leur éclat, je vois assez clair en ce sinistre soir sans lune pour manier mon crayon, pour percevoir les couleurs des environs comme s'il faisait jour : l'impérissable vert sombre des arbres et des montagnes, l'eau indigo, les bruns et les gris de l'herbe moribonde sur la rive.

Le tonnerre redouble, tombant du ciel en une cascade d'échos sans fin puis martelant les montagnes qui encerclent le lac, en un fracas si épouvantable qu'il est aisé de comprendre pourquoi les frustes *rumini* attribuent son origine au Malin.

À mes oreilles, ce n'est pas là une mise en garde, mais une invitation à l'école des Ténèbres : à la Scholomance, où les affidés du Diable acquièrent l'art de la magie noire – et perdent leur âme.

La mienne est déjà perdue, ainsi que ma vie de mortel, depuis des mois. Néanmoins, je reste ici, hésitant, guère empressé de m'allier au Mal en vue de Le combattre.

Voici la vérité : afin de sauver mon épouse, mon enfant et toutes les futures générations de ma famille, je suis devenu un monstre. Et tel je resterai jusqu'à ce que je sois assez puissant pour *le* détruire, *lui*, le monstre suprême : Vlad, mon ancêtre et ma Némésis.

Au cours des mois ayant suivi ma transformation, je me suis révélé incapable de continuer à tenir mon journal, incapable de relater l'infini désespoir qui m'envahit quand je songe à la créature sanguinaire que je suis devenu. Maintenant, je vois la nécessité de laisser un témoignage, dans l'éventualité – à Dieu ne plaise ! – de mon échec et de la perpétuation de Vlad.

Car j'ai essayé de le détruire – oh, que oui ! Naïvement, je suis retourné dans son château le surlendemain soir de mon horrible renaissance, armé d'un couteau et d'un pieu dissimulés sous ma pèlerine.

Ce soir-là, je l'ai trouvé, assis dans le salon comme à son habitude durant les jours alcyoniens qui précédèrent la fuite de tous les domestiques, alors que j'étais encore un mortel ignorant. Pour une fois, je parcourus les salles sonores et éteintes du château sans appréhension, car il m'était facile de voir dans l'obscurité – je distinguais chaque particule de poussière, chaque araignée, chaque toile délicate ; de même, j'entendais avec une acuité surnaturelle chaque rat détalant, chaque chuchotement de la brise nocturne hors les murs. Chemin faisant, je perçus également le murmure de la douce voix de ma sœur dans l'aile la plus lointaine – et la réponse, tout aussi assourdie, d'une voix inconnue ; la voix d'un homme.

Peut-être aurais-je pu aller le secourir – mais je savais que, ma mission dût-elle réussir, lui et d'innombrables autres dans une situation comparable seraient sauvés. Je pus également voir, accrochés aux murs du château, les portraits de mes ancêtres, à commencer par celui de l'Empaleur, avec ses traits sévères, comme taillés à la serpe, ses longues boucles noires et sa moustache aux pointes tombantes. Il était entouré d'une douzaine d'autres, chacun d'une génération différente, chacun avec un visage et des traits qui étaient des variations des siens...

Tous avec une âme liée à son service, par un Pacte aussi ancien et infâme que leur sang.

Et moi – moi, je lui ressemblais plus que tout autre. Car je suis devenu, comme lui, un monstre – mais un monstre voué à le détruire... et à *me* détruire.

Ma proie était silencieuse, mais je connaissais ses habitudes ; aussi me faufilai-je sans bruit le long des corridors jusqu'au moment où, enfin, j'arrivai devant une porte close dont le bas s'ourlait d'un ruban de lumière tremblotante.

Je m'apprêtai à l'ouvrir d'un geste brusque. A ma surprise, avant même que mes doigts eussent touché la poignée de cuivre, ternie par quatre siècles de maniement ancestral, la porte fut poussée à toute volée par la seule force de ma volonté.

V. était assis dans son fauteuil, fixant le feu qui apposait une lueur orangée sur son visage d'une blancheur marmoréenne et suscitait le reflet de mille flammèches sur le cristal taillé du carafon de slivovitz posé près de son coude. Tout de noir vêtu, il trônait, ses paumes sur les accoudoirs, tel un vénérable patriarche – mais sa figure était celle d'un homme plus jeune, d'âge moyen, avec une longue moustache gris fer et une chevelure de même teinte qui tombait amplement sur ses épaules.

On eût dit mon père, avant que V. eût entièrement brisé son esprit ; cependant, creusant la commissure de ses lèvres et cernant ses yeux vert sombre, une ombre de cruauté remplaçait la bienveillance de Père.

Malgré le troublant fracas dû au claquement de la porte sur le mur, il demeura figé tel un roc, ses mains toujours agrippées aux accoudoirs, son regard toujours fixé sur le feu. Seules ses lèvres bougèrent, très légèrement, esquissant un rictus moqueur.

« Arkady », fit-il doucement. « Quelle agréable surprise... Et comment se portent ta chère épouse et ton cher fils ? »

Comme il s'en doutait bien, cette question me fut un crève-cœur ; je pus seulement prier que son ignorance à ce sujet égalât la mienne. Mon silence ne présageant nulle réponse, il fit lentement pivoter sa tête dans ma direction.

Aussitôt, je portai la main au pieu glissé dans ma ceinture.

À sa vue, son rictus s'élargit jusqu'à former un sourire ; puis il rejeta sa tête en arrière et éclata d'un rire si spontané et si sonore que l'écho s'en perdit au-delà des anciennes murailles. Il s'esclaffa ainsi un moment tandis que je restais planté devant lui, à la fois furieux et penaud.

Enfin, il reprit son souffle et essuya ses larmes. « Pardonne-moi », dit-il en continuant de sourire, ses yeux brillant d'une allégresse impie. « Pardonne-moi, mon cher neveu. Après tant d'années, on devient... blasé. On oublie le cheminement mental du néophyte. Dis-moi, Arkady... » – d'un hochement de tête, il désigna le pieu pointu que je tenais à la main, puis le luisant couteau toujours passé dans ma ceinture – « penses-tu vraiment te servir de ces objets ?

– Je le pense », répondis-je d'une voix basse, chargée de haine. De songer que je l'avais naguère aimé en toute innocence ! « Je suis plus jeune et plus robuste que toi, mon cher oncle...

– Plus jeune, oui... Mais tu ne tarderas pas à découvrir que, dans la non-mort, ce sont l'âge et l'expérience qui confèrent la force. » Il soupira, se leva et me fit face. « Très bien. Finissons-en avant que mes projets concernant mon invité soient perturbés. »

Ce qui suivit se déroula avec une rapidité inhumaine, à une vitesse excédant la capacité visuelle de tout mortel.

Je me ruai sur lui avec le pieu, visant à le plonger profondément dans sa poitrine, mais il s'écarta avec une prestesse et une aise supranaturelles, puis saisit ma main armée du pieu avec une telle poigne que mon bras fut déboîté de sa glène.

Je hurlai, voulant me dégager, mais sa force surpassait la mienne au décuple : d'une saccade brutale, il m'arracha le bras, transformant mon épaule en un moignon d'où gicla aussitôt le sang de ma dernière victime. Sous mon regard stupéfait, il jeta le membre (aux doigts encore crispés autour du pieu) avec une grâce désinvolte dans le feu.

Mais moi-même n'étant plus mortel, pourquoi ma blessure l'eût-elle été ? La douleur m'aveugla, le temps d'un éclair fulgurant, puis elle se mua en une rage purement énergétique. Je revins à la charge – et précipitai cette fois V. dans les flammes.

Tandis qu'il s'efforçait de se relever et de stopper l'embrasement de ses cheveux et de son gilet, je récupérai mon bras déchiqueté – et remarquai seulement alors, ébahi, qu'un autre avait instantanément et entièrement repoussé à sa place. Je desserrai mes anciens doigts pour m'emparer du pieu superficiellement carbonisé, puis, insoucieux de sa chaleur vésicante, je me jetai derechef sur V.

À ma surprise, il ouvrit ses bras en signe de bienvenue, cible fumante et consentante qui arborait le sourire même du Diable. Je frappai, rassemblant chaque parcelle de ma nouvelle force d'immortel, résolu à enfoncer le pieu droit dans son cœur froid ; je frappai encore. Encore. Encore.

Le pieu ne le perçait pas.

Tel un homme pris de folie, je l'assaillis de coups avec le pieu, mais on eût dit que l'air formait un coussin impénétrable juste devant sa poitrine. Je m'acharnai jusqu'au moment où le bois commença de se fendiller. Tout ce temps, il rit en sourdine, avec la condescendance d'un adulte observant un enfant pris d'une rage impuissante ; mais bientôt son amusement s'estompa, cédant la place à une fureur assassine.

« Crétin ! » cracha-t-il. « Te crois-tu vraiment meilleur que tous les autres ? Te penses-tu capable de me détruire, quand tous ont échoué ? Toi et ton fils ne pouvez m'échapper. Soumets-toi, Arkady ! Soumets-toi à la destinée !

– Jamais », chuchotai-je tout en lisant ma destruction dans ses yeux ; je sus alors qu'il me fallait fuir ou subir le sort que j'avais compté lui infliger. Je me tournai et m'envolai – juste à temps. À la seconde précise où je jaillis hors de la pièce (la violence de ma sortie faisant claquer la porte derrière moi), il lança le pieu dans ma direction avec une vigueur telle que celui-ci perça l'épais battant et y demeura fiché, vibrant comme une flèche.

Je pris la fuite pour échapper à une destruction certaine.

Cette expérience m'emplit d'horreur – non tant d'avoir frôlé l'anéantissement que d'avoir compris que la mort véritable se ferait attendre, qu'il me faudrait continuer tel que j'étais : un monstre, m'abreuvant régulièrement du sang d'innocentes victimes jusqu'à ce que je réussisse enfin à détruire V.

Mes choix étaient limités : je pouvais persister à attaquer V. tel que j'étais, clairement novice quant aux tactiques des non-morts et très probablement voué à connaître la défaite lors du prochain combat. Je pouvais aussi me rendre et consentir à ma destruction, me soumettant au Mal et transmettant la malédiction à mon pauvre fils qui ne se doutait de rien, exactement comme mes aïeux me l'avaient transmise.

Ou bien je pouvais essayer de retrouver mon petit enfant, et Mary – Mary, ma chérie ! Ma dernière vision d'elle blasonne pour toujours mon esprit : sa silhouette dressée dans la calèche, le désordre de sa chevelure dorée, l'océan bleuté de ses yeux loyaux, emplis d'une tendresse et d'une douleur si infinies, au-dessus du revolver étreint par sa main blanche et tremblante... Je reviens au moment de mon trépas et me remémore les bruits : les hennissements des chevaux, le tonnerre des sabots, le grondement des roues. Et je suis hanté par l'image de Mary aux lèvres blêmes, tétanisée alors que les chevaux effrayés s'emballent, l'emportant avec eux. Son cœur est le plus vaillant que j'aie jamais connu ; mais son corps était affaibli, quasi exsangue après un accouchement difficile. Se peut-il qu'elle ait survécu ?

Cependant, à supposer que je les retrouve, n'allais-je pas de ce fait, découvrir leur retraite à V. ? Or, cela m'eût été intolérable. Je décidai donc d'apprendre d'abord à perfectionner l'usage de mes nouveaux pouvoirs, afin d'être mieux à même d'affronter V. Mais pour ce faire, j'avais besoin de me trouver en lieu sûr.

Aussi quittai-je ma Transylvanie natale pour Vienne – ville qui m'était familière – dans l'espoir de me perdre au sein de cette cité populeuse et d'avoir ainsi le temps de fourbir ma stratégie. Ce fut là que j'entendis parler pour la première fois de la Scholomance – et de la vérité que V. avait tue.

***

La nuit où j'appris l'existence de la Scholomance fut également la nuit de ma plus grande dépravation, la nuit où j'appris l'étendue de ma disgrâce vis-à-vis de l'humanité ; point de coïncidence si ce fut la nuit où ma sœur me rendit visite. Tout cela est si récent, si abominablement frais dans ma mémoire ; l'écrirai-je ? Attesterai-je ma propre aptitude au Mal ?

Pardonne-moi, Stefan...

Tout commença par une sensation de faim qui m'éveilla. Je me levai et arpentai fébrilement les pièces de la petite maison que j'avais dénichée, combattant le manque qui rongeait mes viscères tel le renardeau du jeune garçon de Sparte [1], sachant que tôt ou tard je devrais céder à mon appétit et sortir en quête d'une victime dans la cité chatoyante. (D'une certaine façon, aller en ville est fort pénible ; j'aimais Vienne de mon vivant, pour la nourriture, la musique et les boutiques. Mais à présent je ne puis plus savourer ces choses – sauf la musique, et encore dois-je me restreindre, car le fait de rester affamé parmi une foule parfumée – de sentir l'odeur du sang dans l'air, d'entendre des palpitations cardiaques aussi douces qu'attrayantes – sans être en mesure de partir en chasse est par trop exaspérant et accaparant. J'ai essayé et me suis trouvé incapable de prêter au concert une seconde d'attention à moins de m'être sustenté auparavant.) J'aurais préféré de loin l'inanition... et, de fait, il m'est arrivé, par pur dégoût de moi-même, de frôler cet état. Mais, en fin de compte, le devoir – jusqu'à ce que Vlad soit détruit, il me faut survivre – et le désir l'emportent toujours.

J'étais donc à nouveau déchiré par ce conflit intérieur, me demandant si j'allais m'abstenir de nourriture cette nuit-là, ou si j'allais tuer – me sachant près de perdre toute force, tout pouvoir – quand un coup à la porte interrompit mes atermoiements.

Je sus aussitôt de qui il s'agissait ; la faim affine les sens au point de leur conférer une extrême acuité. Debout devant la lourde porte de bois qui donnait sur un escalier de pierre puis, au-delà, sur les rues de la ville, m'appuyant du bout des doigts sur ses panneaux sculptés, je perçus une chaleur animale et entendis un souffle – la respiration remarquablement rauque

1. Après une journée de braconnage, un adolescent revient chez lui, un petit renard caché dans son vêtement ; chemin faisant, il croise des curieux et juge préférable de se laisser stoïquement dévorer les entrailles plutôt que de dévoiler sa prise. *In* Plutarque, *Œuvres morales. (N. d. T.)*

de l'homme que je connaissais uniquement sous le nom de Weiss.

D'un geste irraisonné, brusque et furieux, je tirai la porte à toute volée. J'avais un compte à régler avec Herr Weiss, et ma douloureuse appétence ne faisait qu'alimenter ma colère, l'aiguisant amèrement, dangereusement.

La porte claqua contre le mur du vestibule. Recroquevillé sur la dernière marche, Weiss tressaillit – fort peu à vrai dire, et cela seulement parce qu'il se croyait dérobé à tout regard par les ténèbres extérieures.

Pas au mien. Je pus le voir, bien sûr, comme sous la clarté du jour : un homme de petite taille, peu imposant et mal vêtu, avec, sous une casquette fatiguée, de rares cheveux roux qui commençaient à grisonner ; une vie de labeur physique lui avait tant voûté le haut de la colonne vertébrale qu'il semblait perpétuellement sur le point de faire révérence. Derrière lui se devinaient les rues scintillantes de la ville, ainsi qu'une nuit propice à la chasse.

À mon apparition, Weiss ôta sa casquette par réflexe et la tint de ses deux mains sales dans un geste poli, quoique typique du bas peuple ; mais son expression demeura dure, défiante, face à mon courroux patent. Une fraction de seconde, il lorgna par-dessus mon épaule, essayant de distinguer l'intérieur de ma maison – comme il le faisait toujours, je suppose, pour regarder s'il s'y trouvait quelque objet valant la peine d'être volé. Comme toujours, il échoua, car le salon, éclairé par une simple chandelle, n'était guère moins obscur que la nuit du dehors.

« Herr Rumler, je suis venu pour... » commença-t-il, mais je l'arrêtai en levant une main impérieuse. En temps normal, je l'aurais fait entrer d'un pas dans le vestibule, et notre délicate conversation s'y serait commodément déroulée ; mais à ce moment-là, obnubilé par la colère et la faim, je ne me souciais plus des apparences.

C'était une froide nuit d'automne. Les paroles de Weiss restèrent suspendues dans l'air comme des volutes de brume ; les miennes ne laisseraient aucune trace.

« Herr Weiss, sifflai-je d'une voix basse et furibonde, je suppose que vous n'avez pas pour habitude de lire les journaux ? »

Son expression d'analphabète pris en flagrant délit d'ignorance me tint lieu de réponse. « Bien sûr que non », fis-je à sa place. « En ce cas, laissez-moi vous apprendre les dernières nouvelles qui mettent tout Vienne en émoi. Il paraît qu'un assassin sévit en ville, un individu des plus barbares. Il a décapité un malheureux avant de planter un pieu dans son cœur. Ensuite », continuai-je, la colère me faisant hausser le ton, quoique encore trop doucement pour que d'éventuels passants pussent m'entendre, « l'imbécile a laissé le corps dans un cimetière, endroit où les autorités locales n'ont eu aucun mal à le découvrir ! »

À cette révélation, les yeux de Weiss s'écarquillèrent puis se plissèrent ; ses traits se durcirent à nouveau, trahissant un certain entêtement. « *Mein Herr*, je peux vous livrer une explication...

– Je refuse de l'entendre ! » m'écriai-je, sentant croître ma faim, mon irritation et mon irréflexion. « Je ne vous paie pas pour des explications mais pour des actes ! Vous ne manquez pas d'impertinence, monsieur, si vous êtes venu ici en escomptant un salaire ! »

Une lueur se refléta sur la fine et luisante pellicule d'huile qui couvrait les joues grêlées de Weiss lorsqu'il baissa la tête et tritura sa casquette, non en une démonstration de remords (ce dont je le jugeais bien incapable), mais dans un effort pour trouver une riposte adéquate.

Durant ce silence, une rafale de vent s'engouffra dans l'embrasure de la porte, convoyant avec elle la senteur de Weiss. C'étaient les exhalaisons âcres et chargées de sueur d'un humain malpropre, une odeur qui, seulement quelques mois auparavant, m'eût fait détourner la tête. Mais là je pus détecter les effluves subtils, doux-amers, de son sang ; je pus entendre le tambourinement feutré, insistant, de son cœur. Je fus attiré par sa chaleur rayonnante comme un homme gelé l'est par un feu.

J'aurais pu le tuer à ce moment-là – promptement, témérairement, dans la pénombre de mon perron – et boire jusqu'à sentir son ultime battement de cœur.

Mais pareille faiblesse eût entraîné d'autres problèmes : l'escamotage du cadavre par exemple, chose qui me rendait précisément nécessaire l'assistance de Weiss. Pour des raisons indiscernables, je me trouve impuissant à parachever le macabre labeur qui s'impose afin d'empêcher mes victimes de devenir pareilles à moi. Il m'a fallu de grands efforts et maintes investigations discrètes pour dénicher quelqu'un qui accomplisse semblable travail sans poser de questions. Or, non seulement Weiss s'acquittait de ces tâches, mais il y prenait un plaisir malsain.

Toutefois, après cet échec alarmant, pouvais-je encore lui faire confiance ? Et, quitte à choisir une victime, n'eût-il pas mieux valu débarrasser le monde de pareil individu plutôt que d'un inconnu innocent ?

Je venais de consacrer une brève seconde à considérer ce dilemme devant un Weiss interdit quand un martèlement de sabots sur le pavé retint ma main. Je vis arriver un fiacre élégant, tiré par deux hongres noirs. À cet instant, ma faim s'était transformée en une flamme dévorante. Faisant fi des conséquences, j'avais décidé d'attirer Weiss dans le vestibule, là où je pourrais boire mon content. Restait à attendre le passage du véhicule.

Cependant, plus le fiacre approchait, plus il ralentissait. En proie à une accablante contrariété, je vis le cocher arrêter les chevaux devant ma maison. Les autorités ? Mon idiot stipendié les avait-il conduites jusque chez moi ?

Mais l'équipage était trop raffiné pour appartenir à la gendarmerie locale. Herr Weiss se tourna, jetant un regard anxieux au conducteur qui sautait à terre et ouvrait la portière laquée. Puis mon acolyte étouffa un juron mêlant crainte et respect en voyant une apparition tendre au cocher une main luisante de blancheur avant de sortir de la voiture, accompagnée du gracieux éclair que darda une coquette mule surgie de longues jupes.

Je me figeai dans la pénombre du pas de la porte, ma main sur la poignée, et tâchai d'adopter le flegme intérieur qui me rendait d'ordinaire invisible. Car cette apparition n'était autre que ma propre sœur, Zsuzsanna.

Ma pauvre et gentille Zsuzsa, née infirme, affligée d'une jambe atrophiée et d'une déviation de la colonne vertébrale, condamnée de ce fait à un éternel célibat... Je me rappelle encore avec une tendresse attristée l'écho de son pas irrégulier dans le manoir de Père. C'était une créature maladive, frêle, dont la peau d'une pâleur laiteuse, les yeux couleur de nuit et la chevelure noire comme un plumage de corbeau conspiraient avec ses traits anguleux pour composer une physionomie sévère qu'on ne pouvait, même par gentillesse, dire belle. Combien Père et moi l'aimions, la protégions, la gâtions eu égard à sa fragilité, sa disgrâce, l'innocent besoin qu'elle avait de notre présence... Son sentiment de solitude et ses aspirations frustrées l'avaient menée au bord d'une folie douce, inoffensive.

Mais la femme qui se tenait devant moi – droite, saine et tout à fait avenante, vêtue d'une cape flottante et noire – était Vénus en personne. Par contraste avec le velours ténébreux de sa parure, sa peau brillait comme la splendide pleine lune qui se détachait sur la nuit. Elle s'arrêta au milieu de la chaussée pour regarder dans notre direction puis, repoussant sa capuche, elle découvrit un visage ciselé tel un cœur sous une chevelure théâtralement coiffée en V – un visage d'une beauté éblouissante : des yeux étincelant comme des étoiles, un teint à la fois pâle et florissant, doté de cette ardente et singulière opalescence qu'il m'était donné de voir chaque nuit dans ma propre chair.

Et des lèvres rouge sang. Ma tentative d'invisibilité échoua. À ma vue, ces lèvres charnues et tendres s'écartèrent pour se retrousser en forme de croissant, révélant une blancheur incisive, effroyablement intense.

Je reculai d'un pas indécis, me demandant si je devais m'enfuir pour sauver ma vie d'immortel. En effet, je venais d'entendre des voix masculines dans le fiacre. Si Vlad l'avait accompagnée...

Elle s'avança, levant une main en un geste de supplication. « Arkady ! » fit-elle avec une voix aussi innocente et sincère que celle de ma Zsuzsa d'autrefois – et aussi suave, séduisante, que celle d'une sirène. « Cher Kasha, tu dois avoir confiance en moi ! Je ne pouvais plus souffrir d'être avec lui. Aussi suis-je partie à ta recherche... »

Ma main toujours sur la poignée, je restai immobile. L'allure de Zsuzsa plongea mon complice dans une extase muette et salivante dès que ses petits yeux noirs au blanc bilieux eurent enregistré son approche.

« Kasha... » Voyant le regard franchement lubrique de

Weiss, Zsuzsa baissa timidement le sien et adopta un ton confidentiel. « Mon cher frère, je dois te parler sans témoin. »

Je me tournai vers l'homme, fort étonné de constater que mon instinct fraternel et protecteur était inaltéré en dépit de nos transformations respectives, et bien que ma sœur fût plus dangereuse pour Weiss que lui pour elle. « Laissez-nous. »

Il obtempéra, mais avec une répugnance souveraine, nonobstant mes efforts mentaux pour le presser ; la beauté de Zsuzsa était plus magnétisante, semble-t-il.

Puis je fis prudemment face à ma sœur, m'interdisant toute réaction, toute émotion d'ordre familial, alors qu'elle tendait le bras pour me saisir la main. La chair des mortels est chaude, si chaude ; mais sa poigne, quoique gantée, était transie comme la mienne.

Alors, l'espace d'un instant, sa superbe vacilla, et j'eus une vision fugitive de la sœur que j'avais connue. Elle leva vers moi des yeux bruns que mordorait un or d'une impérissable magnificence, mais j'y vis le regard doux et affectueux de ma Zsuzsa. Ce spectacle oppressa mon cœur inerte.

« Tu dois me croire », fit-elle d'une voix à la fois humble et angoissée, au timbre trop ténu pour être perçu par une ouïe humaine. « Il n'est pas avec moi ; jamais je ne le conduirai à toi, ni ne te mettrai en danger, quelle que je sois devenue. Ne t'ai-je pas confié tout ce que je savais sur le Pacte ? Ne t'ai-je pas exhorté à prendre la fuite avec l'enfant ?

– Si », répondis-je doucement. C'était la vérité : Zsuzsanna m'avait averti lorsque j'étais encore un bienheureux mortel ; elle avait fait tout son possible pour nous épargner toute souffrance, à moi et à ma famille, mais, en même temps, le simple fait de songer que Vlad – son bienfaiteur et suborneur, son assassin – pût être détruit lui était intolérable. « Cependant, si tu viens à moi, tu dois savoir... »

Une douleur bénigne alanguit ses traits. « Je sais », chuchota-t-elle. « Tu vis pour le détruire. Quant à moi... » – elle détourna les yeux puis, lorsqu'elle ramena son regard sur moi et reprit la parole, un émoi subit lui fit hausser le ton – « je ne puis plus le supporter ! Kasha, il m'est à jamais impossible de lever la main sur lui pour l'abattre, mais je ne puis rester en sa compagnie et être témoin de toute cette cruauté !

– Est-il méchant à ton égard ? » demandai-je aussitôt,

avant d'avoir pu combattre cette soudaine résurgence de fraternité protectrice.

Elle secoua la tête ; une boucle de jais, constellée de reflets indigo, tomba en travers de son front inondé de lune et émit des luisances – bleu pâle, rose foncé et blanc argenté – dignes de la plus belle nacre. « Envers les visiteurs. Envers moi, il se contente de... railler mon innocence, ma réticence à torturer autrui. » Elle se tut puis, ressaisie d'un accès de désespoir, s'écria : « Laisse-moi rester avec toi ! S'il te plaît... Je ne puis revenir à lui ! »

Je demeurai rigide, mes mains froides toujours amorphes dans les siennes, avec une expression implacable, mais, à vrai dire, j'avais été totalement dominé depuis que nous étions entrés en contact. Ces derniers mois, après ma triste séparation d'avec mon épouse et mon enfant nouveau-né, je m'étais senti découragé et seul, plus seul que je l'avais cru possible durant ma vie d'être humain ; au point que j'en étais venu à comprendre, sinon à approuver, les motifs qui avaient poussé Vlad à faire de Zsuzsanna ce qu'elle était actuellement. Je voulus éperdument croire ma sœur ; et en scrutant ses yeux lustrés, des yeux qui miroitaient comme si de l'or en fusion avait été brassé dans leur brun originel, je n'y décelai nulle duperie, uniquement de l'amour et de la nostalgie.

Dorénavant, quelqu'un pourrait partager l'horreur qu'était devenue mon existence ; quelqu'un pourrait comprendre sans se détourner de dégoût.

Je reculai d'une longueur de bras pour la dévisager solennellement – rester sévère face à une beauté aussi somptueuse ne représentait pas une mince prouesse – et je dis : « À la condition expresse que tu ne communiques plus jamais avec lui. Et jure qu'en aucune circonstance tu ne l'informeras de mes faits et gestes ou de mes projets à son encontre.

– Même si cela doit entraîner sa destruction », ajouta-t-elle en se rembrunissant. « Je le jure. » Et à la première nuance d'acquiescement qui transparut dans mon expression, elle s'avança, les bras tendus avec une spontanéité caractéristique de ma Zsuzsa de naguère, et m'étreignit. « Oh, Kasha, mon cher frère ! Tu m'as manqué si terriblement ! »

Incapable de me contenir plus longtemps, je l'enlaçai à mon tour, me penchant pour embrasser le sommet de sa tête comme je l'avais fait si souvent de notre vivant. Ses cheveux noirs étaient plus beaux à présent, et plus doux que ceux d'un enfant, baignés d'un lustre miroitant d'où semblait émaner un faible halo bleuâtre. Ils étaient également parfumés, ce qui n'avait jamais été le cas au cours de l'existence confinée de Zsuzsa. Bien que cet arôme épicé chatouillât irrésistiblement mes sens de prédateur, il ne pouvait occulter, du moins pour moi, la senteur typique des non-morts : une non-odeur, née d'absences – l'absence de chaleur, l'absence du puissant fumet animal des vivants et la subsistance d'un très faible remugle de sang refroidi et ranci. Sous mes paumes, la colonne vertébrale de Zsuzsanna était droite et parfaite, sans déviation aucune, comme jamais elle ne l'avait été de son vivant ; mais glacée était la chair qui l'entourait.

Après l'avoir enfin libérée de mon étreinte, je pris la parole, d'un ton encore hésitant, encore vaguement défiant : « Mais il y a d'autres personnes dans le fiacre. »

Deux fossettes nées d'un sourire apparurent aussitôt dans son visage, et elle se haussa sur la pointe des pieds pour chuchoter à mon oreille avec un enjouement de petite fille : « Mais je ne pouvais venir sans un cadeau. Un présent pour toi ! » Puis, se rabaissant, elle porta ses doigts gantés à ma joue et la caressa tendrement. « Tu es amaigri, mon frère – regarde-toi ! Tu as faim. Je m'en suis rendu compte de la voiture. Si j'ai compromis ton souper, ne te dois-je pas réparation ? »

Avant que je puisse répondre, elle se tourna et fit un geste à l'intention du cocher, lequel ouvrit derechef la portière laquée. Deux jeunes gens allègres descendirent du fiacre, chacun tenant une bouteille de champagne dans une main tout en garantissant de l'autre un équilibre visiblement précaire. Le premier à mettre pied à terre était de taille moyenne, avec des cheveux dorés mais un peu trop bien nourri, à en juger par son cou dodu débordant d'un col empesé qui surgissait d'une houppelande fort élimée. Il considéra longuement ma sœur, puis donna un coup de coude à son compagnon et lui susurra un propos graveleux, croyant que nous ne l'entendrions pas du perron. Sa langue et son accent marquèrent aussitôt sa qualité de Londonien.

À moi la princesse. Tu te rabats sur la bonniche...

Puis il laissa échapper un rire grossier et strident. Cela, plus une arrogance prononcée, me fit le mépriser d'emblée.

Le deuxième individu était plus grand, mieux vêtu, doté d'une constitution athlétique et d'une chevelure tombant en boucles brunes qui accentuaient son air juvénile ; il semblait légèrement moins saoul que le premier – à moins que son ivresse ne fût simplement plus taciturne. Il sourit distraitement à la suggestion licencieuse de son compagnon, mais sa vive attention ne dévia pas un seul instant de Zsuzsa. L'homme était sous le charme.

J'avais vécu nombre d'années en Angleterre ; mon épouse bien-aimée est native de Londres et, au cours de ma vie précédente, j'eusse été heureux de pouvoir deviser avec quelqu'un venant de cette cité prospère. D'ailleurs, autant le reconnaître, je ressentais encore à ce moment une certaine joie à cette perspective – mais comment aurais-je pu avoir assez de sang-froid (ce dont, littéralement, je ne manque pourtant pas) pour savourer une conversation avec ces visiteurs, sachant que j'allais les trucider ?

« *Gentlemen !* » s'exclama gaiement ma sœur, en leur faisant signe de nous rejoindre. « Venez donc faire la connaissance de mon frère ! Il est notre hôte ce soir ! »

Souriants et titubants, ils se dirigèrent vers nous ; le blond trébucha sur les marches de pierre et fut rattrapé de justesse par son compagnon. Pris de court par la soudaineté des événements, je composai ma physionomie mais ne pus me résoudre à imiter le sourire accueillant de ma sœur. Après tout, ces hommes s'acheminaient à pas chancelants vers leur perte, et non vers la partie fine qu'ils escomptaient – quoique j'eusse été pleinement convaincu du contraire si je n'avais connu Zsuzsanna. Son enthousiasme et sa gaieté étaient sincères.

Un instant, je me demandai s'il ne conviendrait pas de les renvoyer tous d'où ils venaient. D'observer ces hommes qui s'avançaient inconsciemment vers un tel traquenard semblait par trop cruel, par trop calculé. Ma conscience pouvait tout juste tolérer de promptes et silencieuses agressions contre la lie de la société viennoise : filles publiques, cambrioleurs ou pickpockets avides de dépouiller un monsieur bien mis, apparemment naïf.

Mais le vent m'avait déjà transmis leur senteur ; et j'en

fus aussi pétrifié qu'eux l'étaient par la vision de Zsuzsanna. Elle leur jeta un coup d'œil, puis leva son visage vers moi. Voyant une lueur de convoitise dans son regard, je la sus éclipsée par celle qui dansait dans le mien. Son sourire s'élargit à nouveau de satisfaction : elle venait de constater que la faim m'interdisait toute protestation.

Et tandis que l'homme à la chevelure brune et bouclée s'efforçait de rétablir son compagnon, j'aperçus au-delà d'eux quelque chose de blanc : une petite jeune fille maigre et nerveuse, vêtue d'une robe modeste et d'un châle, qui descendit de la voiture et s'empressa de se placer timidement derrière le duo approchant. Elle était d'une pâleur anémique, avec les mêmes cheveux noirs que moi-même et ma sœur, mais tout à fait humaine – et pourtant j'eus l'impression qu'un faible parfum d'amertume était mêlée à sa chaleur de mortelle. Sur le moment, je ne m'en rendis pas compte, mais maintenant je sais : c'était l'odeur du Changement, d'un être encore vivant mais voué à la non-mort.

Je la dévisageai, choqué de la reconnaître. C'était Dunya, qui avait été notre femme de chambre (surtout celle de mon épouse) en Transylvanie ; qui avait aidé à mettre au monde notre enfant ; qui avait été mordue par Vlad puis utilisée à son insu par ce dernier comme espionne afin de nous trahir. Aussi insensible que je fusse devenu, par nécessité, au cours des derniers mois, la vue de Dunya m'emplit de pitié. Elle ne devait sans doute pas avoir plus de seize ou dix-sept ans, cette âme parmi les plus pures et les plus bienveillantes, et pourtant sa loyauté à notre égard l'avait conduite à ce sort aussi affreux qu'immérité... Elle leva vers moi des yeux hébétés de surprise et, dans une moindre mesure, de terreur. Je tâchai d'imaginer comment j'apparaissais désormais aux personnes m'ayant connu avant mon Changement ; les miroirs ne me sont dorénavant d'aucun usage. Étais-je aussi effroyablement beau que Zsuzsanna ?

« Dunya », fis-je à voix basse tout en enregistrant sa présence d'un hochement de tête. Elle m'adressa une petite révérence, puis baissa les yeux. Je voulais lui dire que j'étais content de la revoir – mais en vérité je ne l'étais point. J'étais seulement navré qu'elle se retrouvât en compagnie d'êtres tels que ma sœur et moi-même. Car nous n'étions plus les bons maîtres qu'elle avait si bien servis de leur vivant, mais des assassins, capables de nuire, à elle comme à quiconque, selon notre bon plaisir. Je compris que Dunya secondait désormais ma sœur, non plus par fidélité ou par affection, mais parce qu'elle était dépossédée de la maîtrise de son esprit. Elle avait été mordue par Vlad et était devenue son jouet ; et apparemment aussi celui de Zsuzsanna qui, à l'évidence, exerçait une domination mentale à son encontre.

Qu'était donc devenue ma gente sœur, ma Zsuzsa qui, jeune fille au cœur tendre, avait pleuré, inconsolable, sur les dépouilles des menues créatures (des oiseaux, souvent) que Père et moi rapportions de nos parties de chasse ? Pis encore, qu'étais-je, *moi*, devenu pour l'accueillir ainsi dans ma maison ?

Sentant une onde de méfiance se mêler à ma pitié, je me tournai vers ma sœur et lui parlai d'un ton assez bas pour n'être pas entendu de nos invités éméchés. « Comment as-tu pu l'emmener ? Elle est les yeux de Vlad, les oreilles de Vlad... »

Le regard de Zsuzsa resta assuré, nullement troublé par un quelconque sentiment de culpabilité qu'eût pu susciter le fait d'avoir attenté au libre arbitre de Dunya. « Elle est à présent inféodée à moi seule. Nous serons en parfaite sécurité. » Puis, notant mon expression de curiosité, elle ajouta : « Décidément, il te reste de nombreuses choses à apprendre, Kasha. Tu es encore tellement ignorant, tellement innocent... »

Elle se tourna vers les deux hommes, qui se trouvaient maintenant devant nous. « *Gentlemen*, puis-je vous présenter mon frère, Arkady... » Là, elle s'interrompit pour me lancer un coup d'œil aussi furtif qu'incertain. « ...Tsepesh.

– Dracul », la repris-je. De mon vivant, j'avais insisté pour qu'on m'appelât « Tsepesh » – surnom porté par ma famille humaine depuis maintes générations. J'avais jugé odieux le nom « Dracul » à cause des connotations que les paysans lui avaient données au cours des siècles ; selon eux, il dérivait, non pas du dragon présent sur l'emblème de mes pères, mais du Diable.

Et nous étions les Fils du Diable.

Zsuzsanna accepta ma correction avec une grâce amusée.

« Dracul. Et ces messieurs sont des Londoniens en vacances. » Elle désigna d'abord l'homme blond et corpulent, puis l'autre. « Monsieur Reginald Lyons, monsieur Anthony LeBeau. »

LeBeau s'inclina poliment ; ses yeux étincelaient, et ses joues étaient légèrement empourprées par l'alcool, mais son élocution et sa motricité se révélèrent inaltérées. « Je ne puis vous exprimer le soulagement que cela constitue de parler anglais, surtout quand c'est en l'agréable compagnie d'une jeune dame aussi charmante et aussi belle ! »

Là-dessus, Lyons vint s'appuyer pesamment contre son ami puis, d'une voix assez sonore pour éveiller le voisinage, il demanda : « Alors, comme ça, c'est vrai ce que dit votre sœur ? Seriez un prince ?

– Certes oui », répondis-je d'un ton tout juste courtois. Faire la conversation m'était quasi intolérable ; je ne souhaitais que deux choses : voir ces hommes entrer chez moi et sentir leur sang affluer dans mes veines. « Nous sommes issus de sang royal, d'un prince qui régnait sur...

– La Roumanie, n'est-ce pas ? s'enquit LeBeau avec urbanité tout en jetant un regard oblique à Zsuzsanna.

– Oui. La partie méridionale qu'on nomme la Valachie. Notre famille remonte au XIVe siècle. » Peu désireux de différer plus longtemps mon assouvissement, je me tournai sans autre cérémonie et regagnai le salon.

Zsuzsanna et sa domestique suivirent. Une fois parvenus dans le vestibule, les deux hommes hésitèrent ; ma précipitation m'avait fait oublier que l'endroit était éclairé par une simple chandelle dont la lueur tremblotante projetait au plafond des ombres lugubres et laissait le salon enseveli dans des ténèbres presque totales.

« Désolé », m'excusai-je sèchement avant d'entreprendre d'allumer bougies et lampes. La lumière offrit à leur vision déficiente de mortel mon intérieur plutôt spartiate : une grande table de salle à manger dont je ne m'étais jamais servi, poussiéreuse et supportant un chandelier d'argent, un long sofa, un guéridon et deux fauteuils défraîchis – décor inattendu chez un personnage royal, mais nettement supérieur à celui dont je me sentais digne.

Dunya aida sa maîtresse à ôter sa cape ; dessous, Zsuzsanna portait une belle robe de satin gris-blanc et de soie moirée, avec un décolleté ébouriffant qui me fit détourner les yeux pendant que Lyons et LeBeau écarquillaient les leurs.

Dès que la frêle et timide domestique eut pris les manteaux de nos invités, je m'apprêtai à frapper. Apparemment, ma sœur sut déchiffrer mon expression résolue car, sans se départir de son sourire d'hôtesse, elle se déporta vers moi et chuchota à mon oreille :

« Pas maintenant. Me fais-tu confiance, Kasha ? »

C'était là une question à laquelle je ne pouvais répondre ; du reste, la faim avait provoqué en moi un état de désespérance frénétique, et il m'était impossible de m'abstenir plus longtemps. Pourtant, lorsque mon regard plongea dans l'insondable obscurité des yeux de Zsuzsa, je compris que je ne pouvais rien lui refuser.

Son sourire se fit un rien suffisant. « Aie confiance en moi et ne t'effraie de rien. Conforme-toi simplement à mes instructions... »

Là-dessus, Lyons s'en vint chanceler devant nous, arborant un rictus d'ivrogne sous son nez étonnamment rubicond. « Point de larbins, donc ? Peu commun chez un prince, n'est-ce pas ? »

Zsuzsa posa une main prévenante sur mon bras alors que je répondais fraîchement : « Je les congédie tous chaque soir. Je tiens à ma vie privée. »

Si l'homme sentit la pique (certes pas des plus fines) convoyée par ma réplique, il n'en laissa rien paraître. Au lieu de cela, il se tourna joyeusement vers Dunya, laquelle achevait de ranger les manteaux. « Le temps est venu pour une petite sauterie ! Apportez le champagne, voulez-vous ? En voilà une bonne fille ! »

Je traduisis en roumain pour Dunya. Bien qu'elle fît de son mieux, une tâche aussi compliquée lui était peu familière, et il me fallut ouvrir la bouteille à sa place ; seulement, pour cela, je dus me tenir auprès d'elle, respirer sa senteur, et la douleur qui rongeait mes viscères faillit avoir raison de moi. Levant les yeux dans ma direction, elle me vit la contempler avec l'insoutenable contention d'un chasseur à l'affût ; manifestement, elle devina mes pensées, car elle saisit le champagne et s'éloigna rapidement. Ensuite, lorsque les coupes furent trouvées, remplies, et que la bouteille fût laissée près de

Lyons à la demande de celui-ci, elle s'enfuit vers un sombre recoin, aussi loin de moi que possible.

Consumé par mon désir de sang, je décidai d'ignorer la requête de ma sœur et de me sustenter sur-le-champ. Mais quelque chose d'impérieux dans son regard m'en dissuada.

Aussi, pétrifié de convoitise, restai-je debout à observer Zsuzsanna. Assise sur le sofa entre les deux hommes, elle ne cessait de les pourvoir en champagne tout en faisant la conversation avec force minauderies. Bientôt, Lyons s'affaissa contre elle ; sa tête se mit à dodeliner, et je pus voir ma sœur lorgner son cou grassouillet et rubicond.

« Mon cher monsieur Lyons, fit-elle avec un rire cristallin, ce col doit être abominablement serré. Il est tard, et vous êtes en aimable compagnie. Peut-être serait-il bon que vous soyez plus à votre aise... »

Souriant, Lyons leva une main aux doigts boudinés et écarta cette suggestion. « Non, non, j'y suis tout à fait habitué. » Mais ma sœur insista : après quelques chatteries, elle l'aida à ôter son col – et lui appliqua audacieusement un baiser sur le cou.

Cette initiative me fit frissonner tel un voyeur, et je fus parcouru d'une chaleur extatique, guère différente de l'excitation sexuelle proprement dite, mais, à ma profonde déception, Zsuzsa, loin d'enfoncer ses dents dans le cou de Lyons, ne fit que passer ses lèvres sur la peau tendre. On eût dit qu'elle voulait émoustiller Lyons ; ou s'émoustiller elle-même. Ou m'émoustiller.

Lyons était manifestement trop saoul pour réagir en quelque manière. Il évita de justesse la catastrophe en posant au dernier moment sa coupe sur le guéridon et s'affala dans le giron de ma sœur, non sans tendre une main vers sa poitrine et parvenir à libérer au passage un sein d'une blancheur incandescente de son écrin de satin gris.

À ma consternation, Zsuzsa ne se rajusta point mais laissa sa poitrine impudemment exposée tout en entreprenant de déboutonner la chemise de Lyons. Celui-ci tâtonna et réussit je ne sus comment à empaumer le sein de ma sœur ; mais son ébriété le rendit visiblement incapable d'en faire plus.

Son compagnon, plus jeune et plus sobre, fut transporté par cette scène. Magnétisé, il se débarrassa lui aussi de sa coupe et se pencha pour baiser Zsuzsanna à pleine bouche.

Je me raidis, pris d'angoisse ; comment pouvait-elle supporter de sentir ces lèvres chaudes, gorgées de sang, contre les siennes sans les mordre, y goûter ?

Cependant, LeBeau embrassait Zsuzsa avec une ardeur grandissante et, bientôt, je le vis frémir d'un nouvel émoi. Délicatement, non sans précaution, il plaça une large main autour de la taille de ma sœur ; puis, comme elle n'opposait nulle résistance, il la glissa vers le haut, lentement, jusqu'au moment où, enfin, il atteignit l'autre sein, le libérant comme son semblable.

En proie au dégoût et à la faim, j'observai, effaré de voir ce que mon innocente sœur était devenue – et avide de fondre sur nos victimes distraites.

Zsuzsa resta assise, impudique et sans vergogne, pendant que LeBeau, ignorant son compagnon avachi, s'inclinait pour poser ses lèvres sur l'un de ses seins dénudés. Elle me regarda alors, les paupières mi-closes, et me gratifia d'un sourire enjôleur et rassurant. D'une main preste, elle dégrafa le col d'un LeBeau parvenu maintenant au comble de la frénésie et l'en débarrassa.

Il redressa la tête pour respirer et se dépouiller en hâte de son gilet ; elle l'embrassa, déboutonna sa chemise. Alors, comme si la mémoire venait de lui revenir, il me jeta un coup d'œil puis gémit : « Votre frère... »

Toujours aucune lueur de honte sur le visage invraisemblablement beau de ma sœur. Au lieu de se troubler, elle me regarda de nouveau à la dérobée tout en demandant tout bas à son galant d'une voix de gorge : « Avez-vous envie de lui ? »

LeBeau tressaillit de surprise et de gêne, toutefois, après quelques instants, cet air d'embarras céda la place à une expression vaguement aventurière et curieuse.

Zsuzsa leva un doigt et me fit signe d'approcher.

Je fus rebuté, écœuré plus qu'on ne saurait le dire. J'étais si consumé par la faim, si échauffé par l'attitude de ma sœur, son refus taquin de se restaurer sur-le-champ, que je devenais à moitié fou. Cependant, je me trouvais dans la même situation que les visiteurs – contraint aussi bien par la beauté de Zsuzsanna que par le plaisir extatique qu'elle prenait à la situation, de faire ses quatre volontés. Oserai-je le dire ? Quoique non-vivant, je n'en suis pas moins homme, toujours susceptible d'être ému par la beauté (quand bien même – à Dieu ne plaise ! – ce serait celle de ma sœur) et encore capable de concupiscence. Mais cette concupiscence, comme je l'ai constaté, se transmue le plus souvent en un désir de sang plutôt que de chair ; maintes fois, je fus victime de la beauté d'une prostituée isolée dans quelque sombre passage, avec pour seul résultat d'en faire *ma* victime.

Mais jamais je ne me suis permis de succomber aux appas d'une femme ; peut-être suis-je mort, mais j'ai une épouse bien vivante, que j'aime et regrette éperdument.

Je résistai. Pourtant, la faim m'aimanta et, plus encore, les yeux de Zsuzsa. Je pus sentir la force d'attraction de son regard magnétique et je me sus manipulé, tout comme nos malheureux invités, mais mon appétence prit de telles proportions que je ne me souciai plus de ce qui m'arrivait ni de ce qui se serait passé au cas où Vlad lui-même fût apparu et m'eût détruit, du moment que l'occasion m'eût d'abord été donnée de m'assouvir, de me nourrir.

J'allai me placer devant le sofa où Lyons était vautré, sa tête reposant toujours dans le giron de Zsuzsanna ; il ahanait, ses mains engagées dans un effort frénétique pour déboutonner son pantalon, tandis que ses petits yeux vitreux, enfouis dans des bourrelets de chair dodue, étaient rivés sur les seins nacrés que pétrissait son compagnon.

LeBeau releva les yeux vers moi ; puis, se tournant vers Zsuzsa, il bredouilla : « Non, non. Non...

– Comme il vous plaira, dit-elle. Nous regardera-t-il, alors ? »

La question enflamma et enhardit LeBeau. Il se défit en hâte de son pantalon, tira Zsuzsa de dessous Lyons, la hissa sur l'accoudoir du sofa, retroussa sa robe et l'en libéra.

Elle rit doucement – oui, ma sœur, ma douce et innocente sœur, se mit à rire. Je fus réduit au silence, à l'impuissance, par la surprise autant que par la faim ; mais ce silence et cette impuissance s'accompagnèrent d'une impression étrangement onirique, d'une sensation très proche de celle qu'induit généralement une prise excessive de laudanum. J'ouvris la bouche pour protester, j'essayai de bouger pour intervenir mais me vis incapable de rien faire, si ce n'était regarder, pénétré d'horreur. Cependant, l'horreur elle-même commença de s'estomper, émoussée par une langueur singulièrement voluptueuse.

Je vis LeBeau caler Zsuzsa contre l'accoudoir et la prendre : elle rit à nouveau de joie, lovant ses jambes autour de l'homme comme l'eût fait une catin, ses jupons de satin glissant sur le dossier en une cascade argentée qui vint effleurer le visage chaviré de Lyons. En dépit de sa stupeur d'ivrogne, celui-ci comprit enfin ce qui se passait. « Dis voir, LeBeau ! On s'était mis d'accord », fit-il d'une voix pâteuse et belliqueuse.

Non sans effort, il parvint à s'agenouiller sur les coussins.

« Tourne-moi », murmura Zsuzsanna. Son partenaire la haussa et la fit pivoter de ses larges mains entre lesquelles elle parut soudain si minuscule, si apparemment fragile. Lyons se traîna vers eux jusqu'au moment où, atteignant la croupe de ma sœur, il se dressa et...

Mon Dieu ! quelle honte d'avoir été si dominé par elle – et plongé moi-même dans une telle hébétude que je n'ai rien pu faire pour les arrêter ! Au lieu de cela, j'ai regardé, comme sous l'empire d'une drogue, ma sœur qui, avec force cris étouffés de douleur et de plaisir, s'offrait deux amants en ma présence. Dès lors, je n'ai plus pensé qu'à mon excitation grandissante – inspirée non point par la débauche à laquelle j'assistais, mais par la certitude de voir ma faim bientôt apaisée.

D'un regard et d'une discrète inclinaison de tête, Zsuzsa m'indiqua de venir plus près encore. À cet instant, LeBeau frémissait à l'approche de l'extase, les yeux clos, la tête rejetée en arrière, le visage pâle, drapé d'ombre, tandis que des gouttes de sueur perlaient dans ses boucles brunes. Sa poitrine était pressée contre celle de Zsuzsa, dont le dos se trouvait comprimé par celle de Lyons, de telle sorte que ma sœur se trouvait bel et bien prise en sandwich.

LeBeau émit un râle et, d'un recul des reins, entreprit de se retirer.

« Et maintenant ? chuchota Zsuzsanna d'un ton languissant. Ne veux-tu pas de mon frère, maintenant ?

– Si », siffla-t-il en contractant son visage ; il ferma ses yeux avec force puis les écarquilla brusquement, révélant leur embrasement. « Si ! »

Avec une promptitude de rapace, j'allai au coin du sofa me poster derrière lui, si bien que le jeune homme fut pris entre ses futurs assassins, tout comme ma sœur était coincée entre nos deux futures victimes.

Tandis que LeBeau émettait un gémissement mêlant contrariété et impatience, Zsuzsa se dégagea de son étreinte d'un petit mouvement expert puis m'adressa un regard appuyé.

« Aide-le », fit-elle, trop doucement pour être entendue de quiconque dépourvu des sens aiguisés des non-vivants – c'est-à-dire de tout le monde sauf moi.

Grande fut ma répugnance ; plus grand encore fut le pouvoir que son regard, ses paroles, sa présence exercèrent sur moi. Je me sentis le jouet d'une contrainte hypnotique, aussi impuissant et passif qu'un homme prisonnier d'un rêve. Une excuse ? Peut-être.

Peut-être pas, car je me rappelle avoir éprouvé un désir de lutte, ainsi qu'un faible débordement d'indignité de penser que ma propre sœur pût ainsi me manipuler. À l'évidence, ses tentatives pour me convaincre qu'elle était encore, de cœur, la sœur que j'avais connue de mon vivant, n'étaient que de cruelles tromperies ; au pis, elle avait assimilé des pouvoirs que je ne détenais pas encore (car j'essayai de la magnétiser en retour et n'y parvins pas) et entendait en user pour me détruire, selon la volonté de Vlad ; au mieux, elle s'était enfoncée dans le cloaque de l'extrême décadence.

Que Dieu me pardonne : je lui obéis et, toujours derrière LeBeau, j'entourai sa taille de mon bras afin de l'assister dans son plaisir. Je le touchai, sentant dans ma paume son pouls qui battait à tout rompre. Je posai ma joue contre son cou et sentis, là aussi, le martèlement de son cœur ; l'odeur enveloppante de la chair et du sang, avec leur chaleur toute humaine, exaspéra ma frénésie. J'ouvris la bouche pour frapper tel un serpent...

Pas encore, fit Zsuzsa, bien que, distinguant son visage à la lueur intermittente des bougies, je pusse constater l'immobilité de ses lèvres. Néanmoins, ces deux mots résonnèrent dans mon esprit ; je me trouvai figé, réduit à l'inaction, emprisonné dans un purgatoire de désir perpétuel.

Puis les râles de LeBeau s'amplifièrent. Lorsque, se cambrant contre moi, il clama enfin sa jouissance, ma sœur se pencha en avant – malaisément à cause des poussées persistantes et gauches de Lyons – et enfonça sauvagement ses dents dans le cou de LeBeau.

La mainmise sur mon esprit se relâcha ; dans une explosion de furie qui suscita un bref hurlement de douleur chez ma victime, j'imitai Zsuzsa.

Et je bus, je bus, je bus...

Le sang avait, comme toujours, un goût d'ambroisie ; il palpitait de vigueur, de force, de vie. Cependant, j'y trouvai cette fois une saveur supplémentaire : tout d'abord, je crus que c'était le champagne qui me tournait la tête, puis j'eus tôt fait de comprendre qu'il s'agissait de l'ultime extase de LeBeau, si intense, si consumante que je frissonnai, vacillai et manquai défaillir. Depuis le début de ma nouvelle existence, l'absorption dc nourriturc a toujours constitué pour moi une expérience immensément sensuelle ; mais celle-ci dépassa tout ce que j'avais connu, se révélant presque trop voluptueuse pour être supportable.

Dans le sillage de l'extase se forma une lame de fond charriant souvenir et émotion, puis deux images naquirent : celle, floue, d'une jeune fille au visage doux et ordinaire, et celle d'un homme et d'une femme aux cheveux argentés – le tout mêlé d'un sentiment de honte.

J'aurais pu m'attarder là, dans les pensées de LeBeau, mais la proximité des agonisants m'a toujours affligé ; je préfère tuer rapidement, proprement, pour rester éloigné de ce genre de sensations personnelles. À ce moment-là, je ne souhaitais éprouver rien d'autre que l'extase.

Cela s'accomplit sans difficulté ; car, à la fin, les souvenirs s'estompent toujours, et mes victimes, miséricordieusement magnétisées, meurent tranquilles et dociles dans un état de béatitude rêveuse.

D'ailleurs, LeBeau venait de s'évanouir, transporté par nos caresses et nos baisers fatals. Avec sauvagerie, ma sœur et moi nous pressâmes plus durement contre lui, maintenant son corps inerte entre les nôtres, sans cesser de téter.

Tout en buvant, Zsuzsa entrouvrit ses paupières et m'adressa un regard grisé, sensuel. Nous échangeâmes une moue de complète satisfaction ; puis, levant son visage aux lèvres et aux dents assombries par le sang de LeBeau, ma sœur chuchota :

« Meilleur, n'est-ce pas ? Le goût... »

Certes. Toutefois, tel un puceau dévoyé, je fus mortifié

par sa question et me trouvai incapable de répondre. Je fermai les yeux et m'attaquai de plus belle à la blessure que j'avais infligée, uniquement absorbé par la joie pure de boire et reboire...

Et quel sang ! Jeune et vigoureux, fouetté par la jouissance et le champagne...

Je bus presque trop. Le flux de sang décrut en dépit de mes succions forcenées ; les battements de cœur de LeBeau diminuèrent puis s'arrêtèrent.

Il était mort. Et pourtant je continuai de boire, insoucieux des funestes conséquences qui pourraient en découler. Zsuzsa me repoussa avec une force prodigieuse ; un grognement, grave, menaçant et totalement inhumain s'échappa de ma gorge tandis que LeBeau s'effondrait entre nous.

Pas assez ! Ce n'était pas assez ! Accablé, je regardai Zsuzsa, qui s'efforçait toujours de soutenir les assauts grognons de cette chiffe de Lyons.

« Le prochain est tout à toi, mon frère », murmura-t-elle avec un petit sourire.

Je contournai le sofa d'un pas plutôt incertain ; l'ingestion du sang de LeBeau m'avait passablement enivré, ce que je jugeai fort divertissant. Cependant, mes sens avaient gagné en acuité ; je me sentais plus fort, plus alerte, plus apte à la mise à mort, et cette perspective m'emplit d'une sensualité farouche. C'était comme si la décadence de Zsuzsanna m'avait libéré, me permettant pour la première fois de mon immortelle existence de prendre plaisir à la chasse, chose que je ne m'étais jamais autorisée auparavant.

Je fis halte derrière ma prochaine victime. Au-delà de sa silhouette grossière et ramassée, je pus voir l'incandescence perlée du cou de Zsuzsa, je pus distinguer une boucle brune et serpentine qui s'échappait de sa chevelure savamment coiffée et venait s'enrouler autour de sa blanche épaule.

Le sang de LeBeau avait suffisamment apaisé mon obsédante fringale pour que je fusse en mesure de savourer la chasse ; mais, comme je m'approchais lentement de Lyons, des odeurs vinrent à nouveau éveiller mon appétit – celles du stupre, d'un cadavre se refroidissant, d'un homme vivant, au sang chaud, à la peau brûlante, à la sueur ardente.

Je plaçai mes mains, légères comme des plumes, sur les

épaules de Lyons. Puisqu'il ne me faisait pas face, l'exercice d'un quelconque magnétisme était exclu, mais la nouveauté de ma propre décadence me rendait indifférent au confort de ma victime.

Avec une férocité qui n'eut d'égale que ma promptitude, je découvris mes dents et perçai la peau du cou de Lyons ; contre ma langue, je perçus une saveur virulente et saumâtre.

Il battit l'air de ses bras et tenta de reculer, hurlant de douleur et ivre de terreur. Zsuzsanna se désengagea et fit volte-face pour savourer le spectacle, sa poitrine et ses cuisses encore exposées tandis qu'elle s'installait avec aise sur les coussins de velours afin d'observer avec une approbation sensuelle.

Que Dieu me vienne en aide, je pris un malin plaisir à la résistance de Lyons ! Je le tins fermement tandis qu'il se jetait contre moi, ne démordant pas de son cou alors qu'il luttait, jusqu'à ce que sa peau fût écharpée et pendante, jusqu'au moment où, enfin, une artère fut percée et se mit à saigner.

Le visage et les seins de Zsuzsanna en furent éclaboussés. Égayée, elle ouvrit la bouche pour intercepter le sang bouillonnant avec l'innocente allégresse d'une enfant essayant d'attraper un flocon de neige avec sa langue. Mais bientôt j'appliquai ma bouche contre le point d'irruption de l'onde vivifiante, suçant sauvagement, buvant jusqu'au moment où Lyons s'affaiblit et cessa de se débattre. Il s'affaissa sur moi, son cœur battant comme celui d'un moineau pris au piège.

Je bus à la hâte, le laissant choir lorsqu'il mourut enfin. Saisi d'un soudain vertige, je chancelai et m'effondrai sur le sofa, laissant ma tête dodeliner sur les coussins ; l'ivresse intense de ma dernière victime accentua la divagation de mes pensées.

Je fermai les yeux et ne tardai pas à rêver. Je ne fus plus un misérable assassin captif de la nuit viennoise, mais un innocent mortel allant de Vienne à Buda-Pesth, allongé sur la couchette du train trépidant, auprès de mon épouse et de mon enfant à naître. Si j'avais su ce qui m'attendait chez moi, en Transylvanie, je n'y serais jamais retourné, j'aurais fui le continent en leur compagnie. Mary, ma Mary ! Sans le vouloir, je t'ai amenée dans un antre renfermant un Mal insoupçonnable, et maintenant je puis seulement prier que toi et notre fils soyez sains et saufs, et hors de portée de V....

Toujours plongé dans cette torpeur songeuse, je me penchai vers mon épouse endormie. Elle bougea, et les cils dorés qui frangeaient ses pâles paupières frémirent. Enfin, ses yeux s'ouvrirent, révélant leur océan bleuté, calme, transparent, et je pleurai de voir le réconfort, l'amour, qu'ils offraient. Je me penchai...

... et nous trouvai tous deux piégés en ce moment d'éternité où, parmi les hennissements des chevaux et les grondements des loups, en butte au rire arrogant de V. qui se transforma bientôt en un cri de désarroi, elle braqua le revolver de mon père vers ma poitrine et me fixa droit dans les yeux. La regardant à mon tour, je vis dans les siens une tendresse et une souffrance terribles.

Une détonation. L'âcreté du souffre. La douleur qui vrilla mon cœur.

Cette fois, je ne mourus point mais continuai de me pencher et, dans ma folle rêverie, je saisis ses bras étincelants de blancheur puis sanglotai alors qu'ils se tendaient vers moi en retour. Elle était réelle, bien en chair dans mes bras, et, comme je la tenais, mon visage enfoui dans ses soyeux cheveux d'or qu'humectaient mes larmes glacées, je fus consumé par une passion excédant toutes celles que j'avais connues de mon vivant. Même la mort n'eût pu refréner mon désir pour elle.

Je m'abandonnai à ses caresses, à ses cajoleries, et je la pris – ou fut-ce elle qui me prit ? Mon ardeur se trouva tempérée par une langueur aussi suave que singulière. Et, à l'instant même de ma jouissance, sa belle image se troubla et devint celle de la servante – Dunya.

Mon cri de plaisir se changea en une exclamation de frayeur. Mais l'alanguissement me ressaisit ; il y eut un moment d'obscurité, puis je retombai dans une autre rêverie passionnée, non moins étrange. Derechef, je me penchai vers mon épouse ; derechef, je la pris – et constatai bientôt que son visage était maculé de sang frais.

De nouveau, je poussai un cri en découvrant que la femme n'était point Mary. Cette fois, à ma profonde horreur, il s'agissait de ma propre sœur.

Cette horreur s'accrut quand, le sentiment de langueur s'évaporant, je compris que c'était bien le corps de Zsuzsanna qui était pressé contre le mien. Je me retirai d'elle avec une répugnance inexprimable pour me rendre compte que nous étions allongés sur le sofa. Couchée non loin sur le sol – indifférente aux cadavres déjà raidis près d'elle –, Dunya ronflait, sa mise en désordre.

Zsuzsa se redressa et entreprit négligemment de se rajuster, mais son air guilleret avait disparu ; son expression était maintenant solennelle, comme si, pour la première fois de cette nuit-là, elle avait commis un acte tirant à conséquence.

« Tu... », m'étranglai-je d'une voix tremblante de honte et de fureur tout en me couvrant, « tu m'as délibérément magnétisé. Tu l'as fait – mais *pourquoi* ? »

Les bougies s'étaient toutes consumées ; les ténèbres se dissipaient, cédant la place à la douce lueur grise annonciatrice de l'aube. L'éclat supranaturel de la beauté de Zsuzsa s'estompait avec la nuit. Elle était encore ravissante, attirante, mais les éclairs d'indigo électrique dans sa chevelure, la phosphorescence lunaire de sa peau, la mordorure de ses yeux, tout cela s'était atténué, de sorte que son charme, aussi radieux fût-il, semblait purement et simplement celui d'une mortelle.

Après avoir jeté un coup d'œil circonspect à sa domestique endormie, elle ramena son regard sur moi et répondit avec douceur : « Pour te sauver. Pour nous sauver tous, Kasha. » Puis, voyant mon expression interrogative, elle soupira. « Tu n'es mort que très récemment. D'après V., tu seras encore capable, pendant une courte période, d'engendrer des héritiers. Un enfant, Kasha. Ce n'est qu'un enfant... »

Ce n'est qu'un enfant. Je frémis d'écœurement à l'idée que ma propre sœur pût évoquer avec tant de désinvolture le sacrifice de son propre enfant – de *notre* enfant. Pensait-elle, parce qu'il s'agirait du produit de l'inceste, que celui-ci serait moins humain, que je devrais l'aimer moins ? Que je trouverais plus facile de le condamner à un destin atroce ?

Face à ma réaction horrifiée, elle se troubla et adopta une intonation défensive. « J'ai été privée de nombreuses choses durant ma brève existence ; ne me prive pas de celle-ci. Ou préfères-tu qu'il pourchasse ton fils unique ? »

Je détournai les yeux, trop dégoûté de moi-même pour répondre.

« Il t'aurait fait tuer, enchaîna-t-elle plus posément. Il a payé ton homme de main pour que celui-ci vienne te détruire après le lever du soleil, exactement comme tu l'as payé pour détruire tes victimes.

– Et pourquoi pas plutôt toi ? demandai-je avec acrimonie. Pourquoi ne m'as-tu pas simplement tué pendant que tu forniquais avec moi, alors que j'étais sans défense ? »

Une crispation d'amour-propre déforma ses traits charmants, qui fut vite éclipsée par le surgissement d'une autre émotion : la surprise. « C'est donc que tu ne sais pas...

– Que je ne sais pas quoi ?

– Il ne peut te détruire, Kasha, pas plus que toi ne peux le détruire. Le Pacte le proscrit ; nous ne pouvons mourir que de main humaine. »

Sans mot dire, je me perdis en conjectures sur cette information, jusqu'au moment où, enfin, elle reprit d'un ton instant : « Le temps presse. Tu dois partir...

– Avec toi ? » Animé d'une fureur soudaine, je lui fis face. « Et à quelle nouvelle duperie dois-je m'attendre ?

– Non. » Elle inclina son adorable visage et, pour la première fois, une certaine amertume s'insinua dans sa voix. « Non, je ne te demande pas de venir avec moi, ou de m'apprendre où tu comptes te rendre. Mais je vais te dire une chose – car, quoi que tu puisses penser de moi, la vérité est que je t'aime encore. » Elle releva les yeux. « Tu es trop facilement influençable, Kasha, trop aisément contrôlable. Il t'a trouvé une fois, et il te retrouvera ; il est trop roué, trop expert, trop fort pour toi.

– Si tu dis vrai », fis-je, « pourquoi n'est-il pas venu lui-même ? Pourquoi t'avoir envoyée, toi – une femme ?

– Tel est le prix qu'il a payé pour faire de toi un vampire. Présentement, il est obligé de rester en Transylvanie, dans les strictes limites du domaine familial. Néanmoins, tu dois t'aguerrir car, même en ces quelques mois, il a pu m'enseigner ces artifices qui m'ont permis d'agir avec toi à ma guise... »

Elle s'interrompit, et une lueur étrange, qui semblait jurer avec sa hardiesse et sa beauté, naquit dans son œil ; ce fut seulement plus tard que je sus l'identifier comme un signe de crainte. « As-tu entendu parler de la Scholomance ?

– J'en entends parler.

– Il ne s'agit pas d'un mythe, Kasha. Tout est vrai. Tu dois aller là-bas ; il me tuerait s'il savait que je t'ai prévenu.

Vas-y. Instruis-toi et deviens aussi fort que lui, ou il te détruira.

– Si je m'y rends », fis-je en durcissant ma voix et mon visage, « je deviendrai plus fort que lui. Et je veillerai à ce que nous soyons tous détruits et envoyés en enfer. »

Incertitude et crainte firent de nouveau tressaillir ses traits ; elle se détourna de moi et ne prononça qu'un mot : « Pars. »

Je la quittai donc, tandis qu'elle s'agenouillait pour réveiller Dunya ; je laissai ma sœur dans la maison abandonnée, en compagnie des cadavres sanglants, et j'allai prendre le premier train à destination de Buda-Pesth, d'où je devais poursuivre mon trajet vers l'Est, les contrées au-delà de la forêt, la Roumanie et, enfin, le lac d'Hermannstadt, résidence du Diable.

Écoutez : le tonnerre gronde. Le Dragon lui-même appelle, et je pars...

2

Journal de Zsuzsanna Dracul

4 novembre 1845. – Je suis venue infirme en ce monde, affligée d'une jambe atrophiée et d'une déviation de la colonne vertébrale. Même maintenant, j'entends en ma mémoire le bruit qui hantait chacun de mes pas : le raclement de ma démarche irrégulière lorsque j'arpentais sans grâce les dalles de pierre de la demeure familiale.

Enfant, je connus le tendre amour de ma mère – cependant, j'eus tôt fait de comprendre que son affection à mon égard différait de celle portée à mes frères. Après sa mort prématurée, je connus les affections conjointes de mon père et de mon frère. Ils m'adorèrent ; oh oui, ils l'adorèrent, la créature aux yeux de biche, pathétique et claudicante, d'un amour entaché de pitié.

De pitié, car j'étais laide ; de pitié, car je n'allais jamais connaître d'autre amour : sûrement pas celui d'un fiancé, d'un mari, d'un bébé tout à moi. Je grandis si solitaire que je devins légèrement folle et me créai des fiancés chimériques ; je façonnai un compagnon imaginaire – feu mon frère Stefan qui, en réalité, avait été tué alors qu'il n'était qu'un petit garçon. Toutefois, dans mon esprit, il vivait encore (et ce n'était plus mon frère, mais mon propre fils), me suivant fidèlement dans l'enfilade des pièces désertes tandis que je lui lisais tout haut des passages de livres évoquant la vie au-delà de ces murs.

Car, bien que mon corps fût disgracieux et frêle, mon esprit était vif et solide. Ainsi ma vie se limita-t-elle à des occupations académiques, à savoir l'art épistolaire et la littérature. Il était peu commun pour une Tsepesh de recevoir une éducation, mais ma mère, outre sa qualité de poétesse, était une maîtresse femme qui professait des idées modernes. Elle m'apprit l'alphabet de bonne heure ; à l'âge de huit ans, quelque temps après son décès, j'avais assimilé non seulement le roumain, mais aussi le français et l'allemand, et Père avait commencé à m'enseigner le latin. Lorsque nous eûmes grandi, Arkady et moi nous adonnâmes à des jeux lexicaux et conversâmes en langues étrangères. Afin de préserver mon journal des regards indiscrets, j'entrepris de le rédiger en anglais. Et je ne cessais de rêver aux lointaines contrées que je ne verrais jamais.

Que j'avais alors horreur des miroirs ! Ils révélaient toujours une jeune fille maladivement pâle pour n'avoir jamais vu le soleil, pour ne s'être jamais aventurée dans le monde au-delà de sa prison de pierre. Sans charme aucun, avec des traits aquilins, sévères, et de grands yeux bruns emplis de nostalgie. Et au-dessous de ce visage ingrat, un corps déjeté, avec une épaule plus haute que l'autre.

J'ai encore les miroirs en horreur : car depuis lors ils refusent de témoigner de ma métamorphose, ne montrant que vide et vacuité à l'endroit où je me tiens à présent. Combien j'aspire à voir mon propre visage, ma propre silhouette dans mes robes du dernier chic, à m'admirer autant que le font les autres ! Je suis dorénavant parfaite – dotée d'un corps droit et sain – et très belle, peut-être bien la plus belle femme du monde. Je n'ai nul besoin de miroir pour confirmer ce point : la réponse n'est que trop clairement inscrite dans les yeux des hommes.

Et qui transforma le vilain petit canard en cygne ?

Vlad, que je prenais pour l'oncle de mon père durant ma naïve existence d'être humain. Il avait juré de ne changer aucun membre de sa famille en immortel comme lui, mais il manqua à cette promesse par amour de moi. Par amour, car je l'adorais ouvertement ; par amour, peut-être, parce qu'il sut voir l'esprit captif du corps.

Il m'éveilla à cette vie nouvelle par un baiser – et dut payer un certain prix pour avoir rompu le Pacte, à savoir la perte de contrôle sur l'esprit de mon frère. Cette initiative le mit en péril ; en effet, dès qu'Arkady devint impossible à manipuler, il tenta de fuir, et l'existence même de Vlad fut menacée.

Mais Vlad acquitta volontiers ce prix et devint mon

amant. Il me courtisa, me poursuivit de ses assiduités, puis, en douceur, me fit franchir le précipice de la mort, m'emmenant vers une vie plus splendide que je l'aurais jamais imaginé.

Dorénavant, je suis immortelle; grâce à lui, il n'y a plus d'appréhension de la mort, plus de vieillissement, plus de souffrance (hormis la faim), plus d'infirmités. Il n'y a que la beauté, le frisson sensuel de la séduction et de la mise à mort, le fait réel que je sois admirée, adulée, désirée, aimée.

Et quand j'appris qu'il y avait une chance pour moi d'avoir un enfant au cours de ma première année de Changement, j'eus autant d'amants humains que possible. Mais je redoute d'être d'ores et déjà stérile... De toute façon, j'aurai des hommes aussi souvent que je le souhaiterai. Je ne me priverai d'aucun plaisir, d'aucune caresse amoureuse, et, un jour ou l'autre, je trouverai bien le moyen d'avoir un enfant à moi.

C'est Vlad qui mit un terme à l'angoisse qu'était ma vie humaine, et me donna cette existence sensuelle, neuve et brillante. Je ne puis lui refuser ni mon amour ni ma gratitude, même s'il devait un jour s'en prendre à moi par haine. J'aurai toujours cette dette envers lui.

Et il ne me prive de rien. Il se réjouit de m'acheter de belles parures, de me gâter; il se délecte chaque jour de ma beauté. Seul un obstacle nous sépare : mon frère Arkady, que je surnomme Kasha.

Eu égard à ce qu'il a fait pour moi, j'aime Vlad; à cause de ce qu'il a fait à mon frère et à mon père, je le hais. Car sa survie dépend de la damnation de l'âme de mon frère – tout comme auparavant elle a dépendu de la damnation de mon père, de mon grand-père, et de la totalité des précédents fils aînés de la famille Tsepesh. La corruption de chaque génération lui vaut un prolongement de vie et de pouvoir.

Mais le Pacte lui interdisait de transformer en vampires les membres de sa famille. Si Vlad a payé le prix fort pour me rendre telle que je suis, il a versé également un lourd tribut pour avoir fait de Kasha un immortel : en effet, il est à présent astreint à demeurer sur ses terres ancestrales et ne peut s'en éloigner durant quelque vingt-cinq ans.

D'ailleurs, il dit ne disposer maintenant que de ce même laps de temps, *une* génération, pour détruire le pauvre Kasha, et ainsi, livrer son âme corrompue, sinon tous deux perdrons notre immortalité, notre pouvoir, notre beauté... et périrons. Comme Vlad ne peut quitter la Transylvanie, il doit s'appuyer sur moi et d'autres pour réaliser son dessein.

Une génération seulement... Mais mon frère était mon ami le plus cher ; comment permettre qu'il lui arrive malheur ?

Mon recours consiste à m'en donner à cœur joie pendant cette existence, dans l'espoir que, une fois cette génération passée, je puisse renoncer de bonne grâce à cette vie mirifique, de concert avec celui qui m'en fit présent. Bien sûr, le danger reste que Arkady se fortifie par trop avant ce terme et détruise Vlad, mon sauveur et premier amant – dont l'amour, à la différence de celui de Kasha, ne fut jamais terni par la pitié.

Et si je favorise la destruction de Vlad – après tout, j'ai procuré à mon frère les moyens de devenir un adversaire honorable –, quel sera mon sort ? Vlad est mon créateur ; la mort de mon dieu impliquera-t-elle la mienne ? Ou bien ment-il en affirmant que son trépas entraînera le mien ?

L'unique solution est de les protéger l'un comme l'autre aussi longtemps que possible.

Il n'empêche, je crains que Vlad ne me fasse détruire s'il vient à découvrir la vérité sur ce qui s'est passé à Vienne. Il ne peut me nuire lui-même, mais il peut toujours acheter les services d'un mortel. Certes, jusqu'alors, il a échoué à trouver une personne mentalement assez forte et habile, qui accepterait de risquer sa vie, tant actuelle que future, pour détruire un vampire ; mais un jour il y réussira, à supposer que mon frère ne déniche pas auparavant cette âme bien trempée.

En tout cas, jamais je n'apprendrai à Vlad combien de choses j'ai révélées à mon frère. De son côté, Kasha s'en abstiendra sûrement ; quant à la pauvre Dunya, elle ne sait rien.

J'ai déploré mon retour en Transylvanie. Vienne fut paradisiaque : jamais, au cours de ma brève existence confinée, je n'avais vu autant de beauté, de richesse, d'opulence. Mortelle, j'étais toujours trop souffrante pour voyager, si bien que je ne me suis jamais aventurée en dehors des limites du domaine familial. Vienne n'était alors qu'un rêve, un conte de fées narré par mon père et mon frère.

Mais maintenant j'ai vu par moi-même les rues animées, les beaux équipages, les pâtisseries aussi décoratives que de délicates pierres précieuses, les majestueux théâtres lyriques.

Et les gens qui s'y rendaient – ah les gens ! Chauds, propres et parfumés, parés de satins, de soies et de diamants tels des personnages royaux, l'emportant en joliesse sur les gâteaux – et bien plus friands. Être assise à l'opéra comme l'une de ces personnes, humer leurs effluves – l'odeur du sang jeune et vigoureux se mêlant au fumet de la riche *cuisine* * et au bouquet des plus grands crus – et sentir la présence de tous ces cœurs battant chaleureusement m'était pure ivresse.

Et les hommes – les hommes ! Dans chaque foule, chaque œil masculin me couvait avec convoitise. Je butinais parmi eux, me répétant sans cesse : *C'est sûrement ça, la vie !*

Et si je ne puis plus désormais connaître ces expériences que morte et damnée, eh bien ! que morte et damnée je redevienne !

Mais ce château est si triste, sombre et silencieux par contraste, surtout depuis que tous les domestiques sont partis. Autour de nous, le village entier est désert, vidé de ses habitants parce que Vlad a osé rompre le Pacte en me conférant l'immortalité. Dans leur sottise, les paysans ont craint qu'il ne rompe son arrangement avec *eux* et n'entreprenne de les agresser.

Aussi ont-ils fui en masse, et nous voilà seuls, obligés de compter sur nos propres ressources pour survivre. Par ailleurs, le château se délabre un peu plus chaque jour et aurait bien besoin de réparations. Souvent, je me surprends à regarder par ses fenêtres vers le col de Borgo, espérant apercevoir un fiacre chargé de sang chaud et de cœurs battants... Mais bientôt la neige rendra la passe infranchissable. D'ici au printemps, il n'y aura plus qu'un seul visiteur.

Un seul et unique visiteur. En attendant, la prison sous la cave est vide. Si mon frère avait rempli son rôle, respectant les modalités du Pacte familial conclu avec Vlad, la geôle souterraine serait maintenant bondée, ce qui eût garanti une quantité suffisante de vivres pour les mois les plus froids et les plus mornes.

Les choses étant ce qu'elles sont, il semble que nous allons souffrir d'inanition... et nous affaiblir – et devenir hideux.

---

*. En français dans le texte chaque fois qu'un mot (ou une expression) en italique est suivi d'un astérisque. *(N.d.T.)*

Écrire ceci me donne envie d'atteler les chevaux et de retourner incontinent à la ville, me fait regretter (non sans culpabilité) d'avoir prévenu le pauvre Kasha, car ma générosité à son égard pourrait bien signer ma ruine. Comment supporterai-je de perdre maintenant ma beauté ?

Je ne comprends que trop le désir de Vlad de partir pour Londres. Chaque jour, la Transylvanie semble moins hospitalière ; les voyageurs se font rares, bien que le temps soit continuellement au beau. Être de retour dans une capitale, voir des rues peuplées de gens chauds, insouciants...

Nous aurions dû aller en Angleterre il y a longtemps – cependant, l'existence même de Kasha nous rend impossible tout départ. Vlad doit rester en Transylvanie jusqu'à ce que ses hommes de main parviennent à détruire mon frère, ou jusqu'à ce que lui-même périsse au terme du quart de siècle imparti.

Peut-être aurais-je pu délivrer Vlad si j'avais agi à Vienne selon ses souhaits, en chargeant ses mercenaires mortels de tuer Kasha. Mais eux aussi étaient mal entraînés – de petits esprits ne pouvant se concentrer sur rien, excepté l'or qui les attendait une fois la tâche accomplie.

Serai-je l'instrument qui détruira mon propre frère ?

Non. Du moins, pas encore... Mais, d'autre part, je ne suis pas prête à délaisser cette existence aussi neuve qu'exquise ; me voilà donc vouée à protéger également Vlad. Je ne nuirai à aucun des miens.

***

Avant-hier soir, je suis arrivée au château, emplie d'un mélange de tristesse et d'exaltation – et affamée. Le trajet de retour avait été pénible, sa majeure partie s'étant déroulée en chariot. En effet, notre cocher refusa de nous emmener plus loin que le col de Borgo ; là, il prit la route de la Bucovine, et Dunya, Jean et moi dûmes nous débrouiller tout seuls avec un chariot et des chevaux que Vlad avait fait envoyer à notre intention.

Dunya est vaillante mais petite, et le long voyage l'avait laissée hagarde ; quant à Jean, il était épuisé après toutes nos nuits d'excès, sans compter les succions subreptices dont j'ai accablé son cou robuste et doux. Aussi, dès la nuit tombée, je me suis levée pour prendre les rênes tandis que les deux mortels plongeaient dans un profond sommeil. La frayeur que j'inspirai aux chevaux accéléra notre allure, et nous fûmes bientôt rendus. Je secouai Dunya, puis nous transportâmes Jean, toujours assoupi, dans une chambre d'hôte.

J'aurais dû le garder auprès de moi ; le laisser sans surveillance constitua une grave erreur. Mais j'étais somnolente après mon voyage, car j'avais saisi chaque occasion de boire mon content de sang. D'ailleurs, je l'avais fait pas plus tard que le soir même, dans la diligence de Bistritz : c'était un vieil Hongrois quoique, j'en suis certaine, le malheureux cocher ne se soit pas rendu compte jusqu'à son arrivée en Bucovine que son unique passager était raide mort !

J'étais si repue et avide de repos que j'emmenai mon dernier béguin mortel en date, non pas dans les appartements de l'étage, mais dans une pièce rarement utilisée du rez-de-chaussée. (Et, en vérité, j'espérais que cela servirait à retarder sa découverte par Vlad, du moins jusqu'à mon lever.) Pour ma part, au lieu de gagner le saint des saints pour dormir dans mon cercueil jouxtant celui de Vlad, j'optai pour la bière la plus proche, et descendis donc à la cave d'un pas chancelant.

Là, je dormis jusqu'au lendemain soir ; puis je me levai – tard, quelque temps après le coucher du soleil – et constatai, à mon grand dépit, que Jean ne se trouvait plus dans sa chambre ; aussitôt, je compris avoir échoué à le protéger de la prédilection qu'éprouve Vlad pour la torture ; néanmoins, j'allai secouer Dunya et j'insistai pour qu'elle m'accompagnât à la salle du trône. Elle se montra réticente, émit quelques craintes, mais je savais que Vlad tiendrait à sa présence.

Celui-ci se trouvait, comme de juste, dans son sanctuaire, assis sur son trône.

Lorsque Kasha nous avait quittés, Vlad était aussi jeune et beau que lui. Maintenant, il est encore superbe, encore doté d'une ressemblance troublante avec mon frère de par sa pâle figure aux traits comme taillés à la serpe, ses sourcils charbonneux et ses grands yeux en forme d'amande, légèrement bridés. Mais là s'arrête toute similitude, car ces derniers mois l'ont vu souffrir de malnutrition et de vieillissement : sa chevelure naguère noire de jais est à présent parsemée de mèches gris fer, et les rides ont reparu sur son visage. (Une crainte m'envahit à l'instant : combien de temps se passera-t-il avant qu'il en soit de même pour moi durant ce long hiver de privations ?)

Il y a plus qu'une simple différence d'âge entre mon ancêtre et mon frère. Les lèvres de Vlad sont plus minces, plus cruelles et plus sensuelles, et ses yeux ne se rapprochent d'aucun de ceux qu'il m'ait été donné de voir : derrière leurs paupières tombantes aux cils drus, ils recèlent l'impérissable vert sombre de la forêt.

Ce soir-là, ils étaient emplis de cette lueur singulière – *chasseresse* – que j'en suis arrivée à tant abhorrer.

Dès que j'eus ouvert la grande porte séparant ses appartements du reste du château, avec Dunya agrippée à mes jupes telle une enfant apeurée, il s'exclama :

« Ah, Zsuzsanna ! Tu arrives à temps pour savourer le divertissement offert par notre invité – grâce à ta prévenance ! »

C'était bien légitime de sa part d'avoir déduit que je lui avais rapporté un cadeau de Vienne – comment ne l'eussé-je pas fait, après sa générosité à mon égard ? –, mais j'avais espéré passer encore quelques bons moments avec le pauvre Jean avant que Vlad en usât à sa guise...

J'entrai d'un pas vif, tenant Dunya à ma droite pour lui épargner l'affligeant spectacle visible sur la gauche ; en effet, les rideaux de velours noir étaient écartés, révélant le théâtre – occupé, hélas ! – de la mort : son estrade, ses fers noirs, ses chaînes utilisées pour le supplice de l'estrapade, son chevalet, ses pieux.

Traversant la salle, nous nous dirigeâmes vers l'endroit où il se tenait, jouissant d'une incomparable vue sur le macabre décor. Son trône reposait sur une plate-forme de bois sombre et poli, dont la base portait, en lettres d'or, les mots JUSTUS ET PIUS, juste et fidèle. Au-dessus, accroché au mur, un bouclier datant de plusieurs siècles, rongé de vétusté et orné d'un dragon ailé à peine discernable : l'emblème de l'Empaleur.

Je gravis les trois marches menant à lui et présentai ma joue à son baiser froid.

« Ma chérie ! » murmura-t-il ; puis il prit ma main et, laissant une longueur de bras entre nous, m'étudia avec une appréciation soutenue, l'appréciation d'un patriarche affectionné et d'un amant passionné. L'espace d'un instant, je me rappelai pourquoi je l'aimais. « L'exquise créature que voilà ! »

Je souris, sachant la sincérité de son compliment ; j'avais fait si bonne chère à Vienne que l'aide des miroirs m'était inutile pour sentir les progrès de ma beauté et de mon magnétisme. Pour la première fois depuis bien des mois, je vis de l'appétence pour moi – et moi seule – dans ses yeux.

Mais notre passion réciproque s'était estompée depuis mon Changement. Oh, certes, il nous était encore arrivé de faire froidement l'amour, lorsque les frissons procurés par la chasse et la mise à mort nous échauffaient et que nous voyions notre proie humaine franchir le grand abîme. (Vampire je suis, mais point fétichiste ; je ne prends nul plaisir avec les défunts.) Hélas, le tempérament de Vlad ne le pousse pas tant à rechercher la jouissance qu'à commander, dominer, asservir et inspirer la crainte. Or, mes propres désirs seraient plutôt excités par la chaleur humaine et l'odeur du sang, mes émois suprêmes advenant sous les auspices de la trinité qui unit concupiscence, luxure et mort ; et lorsque j'ai extrait de mon amant sa quintessence, toute sa chaleur, toute sa force vitale – eh bien, mon amour pour lui refroidit aussi rapidement que sa chair.

Néanmoins, je souris à Vlad, tournoyant pour mieux montrer ma nouvelle robe de satin gris et de soie argentée, œuvre d'un grand couturier de Vienne. Il l'admira, mais un instant seulement, puis regarda par-dessus mon épaule, vers le pauvre mortel suspendu, tout nu, aux fers. « Monsieur Belmonde ! l'interpella-t-il en français. Je crois que vous êtes déjà sur un pied d'intimité avec Zsuzsanna, ma... nièce, entre autres qualités. N'est-elle pas ravissante ? »

Je me tournai à contrecœur et me trouvai face au visage piteux et terrifié de notre invité. Mon pauvre Jean, bras et jambes en étoile, tremblant contre la pierre souillée de sang ! Naguère un dandy fameux, un gigolo, un ambitieux cherchant fortune, espérant que celle-ci viendrait facilement une fois qu'il aurait épousé la riche princesse que je prétendais être – et que je suis de fait... Lui faisant miroiter un mariage prochain, je l'avais attiré ici pour le présenter à la famille – mais bien autrement qu'il l'envisageait. Et dans le cahotement des fiacres de Vienne, dans la trépidation des wagons-lits et des voitures privées des trains traversant l'Europe orientale, et jusque dans la diligence de Bistritz, j'avais communié sans vergogne sous les deux espèces – celle de son corps élancé, musclé à souhait, et celle de son sang –, espèces se trouvant à présent exposées à l'admiration d'autrui.

Enchaîné au mur de pierre grise, il était suspendu par les poignets, la tête inclinée et la cage thoracique en saillie tel un Christ crucifié : un charmant jeune homme, vraiment, avec ses cheveux blonds, sa peau claire, ses yeux pâles éperdus d'horreur – et ce beau corps qui ne manquait jamais d'attiser ma faim et mon désir. Mais ses flancs présentaient de rouges zébrures ; il avait été flagellé. Le jeu avait déjà commencé ; détail de mauvais augure : ses chevilles avaient elles aussi été enferrées, de sorte que ses jambes étaient grandes écartées.

« Bien-aimée ! » s'écria-t-il tout en s'efforçant de se dégager de ses entraves, ce qui eut pour effet de mettre un peu plus en valeur sa musculature et de découvrir des dents blanches, bien rangées, derrière les lèvres charnues et roses que j'aspirais à baiser une fois encore. Les chaînes cliquetèrent contre la pierre. « Ma Zsuzsanna ! Pour l'amour de Dieu, aide-moi ! Aide-moi ! »

Au-dessous de lui, s'affairant discrètement dans les ombres noires, se trouvait son tourmenteur, entré depuis peu à notre service : Vanya, un ogre roux, au dos bossu et aux jambes difformes, une créature affligée des mêmes infirmités que j'avais connues au cours de ma pathétique vie de mortelle. Cependant, je n'éprouvais guère de sympathie pour cet homme dont la peau rubiconde empestait l'alcool en permanence – et particulièrement pas ce soir-là, car une excitation fébrile embrasait ses yeux injectés de sang alors qu'il lubrifiait l'extrémité émoussée d'un long pieu.

Je compris ce que cela présageait et, prise de panique, je me retournai vivement vers Vlad. Sans doute Jean Belmonde m'adorait-il uniquement pour ma prestance, ma richesse, et se serait-il révélé un conjoint volage. Et pourtant, même si je ne lui portais pas un amour réel, la perspective de son martyre m'était intolérable.

Les lèvres de Vlad se rétrécirent, esquissant un sourire

amusé ; mais, dans ses yeux, je lus une dureté me prescrivant de me cuirasser, d'être forte.

« Pas tout de suite », fis-je d'une voix basse – trop basse pour parvenir aux oreilles de mon malheureux Jean. Je tendis la main pour effleurer coquettement le bras de Vlad tout en m'efforçant de cacher mon revirement sentimental. « Laisse-moi en disposer d'abord. Oncle, je t'en prie... »

Oui, je suis morte, et me considère hors de portée des reproches des vivants ; déjà damnée et hors de portée du jugement d'un dieu quelconque. Mais damnée ou non, je suis encore capable de compassion envers mes victimes. S'il me faut les tuer, eh bien, qu'elles meurent agréablement dans mes bras ; et s'il me faut pécher, que cela suscite du plaisir et non de la souffrance.

Du moins le sang y gagne-t-il en suavité.

« Pourquoi pas ? fit Vlad, toujours souriant. Mais tu as déjà eu ton content de lui, ce me semble. D'abord, il faut que je sache. Qu'en est-il d'Arkady ? Tout s'est-il passé comme convenu ? L'as-tu déniché ? Es-tu allée le trouver ?

– Oui. »

Il s'avança avidement jusqu'au bord du trône et baissa la voix. « Et, là-bas, selon mes directives, tu t'es mise en rapport avec l'agent humain...

– En effet », répondis-je laconiquement. Je m'étais crue incapable de honte, mais le simple souvenir de la scène évoquée m'en fit connaître les affres. En vérité, j'avais séduit l'homme auquel Vlad m'avait recommandée, je m'étais abreuvée de lui et l'avais laissé pour mort.

Le sourire de Vlad s'élargit, révélant son épouvantable dentition. « Bien. Bien... Maintenant, dis-moi... » À cet instant, il tendit le bras, saisit mon poignet avec une force douloureusement intense et m'attira à lui, tout contre le trône. « Dis-moi que tu as assisté à la destruction d'Arkady. Comme il se devait. »

Je baissai les paupières, incapable de soutenir le regard scrutateur qui émanait de ces deux impitoyables disques d'émeraude. J'aurais pu mentir pour couper court, mais je savais que la sanction serait aggravée – ô combien ! – si je dissimulais maintenant et me trouvais confondue plus tard. Aussi dis-je : « Je ne doute pas qu'il ait été détruit. J'ai instruit l'homme avec soin et l'ai bien payé. Mais j'ai bu trop de sang gris et j'ai dû me retirer pour dormir avant l'aurore... »

Il se leva d'un bond et me projeta au bas des marches d'un impérieux mouvement de bras. « *Menteuse !* » hurla-t-il d'une voix suraiguë tandis que ses yeux rougeoyaient d'une rage inhumaine, comme si la verte forêt qu'ils contenaient avait été la proie d'un incendie soudain. « Tu m'avais juré d'y assister ! Tu as échoué dans l'essentiel ! Es-tu trop niaise pour comprendre que le temps nous presse, que nous ne pouvons nous permettre de manquer des occasions ? En épargnant ton frère, tu nous condamnes ! Comment peux-tu prétendre m'aimer ? »

N'étant plus humaine, je ne souffris point du choc. Après être souplement retombée sur mes pieds à côté de la craintive Dunya, je me redressai de toute ma hauteur, déployant mes charmes les plus étincelants. « Je ne suis pas une menteuse ! » m'écriai-je, acculée moi-même à la colère. J'étais inaccessible à toute frayeur ; Vlad aurait pu procéder à ma destruction s'il l'avait voulu, comme il m'en menace parfois, mais je le soupçonnais d'être aussi incertain que moi des conséquences d'un mauvais traitement à mon égard. « Mais il est toujours mon frère, et le sang qui coule dans mes veines n'est pas encore aussi froid que le tien. Comment peux-tu, *toi*, me demander de voir infliger un sort aussi funeste à un être cher ? »

Son visage se durcit, au point qu'on l'eût dit taillé dans du marbre blanc, et ses yeux se plissèrent alors même qu'ils me transperçaient. Je savais qu'il considérait l'hypothèse où j'avais précisément souhaité l'amener : je ne pouvais lui relater les circonstances du trépas d'Arkady pour la seule raison que j'étais partie auparavant par manque de courage.

Un moment, nous nous foudroyâmes du regard dans un silence chargé d'hostilité, puis, d'un ton plus posé, il demanda : « Mais alors, comment puis-je me fier à tes dires ? Comment puis-je être certain que tu exprimes la vérité ? »

Il ne le pouvait, bien sûr ; lorsqu'il rompit le Pacte pour me rendre semblable à lui, il renonça du même coup à sa faculté de connaître mes pensées – et celles de mon frère.

Aussi son regard tomba-t-il sur Dunya.

Celle-ci gémit de désespoir lorsqu'il lui fit signe d'approcher d'un simple geste du doigt ; l'espace d'un instant, elle agrippa mes jupes (toujours ces façons d'enfant apeurée) puis céda, bien à regret, au magnétique attrait de ces yeux vert sombre. Submergée de pitié, je lui tapotai la main avant qu'elle se tourne vers lui, les larmes aux yeux.

Elle gravit les marches de la plate-forme d'une démarche lente, réticente, puis, avec la sûreté grave des somnambules, elle souleva sa chevelure brune et lui présenta son cou alors qu'il se rasseyait. Comme elle ne se trouvait pas tout à fait dans la posture adéquate, il plaça un doigt sous son menton et opéra une légère poussée oblique afin de faire pivoter sa tête ; puis il la ramena en arrière jusqu'à ce qu'elle fût tout contre lui.

Il se courba, sa chevelure grisonnante ruisselant sur l'épaule de Dunya, et but. La jeune fille émit une plainte inarticulée lorsque les dents de Vlad percèrent sa peau, comme tant de fois auparavant et, tandis qu'il se sustentait à petites gorgées, les yeux de sa proie se ternirent, puis clignèrent jusqu'au moment où, enfin, elle les ferma, s'abandonnant à la douce et rêveuse langueur créée par le baiser de Vlad.

« Ne sois pas long », l'avertis-je en songeant au bien de Dunya. « Elle est fatiguée, et j'ai souvent usé d'elle sur le chemin de Vienne. »

Obéissant, il ne but que fort peu de temps le sang et les pensées de la jeune fille ; puis il releva son visage aux dents et aux lèvres colorées de rouge. Sans doute l'infortuné Jean vit-il là un prélude à son propre sort, car j'entendis derrière moi un hoquet de stupeur.

L'ignorance de Dunya fut mon salut. Je pus lire de l'agrément dans l'expression de Vlad.

« Bon, fit celui-ci. Il est du moins vrai que tu lui as rendu visite et que tu l'as magnétisé du début jusqu'à la fin. Mais enfin, ma chère, quelle est cette incorrigible putasserie qui vous a fait, toi et ta servante, vous jeter à la tête de ton propre frère ? Fort intéressant, en tout cas. Car si l'une ou l'autre devait lui donner un descendant mâle... »

Il n'acheva point sa pensée, mais je la complétai en mon for intérieur : *Alors, il ne serait peut-être pas nécessaire de retrouver Arkady ou son fils.*

« Prends mon enfant et celui de Dunya à ton service ! m'exclamai-je. Un pour la génération d'Arkady, l'autre pour celle de son fils ! »

Il inclina pensivement la tête, et ses paupières d'albâtre dérobèrent brièvement l'émeraude de ses yeux. Puis son regard se fit direct, acéré. « Je doute que de telles substitutions soient possibles. Et même le seraient-elles... Tu es naïve, Zsuzsanna, de penser que ces deux actes puissent immédiatement produire des enfants. Il se peut même que nulle d'entre vous ne conçoive. Et si tel devait être le cas ? »

À cela, je n'avais pas de réponse.

« Je vois. Ainsi, tu escomptais trouver un moyen de sauver à la fois ton frère et moi. » Il s'interrompit, et j'aperçus une vive lueur de colère dans ses yeux. Toute forte et tout immortelle que je sois, cette vue accrut mon anxiété. Car je le compris : Vlad s'abstiendrait de lever la main sur moi, mais mon pauvre *monsieur* * Belmonde n'allait se voir épargner aucune souffrance, aucun outrage.

Avec une douceur plus terrifiante que la tempête la plus dévastatrice, il dit : « Savoures-tu ta vie actuelle, Zsuzsanna ?

– Oui, chuchotai-je.

– Cependant, tu aimes ton frère.

– Oui...

– Décide, ma chère. Car l'un de ces penchants exclut l'autre. Une vie de mortel, Zsuzsanna. Une seule existence – c'est tout ce qui nous reste, avant que le Pacte ne devienne caduc et que tous deux soyons détruits. Si le fils d'Arkady devait mourir sans nous être lié, en état d'incorruptibilité, nous péririons. Et si nous échouons à détruire Arkady durant le laps de temps que j'ai mentionné à l'instant, nous péririons de même. Or, tu viens précisément de me coûter une précieuse occasion ! Combien d'autres se présenteront à nous au cours des cinquante, soixante prochaines années ? Ce n'est pas si long pour nous – un simple hochement de tête, un clin d'œil ! Je crains que tu ne penses encore comme une mortelle.

« Réponds-moi : souhaites-tu mourir dans ce château telle une vieille taupe ? Racornie, famélique, affreuse au point de décourager tout désir masculin ? Veux-tu devenir une créature plus pitoyable encore que tu l'étais de ton vivant ?

– Non, murmurai-je. Non.

– C'est pourtant ce à quoi tu te condamnes, Zsuzsanna, avec ta faiblesse. Avec ton amour stupide. »

Il mania un instant le calice placé sur l'accoudoir du trône (le calice noirci par le sang de Kasha, celui de notre père, celui de notre grand-père, celui de notre arrière-grand-père...) puis l'amena devant ses yeux et jura : « Avec ou sans ton aide, je verrai la destruction d'Arkady. Et je boirai le sang de son fils et celui-ci du mien ; une nouvelle génération sera attachée à mon service ! »

De prime abord, son intonation semblait témoigner d'une assurance totale – mais mes sens sont dorénavant fort aiguisés ; je pus déceler la crainte sous-jacente, la terreur, la rage. Le simple fait de le savoir ainsi aux abois m'effraya plus que je ne l'aurais imaginé. Le danger m'eût paru moindre en présence d'un lion blessé et furieux.

Il écarta le calice et me regarda en plissant les yeux. « Ton frère est un crétin s'il se croit de taille à lutter avec moi ! Quant à toi, ma Zsuzsa chérie... Sache que je t'aime. Mais mon amour pourrait vite tourner à la haine si je devais être trompé. *Justus et pius*. »

Puis il reposa le calice et se tourna vers Vanya. « Il est temps. »

Avec un grognement, Vanya entreprit de hisser le pieu de ses deux bras nerveux et couverts de taches de son ; puis, obliquant tel un vaillant petit crabe, il le tira jusqu'au bord du chevalet où se voyait une glissière spécialement creusée pour le recevoir.

C'était là une lourde tâche pour un seul homme, à plus forte raison quand celui-ci se trouvait bossu et boiteux, mais Vanya s'en acquitta avec grandes persévérance et détermination – nées, sans doute, de ce même désir qui embrasait ses yeux d'une lueur impie. Avec un bruit sourd, le pieu tomba dans la glissière, laquelle s'étendait jusqu'au centre du chevalet, sur une longueur égale à celle de la jambe de Jean, puis finissait, conformément à ce lugubre parallélisme, juste au-dessous de son coccyx.

Le malheureux se mit à hurler.

« Non ! m'écriai-je. Oncle, je t'en prie... »

Mais dès que Vlad tourna vers moi son regard empli

d'arrogance et de défiance, je sus que mes paroles étaient vaines; l'heure de mon châtiment avait sonné. Jean allait maintenant souffrir parce que j'avais osé désobéir. La voix de Vlad fut autoritaire, ferme, mais non dépourvue d'une sourde tendresse. « Tu as manqué à tes engagements envers moi, Zsuzsanna; toi, la personne que j'ai le plus aimée. Ai-je jamais failli à ton égard? T'ai-je jamais refusé quoi que ce soit? »

Il se redressa avec majesté; sa figure et sa voix revêtirent une superbe, une prestance, une magnificence léonine qu'avaient sûrement contemplées ses courtisans quatre siècles auparavant. Il devint réellement le *voïévode*, le prince-guerrier qui avait épargné à son peuple de mourir sous le joug turc : Vlad, que certains appelaient *Tsepesh*, l'Empaleur; que d'autres surnommaient *Dracula*, le Fils du Dragon. Les mots inscrits au-dessous de lui, *justus et pius*, juste et fidèle, se dénuèrent de toute connotation parodique – oh que oui ! et lui – lui, il resplendit, illuminé du dedans, tel un saint béatifié. Un ange – déchu certes, mais d'apparence non moins glorieuse. L'espace d'un instant – la crépitation d'une bougie, pas plus –, moi-même, pourtant initiée par ses soins à l'art de la magnétisation, je fus subjuguée par sa beauté, sa noblesse, et j'oubliai mon apitoiement pour mon soupirant, M. Jean Belmonde.

« Je suis sévère mais juste, n'est-ce pas ? » me demanda-t-il doucement tandis que Vanya haussait le pieu, jusqu'au moment où la pointe vint effleurer le fondement de l'homme enchaîné.

Les cris hystériques de Jean redoublèrent.

Vlad se leva d'un mouvement seigneurial. Rivalisant d'élégance avec les plus belles œuvres d'art que j'avais vues à Vienne, il fit un pas, puis deux en direction de son captif. « Un fou, monsieur? Moi? Savez-vous à qui s'adressent vos insultes? »

Belmonde se mit à pleurer sans retenue; des larmes ruisselèrent sur son visage, et son torse sanglant fut agité de sanglots convulsifs. « Non. Non. Je vous demande pardon, monsieur; dites-moi quels sont vos souhaits, et je veillerai à ce qu'ils soient exaucés. Tout ce que vous voudrez. Tout ce que vous voudrez ! Mais ne me faites pas de mal...

– Je suis le prince de ces terres », déclara Vlad. Son

visage luisait d'un tel feu intérieur qu'on eût dit une apparition dépêchée par Dieu plutôt que par le Diable. À sa vue, je me souvins pourquoi j'étais devenue folle amoureuse de lui. « Je les ai acquises au prix de ma chair, de mon sang, de mes larmes. Avez-vous entendu ce que j'ai dit à Zsuzsanna ? »

Avec méticulosité et circonspection, ses yeux rouges écarquillés et concentrés sur sa victime, Vanya leva encore le pieu : deux centimètres, pas plus. Belmonde sursauta, cria – puis balbutia d'une voix entrecoupée de larmes. « Pardonnez-moi, Prince, pardonnez-moi... Je suis un sot ; je ne savais pas...

– Je répète : avez-vous entendu ce que je lui ai dit ? »

Le regard effaré, Jean fouilla sa mémoirc puis bredouilla : « Je ne suis pas sûr... Je... Vous êtes... vous êtes... sévère mais juste ? »

Vlad sourit. « Excellent, monsieur Belmonde. Et ce que j'ai dit est vrai. Maintenant, je vous le demande : est-il juste de punir une insulte ? »

Les lèvres de l'homme piégé tremblèrent ; il s'efforçait de formuler la réponse qui l'eût sauvé. Une perle de sueur roula dans ses boucles dorées et humides ; de loin, je savourai son arôme piquant tandis que ma tendresse et ma compassion luttaient contre ma faim grandissante. « Il... il serait plus chrétien, peut-être, de la pardonner... » Sa voix se brisa. « Pour l'amour de Dieu, je vous supplie, monsieur, de pardonner... »

J'aurais pu redemander pitié pour notre malheureux invité, mais Vlad méprise la faiblesse ; mon plaidoyer n'eût fait qu'augmenter les souffrances de Jean. Aussi tins-je ma langue cependant que Dunya, maintenant sortie de sa transe, vacillait vers moi et tombait à genoux dans un accès de faiblesse. La voyant étreindre ma taille et enfouir son visage dans mes jupes, j'enlaçai ses épaules puis caressai sa chevelure en un vain témoignage de réconfort. Vlad venait alors d'interrompre son prisonnier.

« À présent, me voilà non-chrétien ! avait-il tonné. Un infidèle, comme les Turcs que j'ai mis en déroute il y a tant de siècles ? Deux insultes ! Je vous y engage, monsieur, demandez miséricorde ! Suppliez ! Il en va de votre vie ! »

Et le pauvre Belmonde de supplier, émettant une suite incohérente de syllabes ponctuées de sanglots. J'ai une grande facilité pour le français ; Jean et moi communiquions presque toujours dans cette langue. Mais cette fois je ne pus comprendre un traître mot ; du moins pas avant que Vlad gravît enfin l'estrade pour se pencher sur mon amant nu et tremblant.

Tout à coup, son expression s'adoucit. D'une voix basse et bienveillante, il chuchota à Jean : « Il suffit. Vous allez être délivré de vos chaînes. »

Le jeune homme laissa échapper un soupir à fendre l'âme ; puis, pleurant doucement, il murmura : « Que Dieu vous bénisse, monsieur. Que Dieu vous bénisse éternellement. »

Vlad effleura le front brillant et moite de Belmonde, lissant en arrière ses mèches dorées avec une tendresse paternelle. Puis il tourna son visage, juste assez pour jeter un coup d'œil au pied du chevalet ; Vanya s'y tenait prêt, une épaule calée contre la base du pieu huileux.

L'Empaleur fit signe d'un hochement de tête.

Vanya donna une puissante poussée. Je suis supposée immortelle, oui ; eh bien, ma vie devrait-elle durer toute l'éternité, je prie pour ne jamais entendre à nouveau pareille sonorité. (Chose horrible, je l'ai déjà entendue – et la réentendrai sûrement.) Jean hurla, un hurlement propre à transpercer les portes mêmes du paradis. Je n'eus qu'un aperçu de son corps s'arquant dans un spasme tandis que le pieu montait, trouant ses entrailles ; incapable d'en voir plus, je fermai les yeux et couvris de mes paumes les oreilles de ma pauvre Dunya, laquelle ajoutait son propre cri d'angoisse à ceux de la victime. Nous nous soutînmes l'une l'autre dans notre accablement.

Le silence tomba enfin. J'ouvris les yeux pour constater que le jeune homme s'était évanoui au cours de son supplice. Vibrionnant d'excitation, Vanya entreprenait fiévreusement de hisser le pieu.

Quelque peu aidé par son maître, il parvint à ériger l'instrument au centre du théâtre de la mise à mort, sur l'estrade construite à cet effet. Puis Vlad, le regard rayonnant tel un soleil, recula pour admirer son œuvre macabre : Belmonde empalé, sa tête inclinée sur un côté et ses bras ballants, inertes comme ceux d'une marionnette ; le poids de son corps l'attirait vers le bas, de sorte que le pieu progressait lentement, inexorablement, à travers ses viscères.

À l'aube, si Vanya avait dûment accompli sa tâche, l'extrémité émoussée émergerait des lèvres béantes du cadavre.

« Réveille-le ! » ordonna Vlad, et Vanya s'empressa d'apporter une perche au sommet de laquelle était fixé un chiffon. Après l'avoir généreusement imbibé de slivovitz, il le porta aux lèvres de Jean, parodiant ainsi – et avec quelle cruauté ! – le centurion qui avait présenté au Christ la coupe d'amertume.

L'agonisant gémit en reprenant conscience. Désormais, les mots lui manquaient, tout lui manquait – hormis la souffrance. Je savais ce qui allait suivre et le redoutais ; cependant, mon appétit s'était douloureusement accru et exigeait un prompt assouvissement. Durant mon séjour à Vienne, j'avais contracté l'habitude de me restaurer chaque nuit, et la hantise de la famine me poussait maintenant à m'alimenter autant que je le pouvais. Dunya était trop faible, trop pâle pour procurer la moindre pitance ; je n'osais pas même absorber une gorgée de son sang – et moins encore m'en repaître. Tandis que la perte de Jean était d'ores et déjà consommée... Grâce à lui, il allait m'être possible de boire jusqu'à satiété...

Ecœurée de ma propre convotise, je vis Vlad saisir le menton de l'homme martyrisé.

« Oui, éveille-toi », siffla-t-il en tournant le visage de Jean vers le sien. « Éveille-toi et sache qui te tourmente. »

Puis, avec une sauvagerie qui, à ma grande honte, m'enchanta et m'émoustilla, il planta ses dents dans le cou de Belmonde. L'homme cria de nouveau – mais à présent ce n'était plus qu'une faible plainte. Le choc et la douleur l'avaient anéanti ; il n'allait plus rester beaucoup de temps pour boire avant la mort, lorsque le sang commencerait à refroidir.

J'oubliai mon humanité. Je repoussai Dunya, gagnai l'estrade en hâte et y montai d'un bond aisé et gracieux, invisible à tout mortel.

Je me tins auprès de Vlad, attendant anxieusement qu'il eût fini de se nourrir, refoulant mon dégoût pour le sang gâté par la terreur, craignant seulement que la quantité fût insuffisante pour nous deux. Vlad buvait toujours lorsque cessèrent les pitoyables râles de Belmonde. Un moment plus tard, ce dernier s'évanouit derechef, et même les soins persistants de Vanya ne purent secouer sa torpeur.

Alors, Vlad s'écarta puis, de ses yeux brillants, verts et triomphants, il me regarda presser mes lèvres contre la blessure sanglante qu'il avait ouverte.

Je bus, irritée de mon impuissance à refuser, contrariée par ma faiblesse. Oui, je bus, mais ce fut un sang amer, très amer...

AMSTERDAM

NOVEMBRE 1871

Vingt-six ans plus tard

3

Télégramme de Guy de la Mer, Amsterdam, à V. Dracula, c/o Auberge de la Couronne d'or, Bistritz, 12 novembre 1871

Sujet enfin localisé. Itinéraire et heure d'arrivée suivent.

***

Le journal de Mary Tsepesh Van Helsing

19 novembre 1871. – Mon mari est mort.

Mon mari est mort.

Par deux fois, j'ai écrit ces mots ; par deux fois, c'est advenu. Aujourd'hui, nous avons enterré Jan, lui qui, il y a maintenant plus de deux décennies, délivra mon enfant d'un danger innommable.

L'aimais-je ? Oui. Mais il s'agissait entre nous d'un amour tempéré, ou plutôt d'une amitié née de la gratitude et du respect, et non de passion – du moins pas de ma part. Pourtant, cette perte me fend le cœur et, en écrivant ceci, je verse de brûlantes larmes. J'ai perdu mon plus loyal ami ; c'est en tout cas ce que je croyais avant ce soir.

Mais seul un homme a jamais été véritablement l'élu de mon cœur : mon bien-aimé Arkady – mort depuis quelque vingt-six ans. De cela, je suis sûre et certaine, car c'est moi qui fus son exécuteur, c'est moi qui tirai la balle qui transperça son cœur.

Si ç'avait pu être le mien, la souffrance eût été moindre. Tout ce temps, j'ai précieusement conservé l'arme ; pas une nuit n'est passée sans que je la caresse en secret, sans que je presse son acier froid contre mes lèvres et adresse de tendres chuchotements à l'esprit de celui qui me hante encore.

Mais Arkady n'est plus un esprit. Non ; c'est pire, bien pire que cela...

Il m'a rendu visite ce soir. Non point comme un fantôme né de l'imagination ou comme un vague spectre issu d'un rêve, mais en personne, en chair et en os – une chair froide, très froide...

J'étais assise à l'étage dans ma chambre, près du lit que Jan et moi avions partagé, m'abandonnant à l'insomnie et au deuil intime après une longue journée de cérémonie funèbre et de condoléances publiques. Le reste de la famille dormait au rez-de-chaussée, et je contemplais le feu, me rappelant la première fois que Jan et moi nous étions rencontrés. Captive dans l'horrible château de Vlad, je luttais pour donner naissance à l'enfant d'Arkady lorsque Jan apparut, se présentant sous un nom d'emprunt. Il m'aida à accoucher de mon fils puis l'arracha aux griffes de Vlad ; plus tard, lorsque je me fus échappée et les eus tous deux retrouvés, il entreprit de dissiper l'infini chagrin où la mort d'Arkady m'avait plongée. Car lui-même étant un malheureux veuf, nous pûmes, dans une certaine mesure, nous réconforter mutuellement.

Maintenant, l'impossible est advenu : feu mon premier époux est apparu pour me consoler de la mort de mon second mari.

J'étais assise dans une obscurité totale (hormis les braises qui luisaient dans l'âtre), mon regard fixé sur la fenêtre et, au-delà, sur la nuit nuageuse et dépourvue d'étoiles, sans pour autant voir autre chose que les souvenirs contenus dans ma mémoire, lorsque j'entendis tambouriner doucement contre la vitre. Le bruit se poursuivit quelque temps, je crois, avant que j'en prenne vraiment conscience ; je songeai d'abord à un oiseau égaré. De fait, une vaste forme noire – de la taille d'un grand corbeau – planait derrière le carreau.

Une légère curiosité s'insinua à travers mon chagrin.

J'avais commencé de scruter la sombre silhouette, quand je perçus une lueur blanche, très rayonnante, qui semblait filtrer de son intérieur même, comme lorsque s'allume une lampe à gaz. Puis la blancheur se condensa lentement en un visage : le visage de mon cher Arkady.

Ébahie, je me dressai, une main sur le cœur, quoique certaine que cette apparition était le simple produit de l'insomnie et du deuil. Néanmoins, je n'y pus tenir ; je m'avançai vers la fenêtre, pensant que ce mouvement révélerait sûrement la nature réelle de cette vision, à savoir un *trompe-l'œil* *, un jeu de lumière et d'ombre, rien de plus.

Mais non : plus j'approchais, plus les traits d'Arkady devenaient distincts. Et ô combien séduisants ! J'avais fui la Transylvanie pour sauver ma vie, sans même avoir pu emporter un portrait de mon bien-aimé afin de préserver la netteté de son visage en ma mémoire, mais le passage du temps n'avait pas altéré le moindre détail : c'étaient bien ses sourcils fournis, proéminents, son nez aquilin, ses grands yeux, légèrement bridés avec des cils d'une longueur presque féminine, son front haut, couronné d'une chevelure coiffée en V. Cependant, ses traits actuels paraissaient plus réguliers, plus harmonieux et plus beaux qu'ils l'avaient jamais été dans mon souvenir : ses cheveux noirs comme du charbon, longs, bouclés, resplendissaient d'étincelles indigo, et sa peau était d'une pâleur si phosphorescente qu'elle illuminait l'obscurité autour de lui.

Et ses yeux... C'étaient les tendres yeux du mari que j'avais perdu si longtemps auparavant ; à ma vue, ils s'emplirent d'une souffrance et d'une nostalgie identiques à celles qui oppressaient mon cœur.

Spontanément, je levai le châssis, laissant affluer le froid, l'air humide...

Laissant affluer mon passé.

La silhouette entra avec une bourrasque, claquant le châssis derrière elle ; alors, en cet inconcevable instant, là, juste devant moi, se tint mon époux chéri, de noir vêtu, vigoureux, séduisant et jeune, inchangé malgré l'écoulement de vingt-six années. Non, plus que séduisant : beau. Glorieusement beau.

Et je me tenais là, moi, une vieille femme, avec ma chevelure filée d'argent, mon visage et mon corps, jadis aussi lisses et fermes que les siens – et maintenant flasques, ridés.

« Arkady ? » chuchotai-je, pensant que la tension due aux récents événements avait ébranlé ma raison. « Est-ce... possible ? »

Il émit un long soupir – ou peut-être fut-ce uniquement la douce et lointaine clameur du vent – qui convoya un simple mot : « Mary. »

Je commençai à verser des larmes de joie et portai une main à sa joue. Il eut alors un faible sourire ; mes doigts n'effleurèrent point une peau chaude, vivante, mais la chair froide d'un mort.

Je laissai échapper une plainte sourde, horrifiée. Car, à ce moment-là, je me rendis compte qu'il ne s'agissait ni d'un fantôme suscité par la folie, ni d'un rêve, et je compris ce qui s'était passé depuis ces vingt-six années. Mon mari était bel et bien mort de ma main ; mais, au lieu de gagner le repos éternel auquel j'avais voulu le destiner, il s'était vu transformer par Vlad en ce délicieux monstre dénué d'âme qui me faisait à présent face.

Je pressai mes doigts tremblants contre mes lèvres. Sans doute mon visage refléta-t-il mon sentiment d'horreur, car un tressaillement de douleur parcourut le sien.

« Mary... » Ce fut le plus pitoyable des gémissements, délivré d'une voix inhumainement mélodieuse et saisissante ; cependant, c'était sans méprise possible la voix de mon Arkady, tourmentée par l'amour et le regret. Il s'exprimait en anglais, la langue dont nous usions, la langue que j'avais délaissée plus d'un quart de siècle auparavant, à l'époque même où j'avais abandonné mon autre vie. « Oh, ma très chère, peut-être n'aurais-je pas dû venir... Peut-être les circonstances sont-elles par trop cruelles. »

Je n'avais pas peur de lui. J'étais trop épuisée par le deuil et le choc pour me soucier de ma propre sécurité. Et qui qu'il fût maintenant, quelques monstruosités qu'il eût commises, il arborait toujours le visage de mon bien-aimé. Si, en cet instant précis, il avait tendu le bras pour me tuer, je n'aurais pas résisté.

Mais la prise de conscience de ce qu'était devenu mon premier mari me fit chanceler à reculons et m'effondrer dans le fauteuil. Arkady me suivit avec des mouvements empreints d'un tel silence que ses pas ne produisirent aucun bruit sur le parquet ; un genou fléchi, il se plaça auprès de moi.

« Pardonne-moi », dit-il en plongeant un regard triste dans mes yeux; derrière lui, le feu baignait d'un vif éclat orangé un côté de son visage luisant. « Peut-être n'aurais-je pas dû venir cette nuit, entre toutes les nuits, alors que ta blessure est si fraîche. Mais je ne souhaitais pas t'embarrasser pendant que ton mari... » – il trébucha sur ce dernier mot et baissa les yeux, de peur que je n'y discerne souffrance et jalousie – « ... pendant que Jan vivait. Mais certains événements récents m'ont convaincu de l'impérieuse nécessité de m'entretenir avec toi. Et aujourd'hui est survenu un développement que je n'ai pu ignorer.

– Ainsi, Vlad vit encore », fis-je, raisonnant à haute voix. Toutes ces années, j'avais vécu dans l'incertitude, espérant que la mort d'Arkady avait entraîné la destruction de Vlad, que mon enfant était soustrait à la malédiction frappant sa famille paternelle – mais sans jamais savoir si les horreurs du passé reviendraient nous hanter ou non. Soudain, à travers ma petite fenêtre, la nuit me parut indiciblement plus ténébreuse, plus hostile; en ce terrible instant, je sus que mes pires craintes étaient bel et bien fondées.

« Vlad vit encore, confirma Arkady. À l'instant précis de ma mort, il piégea mon âme entre ciel et terre. Il me fit semblable à lui, sachant que tôt ou tard je devrais verser dans la corruption... »

À la pensée que celui que j'avais tant aimé était devenu un assassin, je détournai mon visage.

Il termina, son intonation et son expression subitement durcies : « Je n'ai pas le choix, Mary. Ma destruction entraînerait la perpétuation de Vlad. Ma survie vous alloue protection, à toi et à mon fils.

– Et toutes ces vies que tu as supprimées au cours des vingt-six dernières années ? »

Mes paroles suscitèrent une souffrance nouvelle dans sa voix, son visage, ses yeux. « Chacune d'entre elles rachètera une centaine, un millier, une infinité d'autres vies. Car je jure sur chacune de mes victimes que je les verrai vengées et Vlad détruit.

« Et le jour où il mourra, eh bien je choisirai de mourir, moi aussi. Veux-tu voir notre enfant, et les enfants de ses enfants, damnés pour l'éternité ? Fais que la malédiction s'achève avec moi, Mary ! Fais qu'elle s'achève avec moi !

– Mon Dieu ! chuchotai-je. J'aurais préféré mourir que de te voir ainsi. C'est moi qui suis responsable de ta condition. » Et je me remis à pleurer.

La vue de mon chagrin le troubla manifestement. Je ne suis pas facilement sujette aux crises de larmes ou aux pâmoisons ; cependant, j'avais réellement tué mon mari de ma propre main pour lui épargner d'être asservi à Vlad et, au cours des années suivantes, j'étais parvenue, tant bien que mal, à survivre aux plus grandes souffrances que toute femme, tout homme puisse jamais connaître. Je dirai seulement ceci : S'il était resté une seule balle dans le revolver lors de cette nuit funeste, je n'écrirais pas ces mots aujourd'hui.

J'agrippai l'accoudoir. D'un geste doux, Arkady posa sa main sur la mienne. Je me raidis en sentant sa froideur mais ne cherchai point à me dégager.

« Tu fus toujours plus forte que moi, dit-il. Ma chère Mary, j'ai redouté que tu ne meures. Comment as-tu donc survécu ? »

Je lui relatai alors comment j'avais fait pour m'échapper vingt-six ans auparavant. Je m'étais trouvée fort affaiblie après l'accouchement ; de fait, j'avais frôlé la mort. Mais au moment où je tirai le coup fatal sur mon mari, les chevaux s'emballèrent. Je profitai de leur surexcitation et les conduisis à bride abattue vers le nord, en direction de Moldovista, où je savais que le soi-disant Dr Kohl avait emmené mon enfant. À ce moment-là, je ne désirais qu'une chose : continuer de faire route jusqu'à périr moi-même, mais la pensée de mon bébé me maintint en vie. Mon souvenir de ce qui s'ensuivit est confus. Je sais qu'une fois arrivée en ville, je m'effondrai en proie à un accès de fièvre, et qu'un charitable aubergiste prit soin de moi. De mes divagations, il déduisit que j'étais à la recherche d'un médecin et d'un nourrisson ; justement, un couple semblable venait de arrêter dans son établissement (quoique l'homme eût dit s'appeler Van Helsing et non Kohl), et le docteur avait demandé du lait pour le bébé. Leur prochaine étape devait être la ville de Putna.

Au fond de mon cœur, je fus certaine qu'il s'agissait du même homme. Quand j'eus enfin repris mes esprits, j'envoyai un télégramme au Dr Van Helsing à Putna, l'informant que je m'étais échappée, contrairement à mon malheureux mari qui avait reçu une blessure mortelle.

Quelques jours plus tard, mon petit garçon et moi fûmes réunis. Je ne savais où aller ; je n'avais aucune raison de revenir en Angleterre et j'étais trop accablée de chagrin pour me soucier de ma destination. Jan Van Helsing me convainquit de l'accompagner dans sa ville natale, Amsterdam, et ce fut donc là que j'élevai mon enfant ; puis, après avoir repoussé durant dix-huit mois les demandes en mariage de Jan, je finis par l'agréer, afin que mon fils eût un père. Bientôt, nous adoptâmes un autre enfant, un petit garçon. Nous vécûmes loin de la souillure que représentait le nom de Dracul et prîmes le nom de Van Helsing pour nôtre.

J'ai donc désormais deux fils ; ils se croient frères, bien que l'un fût adopté comme je viens de le préciser. Aucun d'eux ne connaît quoi que ce soit du sombre passé. Il n'était nul besoin, semblait-il, de ternir leur bonheur par le récit de nos infortunes.

Arkady m'écouta en observant un silence attentif ; puis il dit : « Pendant plus de deux décennies, j'ai tout fait pour que Vlad ne vous retrouve pas. Chaque fois, j'ai déjoué ses menées... À la moindre opportunité, j'ai chargé des mortels de mettre un terme à son existence. Mais tous ont échoué ; certains s'enfuirent lâchement et disparurent, d'autres devinrent fous, d'autres encore se donnèrent la mort ou furent eux-mêmes détruits. Je n'ai trouvé aucun cœur assez constant, assez loyal, pour accomplir cette tâche. Et, en dépit de mes efforts, je n'ai pu éternellement l'empêcher de reconstituer le chemin que vous avez parcouru autrefois. Depuis un certain temps, il ne cesse d'expédier un agent après l'autre – chacun plus sagace et plus déterminé que le précédent. »

Je m'affaissai dans le fauteuil, écrasée par le poids des paroles d'Arkady, et portai une main à mon cœur. « Il est ici ? À Amsterdam ? »

Son visage refléta de l'apitoiement. « Non ; il est astreint à rester en Transylvanie – telle est sa rétribution pour avoir violé le Pacte et transformé en vampire l'un des siens. Tu n'as pas à craindre de le rencontrer alentour ; en effet, il ne lui a jamais été aisé de voyager, étant donné qu'il doit dormir environné de sa terre natale. Pareille contrainte m'est épargnée, peut-être parce que mon sang n'est pas aussi pur que le sien. Mais il a bien envoyé un agent ici. J'en ai la preuve. » Il glissa une main dans sa poche de gilet et en sortit un objet d'un or brillant, poli.

Un petit écu. Il le tendit, et je me levai pour m'en saisir, le tenant à bout de bras pour mieux voir l'emblème à la faible lueur du feu.

Je le reconnus aussitôt et poussai une plainte sourde.

C'était l'image d'un dragon ailé, à la langue et à la queue fourchues, avec une double croix qui émergeait de son dos. Je n'eus pas besoin d'examiner le revers pour connaître les mots qu'il portait : JUSTUS ET PIUS.

Je rendis l'écu sur-le-champ, car son simple contact avec l'extrémité de mes doigts me parut froid, maléfique, odieux. Je ne désirais rien tant que de me précipiter vers la cuvette pour m'y laver les mains, mais je savais que même un océan ne pourrait jamais effacer semblable souillure. Mon amour pour l'homme se tenant devant moi – non, l'homme que cette créature avait jadis été – cet amour m'avait flétrie pour toujours.

« C'est pour se procurer un logement », fit Arkady à voix basse. Il rempocha l'écu après m'avoir adressé un regard désolé. « Je vous ai observés quelque temps, toi et ta famille, afin de vous protéger ; seulement, la clarté diurne limite mes capacités, et je ne puis me passer de repos périodique. Comme lui, je dois parfois recourir à une assistance humaine. Mais jamais je ne vous ai laissés sans défense. Cependant...

– Que devons-nous faire ? le coupai-je, m'efforçant de continuer à chuchoter, de peur d'éveiller la maisonnée.

– Tu dois les prévenir. Prévenir notre fils...

– Il n'y croira pas, protestai-je.

– Il le doit. Vlad ne reculera devant rien pour le trouver, pour le soumettre au rituel du sang – et, cela fait, il contrôlera son esprit. Nous devons empêcher cela à tout prix. »

Mon pouls s'emballa d'effroi. « Mais comment ?

– Tu as toujours été la plus forte, répéta-t-il. Chère Mary, peux-tu être forte à nouveau ? »

Je ne répondis rien ; je me bornai à fixer mon regard sur lui tout en songeant à mes deux fils innocents.

Lors de mon arrivée en ce pittoresque pays il y a plus d'un quart de siècle, j'eus la nette sensation de renaître. Que de différences avec la Transylvanie et mon Angleterre natale ! Les hivers cléments, les terres plates et marécageuses, le grincement des moulins à vent, le vaste ciel avec ses agiles nuages lisérés d'or, si prisés par les artistes, les villes proprettes et animées, emplies de gens industrieux et souriants, dépourvus du moindre esprit de classe, tout cela m'était entièrement étranger. Il règne ici un sentiment de bonté, et l'air soufflant de la mer omniprésente produit une aimable fraîcheur. En comparaison, la Transylvanie semble frappée d'un maléfice séculaire, décadente et aussi corrompue qu'une dépouille au dernier stade de la putréfaction.

Heureuse de ce changement, je laissai derrière moi les terreurs du passé. Je m'attachai tant au peuple hollandais que j'entrepris de parler uniquement sa langue, oubliant presque mon parler natal. Ainsi, durant plus de vingt-cinq ans, je fus si éloignée du danger que je me pris à nous croire, mes enfants et moi, en sécurité.

Et maintenant, voir ressurgir cette crainte depuis si longtemps disparue...

« Je ne le puis », répondis-je, dégageant ma main de la sienne. « De grâce... Ne demande pas mon aide. Je ne puis même supporter la pensée de mettre mes enfants en péril...

– Ils sont déjà en péril. » Arkady se dressa d'un bond puis, en un mouvement trop rapide pour que mes yeux puissent le percevoir, il se détourna de moi et se plaça devant le feu. « J'ai eu vingt-six ans pour réfléchir à ce que je ferais le jour où je déciderais de vous approcher, Stefan et toi. J'aurais pu rester silencieux et continuer de garder un œil protecteur sur vous – ce que j'ai fait ces derniers mois, depuis que je vous ai retrouvés. Seulement, je ne suis pas vraiment de taille à lutter avec Vlad. À présent, je suis presque aussi rusé que lui – mais il me devance par ses siècles d'expérience. Maintes fois, j'ai tenté de le détruire ; maintes fois, il a appris mon projet juste à temps et m'a échappé. Bien souvent, c'est lui qui a été près de me détruire. » Il pirouetta brusquement et me fit face. « J'aurais pu te laisser dans l'ignorance de la menace et t'épargner ce tourment, mais ton inconscience ne ferait qu'accroître le danger. » Il s'interrompit, soutenant mon regard avec des yeux doux, désespérés, des yeux bruns mouchetés de vert, des yeux que je pensais ne jamais revoir, si beaux et si torturés que je dus lutter pour réprimer mes larmes. « Et tu es la seule personne que je puisse investir de cette tâche solennelle entre toutes. J'ai besoin de ta promesse. »

J'hésitai.

« Mary, murmura-t-il, tu m'as déjà tué une fois, ma chérie. Lorsque viendra le temps et que Vlad sera détruit – si je ne meurs pas, peux-tu être assez forte, puis-je me fier à toi, pour recommencer ? »

Bouleversée, j'enfouis mon visage dans mes mains, et sentis des lèvres froides effleurer le sommet de ma tête. Je demeurai ainsi quelque temps, incapable de parler, incapable de penser, uniquement capable de rester assise à frémir en ressentant l'intrusion du Mal, en comprenant que mon acte de miséricorde (pourtant suffisamment atroce en lui-même) avait valu à mon bien-aimé non la délivrance mais le plus hideux des purgatoires.

Lorsque je levai enfin les yeux, ses traits exprimaient une sincérité et une angoisse si pures que je me dressai, percée jusqu'au tréfonds de l'âme à la vue de sa souffrance. J'avais donc enterré un mari le matin même, pour en trouver maintenant un autre, longtemps cru mort ! Et dans quelle cruelle situation ! Mon cœur déborda d'un tel amour et d'une telle tristesse que je tendis les bras pour le consoler.

« Oh, Arkady... »

Fondant en sanglots, nous nous étreignîmes enfin. Durant un moment béni, je ne notai pas la froideur des bras qui m'enlaçaient, des lèvres qui frôlaient mon front, des larmes qui roulaient dans ma chevelure ; ni ne perçus la singulière inertie habitant le torse où jadis avait battu un cœur chaud, vivant. Je le serrai fort, songeant seulement que j'étais de nouveau unie à celui que j'aimais le plus.

Et il me serra, avec toute l'impétueuse tendresse du mari que j'avais connu. Oh, qu'il me serra...

Combien de temps nous demeurâmes dans cette bienheureuse attitude, je ne saurais le dire. Mais vint l'instant où, cédant à un débordement d'affection, je pressai mes lèvres contre sa poitrine muette, l'épaule de sa pèlerine, son cou – puis sa bouche.

Il eut un mouvement de recul, mais pas avant que j'eusse capté, sans erreur possible, cette odeur et cette saveur de mort et de fer. Je rejetai la tête en arrière et vis, sur ses lèvres entrouvertes, puis sur son col, de petites taches sombres.

Sombres à la lueur du feu, car il faisait nuit ; mais, si

j'avais allumé la lampe, ces taches eussent sans doute paru brillantes, récentes, pourpres.

Je tressaillis en poussant un cri aigu.

Il me lâcha aussitôt. Je portai mes doigts à mes lèvres puis les en éloignai, ensanglantés. Il vit l'objet de mon effarement, et son expression refléta une honte insondable.

« Pars ! » demandai-je en baissant les yeux, incapable de le regarder plus longtemps, de considérer autre chose que mes doigts écartés, maculés du sang d'une victime inconnue. « Pars, de grâce ! Je ne puis... je ne puis même penser que... »

Sa voix fut calme et douce, mais laissa deviner une résolution inflexible. « Tu le dois. Tout comme je devais te revoir. Quoique cela n'eût pas dû avoir lieu cette nuit, si peu de temps après ton deuil. Pardonne-moi. Mais soupèse tout ce que j'ai dit. »

Je me tournai, ouvrant la bouche pour répondre – et me vis seule. Toutefois, l'étais-je vraiment ? Car, du coin de l'œil, il me sembla distinguer une sombre silhouette qui rejoignait la fenêtre à tâtons.

Soudain, une froide bourrasque me fit frissonner ; je me précipitai vers la fenêtre, maintenant rouverte, et j'abaissai le châssis. Au-delà, dans la nuit sans lune, je ne pus rien voir, rien si ce n'étaient, luisantes sous une pluie fine, les formes silencieuses et noires des maisons de l'autre côté de la rue.

Je sursautai en entendant deux coups secs à la porte de ma chambre. Le bruit me sembla curieusement normal, détonant avec l'irréalité onirique de la scène que je venais de vivre ; s'il n'avait résonné à cet instant, peut-être me serais-je persuadée que l'apparition d'Arkady n'avait été qu'un rêve. Mais j'étais bien éveillée lorsque je me détournai de la fenêtre et gagnai la porte.

« *Mœder* ? » C'était la voix de Bram, enrouée, fatiguée, mais tendue par l'anxiété.

J'ouvris et trouvai mon fils, encore vêtu de la chemise qu'il avait portée aux obsèques de son père ; derrière des verres épais, ses yeux bleu clair étaient gonflés et ses paupières rougies. Ses cheveux ondulés, d'une teinte d'or légèrement cuivrée, étaient ébouriffés comme s'il venait de se lever, mais son intonation lasse m'apprit qu'il n'avait point dormi, tout comme moi.

L'espace d'un moment, je ne parlai pas mais me permis de l'examiner, de me rappeler la triste et funeste époque de sa petite enfance, d'admirer le brillant jeune homme qu'il était devenu. Il est si dynamique, mon Abraham, si probe, si curieux et si intelligent qu'il a obtenu sa licence en droit à un âge exceptionnellement précoce, avant de suivre les traces de Jan et de faire sa médecine lorsque la science juridique lui sembla offrir trop peu d'occasions de secourir les démunis. Jan fut très fier de constater à quel point son fils adoptif lui ressemblait ; de fait, leurs similitudes parurent si remarquables, tant dans les intérêts que dans la physionomie, que nous vînmes tous à considérer Bram, en paroles et en pensées, comme le propre fils de Jan, et nous ne vîmes nulle raison de dessiller ses yeux à cet égard. A l'instar de son père adoptif, il a tendance à se surmener – mais là, pour la première fois, je pus voir combien cette habitude l'éprouvait ; je pus deviner l'épuisement tapi dans les cernes de ses yeux.

Son inquiétude le fit sourciller tandis qu'il me scrutait et prenait ma main dans les siennes. Après la froideur de la poigne d'Arkady, le contact chaleureux de mon fils fut rassurant. « J'ai entendu un hurlement... »

Il s'était exprimé en hollandais (en effet, je me suis toujours abstenue de converser en anglais avec mes fils, tout en leur laissant apprendre cette matière à l'école), et je lui répondis de même, consciente pour la première fois depuis maintes années d'employer une langue étrangère. « Ce n'était rien. » Je m'évertuai à sourire, m'efforçai d'affecter un ton léger – en vain. « Une souris. La pauvre créature aura sans doute été plus effrayée que moi.

– Ah, dit-il. Ce matin, je dois partir tôt pour l'hôpital, mais je rappellerai à Stefan d'installer un piège. » Il s'interrompit, sans détacher son regard de mon visage – qu'il est sérieux, celui-là, et si différent de son frère ! –, et ma détermination vacilla un très court instant. Prenant une respiration, j'ouvris la bouche pour parler, lui apprendre toute la vérité, l'avertir, le supplier de s'enfuir. Jusqu'à présent, l'ignorance a permis à mes enfants de mener une vie heureuse ; devrait-elle maintenant causer leur destruction ?

Mes paroles avortèrent. Abraham est un sceptique convaincu, la dernière personne au monde qui accepterait d'entendre sans broncher mon extravagante histoire. Comment la lui relaterai-je ? Et à Stefan ? Je posai mon autre main sur les siennes et resserrai notre étreinte, redoutant d'avoir un jour à la rompre de manière définitive.

Ce geste accrut l'anxiété de Bram. « Es-tu certaine de bien aller, Maman ? »

Je ne pouvais dire ce que j'avais sur le cœur. Non ; une telle révélation exige de prudentes réflexions préliminaires. Au lieu de parler, je hochai la tête et parvins enfin à esquisser un sourire, aussi faible fût-il.

« Ne voudrais-tu pas une potion dormitive ?

– Non. Va dormir, Bram. »

Il me tapota la main et se retira. Je fermai la porte, me nettoyai mains et visage dans la cuvette (accordant un soin particulier à mes lèvres) puis je m'assis pour rédiger ce qui précède. De temps à autre, je m'essuie la bouche avec mon mouchoir, mais le goût du sang persiste.

L'aube est presque là, et je ne puis toujours pas décider comment parler à mes fils, ni ce que je dois leur dire au juste.

Ce qui subsiste de ma petite famille n'est plus en sécurité. Le Mal nous environne. Que Dieu nous vienne en aide à tous !

4

Le journal de Stefan Van Helsing

19 novembre 1871. – Je suis le plus heureux et le plus misérable des hommes.

Je suis astreint à écrire tout cela ; en guise de pénitence peut-être, sachant qu'un jour quelqu'un tomberait par hasard sur ces pages. Ce serait bien le moins que je mérite.

Voici donc le récit d'une Chute ; et, à raconter celle-ci, j'éprouve en vérité autant de joie illicite que de honte.

Aujourd'hui, nous avons enterré notre pauvre Papa. J'étais, bien sûr, accablé de chagrin (cela me servira-t-il de prétexte pour faire admettre l'inexcusable ?), d'aucune utilité pour quiconque. Mais Bram fut présent tout du long, et il prit bon soin de Maman. Il est comme elle à maints égards : solide, constant, toujours digne de confiance, si fort qu'il ne pleure jamais en public ; Maman non plus, quoique, cette fois, le pourtour de ses yeux fût rouge.

Et moi, le sempiternel émotif, le faible, je me tins devant la tombe béante de mon père, arc-bouté à ces deux rocs dans le matin couvert – moi, avec ma chevelure noire comme un plumage de corbeau, si différente de leurs ondulations dorées, et mes chaudes larmes se mêlant à la froide bruine qui commençait de descendre. Je diffère d'eux tous, de Bram, de Maman, de Papa. Un étranger, sujet à maintes émotions et passions, ainsi qu'à une incertitude anxieuse que ma sage et sereine famille ne peut comprendre. De fait, chacun dans cette cité – ce minuscule royaume, plutôt – est si industrieux, si placide, si conformiste et si soucieux des aspects pratiques de l'existence que je m'y sens comme déplacé.

Pour complaire à Papa, j'ai suivi ses traces et, à l'instar

de Bram, je suis devenu médecin. Mais mon cœur s'épanche dans mes poésies.

Gerda comprend cela. Elle est brune, comme moi, ses yeux sont noirs, et je ne puis m'empêcher de penser que nous sommes faits sur le même moule. J'eus cette idée dès notre première rencontre il y a aujourd'hui des années de cela, en voyant sa longue chevelure emmêlée et ébouriffée, son regard farouche alors qu'elle était prostrée à même le sol de sa cellule, les genoux pressés contre sa poitrine. Point jolie, mais frappante. Petite, dotée de fines attaches, menue, avec des creux sous les yeux, les joues, que traquent les ombres.

Une folle, disait-on, mais mon frère avait remarqué quelque chose de plus ; et la façon dont il l'observa à travers les barreaux me découvrit qu'elle avait déjà conquis son cœur.

Tout comme le mien, ce même jour.

Enfant, Bram ramenait constamment à la maison des animaux errants et mal en point ; sa générosité est aussi profonde et illimitée que la mer alentour. Adulte, il n'a pas changé ; mais à présent ses brebis égarées sont de la classe des bipèdes – et tout aussi nécessiteuses. Pour en revenir à Gerda, elle comptait parmi les malades dont Bram s'occupe par charité. Abandonnée au sanatorium par son père, elle y était considérée comme atteinte d'une démence incurable.

Je me souviens de Bram se tournant vers moi ce jour-là et, avec beaucoup plus de tendresse que n'en laissait généralement transparaître son expression neutre de docteur en visite, me demandant : *Il y a de l'espoir pour celle-ci, ne penses-tu pas ?*

Oui, répondis-je, *il y a indéniablement de l'espoir.*

Je scrutai alors les yeux de la jeune femme : troublés, tourmentés et anxieux, irradiant la sensibilité et l'indocilité d'une biche sauvage. Je sus aussitôt que j'avais rencontré une âme sœur. Non – pas rencontré. *Reconnu.*

Et, en cet instant fugitif, mon cœur me fut dérobé. Il est égaré depuis maintenant quatre ans, bien que je n'en aie parlé à personne ; certes pas à mon bienveillant frère qui, en l'espace de dix-huit mois, a soigné Gerda, lui a fait la cour et l'a épousée. J'ai vu celle-ci s'épanouir sous l'affectueuse tutelle de Bram et de ma famille. Je les ai vus avoir un fils.

Puis je la vis redevenir malheureuse, anxieuse. Bram fait

un mari et un père attentionné ; cependant, malgré sa pondération rassurante, lui-même a ses propres inquiétudes, qu'il noie dans le travail et l'étude. Il est absorbé dans son univers, à savoir la médecine, qui a succédé au droit ; et maintenant qu'il a sauvé Gerda, il est sans cesse en quête de nouveaux démunis à secourir.

Moins dévoué à ma pratique médicale, je me suis souvent trouvé à la maison en l'absence de Bram. Lorsqu'il était parti examiner quelque nouveau cas de folie, ou suivre l'évolution de quelque maladie exotique, je devenais le chevalier servant de Gerda, tout en me montrant un véritable « tonton gâteau » à l'égard de mon petit neveu, Jan, que je crois d'ailleurs mieux connu de moi que de son propre père. Et durant toutes ces années, je me contins, taisant ma passion non partagée, bien que Gerda semblât parfois me témoigner un amour secret, m'adressant des regards et des sourires particuliers, des remarques qui, à bien les soupeser, comportaient peut-être un double sens.

Mais, en frère respectueux, je ne me permis point d'y croire ; et si cela m'arriva pourtant, je ne m'autorisai point à l'admettre. Bram a toujours été loyal, bienveillant, tolérant quant à mes sautes d'humeur. En outre, le rôle de mentor et de conseiller paternel lui échut quand la maladie de Papa se déclara. Dès lors, comment aurais-je pu le trahir ? Assurément, mon cœur capricieux allait bientôt trouver un autre objet d'adoration ; un peu de patience, et mon obsession à l'égard de Gerda ne tarderait pas à diminuer.

Mais plus j'étais en sa présence, plus mon amour grandissait. Bien des fois au cours de ces quatre années de tourment, je me suis remémoré cet instant où, pour la première fois, je la vis, recroquevillée dans la cellule du sanatorium – ah, mais c'est moi qui suis dorénavant le fou, entravé par la camisole de mes propres émotions ! Et à présent, ce dont j'ai longtemps rêvé – ce que j'ai longtemps redouté – est advenu...

***

Il y a deux nuits, le soir où Papa mourut, j'étais allé m'asseoir au salon du rez-de-chaussée, choisissant le fauteuil préféré du défunt pour me livrer au deuil. Il était tard, minuit passé, et les autres dormaient ou pleuraient dans l'intimité de leur chambre ; Maman veillait le corps. J'étais trop fébrile pour aller me coucher, et trop abattu – fut-ce pour tisonner le feu ou allumer la lampe. Aussi restais-je assis dans l'obscurité quasi totale, le regard fixé sur les braises qui étincelaient dans l'âtre, quand mon œil capta une blancheur spectrale qui traversait la pièce.

La forme se dirigea furtivement vers la cheminée et, lorsqu'elle parvint entre le foyer et moi, je reconnus Gerda. Elle ne portait rien d'autre que sa robe d'intérieur ; jamais je n'oublierai comment, cette nuit-là, l'éclat du feu enlumina la soie blanche, révélant le galbe d'un sein parfait. Elle prit une coupe sur la tablette, se servit à la carafe de porto de Papa, puis se tourna, clairement décidée à filer avec son trophée.

Ce faisant, elle m'aperçut enfin, et laissa choir sa coupe en émettant un hoquet de surprise.

Par chance, mon instinct me fit lever au même instant, et je parvins (non sans tâtonnement) à intercepter la coupe dans sa chute. Le vin éclaboussa la fine soie de la robe ainsi que ma personne, embaumant l'air d'une suave senteur de chêne, mais le réceptacle fut sauf. Cet acte m'ayant précipité contre elle, ma première impulsion fut d'opérer une prompte retraite et de recouvrer une position décente, mais, à mon grand étonnement, j'approchai, encore et encore, jusqu'à percevoir le rapide battement de son cœur, jusqu'au moment où, le monde alentour s'estompant, je ne vis rien d'autre que ses yeux, aussi dénués de coquetterie et de malice que ceux d'une bête sauvage ayant besoin d'être apaisée et amadouée par une voix tendre.

Elle ne se déroba point. Je sus alors ne m'être pas bercé d'illusions ; elle m'aimait comme je l'aimais et, durant un long moment où le temps parut suspendu, nous demeurâmes figés à l'orée d'un baiser.

Finalement, ce fut moi qui, bien à regret, dus reculer. Elle me fixa une seconde encore, puis s'enfuit à l'étage avec sa coupe à demi pleine.

Je fus déchiré entre le chagrin causé par la mort de Papa et la joie de savoir enfin mon amour partagé. Cette nuit-là, je m'affranchis de ma culpabilité et me jurai de ne pas reculer si elle devait me réapparaître en pareilles circonstances.

***

Aujourd'hui, en fin d'après-midi – une fois que tous les visiteurs eurent pris congé, que Maman se fut retirée dans sa chambre, et que Bram fut parti accomplir ses habituelles consultations à domicile –, je me suis derechef installé dans le fauteuil de Papa pour attendre, observant la pénombre qui tombait sur le gris paysage de novembre, la rue terne et boueuse, les voitures, les rangées de coquettes maisons de briques toutes similaires puis, au-delà, sur les moulins à vent et la mer invisible, à l'affût. J'éprouvais un certain réconfort à occuper le fauteuil, car son odeur m'évoquait Papa fumant sa pipe ; avant de m'asseoir, j'avais trouvé au fond du siège l'un de ses cheveux argentés et, sur la table basse, sa blague à tabac.

Après être allé prendre son porto sur la tablette de la cheminée, je m'étais servi une coupe et j'avais cru comprendre pourquoi Gerda était venue à en boire : le goût et le bouquet faisaient tant songer à lui – non pas à la créature malade et décharnée de ces derniers jours fatidiques, mais au grand ours blond et rieur qui avait aimé ses enfants, son épouse et ses patients d'un amour joyeux, tolérant et expansif.

Je bus jusqu'au moment où le crépuscule céda la place à une obscurité totale, lorsque la rue se vida et qu'un silence complet régna dans la maison, à l'exception du tic-tac régulier de la pendule de Grand-Père dans l'entrée. Je bus jusqu'à l'instant où, enfin, j'entendis un doux pas dans l'escalier ; aussitôt, je me levai et me dirigeai vers le foyer pour remuer le feu.

Quand je me tournai, elle se tenait dans l'embrasure de la porte, vêtue à nouveau de la robe de soie blanche ; cette fois, sa brune chevelure retombait librement sur ses épaules, sa poitrine, sa taille. Nous nous dévisageâmes un moment tels des conspirateurs indécis, puis elle parla :

« J'ai entendu un bruit. Je pensais qu'Abraham était peut-être rentré. »

Enhardi par le porto, je soutins son regard. « Tous deux savons qu'il ne reviendra pas avant quelques heures. »

Mon franc-parler l'effaroucha ; ses paupières frémirent

tandis qu'elle détournait les yeux. Je la crus sur le point de s'esquiver comme un animal traqué, mais une étrange détermination semblait l'en empêcher. Elle carra ses frêles épaules et dit : « Tu lui ressembles tellement quand tu t'assieds là. Ton père était un homme bon. »

Je secouai la tête. « Si seulement j'étais bon comme lui. Comme Bram. »

Elle fit un pas dans ma direction, haussant la voix pour exprimer l'intensité de sa conviction. « Mais tu l'es ! Tu *es* bon. Meilleur qu'eux tous !

– Non. Je suis un être ignoble. Car ce qui m'apporterait la joie suprême ne ferait que blesser ceux qui me sont chers. »

Il y eut un silence. Puis doucement, si doucement que j'eus peine à distinguer ses paroles, elle déclara : « Dans ce cas, je suis ignoble aussi, Stefan. »

Son expression reflétait un malheur si profond que je me mis à pleurer, mon deuil de Papa se mêlant à une sincère tristesse devant la situation fâcheuse où nous nous trouvions.

Elle vint prestement à moi. Nous nous enlaçâmes, moins aiguillonnés par la luxure qu'inspirés par un pur chagrin, puis elle caressa mes cheveux, murmurant : « Chut, chut... » avec la même douceur de ton dont elle use parfois pour réconforter son petit garçon.

Ce qui se passa ensuite, j'ai honte de le relater. Fut-ce le porto, l'affliction ou l'extrême proximité de Gerda qui leva mon ultime inhibition ? Je ne saurais le dire. Toujours est-il que mes lèvres découvrirent la peau soyeuse et blanche de sa joue, puis celle de sa gorge, avant de se nicher dans le tendre creux de sa clavicule ; ma passion fut attisée d'irréversible façon, et je me jetai sur elle avec la frénésie tremblante d'un homme affamé sur le point de saisir un morceau de pain. Par je ne sus quel miracle, la robe de soie blanche glissa sur ses épaules puis tomba à terre, révélant une vision sublime.

Mû par un désir ardent, aussi fulgurant qu'éperdu, je pris Gerda, la pressant contre la pierre chaude de la cheminée. Ou fut-ce elle qui me prit ? Car elle fut une lionne, une déesse, jetant impudemment feu et flamme, m'ouvrant les bras sans honte aucune, enfonçant ses dents et ses ongles dans mon épaule puis m'agrippant avec une impétuosité que ne laissait guère augurer son corps gracile. Jamais mon esprit n'avait été plus exalté ; jamais, que ce fût dans une église ou une chapelle, je ne m'étais trouvé plus proche de l'intelligible, du divin. C'est le monde qui est fou – et non moi – de voir un péché en pareille extase.

Je me trouvai transporté aux portes mêmes du Paradis. Comment, pour deux âmes qui s'aiment autant, pourrait-ce être funeste de s'unir ?

Nous nous accouplâmes silencieusement, avec violence ; telle était mon excitation qu'elle ne tarda point à culminer. Aussitôt, Gerda s'arracha à moi et se fondit en toute hâte dans l'obscurité, me laissant choir à genoux au pied de la cheminée, pantelant.

Déconcerté par ce brusque abandon, je m'efforçai de me redresser, désireux de la suivre, de lui proclamer mon amour et d'obtenir en retour quelque confirmation de sa part ; de fait, uniquement désireux d'être auprès d'elle.

Mais avant que j'eusse recouvré mon plein équilibre, la porte d'entrée claqua et j'entendis un pas familier qui approchait : Bram. Je rajustai ma tenue et me rencognai dans l'ombre, luttant pour reprendre haleine, priant pour qu'il ne franchît point le seuil du salon.

Ma requête fut exaucée ; il fit demi-tour vers la cuisine. Je me précipitai à l'étage et m'enfermai dans ma chambre.

En l'absence des preuves tangibles que porte ma personne, j'aurais conclu à un rêve né de l'ivresse, voire à l'apparition d'un succube. Mais sa rosée, son odeur demeurent sur mon corps (je ne puis me résoudre à m'en laver), et mes épaules arborent les marques de son ardeur.

Et maintenant ? Le matin viendra immanquablement, apportant avec lui le regret et de nouvelles attentes. Ferai-je comme si rien ne s'était passé et vivrai-je en misérable ? Ou provoquerai-je un autre tête-à-tête ? Le souvenir de cette scène m'embrase encore, au point que je m'imagine aller à sa porte, trouver Bram dormant à poings fermés, et elle m'attendant, rongée d'impatience...

Abraham, mon frère ! Combien t'ai-je fait tort... Et de quel coupable délice ne tremblé-je pas à la pensée de te léser à nouveau !

J'ai enfin trouvé l'amour. Mais mon cœur ne peut admettre autant d'insanité : pourquoi cela doit-il être si difficile, si délictueux ? Pourquoi ma joie doit-elle tant faire souffrir autrui ?

Le journal d'Abraham Van Helsing

19 novembre 1871. – « La Mort et le Diable », a dit Lilli, et avec raison : le Diable est venu et m'a frappé au cœur.

« Impossible pour la journée de gagner en noirceur » ; c'est ce que je pensais sottement lorsque celle-ci débuta, dans le matin bruineux et froid, par l'enterrement de Papa. Il est dur de voir un homme ayant apporté au monde tant de bonnes choses se transformer en poussière, ce qui sera du reste notre lot à tous. J'essaie de me consoler en songeant que les résultats de ses œuvres charitables lui survivront nombre d'années.

Les obsèques furent une épreuve ; j'ai survécu en réconfortant les autres, ce qui contribua à me distraire de ma propre douleur. Maman manifesta, comme toujours, un courage admirable, bien que ce fût elle, je le sais, qui subissait la plus grande perte ; mais le pauvre Stefan me parut bien près de la crise de nerfs. Je vins à son côté pour le soutenir quand nous jetâmes les poignées de terre humide sur le cercueil ; si je n'avais été là, je suis sûr qu'il se serait effondré. Gerda prit mon autre bras puis, comme Stefan, elle pleura sans retenue, en silence, les larmes ruisselant de ses grands yeux noirs tandis qu'elle serrait ses lèvres pâles comme pour contenir un torrent d'émotion.

Gerda ! Mon amour torturé ! – je sais qu'il n'est point de perfidie, de cruauté dans ton âme. Ai-je omis de t'aimer ainsi qu'il l'eût fallu ?

Nous mîmes donc Papa en terre, et je survécus ; je survécus également à la réception subséquente (la maison était bondée), à la collation, aux fleurs. Jan Van Helsing était fort aimé, et tout Amsterdam, riches et pauvres, se rencontra chez nous pour le pleurer. De nouveau, je trompai mon chagrin en veillant sur Maman, Stefan et Gerda – et sur le petit Jan, prénommé comme son grand-père, et trop jeune pour comprendre la brusque disparition de ce dernier. Des terribles souvenirs que je garderai sûrement de ce jour, l'un sera celui de mon petit garçon, juste en âge de trottiner vers la porte chaque fois qu'elle s'ouvrait ; et chaque fois, il jetait un regard anxieux derrière le nouvel arrivant en appelant son grand-père : « *Opa ?* »

Puis, lorsque le jour eut décliné et que le dernier visiteur fut parti, je décidai d'aller voir quelques patients, cédant (bêtement, je m'en rends maintenant compte) autant à ma nervosité qu'à mon habitude.

J'étais très inquiet pour Lilli – c'est ainsi qu'elle veut être appelée, n'ayant pas souvenir de son nom de famille. Nous ignorons tout de ses antécédents, car aucun de ses parents n'est venu s'enquérir d'elle en dépit de nos efforts pour les retrouver ; le plus vraisemblable est qu'il s'agit d'une pauvre veuve. Il y a deux mois, on l'a trouvée qui errait dans les rues, en plein délire, divaguant à propos de fantômes qui la visiteraient nuitamment et d'yeux rouges qui luiraient dans le noir. Étant à demi morte d'anémie, elle aurait dû aller dans un hôpital approprié, mais on l'a emmenée au sanatorium. Je l'y découvris et fis en sorte qu'elle fût transférée dans une pension, avec à sa disposition une chambre privée. Maintenant qu'elle s'est reposée et alimentée correctement, la démence a disparu, à l'exception d'une idée fixe : elle se prend pour une voyante de talent et est obnubilée par un jeu de tarots qu'elle se trouve posséder.

Aberration plutôt inoffensive, semble-t-il ; car Lilli est une excentrique d'un commerce plutôt agréable, et il lui arrive même de plaisanter avec moi de sa lubie. Ce n'est pas son état mental qui m'alarme à présent, mais sa condition physique : depuis peu, son anémie a reparu, malgré tout traitement. Je prends des notes à ce sujet, car une évolution aussi atypique me fait soupçonner l'apparition de quelque nouvelle maladie, pour laquelle j'aimerais trouver un remède souverain.

En cette fin de journée, je comptais voir de nombreux

patients à domicile, mais je suis passé d'abord chez Lilli ; or, ce soir-là, elle me réserva un accueil fort théâtral. Comme de coutume, j'ai frappé à sa porte, qui était entrebâillée, et je suis entré dès qu'elle a répondu.

Elle était assise dans son lit, ses rares cheveux blancs ramenés sous un bonnet de nuit, ses épaules osseuses couvertes d'un châle ; devant elle, le jeu de cartes était déployé sur la courtepointe. De chaque côté du lit, une table où se consumaient douze chandelles. Elles procuraient l'unique éclairage de la pièce, et l'effet était des plus lugubres. La peau de Lilli était livide, ses lèvres blêmes, et les lueurs vacillantes accentuaient chaque ombre, chaque ride de son visage parcheminé ; en vérité, elle correspondait tout à fait à l'idée qu'un enfant se forme d'une sorcière. À mon entrée, elle quitta ses cartes du regard pour fixer sur moi des yeux d'un noir pur, au blanc jauni par l'âge.

« La Mort », psalmodia-t-elle d'emblée, avec la conviction d'une prophétesse. « La Mort et le Diable vous visiteront cette nuit. »

N'eussé-je enterré mon père le matin même, ma réaction à son oracle mélodramatique eût été un sourire amusé ; vu les circonstances, je me piquai et, d'un ton empreint d'une dignité maussade, répliquai : « Voilà qui est bien peu séant de votre part, Lilli. Sans doute avez-vous entendu parler du décès de mon père. »

Son expression s'adoucit, se teinta de commisération, mais elle ne répondit pas comme je l'escomptais. « Mais oui... Oui, j'en ai entendu parler, mon cher et jeune docteur ! Pardonnez ma stupidité si mes paroles irréfléchies ont ravivé votre si récent chagrin – vous, à qui je dois jusqu'à la vie. » Elle s'interrompit pour incliner son visage avec révérence ; puis, reprenant son attitude précédente, elle ajouta : « Votre père était un homme remarquable. Il n'est pas un habitant de cette ville qui n'ait une dette de gratitude envers lui. Son âme est sûrement allée droit au Ciel.

– Sûrement », dis-je, mais je ne pus entièrement préserver mon intonation de l'amertume que je ressentais. Ce ne serait pas un mince réconfort que de croire, comme Papa, au Ciel et en Dieu, de croire qu'il repose à présent en une béatitude éternelle. Mais atroce est la vérité – ou réalité : à savoir que lui, avec ses vastes connaissances, sa bonté et son amour, tout ce qui le faisait tel qu'il était, soit maintenant livré en pâture aux vers de terre... Je n'ose m'exprimer ainsi à la maison – non de peur d'être désapprouvé mais par crainte de briser le cœur de Maman. Elle croit farouchement aux superstitions de l'Église ; j'espère qu'elles lui sont dorénavant d'un grand réconfort.

D'un bras décharné, Lilli désigna une chaise placée à son chevet. Je m'y assis, et elle se pencha en avant pour poser une main froide, aux ongles cannelés et jaunis, sur la mienne. « Pardonnez-moi, mon cher et jeune docteur ; j'aurais dû d'abord vous prodiguer des paroles consolatrices sur la mort de votre père. Seulement, il y a les cartes... Elles me parlent avec tant d'éloquence ce soir ! Et à *votre* sujet ! »

Ses paupières tressaillirent. Comme prise d'éblouissement, elle ferma les yeux et porta une main à son front ; puis, lentement, elle se laissa aller en arrière et se cala contre les oreillers.

« Lilli, dis-je, vous n'êtes pas très bien ce soir. » Je me penchai pour l'examiner, sans lâcher sa main afin de prendre subrepticement son pouls. Celui-ci était faible, filiforme ; sa peau était grise, d'une froideur alarmante. « L'anémie a un peu empiré, non ? Comment vous êtes-vous sentie durant les jours derniers ? »

Les yeux toujours clos, elle eut un petit sourire humble, empreint de bonne humeur. « Je fais des rêves si étranges ces temps-ci... Sans doute vais-je bientôt mourir. » Je n'eus pas le loisir de protester, car elle rouvrit les yeux et, saisie d'un émoi soudain, s'exclama : « Mon cher et jeune docteur, vous devez y croire ! Cela me brise le cœur de vous apporter de telles nouvelles, mais il vaut mieux que vous soyez prévenu. De grâce, croyez-moi. Vous m'êtes devenu aussi cher qu'un fils. »

Je tapotai sa main. « Cela, je le crois, chère Lilli. Mais pourquoi vous mettre dans pareil état ? Que mon père soit mort, je ne le sais que trop.

– Ah... » murmura-t-elle tandis que ses yeux reflétaient une pitié sincère à mon égard. « Vraiment, je suis navrée. Mais la mort qui m'est révélée ici n'est pas celle de votre père. Deux morts, en fait. Deux morts supplémentaires s'annoncent, auxquelles s'ajoute l'horreur du neuf de pique. Et ici » – elle indiqua une carte écornée – « le Diable en personne. La Mort et le Diable visiteront votre maison *cette* nuit. Il ne s'agit pas d'hier au soir, ni de la nuit d'avant, mais de...

– Il suffit », la coupai-je sèchement ; elle fut prise de court, car je n'ai pas pour habitude d'être brusque envers mes patients. Elle se cantonna dans un silence étonné alors que je poursuivais, avec moins d'âpreté : « Parlons d'autres choses. La journée a été aussi longue qu'éprouvante pour ma famille et moi ; parlons plutôt de vous. »

Ce que nous fîmes, un moment. De tous mes malades, Lilli est celle qui souffre le plus de solitude, et je gage que des conversations régulières, tenues dans un climat d'amitié, constituent à son endroit une médication hautement bénéfique. Je la priai de prendre son remède devant moi : une potion soporifique pour apaiser ses anxiétés nocturnes, plus une goutte de vin rouge afin de favoriser la circulation du sang. Comme nous bavardions de choses plus souriantes, je me surpris à devenir inhabituellement morose en sa présence, peut-être parce que son déclin m'apparaissait clairement. Je crains qu'elle n'ait raison en supposant sa mort proche.

Quoi qu'il en fût, elle ramassa les cartes hostiles et n'en parla plus de la soirée ; du moins pas jusqu'au moment où, la somnolence s'emparant d'elle, ses paupières papillotèrent puis se baissèrent enfin. La croyant dûment endormie, je me levai et me dirigeai vers la porte ; mais avant que je l'eusse fermée, Lilli m'interpella de sa voix de prophétesse – une voix étrange et mélodique :

« Tel est votre destin, Abraham : le Diable cherche votre maison. Prenez garde qu'il ne la trouve... »

Je fis volte-face sur le seuil, fâché de constater que sa lubie la poussât à badiner avec mes émotions en ces heures de chagrin culminant. Mais ses yeux étaient clos ; elle semblait plongée dans un profond sommeil, apparemment non feint. Je m'en fus donc, troublé, espérant dissiper ma peine et ma colère en détournant mon attention de moi-même pour la diriger vers ceux qui en avaient plus besoin : mes patients.

Je me proposai d'en visiter trois ou quatre autres qui se trouvaient habiter de l'autre côté de la ville. À présent, le soleil était couché, les rues s'assombrissaient, mais la bruine avait quasiment cessé ; plutôt que de héler un fiacre, je marchai. Lorsque j'atteignis mon quartier, l'exercice et la fraîcheur vivifiante de l'air m'avaient calmé. Par le plus grand des hasards, je me retrouvai dans notre rue, en face de notre maison, bien que mon intention initiale eût été d'emprunter un trajet légèrement différent, plus direct. De fait, je me sentais bizarrement poussé à retourner chez moi, et je venais d'ailleurs de noter un ralentissement graduel de mes pas à mesure que j'en approchais ; soudain, un malaise intense m'envahit, et je fus saisi du désir de couper court à ma tournée et de rentrer chez moi en hâte pour m'assurer du bien-être de mon épouse et de mon enfant.

Comme je levais les yeux vers la maison – mon lieu de naissance, l'unique foyer que j'aie jamais connu –, celle-ci devint singulièrement étrangère à mes yeux, voire sinistre, tout comme un objet cher et familier peut, dans l'obscurité, se transformer en monstre aux yeux d'un enfant. Puis une ombre capta particulièrement mon attention : une forme noire, mouvante, de la taille d'un grand singe, qui planait inconcevablement près d'une fenêtre de l'étage – celle de la chambre de ma mère.

À sa vue, un frisson d'effroi me parcourut. Je fus convaincu qu'il s'agissait de quelque chose de malveillant, de sentant, de vivant – mais *ce que c'était* précisément, j'eusse été incapable de le dire ; je sus seulement que ce je-ne-sais-quoi voulait nuire à ma famille. En proie à la panique qui accompagne les pires cauchemars, je me dirigeai silencieusement, résolument, vers la forme.

Je n'en détachai pas mon regard ; mais alors, elle sembla se fondre alentour puis elle disparut devant mes yeux.

Au même instant, je vis un mouvement à la fenêtre, *derrière* le carreau – quoique ce détail relève peut-être de mon imagination, car la chambre de ma mère était très faiblement éclairée. Imaginaire ou non, cette vision accrut ma perplexité, et je voulus être certain que ma famille fût en sécurité. Je gravis silencieusement les marches menant au perron et j'ouvris la porte si lentement qu'il n'y eut pas le moindre craquement.

L'obscurité régnait au rez-de-chaussée ; chacun s'était déjà retiré (du moins le pensai-je) et, comme toujours, Maman avait laissé la lampe du corridor d'étage allumée pour moi. Je m'arrêtai dans le vestibule, prenant une profonde respiration avant de monter l'escalier en tapinois, parvenir devant la chambre de ma mère et prêter l'oreille à tout bruit suspect. J'étais tiraillé entre un curieux sentiment de péril imminent (lequel, je le sentis, n'avait rien à voir avec l'invraisemblable prédiction de Lilli) et la nette intuition que mon attitude inquiète pourrait bien se révéler du dernier ridicule.

Et, alors que j'hésitais au bas des marches, ma vision périphérique détecta un mouvement sur ma droite, dans le salon. Par prudence, je reculai aussitôt dans l'ombre et scrutai la pièce obscure. Non loin des braises luisant faiblement dans l'âtre se contorsionnait une créature monstrueuse et noire.

Ou telle fut mon impression ; car, à bien regarder, je me rendis compte qu'il ne s'agissait pas d'une seule silhouette, mais de deux, engagées dans une lutte cataclysmique.

L'une d'elles émit un râle étouffé : avec horreur, je reconnus la voix de mon épouse. En réaction, son antagoniste lui haussa les bras – suscitant un double éclair d'une blancheur argentée : les manches de la robe d'intérieur que j'avais rapportée à Gerda de Paris – au-dessus de la tête et les immobilisa contre la pierre rugueuse de la cheminée. Je faillis hurler ma fureur à l'adresse de l'agresseur mais sa silhouette me fut elle aussi, étrangement familière. Il faut dire que je la connaissais depuis toujours.

C'était celle de mon frère.

Lorsque Papa était mort, j'avais cru endurer la pire douleur que je connaîtrais jamais. Mais il repose à présent au sein de la terre et, avec le temps, sa marque – dans cette maison comme en ma mémoire – viendra à s'estomper.

Stefan et Gerda, je dois les voir chaque jour.

Plusieurs fois, j'ai essayé d'aller dans la chambre et de m'allonger à côté de Gerda, près du berceau du petit Jan. Comment pourrai-je à nouveau la regarder dans les yeux ? Il n'est pas dans sa nature de tromper, de dissimuler ; ses sentiments sont toujours visibles sur son visage et, quand il me sera redonné de le contempler, je sais que j'y verrai sa culpabilité, son infortune.

Je ne l'ai pas assez aimée. Je le vois à présent : toutes ces années, j'ai été un sot, plus attentif à mes patients qu'à mon épouse. Depuis plus d'un an, il m'avait bien semblé détecter dans ses yeux un excès de tendresse pour lui, mais j'avais écarté cette suspicion, la jugeant issue d'une jalousie irraisonnée.

Et aujourd'hui, entre tous les jours, découvrir que j'étais dans le vrai !

Je ne pus les affronter. Quelle fin eût servi leur déshonneur ? Puis-je les blâmer, sachant qu'ils sont de même acabit, et que c'est moi qui les ai si souvent laissés seuls ?

Je battis donc en retraite, puis claquai la porte d'entrée de toutes les forces qu'il me fut possible de rassembler en cet instant de total désespoir.

Ensuite, j'allai me cacher dans la cuisine, d'où j'entendis les pas légers de Gerda, puis ceux, plus pesants, de Stefan. Ils gravirent l'escalier.

Gerda, Gerda, mon amour déchu ! Comment reconquérir ton cœur ?

Et toi, Stefan, mon unique frère... Comment effacerai-je cette souillure et restaurerai-je l'innocente confiance qui était la nôtre ? Nous avons grandi si différemment, mon frère et moi, et pourtant nous ne formions qu'un seul esprit. Il était le cadet, le passionné, celui qui requérait constamment mon secours. Cependant, son audace m'inspirait parfois de surmonter ma défiance naturelle ; et ma constance l'inspirait en retour.

Nous ne sommes pas complets l'un sans l'autre.

Même ma pratique médicale pécherait sans lui, car je suis, à l'instar de Papa, un logicien lent à la tâche, surtout dans mes tentatives de diagnostic. La plupart du temps, cette méthode est fructueuse, mais il m'arrive d'échouer ; alors je recours aux fulgurantes intuitions de Stefan. Pour moi, la médecine est une science ; pour lui, c'est un art.

Où en serais-je sans lui ? Car il m'a porté, à moi, son frère aîné, une vénération tendre, sans réserve, et m'a appris à aimer généreusement.

Si j'avais un tant soit peu compris la leçon, peut-être n'aurais-je pas maintenant perdu Gerda.

Oh oui, le Diable est certes venu ; et sa première victime n'est autre que mon propre cœur.

5

Le journal d'Abraham Van Helsing

20 novembre. – Entre cette nuit et la précédente, le monde entier est devenu fou. Les personnes en qui j'avais le plus confiance ont toutes perdu la tête, et je n'ose pas même me fier à la mienne.

Je sais seulement que mon malheureux frère est perdu pour moi, que ce soit de son propre fait ou à l'instigation de quelqu'un d'autre.

Après une nuit effroyable, je n'eus qu'un désir à mon réveil : me convaincre que la scène indécente à laquelle j'avais assisté n'ait été qu'un rêve. Mais les images que j'avais vues n'étaient que trop réelles ; elles me hantèrent au point que je me levai avant l'aube et partis tôt pour l'hôpital, incapable de faire face à Stefan ou à mon épouse.

Je m'immergeai quelques heures dans le travail, ce qui m'apporta un soulagement relatif – après tout, les cas dont je m'occupe bénévolement sont si pitoyables que mes propres problèmes pâlissent en comparaison. Qui suis-je pour confronter ma souffrance avec celle d'un indigent frappé de cécité par suite d'un excès de sucre dans le sang, et sur le point de perdre une jambe pour la même raison ? Ou avec celle d'un orphelin de douze ans mourant de phtisie ? Hélas, bien trop vite, le temps vint de retourner à la maison pour mes rendez-vous de l'après-midi. La tentation fut grande de rester en ville et, plus tard, de prétexter un empêchement dû à quelque urgence. Après tout, Stefan partage mon cabinet de consultation ; il aurait fait en sorte qu'aucun patient ne soit refusé.

Mais je fais un piètre menteur ; et puis je savais que, tôt ou tard, je serais amené à revoir mon épouse et mon frère. Contrairement à mon humeur, la journée était radieuse et ensoleillée, le froid tolérable ; j'ai donc marché jusqu'à la maison et j'y suis arrivé comme d'habitude, juste avant une heure de l'après-midi.

Je ne me rendis pas directement à la cuisine, car un bruit de vaisselle et un clic-clac de mules à hauts talons sur le parquet m'apprirent que Gerda y préparait le déjeuner. Pour je ne sais quel motif, je ne pouvais me résoudre à la voir en premier. Au lieu de cela, je gagnai le cabinet de consultation et j'y trouvai Stefan, entouré de planches anatomiques, de fioles de produits pharmaceutiques et d'un squelette humain – l'héritage des quarante années de pratique médicale de Papa.

Stefan était assis au bureau de notre père, les coudes appuyés sur le brillant plateau d'acajou poli, la tête inclinée, les mains crispées sur le front, ses longs doigts pâles enfouis dans sa chevelure brune. Cette posture exprimait une détresse si abjecte que, fort étrangement, la mienne s'atténua ; il m'apparut que je pouvais le regarder de manière fort assurée – sinon avec indulgence, du moins avec pitié. Toute la colère froide dont j'avais craint qu'elle se trahît dans ma voix se dissipa, et je pris un ton doux, empreint d'une inquiétude sincère, pour demander : « Stefan ? Es-tu bien ? »

Il leva les yeux, alarmé par ma présence. Pour ce qui est de dissimuler, mon frère est bien supérieur à moi ; cependant, en cet instant précis, il ne put cacher sa culpabilité : il se détourna, incapable de croiser mon regard.

« Tu as l'air fatigué », ajoutai-je. À vrai dire, il semblait avoir vieilli de dix ans depuis la veille. En tout cas, il paraissait moins juvénile que la silhouette de l'amant qui avait...

Je réprimai immédiatement cette pensée par trop pénible.

Mais une émotion furtive dut passer sur mon visage, car Stefan m'adressa un coup d'œil oblique et répliqua avec flegme : « Guère plus que toi. »

Je captai enfin son regard ; nous nous dévisageâmes avec un embarras certain, et bien des choses se transmirent de l'un à l'autre sans qu'il fût besoin de mots. À l'évidence, il comprit que je *savais*, mais tous deux fûmes trop lâches pour aborder directement le sujet. J'ouvris la bouche, déterminé à ne plus être complice de ce silence.

Mais avant que l'un de nous eût pu parler, la sonnerie du cabinet retentit. Nous regardâmes ensemble en direction du bruit ; Stefan sursauta comme si on l'avait piqué.

« Je m'en charge, Bram. Va prendre ton déjeuner ; moi, j'ai déjà mangé.

– Tu es sûr ? »

En guise de réponse, il traversa la salle d'attente et alla ouvrir la porte du cabinet.

Je m'arrêtai un instant dans le corridor et le vis introduire la visiteuse – car c'était une femme. Je ne fis que l'entrevoir avant de me tourner pour prendre congé, mais quel spectacle ! Elle était jeune et très belle, parée de fourrures, de brocart et de diamants, avec un manchon de zibeline et une toque assortie, qu'on eût dite perchée sur une cascade de longues boucles rousses. Et remarquablement grande – de la même taille que mon frère. Je la pris pour une diva ou une actrice, car ses yeux de porcelaine étaient maquillés de khôl, et ses lèvres étaient fardées de rouge foncé.

Sa voix – grave et rauque, fortement accentuée – la marquait pour une étrangère, une Française. « Une *chanteuse* *, me rappelai-je avoir pensé alors que sa voix portait jusque dans le vestibule, ample et mélodieuse, une cantatrice itinérante venue consulter un docteur pour soigner une gorge malmenée. »

Je la laissai aux soins de mon frère et me rendis à la cuisine où Gerda et le petit Jan m'attendaient, elle debout, plaçant les assiettes sur la table, et lui gigotant dans sa chaise haute puis poussant un cri de joie à ma vue – m'ouvrant les bras tandis que sa mère restait debout, préoccupée, le dos tourné.

Tout au moins heureux de l'accueil de mon enfant, j'allai aussitôt à lui et le soulevai de son siège. Il rit avec une allégresse excessive tout en me tirant la barbe, puis son ventre émit un gargouillis sonore. Son petit cœur empli de joie est le seul qui soit constant en ce monde, la seule chose véritablement bonne qui n'a pas changé. Ce répit fut un pur baume pour mon âme meurtrie, et je m'en réjouis sans retenue.

« Papa vole ! gazouilla-t-il. Papa vole ! »

C'était là notre jeu. Je dressai mes bras, le tenant ainsi audessus de ma tête, et demandai : « Es-tu un ange, Jan ? Le petit ange de Papa ?

– Papa *vole* ! exigea-t-il.

– Et toi aussi ! » fis-je, le projetant en l'air. Il s'esclaffa de plaisir, agitant ses membres potelés alors que je criais « Vole, petit ange ! Vole ! » avant de le rattraper.

En ces occasions, Gerda ne manquait jamais de nous gronder affectueusement, non sans conclure invariablement : *Tu finiras par lui faire mal, Abraham ! Prends garde !* Mais aujourd'hui elle se contenta d'assister à notre manège avec un sourire affadi ; puis, quand je me tournai pour la dévisager, elle détourna rapidement les yeux et revint à son fourneau.

« Où est Maman ? » m'enquis-je, couvrant les demandes réitérées de Jan qui voulait continuer à jouer.

Elle fronça les sourcils, se pencha sur le chaudron fumant puis, sans me regarder, répondit brièvement : « Elle se repose. Elle descendra plus tard. »

Je renonçai alors à toute tentative de nouer conversation, sachant que j'en serais pour mes frais. Gerda a toujours été sujette à des périodes de mélancolie, et il lui arrive d'observer un mutisme morose, lequel semble d'ailleurs s'être accentué depuis la mort de Papa ; j'ai appris à ne pas m'inquiéter là-dessus outre mesure, mais aujourd'hui cette attitude me mit au supplice, car j'eus l'impression d'en connaître enfin la cause.

Elle m'apporta mon repas, mais je me vis incapable de manger. Je me bornai donc à picorer et l'observai tandis qu'elle s'asseyait près de moi pour nourrir l'enfant ; désormais, nous nous servons de lui comme d'un bouclier l'un contre l'autre. En vérité, je m'estimai plutôt heureux qu'elle se concentrât exclusivement sur lui, car le seul fait de la voir me faisait monter les larmes aux yeux.

Elle est si belle, si jeune, avec sa chevelure brune et ondoyante, maintenue en arrière par un bandeau comme celle d'une fillette, qui se termine juste au-dessus de sa svelte taille en de longues boucles éparses. J'ai sondé son cœur : il est aussi simple et doux que celui de Jan. Il n'est point de perfidie en elle, ni d'infamie – uniquement un chagrin de tous les instants. Je sus qu'elle éprouvait ma souffrance au point de la faire sienne. Je voulus tendre le bras, poser mes doigts sur la main qui nourrissait mon fils, puis demander à Gerda de me dire la vérité : Aimait-elle mon frère plus que moi ? Aspirait-elle à la liberté ?

Il ne peut en être ainsi, bien sûr ; elle-même ne le permettrait pas. C'est une catholique fervente ; nous pourrions tout au plus nous séparer, mais le divorce est à jamais hors de question.

Comme nous demeurions dans un silence gêné, un rire provint du cabinet de consultation : un rire de femme, avec des inflexions de contralto, à la fois gutturales et coquettes.

À cette sonorité, Gerda leva vivement les yeux et, pour la première fois de la journée, elle m'adressa la parole de son propre chef. « Trouves-tu qu'elle soit belle ? »

Sa question me prit complètement de court. « La patiente avec Stefan ? »

Elle hocha la tête. « Je l'ai vue de la fenêtre. »

J'hésitai. « Elle est charmante, oui. » Je me tournai vers mon épouse et j'attachai mon regard sur elle avec une telle intensité qu'il lui était impossible de l'ignorer, sauf à fermer les yeux. « Mais il s'agit d'un charme assez vulgaire. Elle n'est pas ce qu'on appelle une beauté. »

Et je lui pris la main. Le temps d'un éclair, elle me gratifia d'un sourire timide ; puis la peine envahit de nouveau ses traits, et je crus qu'elle allait éclater en sanglots.

Mais alors, tout aussi subitement, son expression s'emplit d'appréhension. Elle tourna la tête en direction du cabinet de consultation et haussa les sourcils. « As-tu entendu ça ? »

Après une réflexion hâtive, j'admis avoir entendu une sorte de coup sourd, quelque part dans la maison.

Gerda se leva d'un bond. « Quelqu'un est tombé. »

Elle semblait si persuadée qu'un malheur s'était produit que je me levai, gagnai le vestibule, le bas des marches, et appelai Maman.

Cette dernière sortit de sa chambre et accourut sur le palier, avec une physionomie si troublée, si hagarde, si subitement vieillie que sa simple vue m'inquiéta plus que le mystérieux bruit sourd.

« Oui, Bram ? Qu'y a-t-il ?

– Gerda pense avoir entendu une chute. » Puis, devant son expression d'ahurissement, j'ajoutai : « La patiente de Stefan s'est peut-être évanouie. Je devrais aller voir s'il a besoin d'aide. »

Soudain, il y eut un piétinement sonore, un cri de panique, le claquement d'une porte lointaine...

Je fis volte-face. Au même instant, Maman descendit l'escalier si rapidement qu'elle faillit perdre l'équilibre et tomber. Me retournant derechef, je la vis complètement affolée, une main plaquée sur sa poitrine. J'empoignai son bras pour la raffermir, et nous traversâmes ensemble la cuisine à toute allure, en direction du cabinet de consultation qui se trouvait au fond du corridor. Gerda se saisit du petit Jan, qui s'était mis à geindre, et elle nous suivit.

Je me précipitai dans la salle d'attente ; la porte était grande ouverte sur la rue passante, laissant entrer l'air froid de l'hiver. Sur le trottoir d'en face, j'aperçus mon frère de dos ; il s'éloignait avec vélocité, portant dans ses bras la diva inconsciente ; les boucles rousses retombaient sur sa manche.

« Un cas critique », supputai-je, tout en le regardant se diriger vers un fiacre en stationnement. Cependant, je fus surpris qu'il n'eût pas demandé de l'aide. Je me ruai sur le seuil et m'époumonai :

« Stefan ! Je te retrouve à l'hôpital ?

Il ne se tourna point, pas plus qu'il ne ralentit son allure ; en vérité, ma voix parut même décupler sa célérité. Prestement, il déposa sa patiente évanouie dans le fiacre. J'appelai à nouveau :

« Stefan... »

L'instant d'après, Maman me rejoignit et laissa échapper une plainte si stridente, si perçante, si angoissée que je l'entendrai résonner dans ma mémoire jusqu'au jour de ma mort.

À ce cri, Stefan, qui avait tendu la main au cocher et placé un pied à l'intérieur du véhicule, s'immobilisa pour jeter un coup d'œil derrière lui.

Malgré la distance, je sus que ce n'était pas là le visage de mon frère. Certes, les habits étaient les siens, les cheveux aussi, mais, en cet étrange instant de révélation, je me rendis compte que la constitution de l'individu était moins robuste que celle de Stefan, et la stature légèrement différente. Tout bien considéré, même les cheveux n'étaient pas vraiment identiques, mais un peu plus longs et d'une nuance plus claire.

« Stefan ! » cria ma mère en voyant l'imposteur se glisser dans le fiacre, qui s'ébranla aussitôt.

Je restai ébahi, éberlué ; soudain, j'avisai un autre homme – chauve, à lunettes, avec une moustache blanche et frisée – qui courait dans la rue à la suite du fiacre tout en hélant une autre voiture.

Tout cela n'avait aucun sens pour moi – mais ma mère

semblait savoir exactement de quoi il retournait. Elle agrippa mon bras. « Ils ont enlevé Stefan !

– Mais ce n'était pas lui », murmurai-je.

Elle saisit mon autre bras et le secoua, comme si j'eusse été un enfant entêté et inattentif. « Suis-les ! Ils l'ont enlevé ! »

Abasourdi, je me ruai au-dehors en manches de chemise et agitai les bras dans l'espoir de trouver un véhicule. Louvoyant pour éviter les flaques de boue, je longeai tout un pâté de maisons sans succès, jusqu'à ce que l'air froid et coupant vînt brûler mes poumons. À cet instant, le fiacre de la diva et celui lancé à sa poursuite avaient tous deux disparu à ma vue ; impossible de deviner la direction qu'ils avaient prise.

Je rebroussai chemin, haletant et défait, puis, passant devant ma mère, ma femme et mon fils gémissant, je m'empressai de retraverser la salle d'attente. Je n'avais nulle idée de ce que je cherchais – Stefan, peut-être (comme s'il avait pu ne pas entendre nos clameurs répétées à son intention !).

Je ne vis, bien sûr, aucun signe de mon frère. Néanmoins, dans le cabinet où il avait introduit la diva aux cheveux roux, je détectai une odeur fade, éthérée. Et sur le tapis, près de la table d'opération, se trouvait un mouchoir de dentelle chiffonné. Je m'accroupis pour le récupérer – et manquai succomber à ce qui ne pouvait être que des effluves de chloroforme.

Ce fut alors que ma perplexité se transforma en une crainte réelle. Je ne comprenais toujours rien aux événements, mais je sus qu'il s'était passé quelque chose de funeste. Je levai mon visage du mouchoir pour voir, toutes deux dans l'embrasure, ma mère angoissée et mon épouse hébétée.

« Nous devons appeler la police, leur dis-je.

– La police ne peut nous aider, fit Maman, avec une conviction si attristée que je la sus dépositaire de quelque secret, de quelque information cruciale qui eût levé l'énigme.

– En ce cas, dis-moi ce que je peux faire d'autre », ripostai-je. Comme elle ne répondait pas, je me redressai. « Je vous en prie, dites à mes patients que je serai indisponible jusqu'à demain. »

Puis je saisis mon manteau et me mis en route, non vers le poste de police, comme j'en avais d'abord eu l'intention, mais vers l'hôpital. Sans doute espérai-je que mes yeux m'avaient leurré, que ç'avait été vraiment mon frère qui avait transporté la diva à l'hôpital, et que je le trouverais là-bas, veillant sur elle.

Mais personne n'y avait vu Stefan de la journée ; aussi, fort découragé, allai-je à la police.

Ce fut une perte de temps. Il m'ennuierait d'être ingrat, car j'ai des amis policiers qui ont souvent été obligeants à mon égard, mais ma déclaration fut mise en doute, et l'on se livra même à certaines insinuations, comme quoi Stefan et la dame étaient amants et avaient pris la fuite ensemble.

Finalement, j'évoquai l'homme chauve et moustachu qui s'était alarmé et avait suivi le fiacre. Les policiers m'écoutèrent alors avec intérêt car l'individu leur était familier ; il s'agirait d'un détective à la retraite, bien connu des autorités locales. Mais alors les fonctionnaires redoublèrent d'insinuations : il se pouvait que, la dame étant mariée, son mari eût engagé le détective...

Toutefois, ils convinrent de rechercher le détective à des fins d'interrogatoire. Mais jusque-là, rien ne pouvait être mis en œuvre pour retrouver Stefan.

Le crépuscule était tombé lorsque j'entrepris de rentrer chez moi. Chemin faisant, je me berçai de l'espoir absurde que Stefan fût revenu en mon absence. Mais la maison était silencieuse, si l'on exceptait un bruit d'affairement dans la cuisine – Gerda. Maman m'accueillit dans le vestibule. Son visage m'apprit aussitôt que Stefan était encore introuvable.

Il était même plus introuvable que je le pensais, si j'ose m'exprimer ainsi ; car Maman me prit gentiment le bras puis, chuchotant de peur que Gerda n'entende, elle dit : « Il faut que je te parle en tête à tête. »

Elle me pria de la suivre à l'étage, dans sa chambre, ce que je fis, puis elle s'assit dans le rocking-chair placé devant la cheminée – là où elle nous avait si souvent câlinés, mon frère et moi, quand nous étions enfants. Je m'installai en face d'elle, dans le fauteuil de mon père, et nous gardâmes un moment le silence.

Enfin, elle prit la parole, d'un ton doux, mais avec une froideur, une fermeté et une détermination que je ne lui connaissais pas.

« Mon fils, dit-elle, tu vas me croire folle de te raconter

ce qui va suivre, mais tu dois le croire. Nous avons affaire à des puissances qui, normalement, ne peuvent exister – mais qui existent pourtant. Elles ne sont pas humaines mais tirent leur subsistance d'êtres humains et ne peuvent survivre sans nous. Et ton frère, qui se trouve maintenant entre leurs mains, est en grand danger.

« C'est ma faute. La faute entière m'en revient pour n'être pas allée lui parler hier soir, quand j'en avais encore la possibilité. Pour ne pas lui avoir tout raconté... ni d'ailleurs à toi, quand vous deux aviez une chance de fuir le péril. »

Elle se leva, se dirigea vers sa commode, ouvrit le tiroir du haut et en sortit un petit livre en mauvais état que je n'avais jamais vu. Elle me le tendit avec une certaine révérence et dit : « Ce sont des événements réels, consignés par ma propre main il y a plus de vingt-cinq ans. Il ne s'agit pas de fiction ; tu dois lire, Abraham – lire et croire. »

Je lus.

Je lus, assis dans le fauteuil de mon père tandis que ma mère fixait le feu avec un regard où la désolation le disputait au tourment. Je lus – mais ne pus croire.

Ma mère est l'être le plus serein, le plus solide, le plus sensé que j'aie jamais connu ; en vérité, je ne me fierais à nul autre – pas même à mon pauvre Papa, à supposer qu'il vive encore – plus qu'à elle.

Mais l'histoire contenue dans son journal ! C'est l'élucubration d'une folle, un conte évoquant des monstres inhumains, une vie par-delà la tombe, des pactes avec le Diable en personne !

Et ces puissances auraient enlevé mon frère dans l'espoir d'absorber son âme immortelle ?

Non. Je ne puis y croire. Je ne puis y croire...

Le journal de Stefan Van Helsing

21 novembre. – Ce soir, je me suis éveillé à une nouvelle existence, un nouvel univers où les lois de la science et de la raison ne s'appliquent plus. Ici règne l'insanité; rien n'est comme il semblait, et la menue misère qu'a été ma vie pâlit en comparaison de l'horreur, écrasante et grandiose, qu'elle est devenue.

Je ne suis pas même l'homme que je pensais être – Stefan, fils de Mary et Jan Van Helsing. Non; je suis un catalyseur du désastre.

Revenons à l'instant où, pour la première fois, je posai mes yeux sur ce nouvel univers : un certain temps me fut nécessaire pour reprendre pleinement conscience. Quelques moments passèrent où je demeurai dans un état de confusion mentale, n'appartenant ni à la veille ni au sommeil. Je crus faire un rêve étrange (car ce n'en était pas un, je le comprends maintenant) : quelqu'un me dévêtait comme si j'étais un enfant endormi, m'ôtant de somptueuses parures – soies et fourrures – puis me rhabillait avec mes propres pantalon et gilet.

Plus tard, je devins conscient d'un mouvement, d'une sourde vibration contre mon dos, mes jambes, ma tête; peu après, je me rappelle avoir vu défiler par une fenêtre un paysage indistinct et crépusculaire. Mais la tentative que je fis pour clarifier ma vision brouillée eut tôt fait de se solder par une migraine nauséeuse, doublée d'une sensation de vertige; aussi fermai-je les yeux et m'abandonnai-je de nouveau à l'obscurité.

Lorsque je revins à moi, je me trouvai assis dans le compartiment privé d'un train, les mains immobilisées derrière mon dos ; un coup d'œil à la fenêtre ne révéla rien d'autre que des ténèbres mouvantes. En face de moi était installé un jeune homme lisant un vieux livre relié de cuir noir fort usé, qui s'intitulait, en français : *Relation véridique et fidèle de ce qui eut cours maintes années entre le docteur Dee et certains esprits* [1]. Il était brun – un étranger, à coup sûr ; mais son visage me parut singulièrement familier et féminin, avec sa peau glabre, lisse, et ses traits d'une régularité parfaite. Je détectai une noircissure de khôl autour de ses yeux bleus.

« Qui êtes-vous ? » chuchotai-je. Parler m'était difficile ; ma gorge était sèche et endolorie. J'essayai de me dégager de mes entraves invisibles et sentis le contact d'un métal froid contre mes poignets ; l'envie de vomir provoquée par ce mouvement me fit bientôt cesser.

L'homme ferma son livre et le posa sur le siège à côté de lui. Avec un sourire tolérant, vaguement condescendant, il dit : « De la tenue, je vous prie. Il ne vous sera fait aucun mal. D'ailleurs, ma propre sécurité dépend de la vôtre. »

La voix. Elle était plus grave mais conservait son accent français ; je la reconnus aussitôt. « La femme. Vous êtes la femme qui est venue au cabinet de consultation. »

De fait, mon ravisseur semblait efféminé. Je ne pouvais trancher s'il s'agissait d'une femme désormais habillée en homme, ou d'un homme s'étant déguisé en femme, car sa silhouette était androgyne, grande et souple, sans aucune caractéristique clairement masculine ou féminine.

Cette récognition instantanée me remémora ce qui s'était passé dans le cabinet de Papa. Après un bref entretien, je m'étais détourné de la femme aux cheveux roux quand elle s'était approchée, avait tendu une main gantée et plaqué quelque chose sur mon nez et ma bouche. Je me rappelai, avec un nouveau haut-le-cœur, l'odeur infecte du chloroforme. J'avais lutté, surpris de constater que la force de mon adversaire égalait la mienne.

Cela n'avait aucun sens, vraiment aucun. « Que pourriez-vous bien vouloir de moi ? » demandai-je faiblement.

Le Français se pencha en avant pour passer une main sur

1. John Dee, anglais (1527-1608), fut l'astrologue officiel d'Elisabeth Ire après avoir prédit son avènement ; le titre complet de l'ouvrage mentionné, publié par Isaac Casaubon en 1659, définit ainsi son auteur : *mathématicien de grand renom durant les règnes de la reine Elisabeth et du roi Jacques. (N.d.T.)*

ma joue puis, m'adressant un clin d'œil lascif, il chuchota : « Allons, vous êtes une jeune et ravissante créature... N'allez pas me tenter avec pareille question ! » Et comme j'observais un mouvement de recul, il se mit à rire.

« Je ne veux rien de vous, *moi*. À mes yeux, vous ne constituez que le moyen d'atteindre une fin. Je le répète, votre sécurité est garantie. Ceux qui vous attendent souhaitent tout bonnement vous... serrer contre leur sein. »

Je méditai un moment cette nouvelle indigeste, puis demandai : « Où m'emmenez-vous ?

– Actuellement ? À Bruxelles. » Il me toisa un instant de son regard bleu clair, aussi perçant et curieux que celui d'un corbeau précoce. « Assez de questions pour le moment. Vous êtes fatigué. Reposez-vous. »

Cette suggestion eut sur moi un effet immédiat : me rendant compte que j'avais *réellement* envie de dormir, je m'assoupis sur-le-champ.

Quelque temps plus tard, un coup sec à la porte de notre compartiment m'éveilla. Mon compagnon se leva d'un bond. Témoignant pour la première fois de l'anxiété, il tira un petit pistolet de son manteau et se colla contre la porte. D'une voix grave, intimidante et indéniablement masculine, il s'informa : « Qui est-ce ? »

Je ne saurais décrire la voix qui répondit, sauf à la qualifier de mâle et de sublimement belle ; la voix d'un ange.

« C'est moi. Le prince. »

La méfiance gravée dans le visage de mon ravisseur se transforma en une surprise mêlée de respect craintif. Immédiatement, il ouvrit la porte – l'entrebâilla plutôt, pas assez pour permettre ne fût-ce que le passage d'un enfant. Néanmoins, devant mes propres yeux, le visiteur entra, se faisant d'abord aussi mince (bidimensionnel, pour ainsi dire) qu'une feuille de papier, puis se glissant dans l'interstice avec une inconcevable facilité.

Comment le décrirai-je ? Son apparence était comme sa voix : angélique, totalement irrésistible. Ses cheveux étaient noirs de jais, filés de gris argenté, ses yeux du vert le plus sombre que j'aie jamais vu, et sa peau si diaphane que la lumière s'y réfléchissait, l'irisant des reflets roses, turquoise pâle et argentés de la nacre.

Il était tout simplement magnifique, et ni mon compagnon ni moi-même ne pûmes détacher nos yeux de lui. Cependant, sous-jacente à cette beauté incorruptible, se décelait une aura de férocité, de danger, comme si nous nous trouvions devant un serpent paré de bijoux – gracieux, adamantin, superbe et pernicieusement maléfique.

Un ange, vraiment : Lucifer.

« Prince », chuchota mon ravisseur en abaissant le pistolet ; il voûta ses épaules puis me désigna de sa main libre. Son attitude demeurait respectueuse, non sans une nuance d'obséquiosité, mais j'y distinguais maintenant un soupçon d'effroi. « Comme vous pouvez le constater, j'ai fait ce que vous demandiez. Il est indemne et se porte bien. Mais je n'espérais pas vous voir avant que... »

En un éclair, une main d'albâtre surgit des replis de la pèlerine d'ébène du prince et fendit l'air d'un geste ample qui commandait le silence. « Il n'est point d'heure pour ce qu'on espère. » Puis il se tourna et m'examina un long moment.

Devinant en lui l'instigateur de mon absurde enlèvement, je lui retournai un regard chargé de haine. Mais il me contemplait avec une adoration si manifeste, une nostalgie si douloureuse, que ma fureur fit place à un sentiment de pure stupéfaction. Alors, il laissa échapper un long soupir peu audible, lequel convoya un simple mot – non, une vibrante prière : « Stefan. »

Il était clair que cet éblouissant étranger me connaissait ; il était plus clair encore qu'il m'aimait. Cependant, sa seule présence faisait que la peau de ma nuque était parcourue de picotements.

À regret, il se détourna enfin de moi et fit face à mon ravisseur. « Bien. Voici venue l'heure de votre rémunération. » Et il plongea une main dans sa poche pour en extraire une bourse de velours noir.

L'homme-femme recula devant l'objet avec un tressaillement de mépris et, quoique sa voix tremblât légèrement, toute sa personne respira une détermination sans faille. « Ne m'insultez point par vos propositions lucratives, monsieur ; vous connaissez mon prix. »

Le prince inclina sa tête de côté et darda sur lui des yeux d'émeraude luisant d'un sombre éclat ; je ne vis plus qu'une silhouette vipérine parfaitement ciselée, se lovant avant de frapper. Je me raidis, cherchant à distendre mes entraves, en prévision d'une imminente scène de violence.

Mais l'éruption tant redoutée fut suspendue par un prompt mouvement de mon ravisseur. Je m'attendais à ce que celui-ci utilisât son pistolet ; à ma grande stupeur, il déchira son col empesé et le haut de sa chemise pour découvrir un cou aussi blanc et lisse que celui d'une femme, où ne se discernait nulle pomme d'Adam. Toutefois, cette perfection se trouvait déparée par une espèce de petite marque rouge que ma position assise, jointe à la lumière déclinante du soir, me fit prendre pour une coupure de rasoir, et ce, bien que la peau fût dénuée de toute trace de barbe ou même d'ombre duveteuse.

« Il consiste en ceci, reprit mon ravisseur. Que vous acheviez ce que vous avez commencé. Que vous m'accordiez l'immortalité. » Et de présenter cette peau douce au prince, dont les yeux s'embrasèrent aussitôt – de fait, ils rutilèrent littéralement, comme sous l'effet d'un afflux de sang.

Avec une vitesse aveuglante, le prince frappa – tel un serpent aux crochets dénudés – et colla sa bouche au cou blanc. À cet instant, l'homme émit une plainte marquant l'indignation puis, nonobstant son empressement préalable, il se débattit. Mais le prince le tenait bien, et tout combat cessa bientôt ; la respiration de l'homme se ralentit, ses yeux devinrent vitreux, et il ne tarda pas à tomber en catalepsie.

J'observai le prince qui se penchait sur sa victime, convaincu que le chloroforme avait induit en moi une sorte d'hallucination – ou que j'étais en proie à une fièvre cérébrale ayant entièrement forgé cet épisode extravagant à partir de mon imagination.

Que ce fût une hallucination ou non, j'observai la suite de cette scène avec une fascination teintée d'horreur : le prince suça la blessure du cou de mon ravisseur durant une éternité, jusqu'au moment où son visage, auparavant livide, devint pourpre, tandis que celui de l'autre prenait une blancheur crayeuse. J'observais encore lorsque la victime s'évanouit et s'effondra ; j'observais toujours quand le prédateur le rattrapa dans ses bras et continua de boire.

Enfin, le prince éloigna son visage cramoisi de l'homme enveloppé dans ses bras. Avec précaution, il déposa le corps sur le siège situé en face de celui que j'occupais.

Il se tourna vers moi. Je me raidis à nouveau, m'attendant à subir le même sort, conscient d'être encore trop abruti par le chloroforme pour livrer un combat victorieux.

Au lieu de fondre sur moi, il s'agenouilla à mon côté – plaçant son visage si près du mien que je pus sentir sa chaude haleine chargée de sang – et m'ordonna : « Tourne-toi, Stefan. Laisse-moi défaire tes entraves. »

Qu'étais-je censé faire ? J'obéis ; ses doigts froids s'insinuèrent inexplicablement entre mes poignets et l'étau qui me neutralisait.

Il poussa un grognement ; et, après deux pressions quasi simultanées, je fus libre. Je lui fis face à nouveau, non sans apercevoir sur le siège voisin du mien une paire de menottes d'acier brisée en deux.

« Que voulez-vous de moi ? » demandai-je avec une feinte bravoure tout en frictionnant mes mains engourdies.

– Simplement ceci », répondit-il dans un chuchotement ; je ne suis pas certain de ce qui se passa alors : je sais seulement que ses yeux s'élargirent jusqu'au moment où je ne vis plus rien d'autre dans mon champ de vision ; puis ils s'élargirent plus encore et emplirent le monde entier.

Dans ce monde apparut un miroitement métallique : celui d'un petit couteau. Je me rappelle un instant d'éternité lorsque sa lame pointue s'immobilisa au-dessus de ma main tournée paume vers le haut, se détachant sur le fond de ces yeux sombres et impérieux, puis la fugitive douleur d'une piqûre à un doigt, lequel fut serré, pressé, pressuré au point qu'il exsuda de grosses et luisantes gouttes de sang sur sa paume ouverte, en attente.

Ce sang, il le lécha – non, cette description est absolument inadéquate. Il *l'incorpora à lui* , comme s'il s'agissait de l'hostie sacrée, du vin le plus consacré. Et son visage juste après ! Cette image restera pour toujours en moi. Avec une expression reflétant la félicité, l'affection et l'affliction les plus infinies, il ferma les yeux, causant ainsi la chute d'une unique larme diamantine sur sa joue.

Le couteau miroita de nouveau ; mais alors ce fut son sang qui coula sur ma paume.

Que Dieu me vienne en aide, je bus. Je bus et mon cœur fut soulevé par ce goût amer de mort et de saumure. Mais, affleurant cette amertume, surgit une saveur suave et totalement grisante.

Je rendis alors son regard à mon bienfaiteur, stupéfait d'être l'objet d'un amour si farouche.

« Maintenant nous sommes liés, Stefan, dit-il tendrement. Si jamais tu en éprouves la nécessité, convoque-moi en esprit, et je viendrai. Matin ou soir, dans la veille ou dans le sommeil, si, en cas de danger, tu appelles, je viendrai. Aucun malheur ne peut te survenir sans que je le sache.

« Toutefois, je le jure avec la plus grande solennité : aussi longtemps que tu le voudras, tu conserveras la maîtrise de ton esprit. Moi-même ai fait l'expérience des horreurs que le contrôle mental d'autrui peut occasionner ; jamais je ne violerai ton intimité sans ton appel. »

Puis, tandis qu'il parlait, sa figure se troubla légèrement et son visage changea : ses traits devinrent moins sévères, plus jeunes, ses yeux se tachetèrent de brun. Même l'argent déserta sa chevelure charbonneuse.

« Qui *êtes*-vous ? » demandai-je dans un souffle.

Une douleur fulgurante crispa son visage ; un moment, je crus qu'il allait s'y livrer sans retenue et fondre en larmes. Mais il se ressaisit et, de sa superbe voix, répondit enfin :

« Je suis ton père. »

6

Le journal de Stefan Van Helsing (suite)

Je n'eus aucune difficulté à admettre que je n'étais pas le fils de Jan Van Helsing, car je me doutais depuis toujours qu'il m'avait adopté – moi, un enfant abandonné – par bonté. Mon enfance fut un bonheur sans mélange ; cependant, lorsque j'étais petit garçon, je m'interrogeais souvent sur mes vrais parents, et je rêvais du jour où je serais approché par un homme de gente allure, aux yeux et aux cheveux sombres, qui dirait :

Stefan... Je suis ton père.

Mais entendre ce redoutable inconnu me dire que j'étais *son* fils, voilà qui n'allait pas de soi.

Pourtant, je le crus ; je le crus car, en goûtant son sang, j'avais senti la profondeur de son amour pour moi. Je le crus en dépit du singulier meurtre auquel j'avais assisté, en dépit du conte fantastique qu'il raconta :

Que nous étions les descendants d'un monstre séculaire, originaire d'une contrée étrangère et indomptée, et que ce monstre me traquait dans l'espoir de me corrompre, car la possession de mon âme damnée lui vaudrait sa perpétuation. C'était le prince auquel mon ravisseur avait cru s'adresser ; et quand mon père, alors un jeune homme comme moi, avait tenté de mourir en état d'innocence dans l'espoir de détruire le monstre, il en était devenu un lui-même par suite de la morsure du prince.

À l'écrire, cela paraît par trop absurde ; une partie de moi rejette cette histoire en bloc – mais alors une poussée de l'amour que j'éprouvai durant l'échange de nos sangs m'envahit à nouveau, et je m'en convaincs.

Peut-être ai-je été ensorcelé.

C'est possible. Mon père m'a prévenu que le prince, Vlad, tentera de m'attacher à lui par le même rituel sanglant, ce qui, en cas de réussite, ferait de moi son docile instrument. Serais-je donc actuellement celui de mon père ? (Combien facilement j'écris ce terme ; trop facilement, notre Papa étant décédé il y a si peu !)

Lui jure qu'il n'en est rien, que mon esprit m'appartient et qu'il ne violera jamais ce sanctuaire, que ce sera à *moi* de l'appeler, *lui* ; dans le cas contraire, aucune de mes pensées ne lui sera connue.

Est-ce la vérité ? Je l'ignore. Je sais seulement que, durant ce fort long et fort étrange trajet en train qui, au propre comme au figuré, devait me déposer en terre sombre et étrangère, je lui fis confiance. Je lui fis confiance même quand il abaissa le châssis de la fenêtre et jeta au-dehors le contenu de la malle de mon ex-ravisseur : de beaux habits d'homme ; une magnifique garde-robe féminine (parures de soie, de satin, de brocart) ; plus un assortiment de perruques pour hommes et pour femmes, y compris les longues tresses auburn. Et lorsque la malle fut presque vide, il y plaça le corps exsangue de l'homme-femme, le couvrant d'un linceul composé de jupes en satin et de jupons en dentelle. Puis il ferma le couvercle, se redressa et, comme si j'étais censé comprendre de telles paroles, me déclara :

« Vlad l'ayant mordu, il sera bientôt informé de mon intervention. Son agent lui a sans doute communiqué ton adresse à Amsterdam. N'aie pas l'audace de retourner là-bas. »

Ma complaisance béate s'évanouit ; un élan de détermination perça le voile du chloroforme et de la langueur. « Je le dois ! Je ne puis quitter sans explication ma famille, ma... » Je m'interrompis avant de compléter ainsi ma phrase : *ma belle-sœur*.

Le train commença de ralentir ; je pus voir les lointaines lumières de la gare.

Des ombres mouvantes diaprèrent la blancheur scintillante du visage de mon père tandis qu'il méditait ma protestation, ses mains sur la malle à présent verrouillée qui renfermait mon ex-ravisseur. « Peut-être as-tu raison, dit-il enfin. Ta mère » – à ce mot, il baissa la voix, et une onde d'indicible tristesse passa sur son visage avant qu'il reprît contenance –

« ta famille entière est en grand danger. Vlad ne s'arrêtera devant rien pour te retrouver, même si cela doit l'amener à les tourmenter puis à les tuer tous. Il vient de perdre son meilleur agent ; un délai lui sera nécessaire pour dénicher de nouveaux auxiliaires. Ta famille sera à l'abri peut-être une semaine, guère plus. Il faut que tu ailles les voir, les persuader de chercher refuge ailleurs. »

Comment je devrais m'y prendre, c'est ce que je ne concevais pas ; néanmoins, alors que le train arrivait en gare de Bruxelles, cette vive recommandation me sembla marquée au coin du bon sens.

Tout aussi raisonnable me parut notre échange avec le chef du convoi, lorsque celui-ci se présenta. Mon père – dont le nom, je l'appris alors, était Arkady Dracul – prit des dispositions pour que la malle fût expédiée par le premier train du matin à son agent à Amsterdam (dans quel but, je frémis de l'imaginer). Il paya l'employé en or et lui donna un pourboire assez considérable pour sa peine, cependant que je me tenais non loin et m'émerveillais de l'apparente normalité de cette procédure. Car le châssis de la fenêtre était remonté, et toute trace de l'existence de l'homme-femme – y compris les menottes brisées – avait bel et bien disparu. Ensuite, je dus le constater, ma démarche titubante et ma mise chiffonnée ne suscitèrent aucune curiosité ; même la beauté radieuse d'Arkady s'était estompée. Il avait maintenant une allure remarquable mais relativement ordinaire et, ensemble, nous nous fondîmes avec succès dans la cohue des voyageurs qui sortaient du train.

Toutefois, je ne compris pas pourquoi il s'était abstenu d'acheter des billets pour notre retour à Amsterdam le lendemain matin ; ma question provoqua un sourire faible et grimaçant.

« Je suis obligé de me trouver à Amsterdam avant l'aube, Stefan. Bien sûr, je pourrais revenir là-bas beaucoup plus vite tout seul ; cependant, je préfère veiller personnellement à ce que ton retour se déroule sans encombre. Je t'accompagnerai aussi longtemps que j'en serai capable. »

Il en fut ainsi. Après de brèves tractations qui nécessitèrent une étonnante quantité d'or, Arkady obtint une petite calèche et deux étalons dispos ; puis nous partîmes dans l'air froid et humide en direction d'Amsterdam.

L'épuisement nerveux et les effets secondaires du chloroforme me prédisposèrent à un sommeil inquiet et saccadé, qui fut ponctué de rêves à la fois pénibles et bizarres – mais guère plus que les scènes auxquelles j'avais assisté durant mes heures de veille. Je me rappelle seulement des fragments de cette folle équipée nocturne : la face et les mains de mon soi-disant père, luisant de l'intérieur telles des lanternes japonaises se détachant sur le tendre ébène de sa chevelure, de sa pèlerine, du ciel de minuit ; ses chuchotements pressants à l'adresse des chevaux lancés au galop, lesquels tremblaient à sa vue alors même qu'ils lui obéissaient.

À un certain moment, je fus appelé à diriger l'attelage : cela eut lieu quand, après quelques heures de route, nous parvînmes à la Meuse de Geertruidenberg, le premier des trois bras du Rhin qui, traversant les Pays-Bas, cheminent jusqu'à la mer. Mon compagnon me secoua et, avec un sourire d'excuse, me dit : « Étant donné que nous ne sommes pas en période de morte-eau, je dois maintenant te demander de mener les chevaux. »

Ce que je fis, et nous empruntâmes le long pont étroit qui enjambe le fleuve. Trois fois, nous franchîmes un cours d'eau – d'abord la Meuse (ou Maas), puis le Waal, et, enfin, le Rhin inférieur – et trois fois Arkady me tendit les rênes et se laissa conduire.

Lorsque nous fûmes passés de la province d'Utrecht à la Hollande septentrionale, à quelque cinquante kilomètres de ma destination, l'obscurité se dissipa pour laisser place au gris de l'aube. Pour la quatrième et ultime fois, Arkady me confia les rênes. « Je dois partir, expliqua-t-il. Dis à ta mère que mon agent surveillera votre maison durant la journée afin que vous soyez en sécurité ; quant à moi, je vous verrai tous les deux la nuit prochaine. »

Il disparut devant mes yeux, et un brouillard tournoyant vint soudain entourer la voiture, apeurant les chevaux ; tout aussi subitement, il se déplaça et s'évanouit dans le lointain.

J'arrivai au bercail par une magnifique aurore d'hiver : il y avait des nuages aux teintes sanguines, lisérés d'or par le soleil ; l'air était froid, vif et limpide. Je venais de descendre de la calèche et j'attachais les étalons devant la maison, leur haleine chaude et précipitée formant de brumeuses volutes, quand la porte claqua comme un coup de feu.

Je levai les yeux et vis ma mère, pieds nus et en chemise de nuit, qui courait à travers la boue gelée. Elle s'élança vers moi sans prononcer un mot, puis se jeta à mon cou ; mais, comme nous allions nous étreindre, elle laissa échapper un soupir étranglé exprimant un tel soulagement et une telle douleur que j'en eus le cœur serré.

Nous demeurâmes dans les bras l'un de l'autre une minute entière, plus longtemps peut-être ; ensuite, elle se dégagea, recula d'un pas et, toujours sans mot dire, m'examina : les yeux et le visage d'abord, puis l'ensemble du corps, puis, enfin, les mains. Elle les regarda minutieusement, à contre-cœur eût-on dit, les tournant dans les siennes de façon à ce que les paumes fussent visibles.

A la vue de la petite coupure encroûtée de sang située sur l'extrémité de mon index gauche, elle émit une sonorité piteuse, tenant à la fois du gémissement et du sanglot, et ses genoux fléchirent.

Je saisis ses bras, l'empêchant de justesse de s'effondrer dans la boue. « Tout va bien, dis-je doucement. C'était mon père. Mon père. Il m'a secouru.

– Ton père ? » Elle m'observa un moment avec fixité (dans la lumière grise, son doux visage semblait hagard, blanc comme un linge ; je compris qu'elle n'avait pas dormi de la nuit) puis, sur un ton d'espoir, elle demanda : « Arkady ? »

Je hochai la tête.

Elle poussa un autre soupir – d'incertitude, cette fois – et dit : « Si tu entrais ? Nous devons parler. »

J'entourai sa taille de mon bras alors que nous faisions demi-tour en direction de la maison ; mais alors, levant les yeux vers le perron, je vis mon frère, déjà habillé, avec son épouse à son côté – son épouse dont la longue chevelure brune descendait sur les épaules de la robe de soie blanche qu'elle avait portée la nuit de notre accouplement.

La culpabilité figea mon pas. Je vis la joie et les larmes anxieuses dans les grands yeux sombres de Gerda. L'effort qu'elle accomplissait pour se retenir, s'empêcher d'accourir dans mes bras, la faisait trembler. Je vis aussi le coup d'œil que Bram lui lança – et le frisson d'angoisse qui parcourut ses traits.

Cette angoisse habitait encore ses yeux quand il se tourna

vers moi. Nos regards se rencontrèrent et, dans le sien, en ce terrible instant, je lus, sans l'ombre d'un doute, de l'accusation. Il savait. Mon frère savait.

Mais cet instant passa; son expression s'adoucit, devint celle du frère loyal et affectueux que j'ai toujours connu. Il dévala les marches verglacées, traversa lui aussi la chaussée couverte de gelée blanche et de boue, puis me prit dans ses bras.

La douleur de ma pauvre mère m'avait laissé l'œil sec; mais, lorsque Bram me donna l'accolade, je fondis en larmes. Oui, je fondis en larmes et contemplai, par-dessus son épaule, le visage de son épouse – livide quelques secondes auparavant, et maintenant rougissant de honte et de joie mêlées – et je me vis incapable de croiser son regard.

Comme Mère, Bram recula d'un pas et me scruta pour voir si j'étais blessé; puis, considérant la calèche et les deux superbes étalons, il murmura : « Mais que s'est-il passé, Stefan? Que s'est-il passé? » Il n'y avait aucune condamnation dans sa voix, aucun courroux, uniquement de l'inquiétude et cette insatiable curiosité qui le caractérise.

Je laissai un bras autour de Bram, tirant un puissant réconfort de son amour inentamé, j'enlaçai Mère de l'autre et nous montâmes tous trois les marches. « Vous allez me croire fou, dis-je.

– Si tel était le cas, tu ne serais pas le seul dans cette maison », répliqua doucement mon frère en adressant à notre mère un regard appuyé.

Je crois qu'il escomptait un sourire de sa part; il n'en fut rien. « Je préférerais de loin que la vérité soit alliée à la raison, Bram, mais à mon grand chagrin, elle ne l'est pas. »

Embarrassé, je me tins coi, mais donnai à ma belle-sœur le traditionnel et chaste baiser sur la joue – Gerda, pourquoi cela doit-il être un tel enfer? Pourquoi tout doit-il être inversé? –, ce qui ne fit qu'exalter en ma mémoire la passion de l'autre nuit. Je tins mes yeux baissés de peur qu'ils ne fussent trop éloquents.

Nous allâmes tous dans la cuisine – tous sauf Gerda, qui s'excusa pour aller s'occuper de son enfant en pleurs; je crois qu'elle a senti la délicatesse des sujets qui allaient être débattus. Et, à vrai dire, je n'avais guère envie qu'elle entende notre conversation ; en effet, si grande est sa sensibilité qu'elle en aurait peut-être été troublée au-delà du supportable. Du moins était-ce à craindre, et je lui avais déjà fourni suffisamment de motifs d'inquiétude.

Après moult cafés forts, je relatai comment, en une nuit, j'étais allé à Bruxelles et en étais revenu ; cependant, un instinct me fit passer sous silence les aspects supranaturels de l'affaire. Je prétendis que le travesti avait simplement été maîtrisé par mon mystérieux bienfaiteur avant d'être placé inconscient dans la malle, omettant d'évoquer l'étrange échange de nos sangs, et le fait que cet inconnu secourable avait déclaré être mon père. En vérité, il me répugnait de dévoiler chaque chose, car mon souvenir de l'épisode entier avait revêtu une teinte d'irréalité passablement cauchemardesque ; de surcroît, je ne savais plus trop quelles scènes *n'avaient pas* été inspirées par le chloroforme.

Mais lorsque j'en vins à mentionner le nom de l'inconnu – Arkady Dracul –, Bram sursauta et faillit lâcher sa tasse, éclaboussant de café brûlant la nappe blanche de Maman. Ils échangèrent un curieux regard, puis Maman déclara : « Tu n'as pas besoin de dissimuler pour nous protéger ou te protéger toi-même, Stefan. Tout ce que t'a raconté Arkady est vrai ; et je connais déjà les faits concernant Vlad et le Pacte. J'ai dévoilé la vérité à ton frère ici présent, mais il a peine à y croire. Peut-être devrais-tu nous dire tout ce qui s'est réellement passé. »

Ce que je fis, bien à contrecœur ; et, tout ce temps, Bram écouta avec une attention soutenue, ses yeux bleus me scrutant par-dessus sa tasse de café avec ce regard calme, stoïque. Son expression ne trahit nulle incrédulité ; mais, à le voir droit comme un cierge et parfaitement immobile, je sus qu'un conflit faisait rage en lui. En effet, plus il est troublé, plus il paraît flegmatique.

Et lorsque j'eus achevé mon récit, je soupirai et m'appuyai contre le dossier de la chaise, à bout de forces. Un long moment, Bram ne bougea ni ne déplaça son regard ; mais il finit tout de même par se tourner vers ma mère et moi, puis demanda : « Que suggérez-vous que nous fassions ?

– Il faut partir », répondit ma mère, se penchant vers lui avec un tel empressement que ses boucles mêlant l'or et l'argent tombèrent en un gracieux désordre sur son front, sa joue ; la seconde suivante, sa physionomie se fit si vivace, s'enflamma si soudainement qu'elle ne marqua plus son âge ni sa lassitude, et il me fut donné de voir la jeune beauté qu'elle avait été jadis : la femme qui avait aimé l'ombrageux et passionné Arkady Dracul. « Nous devons tous partir et aller chacun notre chemin ; c'est la seule façon d'assurer notre sûreté. Autrement, si nous restons ensemble, Vlad se servira de l'un contre l'autre. »

Bram se leva aussitôt, ses yeux et sa voix empreints d'une colère blanche et froide. « C'est de l'insanité manifeste. Je n'abandonnerai pas mon cabinet de consultation, mon foyer, ma famille, en me fondant uniquement sur des... élucubrations. Je ne sais quelle folie vous possède tous deux, mais je prie pour que vous repreniez bientôt vos esprits ! »

Et il s'en fut, ses pas rapides et décidés résonnant derrière lui.

Je ne savais plus que dire, que faire ; je me penchai en avant et posai ma tête lasse sur le dos de mes mains. Maman prit mon bras, me fit lever et me conduisit dans ma chambre en chuchotant de douces paroles de réconfort. Tel un enfant fiévreux, je me laissai dévêtir, mettre au lit et border, puis je soupirai en éprouvant la fraîcheur d'une main maternelle sur mon front. Mais avant que le sommeil s'emparât de moi, elle s'assit à mon côté sur le lit et murmura :

« Je suis une horrible femme pour t'avoir caché ces choses-là ; je ne te blâmerais pas si tu devais me haïr compte tenu de la façon dont tu as été traité. Voici le fond de l'affaire, la vérité complète, entière, que moi seule puis dire. »

Elle me raconta tout par le menu ; plus que je l'eusse imaginé, plus que j'ose en écrire ici, par souci de prudence. Je me vis donner une alternative, je fis mon choix, et nos larmes scellèrent notre complicité.

Ensuite, quand elle m'eut laissé seul, le trop-plein de mon cœur mit obstacle à la venue du sommeil. J'ai donc consigné tout ce qui précède et, maintenant, le soleil est haut dans le ciel matinal.

Je prie pour qu'Arkady ait dit la vérité, pour que son agent veille sur nous durant le jour, car l'épuisement a enfin raison de moi. Dormir...

7

Le journal d'Abraham Van Helsing

22 novembre. – Pire tragédie peut-elle nous échoir ? En une semaine, j'ai assisté à la mort de mon père, au déchirement de ma famille, et tous sont perdus pour moi d'une façon ou d'une autre.

Après le fantastique aller et retour de Stefan, et le conte, plus extravagant encore, raconté par Maman, à savoir que notre famille serait l'objet d'une malédiction surnaturelle, je me trouvai plongé dans une inquiétude ne permettant ni l'entière crédulité ni l'entière incrédulité. La logique m'assurait que la folie n'était point contagieuse : comment, alors, ma mère et mon frère pouvaient-ils être en proie à des aberrations similaires ?

Mais la pensée que je devrais, en me fondant sur des récits hasardeux, sinon de seconde main, laisser mon unique famille être dispersée aux quatre vents, voilà qui suscita une grande colère en moi. Je fus également fâché que mes proches les plus chers eussent perdu la tête d'une façon qui nous fît tous souffrir, et cela si peu de temps après la mort de Papa. Cependant, pour être équitable, ma rage était sous-tendue par une amertume provenant d'une autre source de douleur.

J'ai vu le regard qu'ils ont échangé, elle et lui, à son retour.

Aussi, ce matin, après avoir entendu la folle histoire de Stefan et l'instante prière de Maman pour que nous partions tous, ai-je perdu mon sang-froid, leur claquant la porte au nez, et suis-je aussitôt allé faire mes visites à l'hôpital – avec une bonne heure d'avance. À midi, je me trouvais encore dans une désagréable disposition d'esprit, au point que (pour la première fois, si ma mémoire est fidèle) je manquai de retourner à la maison pour le déjeuner. Certes, je n'avais pas de rendez-vous au cabinet de consultation, mais tout patient se présentant à l'improviste allait se heurter à porte close, à moins que Stefan n'eût la force de se lever de son lit pour les recevoir. « Je me moque bien d'eux, tous tant qu'ils sont. » Qu'ils se soucient donc un peu de mes faits et gestes, pensai-je en m'apitoyant sur moi-même, non sans éprouver quelque suffisance ; du coup, je me refusai carrément de prendre le moindre déjeuner, comme si cela pouvait punir un autre que moi-même. En vérité, je macérai dans mon malheur avec délectation, laissant surgir toute la jalousie accumulée depuis mon enfance : par exemple, je songeai à la manière dont Maman avait toujours préféré Stefan, comment elle et Papa l'avaient gâté, n'exigeant jamais de lui ce qu'on exigeait de moi, l'aîné.

Ô mon frère, si seulement j'avais pu museler mon égoïsme et te croire !

Je restai à l'hôpital jusqu'en milieu d'après-midi, et fus extrêmement irrité de constater que personne de la maison n'avait fait demander de mes nouvelles ; puis je décidai d'accomplir mes visites à domicile sans me presser.

Je me rendis en priorité à la pension où résidait Lilli car, selon ses dires, son sentiment de solitude culminait invariablement, à la tombée du soir. C'était la fin de l'après-midi, et le soleil venait juste de se coucher ; cependant, même alors, je ne projetais toujours pas de retourner à la maison. D'ailleurs, n'eussé-je fait la terrible découverte que je vais évoquer – un présage, je le pense maintenant –, peut-être ne serais-je pas rentré de toute la nuit ; peut-être serais-je allé dans un hôtel.

La logeuse de Lilli m'apprit à mi-voix que l'état de celle-ci avait empiré au cours de la nuit, qu'elle n'avait rien mangé de la journée et était restée au lit à dormir. Après avoir frappé doucement à sa porte, j'entrai sans bruit dans sa chambre, mais ces précautions se révélèrent superflues, la malheureuse étant décédée depuis quelques heures. Je conçois que la logeuse ait cru sa pensionnaire endormie, car Lilli reposait dans une attitude de grand calme, les yeux fermés, la bouche close, et les mains placées symétriquement sur la courtepointe comme si un employé des pompes funèbres était déjà venu commencer son travail. Mais sa peau – cireuse et anormalement pâle, d'un blanc aussi jaunâtre que ses rares cheveux ivoirins – était froide, et la rigidité cadavérique avait entrepris son œuvre.

Un présage, oui. Je m'assis comme de coutume à son chevet et je pleurai un moment ; puis je séchai mes yeux et priai la logeuse d'appeler les pompes funèbres. J'aurais pu être obligeant et proposer de m'en charger, mais je fus soudainement pris d'un désir, aussi anxieux qu'impérieux, de regagner la maison.

De fait, lorsque je sortis et me retrouvai dans le morne soir d'hiver, le gris du crépuscule virant rapidement au noir, mon pas et mon pouls s'accélérèrent au fur et à mesure qu'augmentait cette étrange appréhension.

La vue de la maison ne fit rien pour apaiser mon malaise : elle l'accrut plutôt car, comme j'approchais, je ne vis briller aucune lumière aux fenêtres. Même la lampe que Maman allumait chaque soir en prévision de mon retour était éteinte ; ce détail me fit plus frissonner que le vent glacé de la nuit.

Je franchis d'un bond les degrés menant au perron et ouvris la porte. La maison était plongée dans les ténèbres ; sur ma droite, le foyer du salon, qui aurait dû flamboyer à cette heure, était sombre.

Mais le plus lugubre était la plainte inarticulée qui provenait de l'étage – une sonorité aiguë, inhumaine, exprimant un malheur si pitoyable que j'y réagis sans réfléchir, gravissant les marches trois à trois pour parvenir plus vite à sa source.

La porte de notre chambre était grande ouverte. Une bise cinglante accueillit mon entrée ; le châssis avait été entièrement levé, et les rideaux blancs flottaient au vent. Je m'empressai de fermer la fenêtre puis j'allumai la lampe.

Sur le parquet, au pied de notre lit, était assis l'auteur de cet infernal nocturne : mon épouse, avec son col déboutonné qui bâillait, révélant un sobre corset ; sa longue chevelure dénouée et ébouriffée encadrait un visage crispé dont la blancheur était altérée par trois ombres insondables – sa bouche et ses yeux. À sa vue, saisi de pitié et d'horreur, je me laissai tomber à genoux près d'elle, comprenant que j'avais de nouveau affaire à une folle, à ma pauvre et chère Gerda telle que je l'avais vue la première fois, dans une cellule du sanatorium.

Ses yeux égarés, écarquillés et emplis d'une angoisse

indicible, étaient si absorbés dans la vision de quelque région obscure, ensorcelée, qu'elle ne me vit ni ne m'entendit lorsque je prononçai son nom tout en posant avec douceur mes mains sur ses épaules – non, elle continua d'émettre cette lamentation stridente, son ravissant visage contracté par un rictus de désespoir, son regard fixé sur un invisible objet de terreur.

Toutes mes questions, toutes mes tentatives de réconfort restèrent sans réponse, littéralement inouïes. Désemparé, je me levai pour inspecter les lieux, sachant que, si elle-même ne pouvait expliquer la cause de sa rechute, il me faudrait procéder par déduction.

Ma première découverte eut sur moi l'effet d'une morsure de vipère : le lit n'était pas fait, alors que Gerda s'employait toujours à cette tâche dès son lever. La courtepointe avait été négligemment jetée sur le sol, les draps étaient entortillés et les oreillers dérangés comportaient des empreintes de têtes – où, à coup sûr, j'eusse vainement cherché la mienne.

Ce constat me déprima fort, mais il n'était rien comparé à celui qui suivit – car je détournai les yeux de ce spectacle accablant pour regarder le berceau de mon enfant, me demandant s'il avait été témoin de l'outrage qui s'était déroulé si près de lui.

La plus abjecte terreur que j'aie jamais éprouvée fondit sur moi lorsque mon regard scruta le recoin ténébreux où se trouvait la couche de mon fils.

Elle était vide. Dieu du Ciel ! Vide...

« Mais il est sûrement dans la maison », me dis-je, bien que je ne l'eusse jamais vu qu'auprès de sa mère. Je m'agenouillai, agrippai les bras de mon épouse et la secouai. « Le petit Jan ! Où est-il ? Où est-il ? Avec *Oma* ? »

Gerda ne voyait rien, n'entendait rien. Je me mis à quatre pattes et criai le nom de mon fils dans l'obscurité, le cherchant follement sous son berceau, sous sa petite table, parmi ses jouets.

Comprenant la futilité de mes efforts, je me redressai, sortis de la pièce et me dirigeai vers la chambre close de Stefan. Là, je frappai et j'appelai ; ne recevant nulle réponse, j'ouvris la porte à toute volée : personne.

Horrifié, je me précipitai vers le fond du corridor, où se

trouvait la chambre de Maman ; cette fois, je ne frappai pas, mais me ruai à l'intérieur en l'appelant.

À mon immense soulagement, j'aperçus ma mère étendue sur le lit, dormant à poings fermés ; mais quand j'allumai la lampe et l'appelai derechef, je la trouvai plongée dans une profonde stupeur d'où il me fut impossible de la tirer. Je pris même sa main pour la tapoter, mais je n'obtins aucune réaction.

Je me levai, embrassai la pièce d'un regard circulaire dans l'espoir d'y voir mon petit garçon et ne décelai nul signe de sa présence. En proie à une panique totale, je dévalai l'escalier jusqu'au rez-de-chaussée et allai d'une pièce à l'autre, regardant même dans les endroits les plus saugrenus, soupente, débarras, etc.

Il avait disparu. Oui, disparu de la maison. Mais aussi, comment aurait-il pu s'y trouver ? Quel enfant aurait pu rester tranquillement couché, à écouter les hurlements de sa mère ?

Finalement, je courus au-dehors, dans le froid, et je criai son nom en descendant la rue...

En retour, je n'obtins que l'écho de ma voix dans la quiétude vespérale. Alors, en cet effroyable moment où je fus certain de sa disparition, j'aspirai à sombrer dans la folie comme mon épouse.

J'aurais pu rester là une éternité, indifférent au vent d'hiver, mais les plaintes accentuées de Gerda me galvanisèrent. J'étais engourdi par le choc, poussé au-delà de toutes limites ; la tension des derniers jours et l'innommable horreur de ce qui venait juste de se produire éprouvèrent tant mon esprit et mon cœur que je n'eus soudain plus aucune pensée ni aucune émotion.

Ressentant un calme froid et morose, je regagnai la maison puis, avec une incroyable sûreté de main, je saisis la carafe de porto de Papa et j'emplis une coupe à l'intention de mon épouse.

Ce fut un homme brisé qui remonta l'escalier.

Ainsi revins-je au côté de Gerda. Mais elle n'interrompit point sa lamentation pour prendre la coupe ; il me fallut la porter à ses lèvres pour qu'elle bût.

Pendant qu'elle absorbait le vin par petites gorgées, je la réconfortai comme je l'aurais fait avec un nourrisson, écartant de ma main fraîche les mèches de son front fiévreux, lui donnant des tapes sur le dos et chuchotant à son oreille des paroles rassurantes. Elle ne me voyait toujours pas, son regard restant fixé sur quelque affreux souvenir ; puis elle sembla enfin s'apaiser, et je rassemblai assez d'audace pour demander à nouveau : « Que s'est-il passé ? Où est le bébé ? Où est Stefan ? »

Ses paupières tressaillirent, et ses lèvres entrouvertes commencèrent à se mouvoir. Certain d'une réponse, j'entrepris d'éloigner le vin mais, soudain, elle leva un bras, avec une telle énergie que la coupe fut renversée. Le porto ruissela sur sa peau, puis sur son corset, maculant sa blancheur de neige tel un sang noirâtre à l'odeur suave tandis que, le doigt pointé vers la fenêtre, elle hurlait :

« Ils ont disparus ! C'est elle – *elle* – qui a les enlevés tous les deux ! »

Je suivis la direction de son regard terrifié et je vis l'impossible : un visage blanc, planant comme un masque suspendu de l'autre côté de la vitre – et distinctement masculin (bien que mon épouse eût accusé une femme, cette précision fut perdue pour mon esprit affolé). Un moment, je fus positivement effrayé, car cette vision me parut véritablement surnaturelle, mais le bon sens me revint bientôt. C'était à coup sûr un malfaiteur muni d'une échelle et, sans nul doute, l'homme qui avait enlevé mon pauvre enfant, peut-être avec des espoirs de rançon. Et maintenant il comptait s'en prendre à mon épouse...

Au comble de l'indignation, je me précipitai à la fenêtre et levai le châssis, pensant mettre à mal (et donc capturer) le criminel en donnant à l'échelle une puissante poussée.

Il n'y avait pas d'échelle, pas de visage, pas de criminel, seulement le vent froid et la nuit noire.

Abasourdi, je fermai la fenêtre une fois de plus, me tournai vers Gerda, et découvris que l'homme à la face luisante de blancheur (comme ses mains, d'ailleurs) se trouvait debout entre nous.

À sa vue, mon épouse redoubla de hurlements. Je me hâtai de la rejoindre et l'enveloppai d'une couverture afin de dissiper le tremblement qui venait de la saisir ; puis je fis de mon corps un bouclier la protégeant de l'intrus.

Ce dernier n'avança point, mais il parla d'une voix basse si étrangement puissante que je l'entendis clairement malgré les cris perçants de Gerda : « Abraham ! Je crains d'être arrivé trop tard... »

C'était un bel homme d'âge indéterminé, avec des cheveux et des sourcils de jais, et des traits qui me parurent singulièrement familiers. J'ouvris la bouche pour l'agresser verbalement, pour lui demander son identité, le motif de son irruption et ce qu'il était advenu de mon fils et mon frère, mais, à ma totale stupéfaction, les mots qui franchirent mes lèvres furent :

« Est-ce que je vous connais ?

– Peut-être, répondit-il, mais le temps presse. Ils ont enlevé Stefan et, où qu'il soit à présent, il est en train de dormir. Dites-moi ce que vous savez.

– Il est des *leurs*, tout comme elle – et elle les a enlevés ! Elle a enlevé Stefan et Jan ! » hurla Gerda, s'arrachant à mes bras pour se jeter sur l'inconnu et marteler son torse à coups de poing. La couverture glissa de ses épaules, découvrant fort impudiquement son corset, mais elle était trop bouleversée pour s'en émouvoir – ou même s'en rendre compte.

Il ne fit aucun effort pour contrer cet assaut – qui ne parut d'ailleurs pas le décontenancer le moins du monde – mais les paroles de Gerda parurent le glacer d'épouvante. En effet, il ferma les yeux et murmura : « *Tout comme elle.* Zsuzsanna est donc venue ici. »

Je tirai Gerda à moi, lui offrant de nouveau l'abri de la couverture. « Connaissez-vous cette Zsuzsanna, monsieur ? Êtes-vous son complice ? Et si oui, qu'avez-vous fait de mon enfant et de mon frère ? »

Au lieu de répondre, il scruta le corridor enténébré se trouvant derrière nous ; soudain, je vis ses yeux s'écarquiller de peur. « Et votre mère ? me demanda-t-il aussitôt d'un ton impérieux.

– Je n'ai pas réussi à la réveiller », fis-je en secouant légèrement la tête.

Avant que je puisse continuer de l'interroger, il passa devant nous – ou plutôt il *glissa*, avec un silence et une vitesse défiant les lois de la nature. Je n'entendis pas un seul bruit de pas dans le corridor, mais en un instant il fut de retour, portant Maman inconsciente dans ses bras.

La vue de cette dernière calma Gerda, qui se tut et me permit de continuer à lui administrer de petites gorgées de porto ; ensuite, je mouillai un linge dans l'eau de la cuvette et j'entrepris de rafraîchir son front brûlant.

Nous regardâmes l'inconnu déposer Maman sur le lit avec une infinie tendresse ; puis, avec autant d'égards, il s'agenouilla à son chevet et chuchota : *Mary...*

Cette scène, jointe à l'amour et au soulagement véridiques qu'exprima le visage de ma mère quand elle s'éveilla et vit l'inconnu, me persuada, plus que tout autre chose, de me fier à lui. Je compris qu'il s'agissait de l'homme auquel le journal de Maman se rapportait si souvent.

« Arkady, fit-elle en le gratifiant d'un sourire. Dieu merci, tu es toujours avec nous ! » Cependant, la triste affection qui se lisait sur son visage se transforma bientôt en panique ; elle se redressa en poussant un cri et agrippa les bras de celui qui l'avait ranimée. « Stefan !

– Il a disparu, fit Arkady. Il est vivant, mais endormi. Lorsqu'il s'éveillera, j'en saurai plus. Il ne sert à rien de le chercher tant que j'ignorerai la direction où on l'a emmené. Pour l'instant, vous devez me dire ce que vous pouvez. »

Ma mère porta ses mains à ses yeux et gémit ; un moment, je crus qu'elle allait pleurer, mais elle se maîtrisa rapidement et leva vers lui un regard assuré. « Zsuzsanna. Cet après-midi, j'étais si épuisée que je suis tombée dans un profond sommeil en dépit de tous mes efforts pour rester éveillée. Une fois assoupie, j'ai rêvé des yeux de Zsuzsanna, de beaux yeux brun clair, constellés d'or miroitant. Une langueur m'envahit ; je compris alors qu'elle essayait d'entrer dans la maison, de nous ravir Stefan... Je luttai pour résister mais j'étais trop fatiguée pour secouer ma torpeur. J'étais paralysée, incapable de bouger, de parler – et même d'ouvrir les yeux. »

Ma pauvre mère laissa échapper un sanglot voilé. Arkady voulut la prendre dans ses bras, mais elle le repoussa d'un geste signifiant qu'elle était indigne d'être réconfortée. Puis, portant de nouveau ses mains à son visage, elle ajouta : « Tout ceci est mon ouvrage ! »

Non, voulus-je dire, *c'est ma faute. Si j'étais rentré plus tôt à la maison, rien de tel ne serait arrivé.*

Mais Arkady me devança. Gentiment, il prit les poignets

de ma mère et lui fit baisser les mains. « Je mérite le blâme plus que quiconque d'entre vous. J'aurais dû soupçonner ma sœur d'être capable de pareille vilenie. » Et son visage s'embrasa d'un courroux si brusque, si ardent et si impressionnant que ma mère et moi eûmes un mouvement de recul. « Quel imbécile ai-je été, de nous croire en sécurité parce que Vlad se trouvait encore en Transylvanie, parce que Zsuzsa ne me trahirait jamais ! Elle a dû prendre ses dispositions pour venir il y a des jours de cela, voire des semaines. Peut-être même savait-elle où se trouvait Stefan avant que *moi-même* le découvre ! Non », fit-il en secouant la tête face aux faibles gestes de protestation de Maman, « c'est plus ma faute que celle de quiconque. Si j'avais été plus circonspect, jamais l'agent de Vlad n'aurait repéré mon lieu de repos ; d'ailleurs, il a vraiment failli réussir à m'y piéger ce soir même. Grâces en soient rendues à mon assistant humain, je fus simplement retardé. Mais suffisamment longtemps. Suffisamment longtemps ! »

Il fit volte-face et désigna Gerda, qui s'était assise auprès de moi sur le parquet, la tête posée sur mon épaule, muette, le regard en dedans. « *Elle* sait ce qui s'est passé ici ; il est possible qu'elle nous aide.

– Elle est en état de catatonie », déclarai-je en caressant les cheveux de Gerda comme si j'avais pu effacer le traumatisme (quel qu'il fût) ayant causé la reprise de sa folie. M'entendre redire ces mots me brisa le cœur. Je savais que j'avais perdu une part de son cœur au profit de Stefan – mais, tout de même, j'avais eu bon espoir de la convaincre de revenir à moi. Maintenant, elle était complètement perdue pour nous tous. « Elle a déjà été ainsi. Elle ne parlera à personne pendant quelque temps. Des jours – plus longtemps, peut-être.

– Elle *me* parlera », dit doucement Arkady. Puis il s'accroupit en face de nous et tendit une main vers Gerda – avec lenteur et prudence, la paume tournée en l'air, comme on eût approché un animal sauvage.

Le voyant progresser, elle se recroquevilla et nicha son visage contre ma poitrine. Lorsqu'il toucha légèrement son épaule, elle sursauta comme sous l'effet d'une décharge électrique et se remit à trembler ; mais alors il prit une voix douce, la plus enchanteresse, la plus mélodieuse et la plus apaisante que j'aie jamais entendue chez quiconque, homme ou femme : « Gerda. Je ne vous veux aucun mal. Mais pour le bien de Stefan, je dois savoir exactement tout ce qui est arrivé. »

Les yeux écarquillés de terreur, elle le considéra de façon oblique ; mais à l'instant où ils échangèrent un regard, ses frissonnements cessèrent. À mon grand étonnement, elle se redressa, lui fit face puis, après l'avoir longuement fixé droit dans les yeux, elle ferma les siens et se mit à parler avec le débit lent, murmurant et rêveur, d'une personne en transe :

« Elle était ici.

– Qui ? demanda vivement Arkady. La femme qui me ressemble ?

– Oui... répondit mon épouse d'un voix atone. Cet après-midi. Bram était absent ; Maman et Stefan dormaient. J'étais dans la cuisine avec le petit Jan, préparant le dîner pour tout le monde, quand elle a sonné à la porte.

« Je n'ouvris pas, bien sûr. Avant de partir pour l'hôpital, Bram m'avait priée de n'en rien faire, surtout après que l'homme déguisé en patiente eut enlevé Stefan. Aussi allai-je à la fenêtre. Elle demanda le Dr Stefan Van Helsing, disant qu'une personne de l'hôpital l'avait adressée à lui pour une certaine maladie. Je la priai de s'en aller, expliquant qu'il n'était pas disponible et ne pouvait recevoir aucun patient aujourd'hui. Mais la femme était si joliment mise, et son visage si avenant et si beau... Elle commença de rebrousser chemin puis, à mi-parcours, elle s'arrêta, se tourna pour regarder le petit Jan que je tenais contre ma hanche, et demanda : " Par exemple ! Est-ce là votre petit garçon ? "

« Sa voix était si désenchantée que je nc pus me montrer rude ; et elle était si ravissante – peut-être la femme la plus ravissante qu'il m'ait jamais été donné de voir – que je n'eus qu'une envie : continuer de la contempler. Aussi répondis-je : " Oui, c'est là notre petit ange. Seulement, il ne se porte pas si divinement en ce moment ; il est fatigué et en retard pour sa sieste. "

« Comme Jan venait de pleurer, je l'avais pris dans mes bras pour le consoler. Mais à la vue de la jolie femme, il se tut soudain et la regarda ; ses yeux ne cessèrent de s'arrondir.

" Qu'il est mignon ! s'exclama la femme avec un sourire qui creusa ses fossettes. Quel bel enfant ! Est-ce celui du docteur Stefan ?

– Non, répondis-je avant d'expliquer qu'il s'agissait du neveu de Stefan ; que j'étais l'épouse de l'autre docteur Van Helsing – Abraham.

– Comme c'est merveilleux ! dit-elle. Et que vous êtes chanceuse d'avoir un fils en aussi parfaite santé ! " Elle fit mine de s'éloigner à nouveau, mais avec une expression indiciblement triste, au point que mon cœur en fut touché. J'allai entrebâiller la porte et lui demandai quel était son problème.

« Elle fut alors face à moi, et m'adressa un regard profond, assuré, et si beau que je laissai échapper un soupir. " Je ne puis avoir d'enfants, dit-elle. J'ai consulté quantité de médecins et j'espérais que votre beau-frère pourrait m'aider. "

« Je demeurai sur le seuil, émue par son histoire pathétique, émue par sa grâce et son charme comme un homme l'eût été. À cet instant, je me serais pliée à toutes ses exigences, peu importe combien c'eût dû être dommageable pour moi, et même pour mon enfant. Aussi, lorsqu'elle me demanda avec douceur : " Pourrais-je entrer ? ", j'ouvris la porte toute grande.

« Elle entra en souriant, et je – je me rappelle seulement qu'un état de béatitude m'envahit ; je n'eus plus qu'une envie : être en sa présence, la suivre comme une fleur suit le soleil. Lorsqu'elle demanda : " Puis-je ? " et tendit les bras vers mon timide enfant, celui-ci lui rendit son geste avec empressement, et je la laissai le prendre comme si c'était tout naturel de le confier à une complète inconnue.

« Elle le prit donc. Avec un plaisir étrange qu'on eût dit venu d'un rêve, je l'observai qui le berçait, le chatouillait et l'embrassait. Lorsqu'elle baisa ses lèvres, ses joues, son front, je ne ressentis nulle appréhension ; pas même lorsque, comme par jeu, elle se pencha pour effleurer des lèvres sa tendre petite gorge.

« Non, j'observais avec impatience ; avec jalousie même, car je désirais que ses lèvres touchent les miennes, je désirais sentir sa caresse sur ma peau. J'aurais pu l'attirer à moi et le lui demander, mais j'étais dans un état d'euphorie si langoureuse que je ne souhaitais ni bouger ni parler. Tenant toujours mon petit garçon, elle commença à fredonner tout doucement ; je vis alors les yeux de Jan devenir vitreux, et lui-même silencieux, sous le regard fixe de cette créature.

« Puis elle le déposa sur la table de la cuisine et se tourna vers moi ; j'étais figée, stupéfiée par un singulier amalgame de crainte et de désir. Elle plaça ses bras autour de ma taille, et je me sentis devenir délicieusement inerte, avec cette même sensation de fusion qu'avait engendrée l'étreinte de Stefan. Bientôt, je me trouvai allongée sur le sol, et elle s'agenouilla à mon côté, telle une enfant faisant sa prière du soir, puis chuchota à mon oreille, comme si nous étions des conspiratrices : " Il est si petit ; je n'ose le toucher, et pourtant j'ai si faim ! Mais je n'ai pas l'audace d'aller voir Stefan, alors... "

« Tout en parlant, elle déboutonna mon col, mon corsage, puis, avec admiration, fit courir sa paume – froide, implacablement froide – sur ma peau avant de se pencher et d'appliquer ses lèvres sur la portion de chair située juste au-dessus de ma clavicule. Comme je frémissais, écartelée entre crainte et impatience, elle écarta ces lèvres, et je sentis sa langue me goûter.

« Puis vint la douleur : froide, électrisante, pénétrante, comme si des lancettes acérées pénétraient ma peau. Je poussai un faible cri et me débattis ; mais alors que sa langue et sa bouche pompaient rudement ma blessure, une chaleur soudaine, grisante, m'enveloppa, et je retombai dans le silence. De fait, plus j'étais calme, plus voluptueuse devenait ma transe, jusqu'au moment où celle-ci éclipsa même les extases de l'amour. Béate, je me sentis dériver loin de mon propre corps, et je voulus que cela ne finît jamais.

« Je me rappelle la voix de la femme : *T'emmènerai-je, donc ? Par-delà le grand abîme ?*

« Je sus qu'elle parlait de ma mort ; et je voulus ma mort. J'y aspirai, comme on aspire à la jouissance au plus fort d'une étreinte passionnée.

« Non. Non – j'y aspirais bien plus que cela. Mais il ne devait pas en être ainsi. Je me rappelle son rire haut perché, cristallin, tandis qu'elle disait : *Non. Tu m'es plus utile comme espionne.* Je sombrai quelque temps dans une obscurité veloutée et je fus déçue lorsque je m'éveillai – vivante.

« Mes souvenirs s'estompent... Quand je rouvris les yeux, je gisais sur le parquet de ma chambre, observant une scène entre Stefan et moi-même, comme si j'étais une observatrice désincarnée. Tout près, dans le berceau, dormant silencieusement – ou bien plongé dans une transe léthargique semblable à celle que je venais de connaître – se trouvait mon petit garçon.

« Cependant, je savais que ce n'était pas moi que je voyais – mais la belle femme, qui, je ne savais comment, avait revêtu mon apparence. Lorsque je me concentrais, il me semblait presque deviner son visage sous la forme illusoire du mien.

« Je gisais devant leurs yeux – mais *lui ne me voyait pas.* Ils se disputaient en pleurant, tandis que j'étais incapable de parler, de le prévenir, de faire quoi que ce soit hormis les regarder.

« Stefan était debout près du lit, ses bras agrippés à ceux de la femme, son visage baissé vers elle, ses yeux rivés aux siens avec l'amour qu'il me réservait d'ordinaire. Je compris qu'il lui annonçait son départ. Il s'en allait pour toujours, afin de préserver le reste de la famille du moindre danger.

« Elle répondit exactement comme je l'aurais fait : qu'elle ne comprenait pas, qu'elle ne pouvait comprendre quel péril pût être si grand qu'il dût nous arracher les uns aux autres. Elle fondit en sanglots, et Stefan – si sensible, si gentil... » Gerda eut alors un sourire triste qui me transperça jusqu'au tréfonds de l'âme. Je détournai les yeux, incapable de croiser les regards de Maman et d'Arkady, tandis que mon épouse poursuivait : « Stefan ne put supporter ses larmes et ils pleurèrent de concert. Elle le supplia de la laisser partir avec lui, mais il refusa : ce serait trop dangereux ; d'ailleurs, sa place était avec son mari et son enfant. Il avait l'intention de partir sans dire mot à ses autres proches – mais, par ailleurs, il craignait que ceux-ci ne se méprennent et ne risquent leur vie en essayant de le secourir.

« Aussi rédigea-t-il une lettre pour nous tous ; mais à la fin, il ne put se résoudre à partir sans lui dire – sans *me* dire – adieu. Et moi... » Elle hésita. « *Elle*, veux-je dire – je pensai que, peut-être, la culpabilité m'avait rendue folle à nouveau, m'avait poussée à quitter mon corps, pour que je fusse ainsi capable de m'observer ; c'était comme d'assister à une pièce de théâtre dont j'eusse été l'actrice – *elle* dit qu'elle ne pouvait le laisser partir si aisément. Elle l'inonda de larmes, l'accabla de supplications et le combla de baisers ; il tenta de se détourner, de prendre congé, disant qu'il avait fauté une fois et qu'on ne l'y reprendrait plus. Mais en fin de compte, les baisers fougueux de la femme furent payés de retour, et elle tomba dans les bras de Stefan.

« J'observais toujours, incapable de parler ou de bouger, cependant que cette femme étrange qui me ressemblait tant lutinait mon amant ; peut-être le mérité-je, après avoir si méchamment traité mon bon mari. Cette heure fut la plus amère de ma vie, car je fus obligée de garder le silence alors qu'une autre femme embrassait le visage, brillant de larmes, de mon Stefan. Puis, à son tour, il couvrit de baisers le visage de la femme. Ses caresses ultimes, ses paroles ultimes me furent dérobées, et je ne parvins pas même à pleurer. Sans doute l'avait-elle enchanté au point qu'il ne voyait pas sa figure réelle.

« Non, je pus seulement regarder lorsque, avec lenteur et solennité, il dénuda cette nouvelle Gerda, aussi belle qu'étrange, comme si elle eût été une jeune mariée au seuil de sa nuit de noces. Je pus seulement écouter Stefan lui murmurer qu'elle n'avait jamais paru aussi ravissante. Puis, à son tour, elle le dévêtit.

« Ils s'étendirent ensemble, et la femme pressa sa peau luisante de blancheur contre la chair de Stefan, plus sombre dans la lumière crépusculaire. Leurs ébats commencèrent, et ils s'accouplèrent avec la même intensité et la même ardeur que lui et moi l'autre nuit... »

À cet instant, je fermai les yeux, frappé de la franchise de sa confession, honteux pour elle et moi-même vis-à-vis de ma mère et de cet inconnu.

« Et au plus fort de leur étreinte passionnée, lorsque Stefan émit un cri d'extase, rauque et chuchoté, ce cri se transforma aussitôt en une exclamation d'horreur. Car la femme avait repris sa figure réelle, et mon pauvre amant se rendit compte qu'il faisait l'amour avec une autre femme – belle, irrésistible, glacialement maligne.

« Il lutta pour se dégager, mais elle l'enserra étroitement dans ses bras et ses jambes puis, avec une force bien supérieure à la sienne, elle le maintint immobilisé. Elle usa aussi de ses yeux pour parfaire cet étau ; la résistance de Stefan diminua puis cessa tandis qu'il demeurait paralysé, son regard plongé dans celui de la femme. Bientôt, il se détendit docilement, gardant les yeux écarquillés et respirant avec calme, tout comme le petit Jan et moi.

« Alors, la femme se leva du lit et lui dit : “ Debout, Stefan, et enfile tes vêtements. ”

« Ce qu'il fit, tel un somnambule ; de son côté, elle se rhabilla si rapidement que mes yeux éblouis ne virent rien d'autre qu'un flou argenté. Ensuite, elle se dirigea vers le berceau, se pencha, prit mon enfant endormi dans ses bras, puis se tourna vers Stefan et dit : “ Viens. ”

« Toujours incapable de me mouvoir, je ne pus rien faire pour les arrêter ; je ne pus que rester étendue sur le parquet, glacée et frissonnante, tandis que mon amant suivait la femme avec obéissance et passait devant moi sans me voir. Bientôt, tous trois eurent disparu.

« Ainsi sont-ils partis. Partis avec mon bébé... » Sur ces mots, Gerda cacha ses yeux et reprit sa lamentation.

Quant à ma mère, elle sanglotait dans les bras peu familiers d'Arkady. Je devinai combien la perte de son unique petit-fils devait cruellement peser sur ses épaules ; cependant, je consacrais trop d'énergie à me sortir d'un sombre gouffre d'hystérie pour être d'un quelconque réconfort.

À ma vue, Maman se redressa et reprit contenance. Arkady défit leur étreinte et leva les yeux vers moi. « Ils ont pris Stefan et votre enfant ; je ne peux rien faire de plus pour votre épouse.

– Nous devons aller voir la police ! fis-je vivement en me levant. Je m'y rends de ce pas...

– Non ! se récria Maman. Que faudra-t-il pour que tu m'écoutes, Bram ? La police ne fera rien de plus qu'hier ! Mais cet homme... » – elle désigna Arkady qui se tenait à son côté – « cet homme a déjà sauvé ton frère une fois. Je le sais capable de recommencer et de nous ramener le petit Jan. »

Pendant qu'elle parlait, Arkady se leva et s'avança dans ma direction jusqu'au moment où seule une longueur de bras nous sépara. Le noir de sa pèlerine contrastait violemment avec l'extraordinaire pâleur de sa peau. « Votre mère dit vous avoir révélé le fond de l'histoire ; toutefois, vous ne pouvez y croire. Or, il est impératif que j'emporte votre conviction et votre confiance.

– Monsieur, déclarai-je, quasi fou de désespoir, vous n'avez ni l'une ni l'autre. »

À ces mots, il ôta sa pèlerine, son gilet, les posa sur le lit, puis, en bras de chemise, se tourna vers moi. « Docteur Van Helsing. Voulez-vous bien écouter mon cœur ?

– Je n'ai pas de temps à perdre en de telles inepties ! m'écriai-je d'une voix tendue à se rompre. Nous devons les arrêter, les retrouver avant qu'ils fassent du mal à mon fils... »

Il me fixa droit dans les yeux avec un regard si résolu, si décidé, et cependant si curieusement compatissant, que je fus réduit au silence. « Moi aussi, je suis un père, dit-il d'un ton calme. Et j'ai perdu un père, un frère et un fils. Je comprends fort bien votre désespoir. Je vous le jure : je trouverai Jan et Stefan. Mais pour ce faire, j'ai besoin de votre aide...

– Pas lui ! » C'était une supplique soudaine de Maman, émise avec tant de véhémence qu'Arkady et moi nous tournâmes rapidement vers elle pour lui adresser un regard de surprise. « Pas lui ! Tu ne peux l'emmener, Arkady ! Déjà, l'un de mes fils se trouve en danger ; je ne perdrai pas Bram aussi ! »

Il l'écouta avec une attention lugubre, puis répliqua : « Le laisserons-nous donc ici avec son épouse qui pourra l'espionner au profit de Vlad ? Désormais, nul endroit n'est sûr pour aucun de nous, Mary. Non que je me réjouisse de te laisser en arrière. Mais Bram est plus jeune et, physiquement, plus fort que toi ; il est mieux à même de m'aider à accomplir la triste tâche qui nous attend. »

Maman garda le silence et laissa la défaite et le chagrin, qui se lisaient sur son visage, lui tenir lieu de réponse.

Arkady soupira comme pour exprimer la gravité de la situation. « Bram doit croire, ne serait-ce que pour sa propre protection. » Il écarta ses bras. « Tu peux voir ce que le scepticisme m'a valu. » Puis, se tournant derechef vers moi : « Docteur Van Helsing : voulez-vous bien écouter mon cœur ? »

La sincérité et la compassion dans ses yeux, son débit apaisant, tout cela concourut pour dissiper la frustration presque hystérique que j'éprouvais à ce moment. Singulièrement tranquillisé, je me penchai en avant et appliquai une oreille sur le milieu de son torse.

Un silence total, complet ; le buste d'un homme mort.

Ébahi, je me redressai avec lenteur, mon regard fixé sur son visage ; puis je plaçai doucement l'extrémité de mon index et celle de mon médius sur sa carotide.

Son pouls était inexistant, et sa peau aussi froide que le cadavre de la regrettée Lilli.

Sidéré, j'abaissai mon bras.

« Ferai-je quelques tours pour vous ? proposa-t-il. Entrerai-je en lévitation, comme lors de mon apparition à votre fenêtre ce soir ? Disparaîtrai-je sous vos yeux ? Me transformerai-je en brouillard ?

– Non, répondis-je d'un ton maussade. Ce ne sera pas nécessaire. » Un désarroi glacé s'était superposé au sentiment de panique qu'avait provoqué en moi la disparition du petit Jan. L'histoire de Gerda, celle de Stefan, celle de Maman, celle de cet inconnu, Arkady : leurs contes invraisemblables se recoupaient cependant ; ils étaient trop cohérents pour résulter d'aberrations individuelles.

Il ne me restait plus qu'à leur faire confiance. Je repris place à côté de Gerda et j'écoutai les bizarres instructions d'Arkady concernant la meilleure façon de nous protéger contre certaine menace supranaturelle. Je l'écoutai aussi promettre que nous retrouverions Stefan, dès qu'il saurait où celui-ci avait été emmené. En attendant, nous devions nous reposer.

Mais tout d'abord, il tenta d'obtenir de ma mère une promesse solennelle – qu'elle resterait à Amsterdam avec Gerda au lieu de nous suivre ; car sa venue exposerait au danger, outre elle-même, mais Stefan aussi, ainsi que nous autres. Vlad n'allait certes pas manquer de se servir de Gerda à l'encontre de ceux d'entre nous qui demeureraient ici ; et il fallait bien qu'une personne reste pour s'occuper d'elle.

« Dans ce cas, laisse-moi t'accompagner et laissons Bram prendre soin de son épouse ! implora ma mère. Il ne connaît pas Vlad aussi bien que moi. »

Ce à quoi Arkady se contenta de répondre : « Nous discuterons de cela au moment voulu. Pour l'instant, vous devez tous prendre du repos tant que c'est encore possible. »

Et il ne voulut point débattre plus avant. Lorsqu'il partit, j'emmenai Maman et la pauvre Gerda au rez-de-chaussée, sachant qu'aucune d'elles ne se sentirait en sécurité dans une chambre dont l'intimité avait été violée. J'allumai un feu dans l'âtre et je fis revêtir à mon épouse sa chemise de nuit comme s'il se fût agi d'une enfant ; ensuite, je disposai couvertures et oreillers sur le sofa et le parquet, faisant en sorte qu'elles fussent installées le mieux possible pour dormir. Mais Gerda tremblait et avait les yeux si pitoyablement écarquillés que je décidai de lui administrer une teinture d'opium; elle la but docilement d'un trait. Maman, elle, refusa, disant préférer l'insomnie aux effets du pavot. Quant à moi, je m'assis dans le fauteuil de Papa, me demandant quelle aurait été sa réaction face aux étranges événements qui avaient assailli sa famille au cours de la semaine suivant sa mort.

Lorsque les deux femmes eurent enfin fermé les yeux, je me rendis à la cuisine pour y prendre du café : je savais que je ne devrais pas dormir de la nuit, ni durant les deux ou trois suivantes, et j'avais ample matière à réflexion. Je restai assis à la table pendant une heure, peut-être plus, mon front soucieux entre mes mains, cerné par une nuée de pensées. Quelque temps plus tard, lentement, mes sens en émoi m'avertirent que je n'étais pas seul. Levant la tête, je vis Arkady silencieusement assis en face de moi.

« Pardonnez-moi, fit-il en me voyant tressaillir. Il fallait que je m'entretienne en particulier avec vous, en l'absence de votre mère. J'ai toujours connu la destination finale de Stefan. Je pourrais m'y rendre seul puis ramener votre frère et votre fils – mais leur sauvetage serait inutile. En effet, Vlad ne ferait que pourchasser de nouveau Stefan; le danger persistera aussi longtemps que vivra votre frère.

– En ce cas, que peut-on faire? demandai-je.

– Vlad doit être détruit – et cela je ne puis le faire. » Il me fixa d'un regard résolu. « Seule une main de mortel peut nous tuer – lui et moi. Mais trouver un être humain doté du courage et de la volonté nécessaires pour commettre cet acte s'est révélé impossible. »

Après avoir médité ces paroles, je dis : « Vous voulez que je contrarie les souhaits de ma mère. Que je vienne avec vous. Que je vous aide à négocier avec cette Zsuzsanna et... Vlad.

– Oui. Je connais la détermination de Mary quand elle a quelque chose en tête; jamais elle ne vous permettra de partir, à moins qu'elle ne vous accompagne. La tromperie s'impose afin qu'elle demeure en sécurité. »

À vrai dire, je ne me souciai guère de ces prétendus monstres, Zsuzsanna et Vlad, de la menace qu'ils représentaient pour l'humanité, et je n'avais nullement l'intention de me lancer en une quête baroque et surnaturelle pour les détruire. Mais je me souciai de mon petit garçon et de mon frère, et je voulais désespérément faire quelque chose, n'importe quoi, pour leur venir en aide. Aussi dis-je : « Eh bien, soit, j'irai avec vous. Quand partirons-nous ?

– Sur l'heure », répondit-il.

***

J'ai écrit ce qui précède dans le train. Je suis assis seul, jetant de temps à autre un coup d'œil sur les rives du Rhin boueux et sombre. L'aube a pointé il y a quelques heures, et Arkady s'est enfermé dans son compartiment après m'avoir instruit de veiller à ce qu'il ne soit pas dérangé avant le coucher du soleil.

Le fait de consigner tout cela ne le rend pas moins difficile à croire. Au contraire, les événements semblent plus insolites encore si on les considère à la lumière du jour. Mais il me faut quelque chose qui m'occupe constamment l'esprit ; autrement, je vais devenir fou à force de me tourmenter sur le sort de mon petit garçon.

Si seulement je le *pouvais* ! Car la folie constituerait une si douce délivrance... Mais la lucidité ne relâchera pas prise sur moi.

Ma vie est brisée. Gerda s'est à nouveau retranchée dans le silence – silence aussi profond que celui dans lequel je la vis plongée le jour de notre première rencontre ; je crains qu'elle n'en revienne jamais. Aujourd'hui, je n'ai plus de père, plus de frère, plus d'épouse, plus de fils.

Voici ce que je crois en cette heure ensoleillée : que je suis devenu aliéné au sens clinique du terme. Que je suis en proie à une grandiose illusion qui me fait opposer démesurément le Bien au Mal, et inclut Maman, Stefan, Jan et Gerda dans son emprise lunatique.

Mais cette illusion est à présent mon univers, et je suis condamné à obéir à ses lois ou à souffrir les conséquences qui découleraient de mon inaction ; aussi vais-je faire tout le nécessaire pour ramener mon frère et mon fils.

Dieu, en qui je ne crois pas, aide-moi.

8

Le journal de Mary Tsepesh Van Helsing

22 novembre. – Et maintenant, le moment est venu de payer pour toutes les années de tromperie, pour toutes ces années durant lesquelles j'ai caché la vérité à mes fils. Te voilà victime d'un nouveau rapt, cher Stefan, et il n'est rien que je puisse faire, rien que je puisse dire ; je dois simplement endosser la responsabilité de tous les torts qui te seront sans doute faits – et cela jusqu'à ma tombe.

Bram, pardonne-moi ! Je souhaitais simplement te protéger, mais maintenant, toi aussi as tout perdu...

Je dois également endosser la responsabilité de ce qu'est devenu mon cher Arkady ; en effet, n'eussé-je pas tiré le coup de feu censé le projeter dans l'éternité, il ne serait pas devenu tel qu'il est à présent ; il n'aurait point passé ces vingt-six dernières années dans un purgatoire aussi hideux.

Je pensais ne pas le revoir avant quelque temps, mais il est revenu la nuit dernière. J'étais couchée sur le parquet du salon, tandis que Gerda ronflait doucement sur le sofa, livrée aux effets de l'opium.

Je dormais près de l'âtre, d'un léger sommeil teinté d'inquiétude, lorsque des doigts glacés effleurèrent mes lèvres ; je m'éveillai instantanément, terrifiée à l'idée que ce pût être Vlad ; mais il me suffit de considérer ces bons yeux bruns, mouchetés de vert, pour savoir que c'était mon Arkady. À cet égard, je ne suis pas facile à duper.

« Chut », murmura-t-il en passant une main apaisante sur mon front. Calmée, je me dressai pour regarder alentour, et fus reprise d'anxiété en constatant l'absence de Bram.

« Il ne peut dormir, dit Arkady en esquissant un sourire rassurant. Il est dans la cuisine. J'ai attendu une occasion de te voir seule. » Je jetai un coup d'œil en direction du vestibule et tirai quelque réconfort de voir un rai de lumière venir de la cuisine. Arkady prit ma main – j'avais appris à ne plus être surprise par sa froideur – et l'appliqua sur sa poitrine. « Mary, ma chérie... Je suis venu parce que nous ne nous reverrons plus.

– Mais il le faut ! » chuchotai-je, sentant s'accélérer les battements de mon cœur ; en effet, bien que cela m'affligeât de le voir ainsi – un monstre aux lèvres tachées du sang de ses victimes –, il était aussi mon bien-aimé, toujours jeune, toujours beau, miraculeusement revenu à moi d'entre les morts. « Il le faut ! Quand tu ramèneras Stefan à la maison... »

Il soutint fermement mon regard, son visage baigné de la lueur chaude et vacillante du feu, puis il dit : « Stefan reviendra seul, une fois que Vlad et moi serons détruits. Je te le promets. » Son visage refléta une douleur nuancée de regret avant qu'il ajoutât : « Pardonne-moi. C'est pur égoïsme de ma part. J'aurais dû te laisser dormir, ne pas te déranger à nouveau ; toi et ta famille avez déjà suffisamment souffert ! Mais je ne pouvais partir sans te voir une fois encore. » Et il sourit avec tristesse tout en caressant tendrement ma joue. « Voilà un spectacle qui réconforterait un homme pour l'éternité. »

Une éternité en enfer, je le savais ; et je poussai un petit cri. Mais Gerda ne sortit point de sa torpeur.

Mon cœur ayant déjà été brisé puis reconstitué non sans mal – et maintenant plus solide que jamais d'avoir supporté ces épouvantables meurtrissures –, je le croyais dorénavant invulnérable ; mais quand je vis le visage d'Arkady, quand je compris qu'il prenait congé pour toujours, comme d'outre-tombe, le siège de mes sentiments vola littéralement en éclats.

Vers l'homme – et non vers le monstre –, je tendis le bras et fis glisser sa pèlerine de ses épaules avant de défaire les attaches de son col. De mes mains, je libérai la peau douce et luisante de son cou, de son torse puis, avec mes lèvres, je trouvai le doux creux à l'articulation de l'épaule et de la gorge, et je l'embrassai. J'embrassai cet endroit pour le bénir, car je savais qu'il avait été autrefois profané par deux lèvres perverses et nocives ; je l'embrassai pour y remédier, bien que je sache qu'il existe une seule – et fatale – manière de soigner cette sombre blessure devenue invisible.

Puis j'y posai ma joue, sans peur aucune, sans tressaillir à la froideur de la peau qui avait jadis été si chaude, et levai les yeux pour le voir me contempler au travers de larmes scintillantes comme des diamants.

Nous n'échangeâmes pas un mot – nos cœurs étaient trop lourds – mais nous communiquâmes néanmoins, au moyen de baisers et de caresses. Ai-je péché ? Serai-je damnée pour avoir aimé un monstre ?

Il est mon époux ; et à ce moment-là il ne fut ni immortel ni non-mort – non, il fut mon Arkady, vivant, passionné, prodigue de son amour ; et moi je fus sa jeune épouse, émergeant de ce cocon de chair flasque et de cheveux grisonnants. Les années s'estompèrent, avec tous les maux qu'elles avaient engendrés, et nous fûmes comme seuls au monde.

Je m'étendis en sa compagnie, là, à même le parquet, près de la cheminée, insoucieuse de Gerda, de Bram, indifférente à tout hormis lui, hormis cette chair froide pressée contre la mienne. Et maintenant j'ai le cœur plus brisé que jamais, car je connais la réalité de son existence : je le sais encore apte à l'amour, que celui-ci soit physique ou spirituel. Son immortalité ne l'a en rien délivré du désir, de la solitude, du chagrin ; et, durant ces décennies où je l'imaginais dormant du doux sommeil de l'oubli, il a souffert autant que moi de notre séparation – et plus.

Aussi fîmes-nous l'amour désespérément, silencieusement, nous serrant l'un contre l'autre comme s'il était véritablement possible de demeurer ainsi pour toujours. Je me rappelle le vif flamboiement du plaisir final ; puis le monde se fondit dans les ténèbres alors que je me perdais moi-même, assoupie et satisfaite, dans l'océan de ses yeux.

Ses yeux, ses yeux...

Je m'éveillai dans une maison vide – vide, dis-je, bien que Gerda s'y trouve ; mais ses yeux sont effrayants de vacuité. Son cœur et son âme ne sont pas ici.

Et Arkady et Bram avaient disparu. Mon amour ! Ta passion était sincère, mais tu as profité de nos transports pour me magnétiser. Tu t'es joué de moi... et moi de toi.

Et pour nos tromperies, nous et d'innombrables autres paieront.

9

Le journal de Stefan Van Helsing

22 novembre. – À mon réveil, je sentis un balancement cadencé et j'entendis la mélodie entêtante d'une berceuse.

Un doux moment, je m'imaginai être à nouveau un enfant, bercé dans les bras de ma mère, jusqu'à l'instant où, soulevant mes paupières, j'aperçus, assise en face de moi dans un chatoiement crépusculaire, la femme la plus ravissante que j'aie jamais vue. Sa peau était de la couleur du lait, sa chevelure jetait des reflets indigo, et ses bras tenaient un enfant enveloppé dans une couverture. Cette madone était vêtue avec luxe et recherche : une robe ajustée de velours bleu de France, un corsage de satin orné de perles minuscules au-dessous d'un audacieux décolleté, et une petite toque, de velours elle aussi, soulignée d'une voilette de tulle qui ne pouvait dérober sa beauté. Et ses yeux ! d'un dessin parfait, mis en valeur par de fins sourcils arqués et de longs cils de jais ! Et la plénitude de ses lèvres ! charnues, purpurines...

Aussitôt, j'eus envie d'être l'enfant qu'elle pressait contre sa poitrine et, pris sous le charme, je l'écoutai chantonner d'une voix douce et claire en une langue inconnue de moi. « De l'italien », pensai-je aussitôt – mais un italien étrangement émaillé de sifflantes distinctement slaves.

Je me redressai dans mon siège et me trouvai une fois de plus dans le compartiment privé d'un train, de première classe cette fois. À la fenêtre défilait un paysage de début d'hiver. Il ne s'agissait pas de la Hollande, je m'en rendis compte, car on ne voyait ni basses-terres, ni polders, ni digues, ni moulins à vent, ni étendues marines ; au lieu de cela, beaucoup de sapins et quelques autres arbres dont les branches nues se détachaient sur de lointaines montagnes couronnées de neige.

Ce spectacle suscita en moi une poussée d'effroi – et le souvenir de tout ce qui s'était passé la nuit précédente. J'avais déjà vu cette femme : c'était quand j'avais couché avec Gerda, et vu mon amante se transformer en cette étrangère à la beauté magnétisante... Gerda, Gerda, ma chérie ! Qu'es-tu devenue ?

La sirène me faisant face cessa de chanter et m'adressa un joli sourire en dépit de mon désarroi manifeste. « Bonsoir, Stefan, dit-elle en un allemand parfait. As-tu bien dormi ?

– Qui êtes-vous ? » m'enquis-je, voulant cacher la honte que je ressentais à la pensée de nos ébats nocturnes. Mon ton était aigre, accusateur, mais elle s'esclaffa comme si je venais de dire quelque chose de très spirituel.

« Je suis ta tante, Zsuzsanna », finit-elle par répondre, me considérant de la tête aux pieds avec un air franchement lubrique qui se révéla perturbant au suprême. « Et c'est bien dommage, car cela signifie sans doute que tu seras désormais trop scandalisé pour réitérer ta conduite d'hier soir. Enfin, neveu ou non, tu es vraiment un beau jeune homme. »

Je sentis mes joues s'enflammer en demandant : « Où sommes-nous ?

– Et permets-moi d'ajouter que je suis enchantée de faire ta connaissance. Réellement, mon cher, t'attends-tu à ce que je réponde à une telle question après la choquante découverte que j'ai faite la nuit dernière ? »

Je la regardai avec perplexité. « Quelle découverte ?

– T'exprimes-tu toujours par l'interrogative, très cher ? Le fait que tu sois lié à Arkady. Mon frère. La grande affection que je lui porte ne m'a pas empêchée de discerner la coupure sur ton doigt – sur un doigt bien précis, à un endroit si spécifique que je ne puis y voir une coïncidence. Je ne me soucie guère d'apprendre à ton père où nous nous trouvons en ce moment même. De toute façon, il doit déjà connaître notre destination.

– Et quelle est-elle ? »

Elle sourit à nouveau, révélant des dents pointues et éblouissantes. « Le pays au-delà de la forêt, voyons. »

À cet instant, l'enfant qu'elle tenait dans ses bras remua et se mit à pleurnicher ; elle lui tapota le dos avec une main gantée de dentelle. Malgré la couverture qui cachait ses traits, je reconnus aussitôt ce geignement avec une profonde horreur. « Le petit Jan ! Grand Dieu, vous avez enlevé le bébé ! »

Elle cilla puis me fixa. « Ce n'est pas le tien, n'est-ce pas ? »

Je me redressai dans un élan d'indignation et sentis une bouffée de chaleur envahir mon visage. « Bien sûr que non. C'est celui de mon frère.

– Dieu merci. » Après un soupir, elle sourit au bébé et imita le doux babil d'un nourrisson : « Jan. C'est donc ainsi que tu t'appelles, mon petit bonhomme ? Oh, le beau Jan ! Oh, mon mignon petit garçon hollandais !

– Pourquoi l'avoir pris ? Pourquoi avoir commis un acte aussi cruel ? »

Ce fut à son tour de se froisser. « Jamais je ne serai cruelle à son égard, ni ne lui ferai le moindre mal ! J'entends m'occuper fort bien de lui ! » Puis, comme pour appuyer son propos, elle souleva sa voilette et se pencha pour embrasser l'enfant.

Son visage se trouva ainsi à demi dissimulé par le bord de la couverture ; mais, d'après le mouvement de ses pommettes, je pus constater qu'elle venait d'entrouvrir ses lèvres. Je me levai brusquement et j'agrippai l'enfant, comptant le lui arracher.

Sa poigne se révéla deux fois plus forte que la mienne – non, plus puissante encore, et je dus faire retraite bredouille. Mais la couverture ouatée qui cachait jusque-là le visage de sa prise s'était abaissée, et je vis très clairement le garçon : tout profane en médecine l'eût cru endormi, mais je compris qu'il était en état de choc. Son petit visage rond était blême, ses lèvres entrouvertes de chérubin étaient d'un gris tirant sur le bleu, ses yeux étaient clos ; entre la frange dorée de ses paupières et ses joues pâles se voyaient de profonds cernes en forme de demi-lune. Sa respiration était courte, précipitée.

Il était en train de mourir.

À cette vue, tous mes instincts chevaleresques envers le Beau Sexe me désertèrent. Je tentai derechef de prendre l'enfant, usant cette fois de chaque parcelle d'énergie que je pouvais rassembler. Ce fut insuffisant ; aussi, galvanisé par une montée d'angoisse et un flux d'adrénaline, frappai-je directement du poing la tête de Zsuzsanna.

Ce coup aurait assommé net n'importe quel homme robuste : en l'occurrence, il ne fit que déplacer la petite coiffe de velours de Zsuzsanna, déclenchant une cascade de boucles bleu-noir sur son cou et sa gorge d'une blancheur de cygne.

Elle ne broncha point. À l'évidence, mon direct n'avait provoqué aucune douleur – non, il déclencha seulement une colère qui fut terrifiante à contempler. Elle se dressa, passa l'enfant emmitouflé sur un bras et poussa un grognement – une sonorité inhumaine, féroce à l'extrême ; son sourire qui, un instant auparavant, était empreint d'une beauté phénoménale, se transforma en un rictus de méduse, qui découvrit des crocs hideusement acérés et des yeux dont la douce et limpide mordorure venait de se figer en un opaque miroitement d'or.

En un geste si rapide que je fus surpris garde basse, elle riposta et, d'un seul bras, me propulsa en arrière. Perdant tout équilibre, je heurtai le bord du siège et m'affaissai sur le sol.

L'impact expulsa l'air de mes poumons. Je me dressai à demi, calant un coude contre le coussin du siège, et luttai pour reprendre mon souffle tandis que son visage d'une mobilité mercurielle dépouillait son aspect bestial pour redevenir angélique.

Elle sourit tendrement au pâle chérubin, écarta quelques mèches de son front puis lui lissa les cheveux. « N'est-ce pas que je ne te ferai jamais de mal, mon chéri ? Non... Je te donnerai seulement des baisers – les plus suaves – afin que tu puisses rester avec moi et être mon petit homme pour toujours. » Puis elle le haussa et inclina son propre visage jusqu'au petit cou blanc.

Je m'obligeai à prendre une goulée d'air et me jetai sur elle.

De nouveau, Zsuzsanna frappa d'un svelte bras gainé de satin bleu, sans même cette fois prendre la peine de détourner son attention de la menue victime qu'elle tenait en son pouvoir. Mais ce second coup m'expédia contre la banquette côté fenêtre avec une telle force que j'entendis, au moment du choc, un craquement sonore dont je ne sus s'il provenait de mon crâne ou de l'armature en bois du siège.

Saisi d'éblouissement, je m'effondrai ; sans doute restai-je inconscient quelques secondes, car, en reprenant connaissance, je vis mon petit neveu gisant horriblement inerte et inanimé dans les bras de Zsuzsanna ; celle-ci était de nouveau assise, ses lèvres rouges collées telles deux ventouses au cou de l'enfant, le haut de sa gorge pâle puissamment affairé tandis qu'un ruisselet pourpre cheminait sur sa blanche poitrine avant de disparaître entre ses seins.

Et tandis que je continuais d'observer, le malheureux Jan émit un râle d'agonie ; sa meurtrière leva la tête et le gratifia d'un sourire sanglant.« Là », fit-elle d'un ton des plus maternels et apaisants. « Dors, mon mignon. Dors, et quand tu te réveilleras, ta nouvelle maman veillera à ce que tu aies tout ce que tu désires ! » Puis elle enveloppa le petit cadavre plus étroitement dans la couverture, tapota celle-ci à l'endroit du dos et se remit à fredonner son étrange berceuse, comme à l'intention d'un enfant banalement ensommeillé.

C'en fut trop pour moi. J'avais vu la mère accablée de culpabilité à cause de moi et ne pouvais à présent qu'imaginer sa souffrance à l'instant où elle avait constaté la disparition de son enfant. Et maintenant, voir le petit Jan, mon cher neveu, assassiné sous mes yeux sans que je sois capable d'intervenir...

J'enfouis mon visage dans mes mains et j'éclatai en sanglots rauques, retentissants.

Presque aussitôt, je sentis quelque chose de froid, de léger comme une plume, sur mes bras, mes épaules. Du fin fond de mon atroce chagrin, je la crus sur le point de frapper derechef, de me réduire brutalement au silence ; cependant, j'étais trop atterré pour lever mes mains en un geste de défense ou faire autre chose que pleurer. Si elle m'avait tué à cet instant, cela m'eût été égal.

Mais nulle pluie de coups ne semblait s'annoncer. Son contact demeurait léger, et je vins à comprendre, après le passage de cette première – et horrible – vague de tristesse, qu'elle caressait mes cheveux et murmurait des paroles rassurantes – paroles qui me *réconfortaient*. Puis, lorsque je levai enfin les yeux, ma vision brouillée par les larmes, je vis qu'elle avait laissé le corps enveloppé de Jan sur la banquette et s'était agenouillée à mon côté ; et dans ses yeux brillait une compassion sincère.

« Mon pauvre Stefan ! » souffla-t-elle, essuyant tendrement mes joues avec ses mains gantées et néanmoins fraîches, puis approchant son visage du mien de sorte que je respirai son haleine douce-amère, chargée d'effluves ferrugineux. « Je sais combien tout cela est difficile pour toi. Mais ne pleure pas ton neveu ! Il est mort en douceur, dans un état de pure béatitude – ceci, je puis te le jurer, ayant opéré moi-même. Il n'a éprouvé ni souffrance ni crainte ; et quand il s'éveillera, il n'éprouvera plus jamais – non, jamais plus ! – de souffrance ou de crainte. Il vivra éternellement ! Et je veillerai personnellement à ce qu'il soit toujours aimé et bien traité. J'ai mené une existence de femme esseulée, sans l'amour d'un homme ou d'un enfant. De grâce, ne va pas m'en priver maintenant ! »

Une autre crise de larmes fut ma seule réponse. Elle m'entoura de ses bras froids tandis que je pleurais, me berçant et m'apaisant comme si j'eusse été le petit Jan. Alors, je m'abandonnai totalement au chagrin et à la culpabilité ; et combien de temps nous demeurâmes ainsi, je ne saurais le dire.

Mais quelque temps plus tard, mes larmes se tarirent, et je repris suffisamment mes esprits pour constater que j'étais toujours dans ses bras, ma joue se pressant tour à tour contre son cou, son épaule, sa chevelure parfumée. Je redressai insensiblement mon visage et le trouvai niché contre son sein ; je le reculai avec lenteur et regret, conscient de l'emballement de mon cœur, de sa beauté désirable. Me rappelant nos élans passionnés du précédent soir, je m'abreuvai à son regard séduisant, rieur, et n'eus plus qu'une seule envie : étreindre sa froide perfection...

À mon immense désappointement, elle se dégagea avec un sourire ambigu ; je crois qu'elle goûtait fort ma réaction à son charme et prenait plaisir à minauder. « Oui, tu es un ravissant jeune homme, Stefan. Mais si je cède à un appétit, il ne m'est pas si facile de maîtriser l'autre – et, pour l'heure, je ne me suis pas encore assez nourrie. À supposer qu'un transport charnel me fasse te donner l'un de mes baisers particuliers, *il* ne me le pardonnerait jamais. » Puis, d'une main, elle effleura ma joue, mon cou, et descendit jusqu'au milieu de ma poitrine, où elle s'attarda coquettement. « Peut-être plus tard, mon cher. Mais s'il est quelque autre chose dont tu aurais besoin au cours de ton voyage, quelque chose dans la sphère du raisonnable, eh bien, demande, et je veillerai à ce que cela te soit fourni. »

Je détournai le regard, écœuré que de telles pensées pussent me traverser l'esprit en un moment aussi poignant, alors que l'enfant de mon amante et de mon frère gisait mort devant moi.

***

Ensuite, j'ai passé quelques heures à voir défiler par la fenêtre la campagne changeante, cherchant quand et comment m'évader. Jusqu'à maintenant, l'occasion ne s'est pas présentée ; Zsuzsanna ne dort pas et est très vigilante – en dépit du fait qu'elle tienne encore dans ses bras le petit cadavre de mon neveu et lui adresse de temps à autre quelques babillages. À un moment, j'ai bien tenté de bondir hors du compartiment, dans l'intention de sauter du train – choisissant ainsi ou la liberté ou la mort –, mais elle ne m'en a que trop facilement empêché.

Comme feu mon cher neveu, je suis son prisonnier, son jouet.

Puis j'ai demandé de quoi écrire, ce qui l'amusa – *tu es issu d'une famille de diaristes invétérés*, dit-elle sans s'émouvoir – et j'ai consacré mon temps à consigner tout ce qui précède. À présent, je guette une autre opportunité ; mais d'après ses allusions, il est clair qu'une tierce personne – une femme humaine, selon moi – se trouve à proximité, armée d'un pistolet, et qu'elle me tiendra lieu de geôlière quand reviendra le jour.

Arkady ! Où es-tu ? *Convoque-moi en esprit*, disais-tu, *et je viendrai...*

Je l'ai convoqué, mais j'ignore où je suis ; je ne connais que mon obscure destination. Le déclin de la lumière apporte avec lui la crainte ; en même temps, il apporte l'espoir qu'un secours viendra.

Mais à considérer la chair refroidissante du fils de Bram, lequel se raidit dans les bras de sa nurse diabolique, je sais que je ne mérite point d'être sauvé. Désormais, je suis heureux de ne pouvoir donner d'indices à Arkady. Que l'obscurité m'emporte. J'ai détruit la vie de mon frère, celle de son épouse et, maintenant, celle de son petit garçon ; que le sacrifice de la mienne leur apporte un tant soit peu de paix.

10

Le journal d'Arkady Dracul

23 novembre 1871. – Je ne vais pas pouvoir maîtriser la faim bien longtemps.

Voyager est problématique. Sans mon acolyte d'Amsterdam, je n'ai nul moyen de me nourrir sans créer d'êtres semblables à moi – ce que j'ai juré de ne point faire. Le monde souffre assez de *mon* existence ; n'allons pas engendrer de nouveaux monstres.

Si seulement je pouvais me contenir, ne boire qu'un peu et laisser mes victimes en vie, puis prier que Vlad et moi soyons bientôt détruits... Mais je crains d'être resté trop longtemps sans nourriture pour manifester un tel sang-froid.

En désespoir de cause, j'ai voulu aborder dans la soirée ce sujet avec Abraham. J'ai capté les pensées de Stefan et je sais quel a été le sort de son petit neveu, Jan ; je ne puis me résoudre à communiquer au père cette navrante nouvelle. Cependant, Bram apprendra d'une façon ou d'une autre l'art macabre de mettre un vampire au repos. Pourquoi ne l'apprendrait-il pas maintenant ?

Mais c'est trop tôt, trop tôt.

J'ai confiance en Abraham ; j'ai confiance en lui comme j'ai toujours eu confiance en ma bien-aimée Mary. Il lui ressemble tant – même extérieurement, par pure coïncidence ; en effet, sa qualité de Hollandais fait que ses yeux sont bleus, et son teint clair, quoique l'or de ses cheveux soit veiné de roux. Mais c'est dans le tempérament que leurs similitudes ressortent le mieux, au point qu'on pourrait le croire issu d'elle. De par l'éducation qu'elle lui a donnée, il partage son calme, sa vaillance, sa loyauté, et même un certain entêtement.

Je vais devoir faire fond sur cette vaillance et cette détermination lorsque nous arriverons en Transylvanie. Auparavant, il me faudra lui enseigner nombre de choses, cela pour le bien de Stefan, celui de Jan ou le sien propre. Toutefois, je puis voir que ma confiance en lui n'est pas payée de retour.

Ce soir, après m'être levé, je suis allé le trouver dans notre compartiment : il était perdu dans ses pensées, le regard fixé sur la grisaille du paysage hivernal, une tablette à écrire sur ses genoux, une main lissant machinalement sa barbe dorée. Il n'entendit pas mon approche ; et je perçus dans les rides de son front pâle, dans ses yeux bleus, légèrement grossis par d'épais verres de lunettes, un tel tourment et un tel amour que mon cœur froid et inerte en fut touché. J'ai passé un quart de siècle immergé dans un monde décadent, peuplé de prédateurs, où seuls un espoir de revanche et les souvenirs estompés de mes proches m'ont permis de préserver quelque peu mon humanité ; car ma vie d'assassin m'a rendu insensible.

Mais le fait d'avoir pu apprécier une fois encore l'amour et la bonté de Mary entame ces strates de froideur. (J'ai redouté que mon seul contact puisse la souiller – mais non. Je suis convaincu que, malgré toute ma dépravation, notre acte n'a pas corrompu – ni n'aurait pu corrompre – sa bonté ; s'il a opéré quelque chose, ce fut mon rachat et mon élévation. À ses caresses, pour la première fois depuis vingt-six ans, j'ai senti une ardeur de bon aloi parcourir mon être ; maintenant je suis prêt à affronter le destin qui m'attend, quel qu'il soit. Mary, ma chère, me pardonneras-tu de t'avoir ensuite plongée dans un doux sommeil ? Je ne puis sauver notre fils unique sans l'aide de ton autre fils – et je me rappelle trop bien ta résolution ; je savais que tu ne nous laisserais pas partir sans toi.)

Il n'est jusqu'à la bonté de Bram qui ne me rappelle, elle aussi, l'objet d'horreur que je suis devenu. J'ai vu le supplice qu'il endura hier soir, quand son épouse confessa, de si terrible manière, son adultère devant nous tous ; mais l'inquiétude qu'il témoigna envers la souffrance de Gerda (et celle de Stefan) éclipsa sa propre douleur. Ensuite, il ne lui manifesta qu'indulgence et mansuétude, sans évoquer une seule fois sa faute, ou celle de son frère.

Sans ouvrir la porte, je me glissai à l'intérieur du compartiment et dis : « Docteur Van Helsing. »

Je pensais l'effrayer ; mais c'était un homme trop accablé, trop épuisé pour gâcher son énergie en émotions aussi frivoles. Lentement, il détacha ses yeux du décor sombre et changeant où ceux-ci étaient posés – et cela bien que, je le savais, son esprit ne se trouvât pas là mais loin, très loin dans l'espace et le temps : à Amsterdam, dans la chambre de son épouse, en cet horrible moment où elle conta son histoire de viol et de trahison. Son regard se tourna un instant au-dedans de lui-même ; puis, enfin, il émergea, me découvrit, se posa sur moi et n'en bougea plus. Bram était là qui me contemplait – qui attendait.

Maudite faim ! Elle m'assaillit alors que je captais son odeur et, une fraction de seconde, la raison me fit défaut ; je ne pensai plus qu'à une chose : il y avait là une victime bien portante, regorgeant de sang vif et frais, et cependant trop fatiguée, trop découragée pour opposer une grande résistance. En outre, nous étions seuls, sans témoin...

Ce ne fut qu'un instant de faiblesse, pas plus : je le forçai à passer. Bram discerna ce flottement, j'en suis sûr ; mais derrière ses lunettes, ses yeux bleus battus de fatigue ne laissèrent transparaître aucun soupçon de crainte.

Il prit une longue respiration – dans laquelle je distinguai l'infinie lassitude que peut causer une douleur morale – et parla enfin : « À n'en pas douter, monsieur, ces circonstances sont trop pénibles et intimes pour requérir quelque formalisme. Mon nom est Abraham ; ma famille m'appelle Bram.

– Abraham, dis-je. En tant que père, je puis comprendre votre souffrance. Veuillez savoir que vous avez toute ma sympathie. »

Il se tourna à nouveau vers la fenêtre et demeura ainsi pendant que je poursuivais : « Avant que nous parvenions à destination, il est des choses dont nous devons parler. Tout d'abord, et c'est là l'essentiel, vous devez être entraîné à vous prémunir contre des créatures telles que moi. En tant qu'homme de science, sans doute jugerez-vous certains procédés plutôt insolites, voire fantaisistes ; mais je vous l'assure, avant ma transformation, j'étais moi-même le plus grand des sceptiques.

– Exposez-moi ce que je dois faire », dit-il à mi-voix, sans cesser de fixer la fenêtre.

Je lui parlai alors de ce que j'avais appris – que ce fût au cours de certaines heures terrifiantes de ma vie de mortel ou durant mon existence de membre non-mort de la Scholomance. Je commençai par les rudiments : la protection conférée par les reliques sacrées, et les simples talents requis pour induire l'auto-transe ; j'abordai la concentration et la méditation, j'enchaînai en évoquant la nécessité de façonner l'aura par l'intermédiaire d'images, de façon qu'autrui ne puisse facilement s'y introduire, puis je conclus en décrivant les moyens de déceler et de contrer toute tentative extérieure d'invoquer une transe.

Pour ce qui est des théories de Franz Mesmer, elles lui étaient familières mais, en tant que médecin, il leur accordait peu de créance ; selon son point de vue, elles étaient utiles pour les acteurs de théâtre et les saltimbanques, rien de plus. Quant à lui, déclara-t-il hautement (non sans ce soupçon d'arrogance que je dénote souvent chez les praticiens d'aujourd'hui), il ne pouvait être magnétisé. Je ne perdis pas de temps en arguties.

Abraham, dis-je sans mouvoir mes lèvres ; et ses yeux, apeurés et candides, se fixèrent instantanément sur les miens.

Je le tenais. Avec le frisson du chasseur sachant sa proie prise au piège, je me penchai vers lui jusqu'au moment où nos visages furent presque en contact ; le sien se détendit complètement, et les pupilles de ses yeux se dilatèrent pour ne plus laisser voir de son iris très bleu qu'un limbe infiniment ténu. Sa respiration se fit lente, courte. Il s'affaissa contre le dossier du siège, les bras inertes de part et d'autre de son tronc, dans l'attente de mes ordres.

Ta vie et ta mort sont entre mes mains, lui dis-je – et je l'entendais bien ainsi, car je venais de comprendre la grave erreur que constituait ma petite démonstration. Je me trouvais presque aussi impuissant que lui – impuissant face à mon propre appétit. J'étais assez proche pour humer sa peau chaude, si chaude, sentir la tiédeur de son corps, percevoir le doux battement à peine perceptible de son cœur, ouïr le murmure d'un sang impétueux...

Défais ton col, Abraham.

Je n'avais pas voulu émettre cet ordre, mais il était venu spontanément. Obnubilé par mon appétence, je le vis dénouer sa cravate et défaire les attaches de son col.

Puis apparut sa peau, rougie par le sang, palpitante, rutilante en contraste avec la blancheur crue de la chemise bâillante... Je me vis approcher, encore, encore, jusqu'à ce que mes lèvres frémissent à la chaleur ; jusqu'au moment où elles s'arrêtèrent comme en suspens à quelque trois centimètres de sa gorge dénudée.

Le sifflement strident de la locomotive détourna un instant mon attention ; ce fut assez pour nous sauver tous deux. Je reculai de dépit et, d'une poussée, l'éloignai de ma portée – trop rudement, je le crains. Il heurta la cloison côté fenêtre et tomba sur le sol ; puis, les lunettes de travers, il leva les yeux et m'adressa un regard empreint d'une stupéfaction complète.

« Nous reprendrons cette conversation plus tard », fis-je à brûle-pourpoint en quittant le compartiment pendant que je le pouvais encore.

Cette nuit ! Il faudra que ce soit cette nuit ; si seulement j'arrivais à me contrôler...

Le journal d'Abraham Van Helsing

24 novembre. – L'obscurité gagne. Sans cesse...

Je m'étais endormi dans le wagon-lit, en sécurité dans cet espace réservé, croyant qu'Arkady ne réapparaîtrait plus avant l'aurore. En vérité, ce sommeil fut agité et lent à venir, car la scène que je venais de vivre avec lui dans le compartiment ne laissait pas de me troubler. Cette fois, j'avais vraiment perdu le contrôle de ma volonté, et l'immédiateté de l'expérience – sans compter l'effrayant paroxysme par lequel elle s'était terminée – m'avait fait comprendre que, peut-être, ce qui se passait *était bien réel.*

Il a failli me tuer hier soir, je le sais. Et si Arkady est capable d'une violence arbitraire aussi soudaine, alors *quid* de Vlad ?

Et Stefan, et Jan...

Halte. Cela mène à un tourment inutile.

***

Reprenons : quelques heures plus tard, je sombrai dans un sommeil inquiet – et fus brusquement réveillé par un gémissement rauque :

« Abraham... »

J'ouvris les yeux pour voir Arkady assis sur la couchette en face de la mienne, son visage enfoui dans ses mains, en une posture marquant un complet désespoir. Je me dressai, l'esprit instantanément alerte, le cœur battant, convaincu qu'il avait, d'une façon ou d'une autre, appris de terribles nouvelles : la mort de Jan ou celle de Stefan. « Qu'y a t-il ? Que s'est-il passé ? »

Il leva les yeux, révélant une expression qui n'était pas tant chagrinée que honteuse. J'eus aussitôt le sentiment que quelque chose avait changé en lui ; sa pâleur avait disparu. De fait, son visage était fort empourpré – ainsi qu'il en va chez certains hommes quand ils abusent de la boisson – et ses lèvres étaient couleur de cerises noires. « J'ai besoin... de votre aide », dit-il d'une voix somnolente et quelque peu inarticulée, ce qui me fit d'autant plus soupçonner qu'il était ivre. « Dans... le... compartiment... »

Il ânonna ainsi jusqu'au moment où je crus nécessaire de l'interrompre : « Achevez donc ! S'il vous a fallu déranger mon sommeil, que ce soit à bon escient ! »

Il resta silencieux un moment puis reprit, plus posément : « Très bien. Dans notre compartiment, vous trouverez un homme. Un homme mort. Je ne voulais pas que cela se produise, mais je n'aurais pas dû attendre si longtemps... »

Je baissai ma voix jusqu'à ce qu'elle fût un chuchotement quasi inaudible. « Êtes-vous en train de dire que vous avez tué quelqu'un ? C'est cela ? »

Cette fois, son regard croisa résolument le mien ; ses paupières semblaient lourdes, comme s'il eût combattu un sommeil imminent. « Oui. Par inadvertance. Et il me faut une assistance particulière. »

Sans attendre d'écouter le reste, je descendis de ma couchette puis, nu-pieds et vêtu de ma seule chemise de nuit, m'empressai de gagner le compartiment. Le temps était précieux ; souvent, un œil et une oreille non exercés échouent à détecter le battement d'un pouls, ce qui peut amener à déclarer décédée une personne de façon prématurée. Si Arkady s'était trompé, je souhaitais fournir toute l'aide médicale dont j'étais capable.

Et s'il avait raison, je devais m'en assurer de mes propres yeux.

La lampe avait été éteinte. Le compartiment était enténébré, si l'on exceptait le plein clair de lune qui affluait à travers la fenêtre au store levé, parfois offusqué par les branches effeuillées de grands arbres, lesquelles diapraient l'endroit de rapides bandes d'ombre et de lumière.

Je fis un pas dans ce *chiaroscuro* incessamment changeant et manquai buter contre un corps que cachait la pénombre.

Aussitôt, je m'agenouillai pour procéder à un examen, sans prendre le temps d'allumer la lampe, me contentant du fugace clair de lune et de l'accoutumance de mes yeux à l'obscurité.

C'était un homme, gisant sur le flanc dans une position d'abandon suggérant qu'il avait reposé sur la banquette avant d'être projeté au sol par un cahot du train. Il avait les cheveux blancs et une longue moustache de même couleur, aux pointes tombantes. Bien vêtu, il était corpulent au point d'occuper presque tout l'espace séparant les deux banquettes ; à peine trouvai-je la place de poser mes genoux près de lui.

Je le retournai sur le dos non sans difficulté puis j'appliquai une oreille sur sa poitrine. Le cœur était silencieux ; je ne détectai de pouls ni à son poignet ni à sa gorge, mais, sur le cou, se trouvait une petite tache brune. Je la touchai d'un doigt, portai celui-ci à mon visage, et sentis un odeur de sang en voie de refroidissement.

Arkady avait raison ; l'homme était mort, mais sa peau était encore très chaude. Le meurtre venait d'avoir lieu.

« J'ai pris des précautions », fit doucement Arkady, d'un ton exprimant regret et consternation. Levant les yeux, je le vis assis sur le siège le plus proche de nous, les genoux pressés contre la poitrine. « J'ai eu soin de ne pas trop boire... Mais tout à coup, il s'est simplement... effondré.

– Allumez la lampe », dis-je.

Il inclina de côté son visage (qui était d'ailleurs curieusement phosphorescent au clair de lune) avec un manque certain de conviction. « Impossible. Quelqu'un pourrait passer. Pour moi, une inculpation ne présenterait aucun inconvénient ; je puis facilement trouver un moyen d'évasion. Mais pour vous, être vu auprès du cadavre...

– Allumez la lampe. »

Ce qu'il fit un instant plus tard, et les effets de son appétit nous apparurent dans tous leurs détails désagréablement distincts : un homme aux allures de grand-père, une sorte de père Noël, avec des cheveux onduleux et blancs comme neige, un double menton, de petits yeux vert pâle derrière des lunettes cerclées d'or, et des joues rondes comme des pommes. Je poursuivis mon examen, heureux que mes habitudes professionnelles me permissent de maîtriser un tant soit peu les émotions qui m'assaillaient, surtout lorsque j'essuyai avec mon mouchoir le sang caillé sur le cou de l'homme et que je vis les incontestables traces de deux petites ponctions.

Les mêmes blessures que j'avais vues sur le cou de Gerda, je m'en souviens maintenant.

Je ne puis nier plus longtemps la réalité de tous ces événements aberrants. Mais cela ne signifie pas que je doive y participer.

Arkady resta assis en observant un silence accablé jusqu'au moment où, relevant enfin les yeux, je dis : « Vous avez raison ; je ne crois pas que sa mort soit due à une perte de sang. Regardez son teint : ses lèvres et ses gencives sont encore roses, et une faible rougeur persiste sur ses joues. »

L'expression d'Arkady s'emplit d'espoir. « Alors, je ne l'ai pas tué ? »

Je tentai vaguement de préserver mon intonation de toute nuance de jugement – et j'échouai. « Je n'ai pas dit cela. Vous voyez les yeux ? Comment se fait-il qu'une pupille soit beaucoup plus large que l'autre ? Cela dénote une hémorragie cérébrale : une apoplexie. Il est possible que sa peur ait déclenché une attaque.

– J'ai essayé d'atténuer son effroi. Je ne pense pas que... » commença Arkady avec calme mais, voyant que je me redressais, il m'adressa un regard passablement alarmé. « Ne partez pas tout de suite, Abraham. Je ne vous ai pas amené ici pour confirmer ce que je savais déjà.

– Alors, de quelle assistance *aviez-vous* besoin ? » Mes capacités émotionnelles avaient déjà été soumises à rude épreuve ; j'éprouvai du dégoût et de la colère à son égard, d'abord pour avoir commis un tel acte, ensuite pour m'avoir demandé d'en être le complice. Je ressentis également de l'indignation, et de la peine, en songeant au sort de ce pauvre père Noël. « Je suis un médecin, monsieur ; cet homme n'est plus en mesure de bénéficier de mon aide.

– Si fait, docteur Van Helsing. Dans deux nuits, peut-être trois, à supposer que rien ne soit accompli pour l'en empêcher, il ressuscitera pour devenir tel que moi. »

J'en avais assez vu et entendu au cours de la semaine passée pour refréner mon scepticisme ; aussi me bornai-je à lancer : « Et que faudrait-il faire ? »

Arkady répondit d'une voix si basse que j'eus peine à distinguer ses paroles. « Lui trancher la tête et lui plonger un pieu dans le cœur. »

Je tressaillis en comprenant, d'après son expression et son attitude, qu'il comptait sur *moi* pour perpétrer semblable profanation. Aussitôt, je me tournai et me dirigeai vers la porte ; une fois sur le seuil, je m'arrêtai, le temps strictement nécessaire pour déclarer : « C'est votre crime ; le vôtre seul, et vous seul devez en supporter les conséquences. »

D'un pas résolu, je regagnai le couloir non éclairé. Il m'y talonna en silence, glissant, se fondant dans les ténèbres, puis vint chuchoter à mon oreille – comme s'il se trouvait à mon côté, chose impossible dans un espace aussi restreint : « Vous ne comprenez pas : je ne puis accomplir cet acte moi-même ; autrement je ne serais pas venu vous chercher. Ayez conscience de ce que vous êtes en train de faire – vous êtes en train de créer un monstre supplémentaire, un monstre qui affligera d'autres familles telles que la vôtre. »

Imperturbable et comme sourd, je m'empressai de rejoindre ma couchette. Mon tourmenteur – désormais invisible – suivait toujours.

« Aidez-moi, Van Helsing ! Je suis damné et ne puis détruire un autre vampire...

– Eh bien, soyez damné et allez au diable, monsieur »,

chuchotai-je d'une voix tremblante, comme à l'intention de la nuit. « Et cessez de tourmenter les pauvres mortels que nous sommes. »

Il répondit littéralement dans la seconde qui suivit, avec une intonation nettement douloureuse : « J'y compte bien, Abraham. Je compte le faire dès que possible. Mais cela non plus je ne le puis sans votre aide. »

Je tirai les couvertures sur mon visage et demeurai ainsi, éveillé, en nage, jusqu'à l'aube.

***

Ce matin, lorsque je suis retourné dans le compartiment, le cadavre ne s'y trouvait point ; il avait disparu, escamoté, comme si tout ce qui précède n'avait été rien de plus qu'un mauvais rêve.

J'irai en Transylvanie, j'y retrouverai mon fils et mon frère, puis je reviendrai. Mais je ne me laisserai pas attirer dans le monde maléfique d'Arkady, je ne serai complice d'aucun meurtre, je n'exécuterai aucun rituel macabre, ni ne m'encombrerai la tête de ses étranges exercices mentaux. Non, *je n'en ferai rien...*

11

Le journal de Stefan Van Helsing

25 novembre. – Nous approchons maintenant de chez nous.

De la Transylvanie, veux-je dire ; j'ai si souvent entendu les mots *chez nous* en référence à ce pays, que moi-même, j'en suis venu à l'appeler ainsi, et cela sans y être jamais allé.

Les jours et les nuits commencent à se confondre. La servante, Dunya, me surveille le jour, Zsuzsanna la nuit, mais il leur arrive de permuter.

Au début, j'étais terrifié de ma situation et craignais pour ma vie ; mais Zsuzsanna n'a laissé d'être bienveillante à mon égard. Je ne manque de rien (nous sommes luxueusement installés et disposons de notre propre voiture) et me vois servir à chaque repas les mets et les vins les plus fins. Vlad doit être immensément riche pour offrir de telles conditions de voyage. En effet, je n'ai encore vu ni chef de train ni steward ; la nourriture apparaît puis disparaît comme par enchantement, et nos compartiments demeurent en parfait état de propreté. Soit que Zsuzsanna ou sa domestique vaquent aux soins du ménage sans aide, soit qu'une tierce personne s'en occupe pendant mon sommeil.

Jusqu'à ce jour, je pensais que nous disposions de la totalité du train. Maintenant, je vois qu'un tel arrangement eût par trop incommodé Zsuzsanna, pour des raisons que j'exposerai bientôt.

Ma gardienne de jour, Dunya, est une femme petite et menue, dotée d'une complexion similaire à celle de Zsuzsanna, si l'on excepte les reflets roux de sa chevelure brune. À l'évidence, elles ont la même origine raciale, mais Dunya est d'une classe différente ; issue d'un milieu modeste et inculte, elle incarne le type de l'humble servante qu'on chercherait vainement en Hollande. Cela explique peut-être sa timidité ; elle me parle uniquement par monosyllabes, et il arrive que ses farouches yeux noirs soient frappés d'atonie (quand elle se trouve sous le contrôle de Zsuzsanna ou de Vlad, je le présume).

Atones, ils le sont généralement lorsqu'elle brandit le pistolet dans ma direction pour éviter que je m'échappe. Ce matin (à l'aube, plutôt), l'apathie et la confusion mentales qui m'accablent toujours en présence de Zsuzsanna se dissipèrent, et je connus un moment d'acuité sensorielle qui coïncida avec le sentiment qu'Arkady suivait notre trajet, et qu'il m'enjoignait de tenter une évasion. (Il me semble que ces périodes de lucidité surviennent au lever du soleil, à midi et au crépuscule ; je devrais en tenir registre pour vérifier l'exactitude de mes facultés perceptives.) Je décidai de sauter du train, car je savais que Dunya ne me tuerait pas ; Zsuzsanna jure qu'on ne me veut aucun mal, et je la crois.

La garde avait donc changé. Arme au poing, Dunya venait de prendre place dans le compartiment. Je me levai alors, sous le prétexte de me dégourdir les jambes et d'aller au water-closet.

Au lieu de cela, je me précipitai en queue de voiture et tentai d'ouvrir le soufflet ; mais il était soit verrouillé soit bloqué et, le temps que je lui imprime quelques saccades, Dunya apparut, le pistolet braqué sur mes jambes, prête à faire feu.

Que faire hormis revenir docilement avec elle dans le compartiment ? Peut-être n'a-t-elle pas l'intention de me tuer, mais je ne puis être sûr de la justesse de son tir...

Et puis il y a Zsuzsanna...

La plupart du temps, dès que je suis en sa compagnie, je ne sais plus ce que je fais. Ses yeux détiennent l'inquiétant pouvoir de me dominer, de me faire agir selon sa volonté. Je m'empourpre de honte en notant que, ces dernières nuits, elle m'est de nouveau apparue sous les traits de Gerda, et, chaque fois, je l'ai étreinte puis possédée dans le compartiment...

Ou est-ce elle qui m'a possédé ? Je rougis plus encore de préciser le point suivant : lorsque, se dépouillant de l'image de Gerda, elle m'apparut si belle, telle qu'en elle-même, je ne me suis pas arrêté, et moins encore détourné, envahi de dégoût à l'idée de ce que je venais de faire. Pis : l'autre soir, elle n'a même pas pris la peine de changer un tant soit peu d'apparence – et pourtant je l'ai enlacée, sachant fort bien qu'il s'agissait de la sœur de mon père, d'une créature à sang froid qui a tué le fils de mon frère.

Nous sommes amants chaque nuit; et chaque matin je m'éveille bourrelé de remords, déterminé à m'abstenir le prochain soir. Mais ses yeux, ses yeux ! Je lutte, mais ne puis leur résister.

Je l'ai prudemment questionnée à propos de l'échange de sang. Elle en dit peu ; néanmoins, de ce qu'elle révèle, j'infère que seul le rituel me liant à Arkady m'épargne d'être désormais un pur fantoche. Mais plus je m'éloigne de l'influence de ce dernier, plus je me rapproche de la Transylvanie, plus mes pensées deviennent confuses.

Parfois, il m'arrive de voir comment Zsuzsanna essaie de me manipuler; mais le soir venu, je suis près de la croire quand elle affirme que c'est Arkady qui cherche à me trahir – et que c'est Vlad qui me veut du bien.

Mais la nuit dernière fut affligeante – aussi troublante que la première journée, lorsque j'avais compris qu'Amsterdam ne serait plus jamais mon port d'attache.

Dunya me surveillait donc le jour. Après ma malheureuse tentative d'évasion, je somnolai la majeure partie de la journée, profitant de la chaleur et de l'ensoleillement qu'offrait la place côté fenêtre. À la tombée de la nuit, je me levai pour me dégourdir les jambes et, dans le couloir, je rencontrai Zsuzsanna.

Elle était délicieusement provocante, comme toujours, mais un éclat particulier la nimbait ce soir-là. Car, lui tenant les mains et trottinant devant elle, se trouvait mon petit neveu, Jan.

Oh qu'il était radieux ! Un chérubin rayonnant, avec ses boucles d'or et ses yeux de saphir, souriant et allègre comme jamais je ne l'avais vu – alors que, seulement quelques nuits auparavant, il gisait sans vie, pâle, les lèvres blêmes, dans les bras de Zsuzsanna.

Pleurant de joie, je mis un genou à terre et lui ouvris mes bras.

Il cria de bonheur tout en lâchant les mains directrices de

Zsuzsanna puis, soudainement mû par une agilité et une grâce remarquables pour ses dix-huit mois, il courut vers moi.

« Non ! » s'exclama Zsuzsanna à son adresse, mais nous étions bien trop captivés par nos heureuses retrouvailles pour lui prêter quelque attention. « Prends garde, Stefan, c'est trop tôt... »

Je me saisis de lui et, me redressant, le fit tournoyer : il avait toujours aimé être soulevé, ballotté puis jeté en l'air. Mais cette fois, il ne gazouilla point de joie enfantine, ni ne demanda de « voler » comme il aimait à le dire. Au lieu de cela, il enlaça mon cou de ses bras potelés et me contempla solennellement avec ses grands yeux bleus, des yeux singulièrement magnétiques et magnifiques, mais aussi froids et dénués d'âme que des objets inanimés ; pour son regard, il ne pouvait se comparer qu'à l'océan, ou à un joyau scintillant.

Puis il se pencha pour m'embrasser.

« Jan ! » fit Zsuzsanna sur le ton de la réprimande avant de me dessaisir vivement de l'enfant. « Pas avec Oncle, chéri ; pas avec Oncle. » Puis, faisant demi-tour, elle l'emmena dans le couloir tandis qu'il se mettait à geindre, sa petite face ronde et ses menottes tendues vers moi par-dessus l'épaule de sa ravisseuse.

Comment n'aurais-je point emboîté le pas ? Ils disparurent rapidement dans la voiture suivante. Je suivis, bien sûr – mais trouvai le soufflet de nouveau bloqué ou verrouillé. Avant que j'eusse pu méditer ce fait, ils revinrent.

Ils n'étaient pas seuls : les suivait une matrone au visage empreint de bonté qui, souriante et guillerette, présentait ses mains au petit Jan tandis que celui-ci, toujours penché par-dessus l'épaule de Zsuzsanna, observait timidement sa nouvelle amie. À l'évidence, chacun fascinait l'autre.

Ils entrèrent dans le compartiment. Je me joignis immédiatement au trio, tombant dans cette agréable passivité que suscitait si souvent la présence de Zsuzsanna, et j'oubliai toute velléité d'évasion ; à dire vrai, j'oubliai tout désir – hormis celui de rester en sa compagnie.

De gracieuses civilités se déroulèrent en langue allemande. La dame s'appelait Büchner ; elle se rendait à Bratislava pour enterrer son cousin et n'avait plus de famille, à l'exception de ses petits-enfants. C'était une femme toute simple, douce et ronde, dont le léger affaissement des épaules accompagnait un début de gibbosité ; sous un fichu de dentelle, on devinait ses tresses grises enroulées et relevées. Quelque chose en elle me rappela Maman : sa gentillesse peut-être, ou ses yeux bleus et clairs, ou, peut-être encore, le suave parfum du talc de toilette. Mais elle était plus âgée, plus pâle – bien que cette pâleur pût être due à l'austérité de ses habits de deuil, car elle était toute de noir vêtue, à la seule exception d'une touche colorée sur sa large poitrine : un grand crucifix d'or.

Elle désigna mon neveu du menton et, d'une voix qu'infléchissait un chevrotement naissant, déclara qu'il s'agissait là, tout bonnement, de l'enfant le plus mignon qu'elle eût jamais vu...

« Et qui se sent tout seul sans sa grand-maman », compléta gracieusement Zsuzsanna, le visage resplendissant d'orgueil maternel. Tenant toujours Jan dans ses bras, elle prit place à côté de l'autre femme tandis que je m'asseyais en face d'eux. Près de nous, la fenêtre au store levé laissait voir la nuit tombante et les lointaines eaux noires du Danube dont les courbes liserées de lumières évoquaient une rivière de diamants.

« Comment s'appelle notre bambin ? demanda notre visiteuse.

– Jan, répondit Zsuzsanna avec fierté, comme si c'était elle qui l'avait baptisé.

– Jan. Un beau prénom, fit la matrone à l'intention du petit garçon. D'où je viens, nous t'aurions appelé Johann.

– *Oma !* » gazouilla Jan en tendant une main potelée vers Frau Büchner ; mais lorsqu'elle sourit et lui tendit les siennes, il fit aussitôt retraite dans le giron de Zsuzsanna. Plus la matrone approchait, plus il se recroquevillait, résolu à ne pas même lui laisser effleurer ses boucles d'or fin. Néanmoins, il continua de fixer sur elle des yeux écarquillés, froids comme du cristal – les yeux d'un cobra charmé.

« *Oma* », répéta-il doucement ; je me pris alors à sourire, et Frau Büchner tourna vers moi un regard interrogatif.

« C'est le mot hollandais pour Grand-Mère, expliquai-je. Vous lui rappelez la sienne. »

Tout son visage s'illumina de plaisir à ce compliment.

« *Ach*, un joli petit garçon hollandais ! Oui, mon chéri, je suis une *oma*, avec des petits-enfants à moi. » Et de tendre à nouveau les bras vers lui, sans plus de succès.

Je profitai de sa distraction pour chuchoter à Zsuzsanna : « Mais comment est-ce possible ? Il y a seulement deux jours, j'étais sûr qu'il était mort. » À écrire ces mots, je me rends compte que, d'ores et déjà, je savais fort bien ce qui s'était passé. Mais tout ce qu'Arkady et Maman m'avaient appris, je l'oubliais en présence de Zsuzsanna ; je vivais dans un monde imaginaire, aussi confus qu'agréable, où nul mal n'était admis, où le petit Jan et moi-même étions ses compagnons de voyage, joyeux et consentants.

« Qu'y a-t-il ? » s'enquit Frau Büchner en tendant l'oreille.

Zsuzsanna baissa les yeux vers son protégé et promena de longs doigts effilés dans sa chevelure bouclée. « Notre petit chéri a été très malade. Mais aujourd'hui il va beaucoup mieux. »

Frau Büchner hocha la tête, offrant l'image même de l'expérience alliée à la sagesse. « *Ach*, je vous le dis, c'est comme ça avec ces petits-là. Un jour, ils ont une fièvre si forte qu'on les croit perdus. Et le lendemain... » – elle claqua des doigts, ce qui suscita un regain d'intérêt chez Jan – « pouf ! Les voilà prêts à jouer de nouveau. » Elle se pencha derechef vers l'enfant, et le crucifix qu'elle portait sur la poitrine vint osciller entre eux. « N'est-ce pas, mon chéri ? »

Elle voulut de nouveau lui caresser les cheveux ; mais, cette fois-ci, Jan recula avec un gémissement, sans pour autant la quitter du regard.

« Eh bien, serait-on timide maintenant ? » Le sourire de Frau Büchner persistait, à l'évidence, elle cherchait éperdument à gagner l'affection du petit garçon, et ce rejet la vexait.

« Je crois que votre chaîne lui fait peur », fit observer Zsuzsanna avec une brusque froideur.

La matrone examina son bijou avec perplexité. « Ma chaîne ? » Elle manipula l'objet un instant puis leva de nouveau les yeux vers l'enfant. « Oh mon joli, qu'y a-t-il là de si effrayant ? Est-ce parce que c'est brillant ? »

Zsuzsanna la fixa avec l'animosité d'une tigresse protégeant son petit. « Cela se pourrait bien.

– Tu le vois, mon chéri ? » Frau Büchner prit la chaîne entre deux doigts et fit osciller le pendentif devant les yeux ronds de Jan. Il poussa un cri aigu et enfouit son visage dans l'épaule de Zsuzsanna, laquelle s'efforçait de ne pas montrer son propre malaise. « C'est juste une jolie figurine en or, reprit la matrone d'un ton roucoulant. La vois-tu qui brille ? C'est juste Notre-Seigneur Jésus sur la croix.

– Ôtez ça », exigea Zsuzsanna d'une voix aigre.

Benoîtement surprise, Frau Büchner considéra sa voisine avec un clignement de paupières. « Pardon ?

– Ôtez ça. »

Le regard que Zsuzsanna renvoya à la matrone fut si noir, si perçant que je sentis mes cheveux se hérisser sur ma nuque. Les traits de Frau Büchner s'avachirent presque instantanément ; d'un geste lent, elle souleva la lourde chaîne d'or, la fit passer devant son visage, puis par-dessus la masse de ses tresses grises, avant de la tendre à bout de bras.

Zsuzsanna se recula avec un dégoût manifeste, faisant de son corps un rempart pour abriter l'enfant ; puis elle plissa les yeux et tourna vers moi le masque dur et livide qu'était soudain devenu son visage. Pour la première fois, je vis au travers de sa beauté ; je vis luire quelque chose d'indiciblement hideux...

J'hésitai, indécis, sachant instinctivement ce qui allait se passer sans savoir *comment* je le savais. Pendant un moment, la chaîne d'or et sa charge miroitante oscillèrent dans l'air entre nous.

Prends-le ! gronda Zsuzsanna. Sa lèvre inférieure se retroussa, révélant une rangée de dents dont chacune, blanche et puissante, se terminait en une pointe acérée – une épouvantable ligne de pieux soigneusement affûtés. C'était la bouche que j'avais vue durant l'horrible nuit où elle avait tué le petit Jan : le rictus d'un monstre.

Je détournai en hâte mon regard puis fermai les yeux.

Un ruissellement métallique. Levant mes paupières, je vis Frau Büchner, le regard absent et vague, la main ouverte. La chaîne avait glissé de ses doigts et était tombée devant mes pieds.

« *Oma !* » s'écria joyeusement Jan. Reprenant momentanément ses esprits, la matrone rit en voyant le petit garçon quitter soudain les bras de Zsuzsanna pour bondir dans les siens. « *Oma !*

– Eh bien ! Tout doux, mon petiot ! » fit-elle avec un sourire indulgent alors que l'enfant se jetait vivement à son cou et s'y nichait. Elle rit de nouveau en lui tapotant le dos, se tourna pour dire quelque chose à Zsuzsanna – puis grimaça de douleur en laissant échapper un petit cri d'étonnement.

« Aah ! » Elle saisit les mains de l'enfant et tâcha de le repousser – mais soudain ses bras retombèrent. Son regard redevint atone, et elle s'immobilisa totalement, bouche bée, ses lèvres figées en un « O » de surprise.

Zsuzsanna cala sa tête sur le coussin et observa la scène à travers ses paupières mi-closes, dans une attitude d'approbation langoureuse, tandis que je demeurais pétrifié d'horreur et d'embarras. Bientôt, on n'entendit plus dans le compartiment que le roulement du train et les succions sonores et désinvoltes de l'enfant dont les petits poings, fébriles comme ceux d'un nourrisson au moment de la tétée, froissaient puis défroissaient la soie noire de la robe de Frau Büchner.

Quelque temps plus tard, les yeux de la matrone se fermèrent, et sa tête retomba sur le dossier du siège. Peu après, Jan éloigna son visage (aux joues, aux lèvres et au menton maculés de sang frais) et chercha les bras de Zsuzsanna.

« Voilà un bon garçon », fit celle-ci, sortant un mouchoir et s'employant à débarbouiller l'enfant ; puis, jugeant cette toilette satisfaisante, elle entreprit de le bercer sur un bras. « Dors maintenant, mon petit. »

Son autre bras, elle le tendit vers Frau Büchner.

La tâche ne fut pas facile mais, finalement, la matrone glissa latéralement, de sorte qu'une de ses joues reposa sur le ventre de l'enfant somnolent, et que l'autre côté de sa gorge fut accessible à Zsuzsanna, laquelle se pencha pour boire.

Ce fut l'affaire d'un moment ; ensuite, Zsuzsanna redressa avec précaution sa victime avant de lui tapoter la main : « Frau Büchner. »

Celle-ci s'éveilla en sursaut et porta une main peu sûre à son front. « Que s'est-il passé ? Me suis-je endormie ?

– Oui, ma chère. Seriez-vous fatiguée ? Peut-être devriez-vous regagner votre couchette. »

La matrone ouvrait des yeux hébétés, tourmentés – ceux

d'une âme voulant désespérément recouvrer la mémoire mais en vain. « Oui. Oui. Peut-être le devrais-je. Excusez-moi, ma chère. »

Son visage était livide, son équilibre incertain. Je me levai aussitôt pour lui prendre le bras et l'aider à rejoindre l'autre voiture.

À mon retour, Zsuzsanna balançait doucement Jan dans ses bras en fredonnant l'étrange berceuse que j'avais entendue le premier soir dans le train. Interrompant sa chanson, elle leva les yeux vers moi et m'ordonna : « Ramasse-le et débarrasse-t-en, je te prie. »

Je savais qu'elle parlait du crucifix ; il était toujours sur le sol, au bout de la chaîne enroulée. Même aujourd'hui, je ne saurais expliquer pourquoi sa requête me parut logique, pourquoi je n'y vis point matière à réflexion. Je ramassai la chaîne de Frau Büchner, j'abaissai le châssis et la jetai vers les eaux luisantes et sombres du Danube.

L'aube vient de poindre. Je suis à nouveau lucide ; il y a un instant, j'ai fait une autre – et vaine – tentative d'évasion en essayant de me glisser par une fenêtre ouverte. Dunya est maintenant assise en face de moi ; les lèvres froncées, elle me tient farouchement en respect avec son arme. Je ne puis que méditer avec horreur sur les événements de la nuit dernière.

Si le prestige du vampire exerce à présent une telle emprise sur moi... qu'adviendra-t-il de moi lorsque j'arriverai en Transylvanie et tomberai entre les mains de Vlad ?

12

Le journal d'Abraham Van Helsing

26 novembre. – Et l'obscurité va toujours croissante... Je suis dans un monde différent. Rétrospectivement, la Hollande semble bien moderne, insouciante et douce, avec toutes ses maisons de briques peintes à la chaux, ses rues propres et ses vastes étendues de terre, de mer et de ciel. Quand notre train s'arrêta à Buda-Pesth, je compris que l'Occident civilisé était loin derrière nous. La cité me parut distinctement respirer la décrépitude et la corruption : un lieu sinistre, veiné de ruelles mal empierrées et jonché de ruines romaines.

Mais j'étais énervé, las de voyager, désireux de retrouver la terre ferme. Le soir tombé, je convainquis mon sanguinaire compagnon de descendre du train afin que nous puissions prendre quelques heures de répit et, moi-même, un repas convenable.

Arkady m'emmena dans un restaurant de la vieille ville de Buda – un endroit où, à l'en croire, il avait dîné bien des années auparavant. Contrairement à moi, il ne but ni ne mangea, mais se contenta de me divertir par sa conversation ; pour ma part, je bus du *barak*, un brandy à l'abricot qui emporte la bouche, et mangeai un plat copieux, non moins corsé, de poulet en sauce – crème et paprika. Durant le repas, je contemplai les sombres collines surplombant l'ample Danube noir ainsi que l'immense pont qui doit bientôt joindre ses deux rives, puis mon regard s'attarda sur les flèches d'une grande cathédrale – « Saint-Étienne », me dit Arkady avec une ironie grinçante.

Je sais qu'il ressent mon intense dégoût pour son aptitude au meurtre ; il essaie maintenant de regagner ma confiance. En tout cas, il ne me sembla jamais plus humain qu'au moment où, avec un fin sourire, il me parla de la réputation des Hongrois et des Roumains en matière de rouerie et d'amoralité ; puis il me posa une petite devinette :

Quelle est la différence entre un Roumain et un Hongrois ?

Les deux vous vendront volontiers leur vieille mère ; mais seul le Roumain vous la livrera.

Loin de m'esclaffer, je parvins tout juste à esquisser un sourire. La tension due au voyage et à l'inquiétude commençait à m'éprouver. Je ne pouvais penser qu'à une chose : qu'étaient devenus mon fils et mon frère ? Néanmoins, mon corps épuisé ne désirait rien tant que s'arrêter et passer la nuit dans une auberge confortable – et qui ne cahoterait pas ! Mais le caractère pressant de notre quête excluait cette éventualité.

Nous reprîmes donc le train, continuâmes notre voyage et arrivâmes au petit matin à Klausenburgh (appelée Cluj par Arkady), notre première halte en terre transylvanienne. Là, nous fûmes contraints de trouver un hébergement, où nous demeurâmes jusqu'en fin d'après-midi, ce qui tracassa fort notre logeur et allégea d'autant notre bourse ; en effet, nous dûmes payer le tarif d'une nuit complète.

Arkady est prodigue de son argent ; aussi a-t-il insisté pour que nous prenions des chambres séparées, ce qui m'a convenu. Je n'ai guère envie de connaître le détail de son existence ; après le funeste épisode du pauvre apoplectique mort dans le compartiment, j'en sais déjà beaucoup plus que je l'aurais jamais souhaité. Mais j'ai l'impression que mon compagnon accuse lui aussi la fatigue occasionnée par ces horaires irréguliers ; sa jeunesse et sa beauté, aussi saisissantes soient-elles, apparaissent dorénavant moins prononcées ; à un moment de notre conversation dans le restaurant de Buda-Pesth, il tourna son visage vers la fenêtre, contempla d'un œil triste le paysage – et ce fut comme si un masque venait de tomber, révélant le profil d'un homme hagard et vieillissant.

De Klausenburgh, nous prîmes le train pour Bistritz (qu'on écrit ici *Bistrita*, et qu'Arkady prononce *Bistritsa*). Je trouvais que les trains autrichiens étaient lents, mais les roumains le sont plus encore, et d'une exaspérante inexactitude. Notre convoi s'ébranla avec plus d'une heure de retard et en mit presque six à accomplir un trajet qui, en Hollande, aurait duré moins de trois.

À présent, j'attends dans un hôtel de Bistritz qui n'est réputé ni pour son confort ni pour sa cuisine, mais, selon Arkady, il s'agit de l'unique établissement de la ville qui offre une quelconque sûreté. Une diligence part chaque après-midi pour la Bucovine, diligence qui, semble-t-il, aurait emmené Stefan, Zsuzsanna et mon fils – mon fils ! – aujourd'hui même. (Je ne pus réprimer un soupir de soulagement en apprenant que le petit enfant blond en compagnie de la femme était rayonnant de santé. Dieu merci, ils ne lui ont fait aucun mal.) Nous n'avons que deux heures de retard sur eux ; aussi est-il hors de question d'attendre le coche du lendemain. Arkady est allé chercher un équipage, et nous partirons dès son retour.

Je lui ai demandé pourquoi ils ont enlevé mon enfant ; il a pris un air sombre et s'est borné à répondre qu'il l'ignorait. Mais, je le sens, il en sait plus qu'il veut bien le dire.

***

Plus tard. – Écrivant ceci dans la voiture, je ne sais si ce sera lisible par quiconque à part moi-même ; mais je me sens contraint à tout noter, quoique je n'y voie goutte dans l'obscurité grandissante. Si nous réussissons et retrouvons Stefan et Jan, nous chérirons tous un jour prochain ce témoignage des heures les plus noires de l'histoire de notre famille.

Et si nous échouons...

Arkady conduisit les chevaux, car la contrée lui était familière et sa vue est plus aiguisée que la mienne : bien qu'il eût visiblement besoin de repos, je jugeai inutile de discuter, cette région étant sauvage et accidentée, hérissée de montagnes dont je n'ai vu les semblables que dans les Alpes suisses. De plus, je n'avais guère envie d'être celui par qui la voiture viendrait à quitter la route étroite et sinueuse pour verser dans le précipice – et je fus content que le coucher de soleil voilât le panorama offert par notre périlleuse ascension des Carpathes.

Les conditions atmosphériques parurent refléter mon état d'esprit, car le temps se gâta rapidement ; dès notre départ, de légers flocons commencèrent à tomber. Notre voiture était une calèche découverte, ou plutôt équipée d'un auvent suffisant à peine à protéger nos têtes, de sorte que les plaids dont nous enveloppions nos jambes furent bientôt trempés ; je me sentis transi – mais heureux d'avoir emporté la bouteille de *barak* que le restaurateur de Buda-Pesth m'avait généreusement poussé à accepter.

Quelque temps après le début de notre expédition, lorsque nous eûmes perdu la ville de vue et un peu progressé dans la forêt montagneuse, Arkady détourna brusquement les chevaux du chemin. La soudaineté de cette initiative fit que ma plume laissa une grosse tache d'encre sur la page (car je venais juste de consigner ce qui précède) ; levant les yeux, je vis un spectacle stupéfiant. Les montagnes – qui, un instant auparavant, s'étendaient devant nous à l'infini – avaient disparu, et nous parûmes nous trouver dans un lieu totalement différent : une clairière, abritée sous les épaisses frondaisons de hauts pins. Si abritée, de fait, que la neige sembla cesser de tomber ; de surcroît, l'air devint chaud et l'atmosphère vaporeuse, faiblement gazée de brume. Mais le plus remarquable fut ce doux *rayon de soleil* qui filtra à travers les branches – en un pur ruissellement de lumière pareil à celui qu'on emploie pour peindre la faveur de Dieu se déversant des cieux – et conféra à l'endroit une aura mystique.

Cette vision me laissa pantois ; je crus m'être assoupi et avoir rêvé que j'étais parti avec Arkady juste avant le coucher du soleil ; ou alors c'était maintenant que je rêvais. Toutefois, mes sensations n'étaient que trop réelles, trop vives...

Les chevaux ralentirent leur allure et trottèrent calmement sur un moelleux tapis d'aiguilles de pin ; puis Arkady les fit s'arrêter et se tourna vers moi.

« Abraham », dit-il de sa voix mélodieuse ; l'atmosphère était maintenant si agréablement imprégnée de chaleur et d'humidité que même son haleine de vampire vint former comme un petit nuage de brume entre nous. Aussi superbe que fût encore cette voix, il m'apparut que la beauté d'Arkady avait continué de décliner ; en vérité, celle-ci s'était sensiblement atténuée à l'instant précis de la métamorphose de nos entours, et son caractère mortel, humain, semblait s'accroître au fur et à mesure que nous stationnions.

« Quel est cet endroit ? » demandai-je d'une voix altérée par une crainte respectueuse.

Au lieu de répondre, Arkady poursuivit : « Il est beaucoup de choses que vous devez comprendre avant notre arrivée au château. Il se peut d'ailleurs que nous n'y parvenions pas à temps – pas avant que Vlad ait le loisir d'accomplir le rituel du sang. S'il boit le sang de Stefan – en utilisant le calice, faute de quoi il ferait de lui un non-mort – et Stefan le sien, alors votre frère se trouvera sous le joug du vampire. Durant le restant de ses jours, Vlad saura où il est et ce qu'il pense. Et, dans une certaine mesure, il sera capable de le manipuler. Je le sais car il m'advint la même chose lorsque j'étais mortel.

« Moi-même j'ai accompli le rituel sur la personne de Stefan – non par quelque désir de violer les pensées de votre frère, mais dans l'espoir d'amoindrir le contrôle de Vlad. Aussi, voyez-vous » – et là, il eut un sourire navré –, « je comprends ce que vous devez ressentir en vous retrouvant à votre corps défendant au service d'un monstre.

– Durant le restant des jours de Stefan ? fis-je avec consternation. Mais alors, si cela se produit... il ne sera plus jamais en sécurité.

– Exact. Si nous arrachons Stefan à Vlad, ce dernier ne pourra le suivre ; mais il se trouvera toujours des hommes préférant l'argent à la bonté, qui traqueront votre frère afin d'obtenir une récompense. »

Et il tourna son visage vers moi, ses yeux sombres soudainement embrasés d'un éclat que je sus provenir, non pas de quelque immortel prestige mais d'un cœur humain en proie au désespoir.

« Cependant, il existe un moyen de mettre un terme définitif au danger qui le menace. Abraham, vous *devez* m'aider à détruire Vlad. À me détruire moi-même, et ce que je suis devenu. Croyez bien que je ne tire aucun plaisir de cette existence, mais si je mourrais maintenant, je ne ferais que contribuer à la perpétuation du plus grand de tous les vampires.

« M'aiderez-vous à le détruire ? »

Je fus incapable de soutenir son regard résolu. « Je ferai le nécessaire pour sauver mon fils et mon frère. »

Il soupira de déception, fut silencieux un instant puis déclara : « Je ne saurais vous laisser aller dans l'antre de Vlad sans protection. » Comme il détournait les yeux, je suivis son regard et fus stupéfait de découvrir devant nous, à travers la brume qui se dissipait, une construction de pierre ; on eût dit un petit monastère, sans fenêtre autre que celle d'une minuscule chapelle surmontée d'une flèche.

« Arminius ! » s'exclama Arkady dans le silence, un silence total, comme je n'en ai jamais entendu auparavant ou depuis ; l'air sembla absorber sa parole, de sorte qu'elle n'engendra nul écho. Un moment passa, puis une porte, de bois noir, s'ouvrit sur une silhouette à demi cachée dans la pénombre du seuil. Arkady se tourna vers moi et adopta un ton désabusé : « Je voulais vous dire de ne jamais parler de cet endroit à quiconque, mais peu importe. De toute façon, on vous prendra pour un fou. » Puis son expression se teinta d'une soudaine tristesse. « Jamais je n'aurais cru amener quelqu'un ici, sauf, peut-être, mon propre fils. Mais je vous sais digne de confiance. » Il désigna du menton la silhouette qui attendait. « Allez-y. Il vous donnera ce dont vous avez besoin. »

J'hésitai, incrédule et perplexe.

« Allez-y, répéta-t-il, plus fermement. Moi, je ne peux pas. »

Je m'extirpai de la calèche et mis le pied sur un sol trempé de rosée ; l'air exhalait le sapin, la terre fraîche, humide. Conscient de chaque sonorité disgracieuse que je produisais en traversant cette clairière silencieuse, je parvins jusqu'au seuil et me trouvai face à une paire d'yeux patinés par les siècles.

Aussi patinés que ceux de Vlad ; plus anciens, peut-être. Cependant, ces yeux n'étaient ni madrés ni rusés, mais sagaces – et calmes, aussi silencieux que l'oasis chatoyante nous entourant, aussi sombres que la nuit au-delà. Ils contemplaient et voyaient chaque chose sans énoncer de jugement, sans formuler d'exigence ; j'aurais pu m'en détourner à tout moment et partir, mais je constatai que tel n'était pas mon souhait.

Leur propriétaire, le présumé Arminius, était un homme peu avenant, vêtu d'une sorte de soutane noire, petit et sec, plutôt vieux à en juger par sa chevelure et sa barbe longues et blanches, plutôt jeune à considérer son maintien dénotant rectitude et vigueur. Le silence que j'observais ne le décontenança nullement ; il se contenta d'attendre en m'examinant, jusqu'au moment où je balbutiai en allemand :

« Je suis... Abraham. Il me faut... » J'hésitai, essayant de me rappeler ce que j'avais lu dans le journal de Maman. « Un crucifix. » Il me parut cavalier de formuler une demande aussi intempestive ; je fouillai mes poches et me rendis compte que la seule monnaie en ma possession était hollandaise. Je la sortis et la présentai. À ma surprise, l'homme partit d'un gros rire, s'esclaffant d'une façon des plus ingénues et, en même temps, incontestablement peu monacale.

Ignorant les *gulden* dans ma paume, il désigna du menton Arkady et la voiture en attente. « Vous désirez des choses qui tiennent à distance le vampire, c'est cela ?

– Oui », répondis-je, rougissant de cet aveu qui exprimait une superstition outrée ; en même temps, je me demandais quel était son degré de familiarité avec mon compagnon de voyage et s'il pensait que j'userais de ses articles contre lui, Arkady. C'était là une situation pour le moins absurde – qu'un vampire me conduisît ici afin d'acquérir des objets destinés à le tenir à distance ! Cependant, Arminius sembla ne rien trouver d'inhabituel à la situation ou à ma requête (à supposer qu'il y eût compris quelque chose, ce dont je doutais fort). Sans se départir d'un sourire nigaud, il rentra un peu ses épaules, puis recula et ferma la porte derrière lui.

Peu après, il réapparut, muni d'une bourse de soie noire qu'il me tendit sans cérémonie. Je hochai la tête en signe de remerciement et me tournai pour prendre congé.

« Abraham », fit-il en un allemand étrangement accentué (à la réflexion, j'ai conclu que sa langue natale devait être l'hébreu).

Je fis volte-face, mais cédai à quelque irritation en voyant luire dans ses yeux un amusement sincère.

« Vous avez en main deux croix d'or et une hostie consacrée. Savez-vous ce que sont ces choses ? »

J'ai été élevé au sein de l'Église catholique, même si, en tant qu'adulte, j'ai délaissé ce genre de croyances. L'épuisement et la tension nerveuse avaient eu raison de mes restes de civilité ; qui était cet homme pour me parler comme si j'étais un enfant simple d'esprit ? De nous deux, c'était *moi* le détenteur d'un savoir scientifique supérieur ; lui ne connaissait que la superstition et les légendes folkloriques. Croyait-il me dominer ?

« Oui, lançai-je. Deux bouts de métal et un biscuit. »

Il se tapa la cuisse, se courba dans un accès d'hilarité, puis se redressa en rejetant la tête en arrière. « Ho ho ! exulta-t-il. Vous me donnez de l'cspoir, Abraham ! Vous êtes le tout premier à me répondre de manière sensée. »

Je faillis répliquer d'un ton persifleur que je ne m'étais pas attendu à subir un examen, mais je fus distrait en m'apercevant tout à coup que sa robe noire n'était ni d'un prêtre ni d'un moine, et que lui-même ne portait ni crucifix, ni aucun autre symbole de foi. Pris d'une franche curiosité, je me bornai à l'observer.

Tout en essuyant ses larmes d'allégresse, il montra la bourse. « Vous avez raison, bien sûr ; ces choses ne sont pas plus que ce qu'elles semblent être. Mais pour en faire un bon usage, encore faut-il les comprendre. Tout symbole, tout fragment de métal ou quignon de pain ne sont sacrés que dans l'esprit de celui qui les sacralise. Aussi sont-ils inutiles sans préparation adéquate : les reliques tirent leur pouvoir de la volonté de celui qui les investit, que ce soit consciemment ou inconsciemment. La croix peut être portée afin d'éloigner le vampire, et l'hostie employée pour sceller les lieux d'entrée et de sortie. Gardez ces objets dans la bourse, et ils ne dérangerons pas votre... ami. Mais sachez qu'en cas d'exposition ils dégageront une immense énergie – si vous y croyez.

– J'essaierai », dis-je avec un cynisme qui, je le sais, transparut sur mon visage et dans ma voix.

Sa physionomie se dépouilla de toute espièglerie ; il changea du tout au tout, devenant un homme doté d'une autorité et d'une persuasion impressionnantes, au regard impérieux et passionné. « Essayez donc – et vous et votre frère êtes perdus. Essayer n'est point de mise, Abraham. Vous *devez* avoir confiance. Pas question que je gâche mes efforts pour des personnes vouées à l'échec. »

Qu'il connût l'existence de Stefan me cloua la langue ; je tâchai de me représenter à quel moment Arkady avait bien pu avoir le temps de l'informer, d'envoyer un télégramme devançant notre arrivée. Il avait pu s'y prendre le soir où mon frère avait été enlevé, au cours des deux heures précédant sa venue dans la cuisine...

En même temps, je fus agacé qu'il parlât de gâcher *ses*

efforts, quand c'étaient ma vie et celle de mon frère qui se trouvaient en jeu. Qu'avait-il fait, à part me fournir deux ou trois reliques ?

« Je n'échouerai pas, dis-je, avec une chaleur qui, je le sentis, empourpra mon visage. Je ferai tout le nécessaire pour sauver mon frère.

– Bien, fit-il. Dans ce cas-là, je vous reverrai peut-être. »

Une fraction de seconde, je lançai un coup d'œil par-dessus mon épaule en direction de la voiture ; mais lorsque je me retournai pour regarder une fois encore le vieil homme, celui-ci avait disparu, et la grande porte noire était à nouveau fermée. Mon butin à la main, je me hâtai de rejoindre Arkady qui m'attendait dans la calèche ; une fois installé, je jetai un regard en arrière : à l'endroit où je m'étais tenu ne subsistaient plus qu'une brume et le rayon de soleil aux multiples couleurs.

Un rêve, rien de plus.

C'est du moins ce qu'il me semble, maintenant que je suis assis auprès d'Arkady, progressant à travers les ténèbres enneigées en direction du col de Borgo. Mais ma main droite agrippe la bourse et, au travers de la soie noire, je sens les entailles bien réelles que produisent sur mes doigts et ma paume les arêtes vives d'une croix d'or...

13

Le journal de Stefan Van Helsing

26 novembre. – Je doute d'avoir le temps de tout écrire. Je suis prisonnier dans un étrange château situé en un étrange pays. Présentement, j'écris dans une pièce aux murs et au sol de pierre froide, sans chaleur autre que celle de la cheminée que j'ai allumée. Au-delà de l'unique fenêtre, étroite et haute, s'étend la nuit et, sans doute, une vue spectaculaire des vertigineuses Carpathes et de la dense forêt de sapins. C'est de la diligence que j'ai découvert la chaîne des montagnes dans toute sa splendeur, au coucher du soleil, lorsque les pics enneigés se teintèrent d'un irréel éclat vermeil ; exactement au même instant, un chœur de loups résonna lugubrement dans le lointain. Malgré mon appréhension, je ne pus m'empêcher d'être impressionné par la beauté agreste, presque inquiétante, du pays.

Zsuzsanna cessa de me magnétiser – au sens propre comme au figuré – peu après que la diligence eut quitté Bistritz, et ce fut d'ailleurs à ce moment-là que l'effroi m'envahit. Je suppose que, me voyant désormais sous sa totale emprise, elle jugea inutile d'accomplir des efforts supplémentaires (car le fait de paraître durant la journée semble l'éprouver). En outre, elle se consacrait toute au petit Jan, lequel dormit sous une couverture jusqu'au coucher du soleil, et de notre aimable compagne, Frau Büchner, qui semblait dorénavant aussi peu soucieuse de l'étrangeté de nos conditions de voyage que je l'avais été auparavant. À Bistritz, Zsuzsanna encouragea la bonne dame à descendre du train avec nous, puis elle la fit monter dans la diligence en partance pour la Bucovine, qui allait nous déposer au col de Borgo.

Frau Büchner paraissait donc allègrement oublieuse de sa

destination initiale comme des funérailles de son cousin, et tout à fait inconsciente de son rôle de nourrice pourvoyeuse de sang au bénéfice du petit Jan ; dès le crépuscule, celui-ci s'éveilla pour téter avec contentement le cou de la matrone qui, pendant ce temps, regardait distraitement défiler le paysage noir. Maintenant, la voilà heureuse et anxieuse à la perspective d'être présentée au prince. (Ou est-ce le comte ? J'ai oublié comment Zsuzsanna se référait à lui.)

Elle n'a guère idée du lieu réel où on l'achemine. Et vers quelle destinée, pauvre créature ? Vers quelle destinée ?

En tout cas, le contrôle de Zsuzsanna se révéla suffisant pour me faire garder le silence lorsque nous prîmes puis quittâmes la diligence, et il en alla de même quand arriva la voiture du prince, menée par un homme de sinistre allure, plus âgé que le précédent cocher, dont le visage était partiellement caché par une épaisse écharpe qui le garantissait du froid.

Ce fut donc bien après la tombée de la nuit que nous parvînmes à notre destination finale : le château – monolithe noir et anfractueux, hérissé de flèches délabrées s'élevant dans le ciel. Notre conducteur s'éclipsa aussitôt. Tenant l'enfant de nouveau assoupi dans ses bras, Zsuzsanna nous adressa (à nous, mortels) un vague sourire tandis que j'aidais Frau Büchner à descendre de voiture.

« Venez avec moi, ma chère, lui dit-elle. Je sais que le prince tient à faire immédiatement votre connaissance. Et quant à toi » – elle se tourna vers moi – « je vais te montrer où tu vas te reposer jusqu'à ce que nous venions te chercher. Mais tout d'abord le prince doit se livrer à quelques préparatifs en vue du bon accomplissement du rituel. »

Je fixai un regard navré sur la matrone qui, souriante et en proie à une effervescence aussi bénigne qu'innocente, arrangeait sa coiffure et lissait sa jupe, désireuse de produire une bonne impression sur son hôte princier. J'ouvris la bouche pour la mettre en garde, tendis mon bras pour saisir le sien, l'arracher au danger...

Zsuzsanna frappa ma main avec brutalité, si promptement que je ne pense pas que mes yeux eussent perçu son geste si je n'avais éprouvé en même temps une vive douleur. Il est à croire que l'autre femme ne vit rien, ne soupçonna rien, car elle continua de sourire avec une timidité mêlée d'impatience, d'écarquiller ses yeux ternes et inexpressifs, tandis que je me trouvais incapable de parler malgré tous mes efforts.

Aussi, tel un pantin, suivis-je et nous laissai-je, Frau Büchner et moi-même, mener sans mot dire à l'abattoir. Je fus conduit dans cette pièce qui respire l'atmosphère morose de l'Europe orientale : de sombres parois de pierre, couvertes de tapisseries médiévales poussiéreuses, un vaste lit en bois sculpté datant de plusieurs siècles, dont le dosseret s'orne d'une rangée de gargouilles ; dessus, une couverture de fin brocart, parsemée de fils d'or qui scintillent à la lueur de l'âtre. Ici, tout évoque la sénescence, la corruption étincelante, la nuit.

Büchner a disparu, et maintenant je suis assis à attendre *ma* destinée.

Bram, mon frère ! J'accomplis ceci pour toi. Si cet écrit me survit, je prie que tu saches mon amour pour toi, et mon chagrin de t'avoir fait tort...

14

Le journal d'Abraham Van Helsing

27 novembre. – Peu après minuit, nous arrivâmes devant un édifice aussi sinistre, menaçant et rébarbatif que je l'avais imaginé : le château de Vlad, une grande et grise forteresse flanquée de tourelles, manifestement vieille de plusieurs siècles et construite pour décourager les envahisseurs.

Parmi ces derniers, je fus certainement le plus découragé ; à la vue de notre destination, j'eus le cœur serré de savoir mon petit garçon et mon frère en un lieu aussi funeste. Comme nous approchions, je laissai échapper un murmure de dépit en constatant que, malgré les dimensions du château, aucune de ses nombreuses fenêtres n'était éclairée ; mais Arkady chuchota : « Ils sont ici, et il y a de la lumière. Quelque part dans les profondeurs. »

Mon malaise ne se dissipa point ; ainsi, nous allions devoir nous hasarder dans les entrailles du monstre, et ce par une nuit où d'épais nuages cachaient la lune et les étoiles. En effet, l'embellie dont nous avions bénéficié au cours de l'après-midi n'avait pas duré : à présent, une pluie de neige fondue tombait sur le paysage sombre et silencieux. Toutefois, alors qu'Arkady sautait à terre sans un bruit puis attachait les chevaux fourbus (quoique toujours apeurés) à une courte distance de l'entrée principale, je fouillai une fois de plus ma poche et fus curieusement rassuré de sentir la présence des croix et de l'hostie drapées de soie noire.

« Portez-en un, dit Arkady en faisant allusion aux crucifix tandis que je me levais pour descendre de la calèche. Mais sachez qu'il nous empêchera, aussi bien Vlad que moi-même, de vous toucher. Et... vous aurez sans doute aussi besoin de quelque chose dans votre sacoche de médecin. Du chloroforme, si vous en avez ; quelque chose de soporifique. Mais ne le gardez pas dans la sacoche – ce doit être disponible à tout moment. »

À ces mots, je lui adressai un regard interrogateur ; il détourna ses yeux des miens, les dirigeant vers le château.

« Peut-être arrivons-nous trop tard. Et si tel est le cas, Stefan ne viendra pas avec nous de bon gré. »

J'étais d'ores et déjà trop engagé dans cette folle équipée pour contester pareille affirmation ; j'avais un peu d'éther destiné aux cas extrêmes. Non sans retenir mon souffle tout le temps que dura l'opération, je versai quelques gouttes du liquide volatile sur mon mouchoir, pliai celui-ci par deux fois puis l'enveloppai dans de petites compresses que je dissimulai à l'intérieur de mon gilet. Ensuite, je sortis l'un des crucifix de la bourse et le passai autour de mon cou.

Aussitôt, je notai un léger recul d'Arkady ; et jamais, tout au long de cette nuit fatidique, il ne viola une certaine zone autour de moi. Ce fut comme si j'étais environné d'une poche d'air qu'il ne pouvait percer. Pour la première fois, sa présence ne me causa nulle appréhension ; je ne lui avais jamais fait entièrement confiance, surtout depuis la terrible mésaventure avec l'apoplectique.

« J'emporte aussi ma sacoche, annonçai-je en descendant de la voiture.

– Elle ne vous sera d'aucun usage, objecta Arkady.

– Qu'en savons-nous ? S'ils ont blessé Jan ou Stefan... »

Son expression se durcit. « Les maux qu'ils peuvent infliger au petit Jan ne sont pas de ceux qu'on soigne avec le contenu de cette sacoche. Quant à Stefan, ils le protégerons coûte que coûte. Leur existence dépend de sa vie. »

Refusant de laisser la sacoche, je serrai les dents et m'avançai vers le château. Il poussa un faible soupir et épousa mon allure à contrecœur. « Par là », fit-il bientôt en détournant sa tête de la grande porte cloutée de caboches de fer assez peu accueillantes. « C'est la voie la plus rapide. »

Il me conduisit vers un accès latéral ; nous suivîmes l'enceinte de pierre, gravîmes un talus d'herbes fanées et longeâmes de spacieux jardins qui, manifestement, avaient été laissés en friche l'été précédent puis livrés au chiendent jusqu'au moment où le premier gel de l'hiver leur avait donné le coup de grâce ; puis nous passâmes devant des ceps de vigne non taillés qui, débordant leur tuteur, s'enlaçaient à des arbres fruitiers aux branches nues. Il y avait des clôtures de bois qui pourrissaient faute d'entretien, des grosses pierres tombées de la façade du château, qui gisaient là sans que quiconque parût s'en soucier ; à l'évidence, cet endroit avait jadis été un vaste domaine florissant, qui avait logé et nourri de nombreuses gens. Mais tous les mortels ayant résidé ici s'étaient depuis longtemps empressés de prendre la fuite.

Et c'était l'un d'eux – mort à présent – qui me servait de guide, se déplaçant rapidement, en silence, ses pieds glissant sur l'herbe gelée et couverte de neige poudreuse sans causer le petit crissement que produisaient mes propres bottes. Malgré l'absence de clair de lune, sa peau blême luisait, émettant cette incandescence qui, pour étrange qu'elle fût, me rassurait en ce qu'elle me permettait de le suivre facilement dans les ténèbres fluctuantes. Il se déplaçait avec l'assurance d'une personne connaissant son chemin et sachant où elle se rend ; mais ses grands yeux sombres se plissaient et, sous son nez fin et aquilin, ses lèvres se fronçaient, se crispaient et se creusaient aux commissures. Il luttait pour contenir son émotion, et je compris alors (émergeant brusquement du cocon de chagrin et de crainte que je m'étais tissé) que, monstrueux ou non, cet être souffrait tout comme moi. Car lui aussi avait un fils retenu en ces murs. De plus, il savait mieux que moi ce qu'il fallait redouter ; pour cela, il avait payé un prix excédant la mort. Je distinguai également la douleur et la haine que provoquait chez lui la vue de cet endroit si familier.

Lorsque nous fûmes parvenus devant une porte – l'entrée des domestiques, à n'en pas douter –, il s'arrêta et se tourna vers moi, soucieux de rester à distance confortable du fétiche doré qui ornait ma poitrine.

« Une fois que nous serons dans la place, dit-il, je pourrai communiquer avec vous, mais pas à voix haute. Cependant, vous ne devrez point parler à moins que je ne vous questionne, ou alors en dernier recours. De toute façon, s'ils ne sont pas complètement distraits par autre chose, Zsuzsanna et Vlad finiront par entendre vos pas. Et quand nous serons tout près d'eux, ils entendront même votre respiration.

– Et vous ? demandai-je.

– Ils ne m'entendront pas à moins que je ne me manifeste. Ici s'applique la méthode dont je vous ai entretenu, celle consistant à contenir l'aura. » Voyant l'expression coupable qui envahit mon visage, il ajouta : « Même si vous aviez débuté dans le train, je ne pense pas que vous auriez eu le temps de vous perfectionner. Votre manque de sensibilité dépasse proprement l'imagination.

– Merci », fis-je, m'efforçant d'adopter un ton d'ironie en dépit du fait que mes mains avaient commencé de trembler légèrement dans mes poches. « Ce doit être le froid », me dis-je.

Une lueur de contrariété étincela dans ses yeux, mais il l'effaça et reprit : « Faites précisément ce que je vous dis. Je conçois que vous ne désiriez rien tant que vous ruer à l'intérieur pour exiger la libération de votre fils, mais cela vous coûterait la vie – au mieux. Vlad est plus qu'un vampire : c'est un sadique ; à la première occasion, il usera de ceux que vous aimez pour vous tourmenter – et vice versa. Désobéissez-moi, et votre échec est assuré. Compris ?

– Compris », dis-je. En vérité, la première partie de son propos était exacte : seul me préoccupait le fait de savoir mon enfant – et mon frère – à proximité. J'aurais répondu n'importe quoi pour me rapprocher d'eux.

Nous pénétrâmes dans le château. Je pris une profonde respiration puis expirai avec un hoquet ressemblant fort à un haut-le-cœur, ce qui me valut un regard avertisseur d'Arkady. L'air de la première pièce, quoique glacé, était croupi, totalement dénué d'oxygène, comme si aucune fenêtre ou porte n'avait été ouverte depuis maintes années. Et fétide – au point que je fus convaincu de me trouver dans la cuisine, d'où les domestiques avaient dû s'enfuir en pleine préparation d'un banquet, laissant moisir la nourriture. En même temps, je fus content que l'endroit fût totalement enténébré, de peur de m'être trompé dans ma conjecture. L'unique éclairage était procuré par mon guide rayonnant, que je suivais dans l'obscurité en essayant d'assourdir le cliquetis produit par mes fers de bottes sur la pierre lisse.

Nous traversâmes plusieurs autres grandes pièces dont je ne pus deviner le contenu, et gravîmes un escalier étroit, en colimaçon, avec des marches basses, destinées à un peuple de plus petite taille que celui dont je suis issu. À un moment de notre ascension, Arkady s'arrêta puis, sans se tourner, sans *parler*, il dit :

« C'est ici, il y a longtemps, que j'ai vu votre père pour la première fois. »

Et moi, n'ayant pas le droit de poser des questions, de m'exprimer à voix haute, je ne pus que me remémorer la chronique de ma mère et imaginer ce qui s'était jadis passé là.

Durant notre parcours, Arkady observa une autre halte, cette fois devant un grand portrait rendu en un style vaguement byzantin. Le tableau était bien visible, car flanqué d'appliques dont les bougies allumées jetaient une lueur vacillante sur le sujet : un homme maigre, au nez aquilin, avec une moustache noire aux pointes tombantes et des boucles qui descendaient jusqu'aux épaules. « Arkady », pensai-je à première vue, mais les yeux de cet homme recelaient une nuance vert sombre fort saisissante, comme jamais je n'en avais vue auparavant ; en outre, son couvre-chef emplumé et son costume (et la peinture elle-même) dataient à l'évidence d'un siècle depuis longtemps révolu. Dans un coin du bas se voyait un bouclier orné d'un dragon ailé ; dans l'autre coin se trouvait ce qui devait être des armoiries familiales – assez lugubres au demeurant, puisqu'elles se composaient d'une tête de grand loup gris reposant sur un serpent lové. D'après ma lecture du journal de ma mère, je compris que m'était représenté là un mortel, le prince Vlad, connu par certains sous le nom de Dracula, le fils du Dragon ; par d'autres sous le nom de Tsepesh, l'Empaleur.

Voyant où mon regard s'était finalement posé – sur le dragon empalé par une double croix –, Arkady reprit la parole ; je lui adressai un regard surpris – et constatai de mes propres yeux que ses lèvres restaient immobiles.

L'Ordre du Dragon. De mon vivant, je croyais sottement qu'il s'était agi d'une confrérie secrète à visées politiques, rien de plus.

Nous continuâmes notre chemin et arrivâmes enfin dans les profondeurs aveugles du château, un corridor éclairé par d'autres bougeoirs délivrant des lueurs tout aussi vacillantes. Bientôt, nous passâmes une porte grande ouverte qui révéla une chambre à coucher richement aménagée, où ronflait un feu de cheminée – pourtant, il régnait ici aussi une atmosphère de décadence et de gloire ternie, qui émanait cette fois des meubles et des tapisseries. Mon cicérone ralentit son allure, redoublant à chaque pas de résolution et de discrétion, jusqu'au moment où, enfin, nous parvînmes devant une autre porte laissée entrebâillée.

Arkady s'arrêta de nouveau ; la détresse intime qu'il éprouvait à l'idée de pénétrer dans cet endroit particulier se révélait par ses poings livides et crispés, par sa façon de plaquer ses bras contre ses flancs, comme s'il réprimait l'impérieuse envie d'opérer un recul physique. Finalement, il entra et je le suivis : cette pièce d'accès tant redouté n'était qu'un salon ordinaire, brillamment illuminé par une lampe moderne et chauffé par un feu, avec trois fauteuils à dossier droit – deux pour messieurs et un pour dame – placés en demi-cercle devant l'âtre. Entre les deux grands fauteuils se trouvait une table basse supportant une carafe de cristal taillé et trois coupes assorties, chacune contenant une liqueur pâle, orangée par la lueur du feu. Deux des coupes étaient pleines, inentamées, mais on avait manifestement bu à la troisième ; elle n'était emplie qu'à un quart, et des empreintes de lèvres apparaissaient clairement sur le bord cristallin.

Ce spectacle semblait plutôt innocent, mais Arkady hésita à la vue de la troisième coupe. Son expression s'assombrit au point que je sus tout de suite, sans l'entendre, ce qu'il pensait : nous étions bel et bien arrivés trop tard.

Cependant, il détourna son regard de la table et de l'âtre, puis se dirigea vers une porte fermée dont le panneau inférieur était comme festonné d'un ruban lumineux. Alors, je perçus une fois de plus sa voix à l'intérieur de ma tête :

Ils savent sûrement que vous êtes ici ; nous n'y pouvons rien. Mais tenez-vous en retrait, et n'entrez pas jusqu'à ce que je vous appelle. Et par-dessus tout, ne les regardez pas dans les yeux. Vous n'êtes pas encore assez fort.

Obtempérant, je me rencognai derrière lui, ma main droite crispée sur la sacoche, ma gauche sur la bourse contenant le second crucifix – lequel, je me le jurai silencieusement, serait bientôt porté par mon frère (car mon petit garçon serait dans mes bras, protégé par la croix arborée sur ma propre poitrine) – et l'hostie de la sainte communion, avec laquelle, c'était décidé, je scellerai la porte derrière nous autres mortels une fois que notre évasion aurait réussi. Et dans mon gilet se trouvait le tissu imbibé d'éther, destiné à nous protéger d'ennemis plus humains.

Arkady se raidit puis observa une immobilité totale ; il s'apprêtait à l'assaut, je le savais, et, bien que son visage me fût invisible, j'eus l'impression qu'il avait fermé les yeux et s'était abîmé en une transe profonde.

Soudain, ses paroles silencieuses résonnèrent à nouveau dans mon esprit :

La salle au-delà... elle a été scellée sur trois côtés par le placement de saintes reliques. Un piège pour moi – mais retournons-le contre Vlad.

Et comme je lui signalais mentalement que j'avais compris, j'eus le sentiment (plutôt que la certitude visuelle) qu'il esquissait un sourire approbateur. Mais son discours muet reprit aussitôt une intonation lugubre :

Cela signifie qu'il a récemment utilisé les services d'un agent mortel – un agent qui est, encore maintenant, tout près. J'entends une respiration, le bruissement d'une étoffe... Attendez-vous à une attaque, de mortel ou d'immortel, de toute part.

Il y eut un autre temps d'immobilité ; puis je sentis qu'une force froide comme une cinglante bourrasque d'hiver balayait le salon. Un vent mugissant descendit le conduit de la cheminée, atteignit l'âtre, éteignit le feu, me cloua tout grelottant à la paroi, plaqua mes habits et mes cheveux contre ma peau, puis, me délaissant, alla souffler sur Arkady, qui, bien que sa chevelure et sa pèlerine fussent violemment agitées, demeura imperturbable, aussi droit, immuable et majestueux que la vénérable silhouette d'un dieu égyptien sur un bas-relief.

Sous l'effet de cette puissante rafale, la porte en face de lui s'ouvrit à la volée et claqua contre un mur avec un craquement de bois à fendre l'ouïe.

Naguère, j'étais un esprit rationnel, un homme de science, fier de n'avoir jamais nourri la moindre pensée superstitieuse depuis mon enfance. Mais à ce moment la raison m'abandonna, car cette porte venait de s'ouvrir, non pas sur une autre pièce – oh que non ! – mais bien sur un autre monde ; et ce monde, je sus – sans qu'il me fût besoin de voir, de sentir, de toucher ou d'entendre – je *sus*, dis-je, qu'il renfermait une décadence si éhontée, un *mal* si pur, que la peau de ma nuque se hérissa, et qu'un frisson glacé parcourut mon épine dorsale. Je compris soudain comment la désespérance avait poussé l'homme d'autrefois à recourir aux sortilèges, aux superstitions et aux prières pour se protéger contre le danger. À ce moment-là, tout scepticisme m'abandonna, et je me sentis fort heureux de posséder la bourse noire qu'Arminius m'avait remise. Sa seule présence était réconfortante.

Et pourtant, une fois la porte ouverte, je ne vis rien au-delà d'Arkady, sauf une antichambre vide qu'éclairait une lumière lointaine. Craignant d'être vu, j'avançai lentement, timidement, alors qu'il entrait avec vivacité, fermeté et décision. Puis, tandis que je me cachais dans un coin afin d'épier, il traversa l'antichambre et pénétra dans une pièce immense, très haute de plafond, un endroit qui, au Moyen Âge, aurait aisément fait office de salle de banquet, voire de cathédrale, à supposer qu'on eût pu dédier pareil lieu à l'adoration de l'Iniquité.

Sur la gauche d'Arkady, un rideau noir descendait du plafond jusqu'au sol, dissimulant une aire suffisamment spacieuse pour constituer un petit théâtre ; juste en face de lui, une paroi de pierre grise et une porte close signalant une autre pièce.

Sur sa droite s'érigeait un vénérable trône, installé sur une plate-forme de bois sombre et poli ; et chacune des trois marches menant au siège princier portait en lettres d'or une inscription où se lisait la devise :

JUSTUS ET PIUS.

Le trône était flanqué de chandeliers aussi hauts que moi, chacun chargé de plus d'une douzaine de cierges allumés ; là était assis l'homme dont je venais de voir le portrait, dorénavant vêtu d'une ample tunique écarlate et coiffé d'une couronne de vieil or émaillé de rubis. Mais il avait changé, pris de l'âge : sa moustache et la chevelure qui descendait jusqu'à ses épaules étaient maintenant blanches comme neige, et son visage émacié avait la peau si livide et si tendue sur ses os qu'on eût dit celui d'un squelette. Nulle trace de couleur n'était visible sur sa figure, hormis celles formées par ses lèvres (d'un rouge aussi soutenu que les étincelantes pierreries de son diadème) et ses yeux.

Ses yeux... Mon instinct, dès que je le vis, fut de me détourner de dégoût devant son apparence exsangue et morbide. Car l'irrésistible beauté d'Arkady lui faisait défaut – je compris immédiatement que j'avais devant moi un monstre, un démon dénaturé. Quel que fût le prestige enchanteur dont il avait pu jouir jadis, celui-ci s'était évanoui depuis longtemps ; du moins le pensai-je, jusqu'au moment où je regardai ses yeux.

Même à la distance où je me trouvais, ils commandaient l'attention. Leur couleur était des plus remarquables : l'inaltérable vert sombre d'une éternelle forêt de sapins ; et pourtant, ils brillaient et scintillaient comme les joyaux de sa couronne. Les contempler revenait à se perdre en cette forêt, totalement insouciant du redoutable écrin où ces gemmes se trouvaient enchâssées. Je les jugeai d'une beauté quasi insoutenable – et aussi séduisants que le chant des sirènes dont on ne peut se détacher. Mais la mise en garde d'Arkady me revint à l'esprit et, bien à regret, je me contraignis à déplacer mon regard...

Vers le calice doré, incrusté d'un gros rubis, qui reposait dans ses mains blanches comme des os.

Vers mon frère – mon Dieu, vers Stefan ! – sain et sauf, vêtu comme la dernière fois que je l'avais vu. Il était sur le sol non loin du trône, au bas des trois marches. Le froid régnant dans la salle ne semblait pas l'éprouver, car son gilet était déboutonné ; il se soutenait de ses paumes appliquées sur le sol, et ses jambes étaient nonchalamment étendues droit devant lui, comme s'il n'avait pas la force de se redresser. Il dodelinait du chef tel un homme somnolent, ses cheveux bruns étaient décoiffés, hirsutes ; on l'eût dit complètement épuisé – ou en état d'ivresse.

Cependant, son regard était fixé sur l'occupant du trône – et il y resta jusqu'au moment où, Arkady approchant, Stefan tourna la tête en direction de l'intrus.

Quel amour dans ce regard ! Que de dévotion, de gratitude ! Le croyant dirigé vers Arkady, son sauveur, je sentis un afflux d'émotion qui me fit monter aux yeux des larmes de joie.

Puis Stefan refit face à son auguste ravisseur, et je

compris alors – avec un atroce frisson d'horreur – à qui s'adressait cette adoration extatique.

« Arkady », fit l'Empaleur d'une voix dotée du même éclat, de la même beauté entêtante que ses yeux, voix qui ne correspondait en rien au visage blafard et inanimé d'où elle provenait. « Nous t'attendions. Car il est du devoir de chaque père de me livrer son fils, tout comme ton père t'a amené il y a si longtemps en ce lieu pour percer ta chair de sa propre main, te liant ainsi à ta destinée – au Pacte. »

Lorsqu'il eut prononcé ces derniers mots, je vis sur ses genoux quelque chose d'argenté, de miroitant, de sanglant – une dague. Et autour du poignet de mon frère était enroulé un mouchoir blanc, souillé d'une tache pourpre.

L'Empaleur, Vlad, poursuivit : « Mais tu es en retard, Arkady ; tu aurais dû venir ici le jour même de la naissance de Stefan. Cependant, nous avons attendu, de façon à partager avec toi ce moment de célébration familiale. » Et il leva le calice dans ses mains tel un prêtre offrant au Ciel du vin consacré. « Stefan, te voilà ainsi lié à moi ; et cela je le jure : toi et les tiens, je ne vous ferai jamais de mal, aussi longtemps que tu m'appuieras et m'obéiras. J'aurai ton sang, et tu auras le mien. »

À ces paroles, Arkady se déplaça avec une vitesse inhumaine en direction de Stefan – qui contemplait toujours Vlad avec une ferveur torpide et délirante – puis il passa devant lui et se précipita vers le trône, dans la claire intention de s'emparer de la coupe dorée. Il allait y parvenir quand une petite femme brune vêtue en paysanne roumaine lui barra le chemin, un crucifix tenu haut la main.

Arkady rétrograda sur-le-champ puis s'exclama à haute (et intelligible) voix : « Abraham ! »

J'étais déjà en mouvement, éperonné par l'amour et la crainte ; je me mêlai à ce conflit aussi vite que ma volonté et mon corps le permettaient. Mon objectif : me jeter sur la femme et l'écarter du chemin d'Arkady. Car je me rappelai le journal de ma mère et l'avertissement de mon guide : une fois que Vlad aurait bu le sang de Stefan, il serait maître de sa volonté et connaîtrait ses moindres pensées. Dès lors, comment pourrions-nous jamais le protéger ?

Mais je fus tardif, trop tardif ; j'allais atteindre la femme lorsqu'il y eut un éclair d'or – Vlad inclinait le calice et buvait – et un soudain cri rauque poussé par Stefan ; en proie à une vive douleur, il agrippait son crâne tandis que les griffes mentales de Vlad imprimaient leur marque en son esprit.

Au même instant, la paysanne leva son autre bras pour produire une autre relique protectrice – celle-là faite de bois et d'acier miroitant. Et avant que je pusse modifier ma trajectoire, elle braqua le pistolet sur moi et fit feu à tir tendu.

J'avais progressé jusqu'à l'endroit où mon frère se tenait et me trouvai à moins d'un mètre de mon adversaire, quand la balle frappa, pour ainsi dire à bout portant. Elle fouailla le côté de mon épaule gauche, déchirant la chair et le deltoïde avant de passer au travers.

Par chance, mon élan continua de me porter vers la femme, dont l'équilibre était déjà compromis par le recul du pistolet. Je la précipitai à terre, maculant de mon sang le devant de son tablier blanc. Les deux armes cliquetèrent sur le sol.

Je me dressai sur un genou et sortis de mon gilet le mouchoir imprégné d'éther. Avant qu'elle pût se relever ou récupérer le pistolet, je plaquai le tissu sur son nez et sa bouche. De mon autre main, je clouai son bassin au sol.

Elle se débattit, martelant mon front, ma joue, ma poitrine. Je parvins à maintenir ma prise jusqu'au moment où ses contorsions s'affaiblirent puis cessèrent complètement ; dès que ses yeux se fermèrent et que sa tête, inerte, roula sur un côté, je retirai le mouchoir, de peur qu'elle n'inhalât une dose fatale.

Cette action me laissa saisi d'éblouissement et gémissant de douleur. Je m'effondrai sur le sol devant le trône, m'efforçant de reprendre mes esprits, de fuir les vapeurs grisantes de l'éther, sans me rendre compte tout de suite que le crucifix lâché par la paysanne et la croix que je portais se trouvaient entre Arkady et Vlad.

Le toast de Vlad, le cri de Stefan, le coup de pistolet, mon duel avec la femme : tout cela avait duré deux secondes, trois peut-être, mais pas plus. J'étais donc à terre, la tête sur la pierre froide, vaguement conscient de la présence d'Arkady sur ma gauche – il m'adjurait de me lever, de m'écarter – et de celle de Vlad sur ma droite. À force de volonté, je me dressai en position assise et vis :

Vlad jetant le calice contre le mur, avec une force telle que la bordure dorée s'ébrécha à grand bruit. Se levant, empoignant la dague miroitante avec une force telle que ses os ivoirins parurent saillir de sa peau, l'émeraude de ses yeux virant littéralement, inconcevablement, au rouge incandescent, aveuglant, d'une flamme.

« *Menteur !* » hurla-t-il, d'une voix dorénavant exempte de toute musicalité, semblable à un coup de tonnerre assourdissant, au crépitement d'un feu infernal et dévorant porté par le vent. Son visage se crispa jusqu'à devenir méconnaissable, sa bouche rubis se contracta en un rictus spumescent, révélant les dents, non, les crocs effroyablement acérés d'un prédateur. D'un serpent. Du dragon. *« Traître ! Fourbe ! »*

Toujours pris de vertige, je ne sus s'il parlait à Arkady, à Stefan ou à moi... mais à présent je crois qu'il s'adressait à nous tous.

Je finis par m'écarter en rampant. Immédiatement, Vlad s'envola de son trône et se dirigea vers mon frère, avec une telle promptitude que je crois qu'il vola *pour de bon* ; toujours est-il qu'une forme écarlate masqua fugitivement l'inscription JUSTUS ET PIUS sans paraître toucher les marches et entra quasi instantanément en collision avec un bolide noir et blanc – Arkady.

Ils luttèrent, évoluant de nouveau à une allure presque trop rapide pour être enregistrée par un œil humain ; le bruit produit par leurs mouvements s'apparentait au souffle d'une tornade, celui de leurs impacts évoquait l'entrechoquement de deux pierres et non le contact de deux chairs. Ils firent le tour de la salle en virevoltant, jusqu'au moment où Arkady projeta sa Némésis plus âgée et plus frêle contre le rideau noir. La couronne d'or et de rubis tomba et roula sur la pierre avec fracas. Le poids du corps de Vlad déchira d'un coup la draperie ; une moitié demeura accrochée, mais l'autre pan chut silencieusement en boule, découvrant une vision macabre dans la pénombre :

Une chambre de torture médiévale, équipée d'un chevalet, de chaînes destinées à donner l'estrapade, de pieux lubrifiés de tailles diverses ; et au mur, deux fers noirs qui maintenaient...

Que Dieu affermisse ma main et me donne la force de

consigner la chose. Le spectacle était si obscène, si pitoyable, que je me hâtai de détourner les yeux comme s'ils eussent été aspergés de vitriol.

Une femme ; une malheureuse femme d'un certain âge était suspendue aux fers. Nue et tout à fait morte, même si ses pieds veinés de bleu se balançaient très légèrement dans l'air. Ses bras écartés dessinaient un large V à la base duquel était inclinée sa tête, ce qui cachait miséricordieusement son visage. Mais je vis sa chevelure – aux tresses intactes, dûment enroulées et attachées –, la chevelure gris-blanc d'une grand-mère, présentant la même couleur que sa chair exsangue, que ses seins volumineux et flasques dont les mamelons pointaient vers un ventre lisse et opulent. Cette chair portait des zébrures rouges, résultat de vives lacérations infligées par cette arme particulièrement cruelle qu'est le fouet à lanières cloutées appelé chat à neuf queues.

Bien que j'eusse tourné la tête, l'image de cette femme sera pour toujours imprimée en ma mémoire.

Arkady s'immobilisa, frappé de ce spectacle ; une seconde, guère plus, mais c'en fut assez pour que Vlad se rétablît et tournoyât dans notre direction.

D'un bras jaillissant, nerveux et blanc, des replis de sa tunique écarlate, il lança la dague.

Son envol du trône avait été si rapide que je ne m'étais pas rendu compte qu'il l'avait prise avec lui. Stupéfait, je regardai l'éclair d'argent passer devant Arkady qui, dépité, se tourna pour observer son sillage ; une fraction de seconde plus tard, j'aperçus une tache noire et blanche : c'était lui qui tentait d'intercepter le projectile – en vain.

Je suivis la trajectoire de la dague jusqu'à ce qu'elle trouvât sa cible : ce n'était pas Arkady, bien sûr ; tel n'était pas l'objectif de Vlad.

Ce n'était pas Arkady, mais le cœur de mon frère.

Le cœur de mon frère.

Stefan, mon frère, tu n'as commis aucun tort qui puisse égaler mon échec à te sauver ; aucun tort qui puisse jamais contrebalancer ton sacrifice.

Cet acte me parut pure folie, car ce que j'avais compris du Pacte suggérait que Vlad fît tout pour protéger le fils d'Arkady ; or, en blessant fatalement Stefan, l'Empaleur ne venait-il pas de signer son propre arrêt de mort ? C'était tellement insensé qu'Arkady et moi demeurâmes pétrifiés, incapables de faire quoi que ce soit hormis observer la scène avec une incrédulité mêlée d'horreur.

Stefan poussa un plainte aiguë et s'effondra à plat dos. Cette sonorité, qui provoqua en moi une prise de conscience aussi unique qu'effroyable, me fit l'effet galvanisant d'une commotion électrique ; elle soulagea ma douleur, me remit sur pieds puis actionna mes jambes. Prenant ma sacoche de médecin, je chancelai vers mon frère.

En pure perte, hélas.

Arkady m'avait devancé, s'agenouillant auprès de Stefan ; je fis de même et m'exclamai en voyant le manche de la dague comme fiché au centre de la poitrine de mon frère. Sa chemise et son gilet étaient déjà maculés d'un sang qui coulait maintenant sur le sol, sur mes genoux ; la lame avait percé son cœur, mais c'eût aussi bien pu être le mien.

Je me gardai de la retirer ; cela n'eût fait qu'aggraver le supplice de Stefan. Sa peau était déjà cireuse, son souffle court ; il avait les lèvres entrouvertes, le regard terni ; mais, lorsqu'il leva ses yeux vers moi, ceux-ci me parurent encore emplis d'un amour éperdu.

Il ne pouvait parler. J'ignore à qui s'adressait ce regard adorateur – était-il toujours sous l'empire de Vlad ou avait-il reconnu mon visage ? – mais je sais maintenant que son ultime acte d'amour me fut dédié ; je revendique donc ce regard et préfère me rappeler cette dernière entrevue comme préservée du Mal qui nous environnait.

Arkady et moi lui tînmes les mains pendant qu'il agonisait, arborant toujours une expression de douce dévotion. Absorbé dans mon chagrin, je ne levai pas la tête lorsqu'un bruit sourd résonna dans la pièce du fond – ni ne réagis quand la porte de celle-ci s'ouvrit. À supposer que d'autres agents humains de Vlad fussent intervenus, je serais resté à genoux, cible docile sur laquelle ils auraient pu vider à loisir leurs pistolets. Car le nouveau monde où j'avais pénétré, pour étrange et maléfique qu'il m'était apparu de prime abord, venait à présent d'enfreindre ses propres règles de façon flagrante et était comme frappé de démence ; toute signification, tout sens avait disparu.

Je finis par lever les yeux en entendant un hurlement féminin, et vis sur le seuil une femme étonnamment belle, dont la figure encadrée de longs cheveux bruns trahissait un lien de parenté avec Arkady comme avec Vlad. Elle demeura un instant bouche bée, effarée par le tableau funèbre qu'offrait Stefan, puis, lentement, elle se tourna vers Vlad qui, enflammé de colère, se trouvait maintenant devant son trône.

« Crétine ! » s'écria-t-il avec une véhémence qui fit tressaillir la femme. « Vaine catin écervelée ! Tu m'as amené *le mauvais homme* ! »

À ces mots, la femme, Arkady et (en dépit de mon chagrin) moi-même eûmes un hoquet de surprise. De nouveau, mon esprit accablé se révéla incapable de saisir les paroles de Vlad, de les assimiler, de comprendre pourquoi il ne m'avait pas tué, moi, plutôt que mon frère – et cela même lorsque, tendant une main dans ma direction et fixant sur moi le regard toujours aussi éblouissant de ses yeux d'émeraude, il me dit, sur le ton le plus suave :

« Stefan, mon enfant, tu naquis en cette maison où nous sommes ; et le sort a décrété qu'en cette maison tu reviendrais. Viens à moi maintenant... »

15

Le journal d'Abraham Van Helsing (suite)

Je quittai du regard le corps refroidissant de mon frère – son visage inexpressif, sa mâchoire inerte, ses yeux voilés, désormais vides de toute trace de l'amour qui les avait habités – et je fus pris de fureur envers son meurtrier.

Envers moi-même. Pris dans la passion du moment, je ne comprenais toujours pas pourquoi Vlad s'était adressé à moi comme à mon frère ; je savais seulement qu'il n'était pas digne de prononcer le prénom de Stefan, ni moi de m'en prévaloir.

« Mon prénom est Abraham », lui répliquai-je avec aigreur.

Venu à mon côté – esquissant un geste de la main comme pour me ramener à une certaine sensibilité, mais stoppé par l'invisible bouclier que créait le crucifix porté à mon cou –, Arkady m'exhorta : « Ne lui parle pas ! Ne le regarde pas ! »

Mais moi, dans ma sottise, je crus que ma haine suffirait à me protéger du magnétisme de ce regard vert sombre. Trop ému pour parler, pour songer à une injure suffisamment abjecte, je dévisageai l'assassin de Stefan comme si mes yeux eussent pu le percer de la même façon que la dague avait percé mon frère.

Cependant, Vlad répondit à ma haine avec ces mêmes beaux yeux, cette même belle voix, la main toujours tendue pour me faire signe d'approcher. « Non ; c'est le prénom que ta mère t'a donné – après qu'elle eut introduit un autre enfant dans votre foyer, un enfant dont elle s'est servi cruellement, égoïstement, pour te spolier de ton droit d'aînesse ; pour nous tromper tous. Pour tromper, je le vois maintenant, jusqu'à ton propre père. »

Je pris une respiration, ignorant les suppliques d'Arkady,

lesquelles semblaient d'ailleurs étouffées, très lointaines. « Comment... Comment savez-vous une chose pareille ?

– Le sang charrie la vérité, mon fils. Or, j'ai goûté celui-ci. Ce faux Stefan – cet imposteur – s'est vu récemment instruire par ta scélérate de mère de nous abuser, toi et moi. *Justus et pius*, mon fils ; je suis sévère, mais juste envers ceux qui trahissent les termes du Pacte. Et la peine pour fait de trahison est la mort. »

À lire ce qui précède, je vois bien que les paroles de Vlad révèlent sa mégalomanie, son égocentrisme achevé, son cruel et complet dédain pour l'homme qu'il venait d'occire. Mais quand je les entendis, je n'y perçus que beauté, logique et amour. Son regard avait capté le mien, et je me sentis englouti par un tourbillon obscur et sensuel pareil à celui où Arkady avait voulu m'attirer, lorsqu'il avait failli prendre ma vie dans le train. J'éprouvai un lointain frisson de crainte, un vague désir de combattre, d'émerger de cette vacuité – mais tout cela était neutralisé par une euphorie onirique, une sensation d'extase interdite. L'effet s'apparentait nettement à celui de l'opium, quoique beaucoup plus grisant. Mon chagrin s'évanouit à point nommé, remplacé par le plus profond plaisir que j'aie jamais connu. Pourquoi ne serais-je pas demeuré où j'étais ? Certes, le Mal avait triomphé ; mais s'agissait-il vraiment là d'une défaite ? Vu la situation de Vlad, ses actes étaient justifiés, et jamais – non, jamais – il ne me nuirait.

Ici, on s'occuperait de moi. On me choierait... et, si je le souhaitais, je ne serais plus jamais sujet à la tristesse. D'ailleurs, tous mes chagrins résultaient du combat que je menais contre le sort qui m'était dûment réservé ; et si je m'y soumettais, si j'allais étreindre mon aïeul, il n'arriverait plus malheur à personne. Et je pourrais passer le reste de ma vie dans cette béatitude de rêve...

Je me levai, à peine conscient du fait que mon pantalon était imprégné, aux genoux surtout, du sang de Stefan ; que l'épaule et la manche gauches de mon manteau et de mon gilet étaient imprégnées du mien. À peine conscient des exclamations d'Arkady, lesquelles résonnaient à la fois au-dedans et au-dehors de mon esprit, je fis un pas vers le trône ; là, je m'arrêtai et, de ma main droite, fis passer la chaîne d'or du crucifix devant mon visage, puis par-dessus ma tête. Je la tendis à bout de bras et, durant un moment tantalisant – telle une vierge prête, qui brandit le dernier obstacle à son ravissement –, je la regardai osciller au premier plan de ma vision, se détachant sur la silhouette de Vlad, lequel attendait, lui-même fasciné, magnétisé par la tournure des événements.

Rien n'aurait pu pénétrer ma transe, ni m'empêcher de laisser tomber la croix et de prendre ma place auprès de Vlad : ni les cris d'Arkady, ni sa contenance désespérée alors qu'il s'interposait entre mon lointain ancêtre et moi, ni la vue de la dépouille du pauvre Stefan...

Rien, sauf la faible plainte de mon fils, gémissant dans l'autre pièce... et son apparition subséquente dans les bras de la gracieuse femme vampire qui était allée le chercher sans que je m'en aperçusse.

Me tournant vers la porte, je la vis qui tenait Jan. Il rayonnait ; oui, mon petit garçon rayonnait à ma vue – et il me parut en parfaite santé, tout à fait indemne, avec une carnation éclatante malgré la pâleur de sa peau, et des joues rondes légèrement empourprées. Quel spectacle bienvenu ! Il me tira de ma stupeur, de sorte que la peine causée par la mort de Stefan et la douleur à mon épaule me submergèrent à nouveau ; mais à cette souffrance se mêlaient des larmes de joie.

Je fermai mon poing sur la chaîne, puis j'ouvris les bras vers mon fils en criant son nom.

Il émit alors un gazouillis, sonorité qui fut un baume exquis pour mon cœur affligé, puis, levant les mains dans ma direction, il appela : « Papa ! Papa ! Jan vole ! Jan vole ! »

À ma consternation, Arkady s'interposa derechef entre l'objet de mon désir et moi-même. Saisi d'un courroux aussi flamboyant et formidable que celui de Vlad, il hurla à l'adresse de la femme : « Zsuzsanna ! Comment as-tu pu me trahir ainsi ? Toi, ma propre sœur ! »

J'étouffai une exclamation de dépit et j'essayai de parvenir à mon enfant en contournant l'importun sans cesser d'appeler Jan. Avec une vitesse aveuglante, Arkady s'obstina à se placer entre nous, me frustrant des retrouvailles auxquelles j'aspirais tant. Ce faisant, il continua d'interpeller la femme : « Pourquoi m'avoir trahi ? Quelle créature dénuée de cœur es-tu devenue, Zsuzsa, pour être capable d'un tel acte ? Décidément, tu n'es rien de plus que sa putain, qu'il commande à sa guise ! »

Le petit Jan se dégagea des bras de la femme ; il tomba sur le sol, mais se remit aussitôt sur pied avec une grâce peu enfantine. Entre-temps, le charmant visage de la femme était devenu livide de colère en réaction à l'accusation de son frère. Cependant, malgré cette rage, ses grands yeux sombres s'emplirent de larmes qui ruisselèrent bientôt sur ses joues.

Je m'attendais, vu sa fureur étincelante, à qu'elle se jetât sur lui. Au lieu de cela, elle se dressa de toute sa hauteur avec dignité.

« Et qu'en est-il de toi, Kasha ? siffla-t-elle avec une telle véhémence que ses paroles parurent cingler leur destinataire. Es-tu demeuré si noble et si intègre toutes ces années ? Combien de personnes as-tu tuées, *toi*, pour venger ton martyre ? Bois-tu leur sang mû par le seul désir de sauver ton fils ? Ou continues-tu de fouler cette terre parce que, toi aussi, tu trouves de l'attrait à cette non-vie ? Parce que, toi non plus, n'y puis renoncer ? Ou bien es-tu véritablement si empressé d'expérimenter les éternels délices de l'Enfer ? »

Ce langage frappa Arkady avec une force l'emportant sur toute atteinte physique ; il se tut et hésita – un instant, pas plus.

C'en fut assez. Assez pour que je me rue devant lui, pour tendre une fois de plus mes bras vers mon enfant, lequel se mit à crier avec une allégresse sincère : « Papa, *vole* !

– Mon petit ange », murmurai-je joyeusement tandis qu'il bondissait vers moi – pour une pirouette au-dessus de ma tête, pensais-je, pour son jeu favori – mais au lieu de cela, mon enfant sauta en hauteur et, inconcevablement, il se précipita dans ma direction avec une rapidité surnaturelle *à travers l'air*.

« Papa ! *Jan* vole... »

Il s'arrêta subitement, ses boucles emmêlées à quelques centimètres de mes mains tendues ; et là il plana, son doux et radieux sourire changé en une épouvantable grimace de fureur.

Je le regardai avec un serrement de cœur, envoûté non par l'attrait magnétisant de ses yeux bleu clair – les yeux de sa chère *oma* – mais par l'objet de profonde horreur qu'il était devenu. Songeant à dresser la croix, je fermai les yeux avant que ce regard m'engloutît, puis, sentant Arkady auprès de moi, je parvins enfin à distinguer ses paroles :

Il est perdu, Abraham. Pour notre bien à tous, nous ne pouvons que partir.

« Mais il m'est impossible d'abandonner mon enfant, chuchotai-je. Comment le laisser ici – en pareil lieu ? »

Ils ne peuvent lui nuire plus. Et, pour l'instant, nous ne pouvons l'aider.

Je balançai un instant, tiraillé, puis je rouvris les yeux et vis Jan planant toujours devant ma main – la main qui tenait la croix – tel un chérubin maléfique. Par acquit de conscience, je m'avançai vers lui, agitant le crucifix face à son visage ; il recula, sifflant comme un chat menacé, découvrant de minuscules canines aussi pointues que celles d'un félin, mais autrement redoutables.

« Laisse-le ! » ordonna Arkady en m'appliquant une brusque poussée qui n'effleura point ma chair ; il n'empêche que l'onde créée par sa main balayant l'air faillit me faire tomber. « Cesse, Bram ! Nous ne pouvons rien faire : ton enfant est mort. »

Il se posta sur ma gauche ; je m'efforçai de reprendre mon équilibre quand je devins conscient d'une présence cramoisie sur ma droite : c'était Vlad qui se coulait obliquement auprès de moi et s'adressait directement à mon esprit embrumé :

Rejoins-nous, Stefan. Vois-tu combien tu manques à ton pauvre enfant ? Je ne te demande qu'une seule petite chose : le rituel du sang. Consens à ceci, et je te jure que ton petit garçon pourra s'en retourner avec toi. Nul mal ne sera fait à aucun de vous, si tu accordes cette seule chose...

Sa supplique fut accompagnée par celle du petit Jan : *Papa, viens. Oh, Papa, viens !*

Arkady parla, lui aussi : *Bram, mon fils. Mon fils ! Je te sais doté d'une forte volonté, comme ta mère. Souviens-toi d'elle maintenant – et écoute-moi...*

Mais sa voix fut noyée par les autres. J'hésitai, toujours écartelé, le crucifix tenu mollement dans ma paume ; je n'avais plus qu'à tourner la main – un bien petit geste, si facile à accomplir – et le laisser choir sur la pierre.

Tandis que résonnait ce chœur d'adjurations muettes, une partie reculée de mon esprit fut incidemment consciente que la paysanne avait, fort étonnamment, vaincu les effets de l'éther et était parvenue à se mettre à genoux ; l'injonction mentale de Vlad était apparemment plus forte que la drogue. Se dirigeant vers la sinistre chambre de torture, elle progressa à quatre pattes devant nous, ignorant le cadavre suspendu de la femme, et disparut derrière ce qui restait du rideau de velours.

Je le répète, ce fut une fraction distraite de mon esprit qui prit note de ce détail – une fraction qui, à ce moment, n'était plus guère cognitive, car les voix bruissant dans ma tête avaient presque subjugué mon entendement.

Mais je suis un père, et celle que je distinguais le plus clairement était celle de mon fils :

Papa, Papa, viens...

Sa petite voix était larmoyante, prête à se rompre en un caprice puéril, quand Zsuzsanna le prit pour l'apaiser, tapotant son dos d'une façon maternelle, purement humaine, et lui chuchotant de douces paroles de réconfort ; à ce moment-là, elle ressembla tant à Gerda consolant notre petit garçon que j'eus peine à supporter cette vue.

J'écartai mes doigts, laissant glisser la croix, puis je fis un pas vers mon enfant.

Arkady et Vlad fondirent aussitôt sur moi ; mais Vlad fut le plus rapide. Il enroula un bras robuste autour de mes épaules, en un geste à la fois accueillant et restrictif. Son contact fut glacé – si froid qu'il pénétra mes vêtements et me donna la chair de poule. Toutefois, puisque son emprise était également d'ordre mental, je n'éprouvai nulle crainte, juste une vive sensation d'enfoncement, de descente dans une spirale tourbillonnante.

Quelque chose comme une seconde plus tard, Arkady saisit mes épaules, me dégagea de l'accolade de Vlad et me projeta sur le sol.

Mais cette fugace pression des mains d'Arkady clarifia mon esprit, et je revins à moi – assez pour entendre son message instant : *Fuis, mon fils !*

J'eus le réflexe d'amortir ma chute avec mes mains ouvertes ; elles heurtèrent la pierre si durement que je hurlai de douleur. Mais la distraction occasionnée par cette souffrance cessa lorsque je découvris, sous l'une de mes paumes enflées et tailladées, le crucifix.

Je m'en saisis sur-le-champ et levai les yeux pour assister à une nouvelle horreur :

Afin de me délivrer, Arkady s'était jeté dans l'étreinte de

Vlad, prenant ma place. Tous deux combattaient puissamment, chacun s'appuyant contre l'autre, chacun s'efforçant de placer son adversaire en position d'être repoussé. Il y avait là un piège ; car la paysanne était réapparue de derrière le voile noir et chancelait telle une somnambule vers nous. Elle était à nouveau porteuse d'une arme – qui n'était pas le pistolet. Enserré dans ses deux mains, et tenu juste au-dessous de son cœur, se trouvait un pieu affûté, long comme un avant-bras.

Je me dressai en sursaut, criant un simple mot d'avertissement, une seule parole montée spontanément du tréfonds de mon âme : « Père ! »

Il entendit. Je sais qu'il entendit, car, au hasard de son duel avec Vlad, son regard rencontra le mien, et j'y lus, teintées d'une profonde anxiété, affection et gratitude.

Cet échange de regards disait que, après tant d'années, nous nous étions enfin reconnus ; il dura une fraction de seconde, pas plus, mais c'en fut assez pour sceller son destin.

« *Pars !* » souffla-t-il énergiquement, et cette fugitive inattention fut suffisante. Vlad le fit pivoter puis, d'une vigoureuse poussée, le projeta à reculons.

Sur la paysanne. Tous deux allèrent voler contre le dernier pan du rideau noir, le déchirant également, ce qui révéla un étal de boucherie souillé de sang et flanqué d'un lugubre assortiment de coutelas et de pieux.

Ils heurtèrent le mur du fond et, l'espace d'un terrible instant, y restèrent aplatis – Arkady collé à la femme, les yeux grands ouverts, éperdus de douleur, la pointe acérée du pieu émergeant au centre de sa poitrine.

Sans me soucier de Vlad et des autres, je courus à lui et m'accroupis à son côté alors qu'il s'affaissait lentement, jusqu'au moment où, les genoux fléchis, il fut assis sur la pierre froide. Il n'y eut aucune effusion de sang ; aucun écoulement de fluide, juste une bouffée d'air qu'on eût dite venue de poumons qui se vident, une sorte de soupir qui convoya un chuchotement à peine audible :

Mary...

Pressée contre le mur derrière lui, la femme était vaguement accroupie, la tête inclinée de côté selon un angle insolite. De ses yeux écarquillés et aveugles, elle semblait scruter un point situé juste au-dessous de l'épaule d'Arkady. Je n'eus pas besoin de la toucher pour m'assurer de la rupture de son cou et de l'inexistence de son pouls.

« Père », repris-je, mais il ne put m'entendre ; il avait déjà péri, passant devant mon regard stupéfait de l'état d'immortel à celui d'homme. La luminescence du vampire s'éteignit telle une flamme soudainement soufflée, et des stries d'argent se propagèrent à travers sa chevelure noire comme si du métal en fusion avait été versé sur le sommet de son crâne avant de ruisseler vers le bas. De même, son visage vieillit rapidement, jusqu'au moment où je me trouvai face à un homme entièrement mortel, de l'âge de ma mère – un homme au visage ridé de chagrin et de désespoir, dont les yeux assombris étaient emplis de douleur et de désespérance.

Pour la première fois, je contemplai la figure humaine de mon père ; la figure du sacrifice, creusé par le faix des générations passées et à venir.

Il était mort, je le sais, mais j'entendis encore sa voix dans ma tête, comme s'il me parlait :

Pars, mon fils. Pars...

Tandis que se déroulait cette poignante métamorphose, Vlad riait, disant : « Tu as échoué, mon garçon, après toutes ces années, exactement comme je l'avais prévu. Quel fou de penser que tu détenais ma ruse, ma force ! Nul ne peut me détruire ! Nul n'en a le pouvoir ! »

De son côté, Zsuzsanna s'était effondrée ; assise sur ses talons, sa robe en corolle, mon enfant toujours serré dans ses bras, elle sanglotait : « Kasha ! Kasha ! Tu as raison – que suis-je devenue ? Pardonne-moi ! »

Vlad se tourna vers elle, persifleur : « J'aurais pensé que tu serais suffisamment forte à l'heure qu'il est, Zsuzsanna. Épargne-moi tes démonstrations de chagrin ! Dès demain, tu auras oublié ton frère et tu riras de nouveau, amoureuse de ta propre beauté. C'était nécessaire qu'il soit détruit ; nous n'avions pas le temps d'être miséricordieux. Ou aurais-tu préféré que nous périssions à sa place ? »

Tout ceci, ils le dirent alors que j'étais agenouillé auprès d'Arkady, ma main toujours refermée sur le crucifix.

Puis Vlad m'approcha de nouveau, dardant une main d'une blancheur spectrale, le pan de sa tunique écarlate se déployant sous son bras tel un voile sanglant entre nous.

« Sache que cela me peine, mon enfant, tout comme toi ; mais je ne puis souffrir la trahison. Il cherchait à te déposséder de ton droit d'aînesse. Tu as vu ma sévérité ; laisse-moi te montrer maintenant ma générosité, dont peuvent attester Zsuzsanna et Jan. »

Et de reposer ses yeux verts sur moi. Je me refusai à croiser son regard. Au lieu de cela, je baissai les paupières et considérai la dépouille mortelle, vieillissante, d'Arkady ; puis, me détournant, je contemplai le cadavre de mon frère bienaimé. Ces deux choses étaient les seules qui fussent tangibles dans cette chambre des horreurs, les seules qui eussent quelque réalité ; aussi me concentrai-je sur elles à l'exclusion de tout le reste, jusqu'au moment où les paroles de Vlad diminuèrent d'intensité et n'eurent pas plus de signification pour moi que le bourdonnement d'une mouche.

Il est un degré de souffrance acceptable par l'esprit humain ; au-delà, chaque nouvelle atteinte ne suscite plus qu'engourdissement, anesthésie du cœur, celui-ci ne pouvant tolérer qu'une quantité limitée de douleur. Alors même que j'écris ceci, je constate que je ne puis tous les pleurer simultanément ; la perte de Stefan n'engendre pas le même tourment, la même peine que la perte de mon petit garçon ou celle d'Arkady.

L'intensité de mon chagrin eut comme effet de m'affranchir de la raison : tout vestige de scepticisme que j'aurais pu encore entretenir disparut à ce moment-là, avec Stefan, Arkady et mon fils. Peut-être aurais-je pu alors me rendre, en désespoir de cause – mais je n'avais pas le droit d'offenser la mémoire de mon père et de mon frère en me livrant au Mal qu'ils avaient tenté, au prix de leur vie, de vaincre.

Aussi crispai-je ma main sur la croix, éprouvant la chaleur picotante qui en émanait. Je la levai – de plus en plus haut, entravant l'approche de l'assassin non-mort – et sentis son pouvoir parcourir mon bras puis outrepasser celui-ci. La montée en puissance de ma croyance parut accroître le rayon d'action de l'objet : Vlad baissa la main ; il émit un grognement hargneux et fit un, puis deux pas en arrière.

Je profitai de ce recul pour me ruer vers la sortie ; là, je rompis l'hostie sacrée et en plaçai une moitié sur le seuil, empêchant ainsi Vlad et consorts – y compris ce qui subsistait de mon Jan – de me poursuivre... du moins jusqu'au moment où une main humaine ôterait la sainte relique.

J'enfilai le sombre corridor, dévalai l'escalier tortueux et regagnai enfin la nuit, où attendaient la calèche et les chevaux. Je titubai hors de ce monde de noirceur pour me retrouver dans un univers de blanc et de gris ; la tempête avait tourné au blizzard. À cet instant, j'eus le sentiment d'avoir tant perdu – père, frère, épouse, enfant – qu'un seul et unique espoir me resta : me perdre moi-même dans cette blancheur dévorante.

Je grimpai dans la voiture et menai les chevaux droit, tout droit devant, loin du château et vers le cœur de la tourmente.

16

Le journal de Mary Tsepesh Van Helsing

27 novembre. – La semaine passée a été difficile. Si ce n'avait été pour ma bru, j'aurais trahi ma parole vis-à-vis d'Arkady et je les aurais suivis en Transylvanie.

Mais Gerda est aussi démunie qu'une enfant. Sans doute est-ce ainsi que Bram l'a découverte, muette et le regard absent, dans le sanatorium. Par égard pour lui, je ne puis l'abandonner, ni la rendre à ses précédents geôliers ; ils l'enfermeraient aussitôt à double tour dans une cellule, entravée par une camisole de force ; ils la traiteraient en objet plutôt que comme l'âme en peine qu'elle est. Bram ne me le pardonnerait jamais.

Mais s'il devait arriver quelque chose à Bram, jamais *je* ne me le pardonnerais.

Jamais je ne me pardonnerais mon inconséquence.

Cette journée a été la plus dure de toutes. Je l'ai passée comme les autres, dans une maison qui, il y a seulement deux semaines, résonnait d'éclats de voix et de rires : ceux de mon mari, ceux de mes fils, ceux de mon petit-fils. Maintenant n'y règnent que vide et silence. Gerda ne parle ni ne bouge, mais elle me laisse la nourrir à la cuillère, lui faire sa toilette, l'habiller, l'asseoir devant les fenêtres ensoleillées dans l'espoir que le spectacle de la rue déclenchera une réaction, défera d'une façon ou d'une autre le voile qui l'isole du monde extérieur. Mais une fois installée, elle demeure pétrifiée, et aucun de mes propos ne la sort de sa torpeur.

Je lui parle néanmoins, m'obligeant à garder un ton faussement guilleret quand je mentionne Bram, Stefan et le petit Jan comme s'ils allaient nous revenir bientôt ; je papote à perdre haleine, comme si nos vies n'avaient pas basculé dans les ténèbres.

Et je suis à l'affût des changements qu'elle pourrait connaître. Lcs petites marques de morsures laissées par Zsuzsanna sur son cou ne s'estompent pas – ce qui, en soi, me paraît plutôt bon signe. Car je me rappelle une chose : quand, jadis, Zsuzsanna s'était elle-même fait mordre, les traces des blessures infligées par Vlad avaient disparu le jour de son trépas. Gerda ne semble pas en danger de mort imminente. Mais elle mange si peu que je m'inquiète de sa santé. Et puis je n'ose point la laisser seule – pas même pour me rendre au marché –, de crainte qu'elle ne se blesse. Si elle devait mourir... que deviendrait-elle ?

Je ne dois pas envisager de telles choses. Je doute d'être assez forte, que ce soit sur le plan physique ou émotionnel, pour faire le nécessaire.

Aujourd'hui, pour la première fois, elle a parlé.

Elle était assise à la table de la cuisine alors que, penchée sur le fourneau, je remuais la purée de pois cassés. C'était une heure avant le crépuscule ; le soleil baissait dans le ciel nuageux, baignant celui-ci d'une teinte rougeâtre. Je lui tournais le dos, mais monologuai comme à l'habitude, cette fois à propos de l'obligeance des paroissiennes qui nous apportaient de la nourriture. Elle sortait tout juste du bain, et je l'avais parfumée de talc puis habillée d'une jolie robe dans l'espoir de nous mettre en train. Après quoi j'avais brossé sa longue et ravissante chevelure qui descendait sur ses frêles épaules en une sombre cascade reflétant le rouge éclat du soleil déclinant. Pendant tout ce temps, elle n'avait cessé de regarder droit devant elle d'un air atone.

J'étais au milieu d'une phrase lorsqu'elle m'interrompit par un cri strident. Mon sursaut fut tel que je lâchai la cuillère ; elle heurta bruyamment le sol alors que je faisais volte-face pour voir Gerda se dresser, les yeux écarquillés et égarés, la bouche dessinant un « O » parfait, la chaise renversée derrière elle.

Elle resta debout le temps d'un souffle ; puis, hurlant de nouveau, elle tomba à genoux. Je me ruai à son côté et lui agrippai les coudes pour tenter de la relever.

« Gerda ! Ma chère Gerda ! Que se passe-t-il ? Qu'est-ce qui ne va pas ? »

La sonorité qu'elle venait d'émettre m'avait glacée jusqu'à la moelle, car il s'agissait du même horrible cri qui lui avait été comme arraché le soir où Jan et Stefan nous avaient été enlevés. Mais elle ne répondit point, ne parut pas même m'entendre ; ses yeux se fermèrent et, donnant libre cours à son accablement, elle eut un accès de sanglots trahissant un tel égarement, un tel tourment que je ne pus réprimer mes propres larmes.

« Gerda, je vous en prie ! » fis-je, m'agenouillant à mon tour pour la prendre dans mes bras. « Qu'est-ce qui ne va pas ? »

À mon grand étonnement, elle prit une respiration spasmodique et gémit : « Stefan ! Stefan ! Ils l'ont tué. Tué ! »

Mon cœur se figea dans ma poitrine. Durant une seconde torturante, je m'accrochai à un vain espoir, me disant que ce n'était qu'un autre symptôme de sa folie ; que pure illusion et fausseté. Mon fils ne pouvait être mort.

Mais je savais que l'esprit de Gerda était lié, aussi peu que ce fût, à celui de Zsuzsanna ; et je savais également, avec un instinct de mère, qu'elle disait vrai.

Succombant à mon tour au chagrin, je m'effondrai et, un long moment, nous sanglotâmes de concert, agenouillées ensemble, moi l'enlaçant. Au milieu de ce duo de pleurs, je ne pus m'empêcher de lui serrer les bras et de supplier : « Comment est-ce arrivé ? A-t-il souffert ? Et qu'en est-il de Jan ? D'Arkady ? »

Mais elle se borna à secouer la tête et n'en dit pas plus ; elle refusa de manger, de boire – et même de dormir lorsque je l'eus conduite au lit.

Je viens de la laisser, le regard de nouveau atone et vide, bien que ses yeux soient maintenant rouges et gonflés d'avoir versé tant de larmes. Et je suis venue ici pour me livrer à une lamentation solitaire et rédiger ma confession.

Mon fils, mon fils ! Je me raconte que ce n'est pas vrai, que tout provient de l'imagination enfiévrée de Gerda, mais mon cœur sait qu'il en est autrement...

J'ai tué par deux fois ; car c'est moi qui ai assassiné Stefan, aussi sûrement que j'ai tiré la balle qui a transpercé le cœur de mon premier mari. Je ne sais comment il est mort, mais je sais pourquoi.

La cause en est la hantise qui m'accabla au cours de ma première année à Amsterdam. Je m'étais aperçu que mon petit garçon ressemblait plus à moi qu'à son père, Arkady. Mais j'étais encore terriblement effrayée : « Et si je m'abuse ? » me demandais-je sans cesse. « Et si Arkady n'est pas mort ? Et si Vlad a survécu d'une façon ou d'une autre ? Et si un jour il nous traque et m'enlève mon enfant ? »

Cette anxiété ne me laissait aucun repos. Aussi ai-je pensé : « Si je change le prénom de Stefan, si j'épouse Jan et si je prends son nom, nous serons plus en sûreté. » Pour tout dire, Jan désirait m'épouser depuis quelque temps ; mais je ne l'aimais point. J'aimais encore – et aime à ce jour – Arkady.

Cependant, Jan était un homme bien né et fort doux. Il me convainquit que le mariage nous ferait goûter une meilleure sécurité, et que mon petit garçon se trouverait mieux d'avoir un père. Et, dans l'intérêt de mon bébé, ainsi fut fait.

Puis un jour, peu après, un nourrisson abandonné fut découvert en ville et amené par quelque bonne âme dans le cabinet de Jan. Le petit orphelin était malade à mourir, et nous le gardâmes de nombreux jours à la maison pour le soigner, certains qu'il ne survivrait pas.

Je pris moi-même soin de lui, et fus frappée de son teint mat et de ses yeux sombres, si semblables à ceux de mon cher Arkady. Dès lors, je commençai de nourrir de mauvaises pensées : pourquoi ne pas adopter cet enfant, l'introduire dans notre famille et lui donner le prénom de Stefan ? Comme cela, si jamais Vlad se faisait menaçant, il prendrait sûrement cet enfant pour celui d'Arkady...

Je me dis que si Dieu épargnait cet enfant quasi mourant, j'y verrais le signe suivant : ce garçon avait été envoyé pour protéger mon fils. Miraculeusement, l'enfant vécut – et nous l'adoptâmes.

Et je le prénommai Stefan.

Ce fut un acte cruel, égoïste, confinant à l'insensibilité, mais alors je ne pouvais penser qu'à mon propre fils, que j'avais rebaptisé Abraham. Jan m'y autorisa, car il comprenait ma terreur ; et il pensait que les deux enfants seraient en parfaite sécurité, que cette interversion de prénoms se révélerait inoffensive.

Aussi, lorsque j'eus donné à cet innocent bambin le prénom de Stefan, et le prénom du père de Jan, Abraham, à mon fils, dans l'espoir que les cheveux et les yeux clairs de ce dernier amèneraient les gens à voir en lui un Van Helsing plutôt qu'un Tsepesh, me sentis-je grandement rassérénée.

Mais cela ne résolut rien du tout ; car j'en vins rapidement à aimer ce second Stefan comme mon propre fils et j'eus aussi peur pour lui que pour le premier. Cependant, au fil des ans, ma terreur commença de se dissiper. Et Jan m'assura que mes cauchemars ne deviendraient jamais réalité. Aussi ne vis-je nulle raison d'effrayer mes enfants avec les récits d'un passé abominable et horrifiant ; ni ne vis de motif pour modifier de nouveau leurs prénoms – car, peu à peu, il paraissait normal que mon vrai fils s'appelât Abraham et mon fils adoptif Stefan.

Et Stefan se révéla de nature plus sensible que Bram, plus fantasque, plus artiste – autant de traits qu'il partageait avec Arkady, de sorte qu'il me fut assez facile de le considérer comme le fils de ce dernier. Pour Bram, même s'il hérita grandement de mon calme, il faisait parfois montre du scepticisme et de la détermination de son vrai père. Mais je fermais les yeux sur ces facettes, craignant, fût-ce en mon for intérieur, d'admettre le passé, de peur que celui-ci ne revienne nous tourmenter.

Ce qui est advenu. Lorsque Stefan fut secouru dans le train de Bruxelles et nous revint, je lui dévoilai l'entière vérité et le suppliai de me pardonner. Je voulus aussi tout raconter à Bram, et les mettre en garde, lui et Arkady. Mais Stefan n'en fut pas d'accord, recourant avec insistance à l'argument suivant : « C'est mon prénom maintenant ; et mon destin : je dois faire ce pour quoi tu m'as choisi il y a si longtemps – protéger mon frère. Moins il y aura de personnes connaissant son secret, plus il sera en sécurité. »

Après avoir entendu la mortifiante confession de Gerda, j'aurais pu penser que cette insistance était due à un sentiment de culpabilité, parce qu'il souhaitait faire amende honorable pour sa complicité d'adultère. Mais je le connais aussi bien que le fils de mon propre sang ; son cœur était bon et brave. Il aimait Bram. Culpabilité ou non, il aurait tout fait pour sauver son frère.

Stefan, Stefan ! Mon brave enfant ! Pardonne-moi ! J'aurais préféré mourir plutôt que te laisser subir un sort aussi funeste. Je puis seulement prier que tu dormes paisiblement dans les bras de Dieu, non corrompu par les forces perverses auxquelles tu t'es si volontiers livré en sacrifice.

17

Le journal d'Abraham Van Helsing (suite)

Même maintenant, je ne suis pas certain d'avoir eu l'intention de presser les chevaux en direction du sud-ouest, vers le col de Borgo et le chemin d'où j'étais venu. Du moins est-il sûr qu'une partie de moi désirait la mort ; et l'autre, de l'aide. Mais je n'éprouvais aucune crainte. Mon souhait le plus impérieux n'était pas de fuir Vlad, mais simplement d'échapper à la souffrance, peu importait la méthode ; de chercher l'oubli dans la blancheur environnante ; d'effacer pour toujours les images des yeux mourants de mon frère et de mon père, et de ceux, non-morts, de mon petit garçon. Sans l'aide d'Arkady, je n'avais plus d'espoir.

Que les chevaux n'aient point perdu leur équilibre et dévié de l'étroite et sinueuse route du col, entraînant la voiture et moi-même dans leur chute à flanc de montagne, je considère ce fait comme un authentique miracle. Car la nuit était devenue aveuglément blanche, la neige soufflait de toutes parts, couvrant les pauvres animaux, imprégnant le plaid jusqu'à l'incruster sur mes genoux. De trempés qu'ils étaient, mes membres inférieurs se frigorifièrent avant de s'engourdir par bonheur ; ensuite, le froid gagna mes hanches, puis ma poitrine à laquelle il infligea une cuisante douleur.

Je n'en fus aucunement accablé ou troublé, car un simple malaise physique ne se pouvait comparer avec la souffrance intime que j'endurais. En tant que médecin, je me rendais compte avec un détachement clinique de l'imminence de la fatale morsure du gel ; toutefois, cela me parut également tout à fait négligeable, aussi insignifiant que de percevoir le soudain ralentissement des chevaux (ils progressaient maintenant avec grande difficulté dans les moraines), ou que de nous savoir (grâce à ce que mon esprit gardait de raison) perdus au sens à la fois littéral et métaphorique du terme.

Cependant, les chevaux luttaient pour aller de l'avant ; sans cesse, j'essuyais mes lunettes de ma main gantée, j'abritais mes yeux de la neige cinglante et j'observais la forêt, pour voir si nous approchions de l'endroit où Arkady m'avait emmené : la clairière cachée de Yakov.

Brusquement, l'avancée des chevaux s'interrompit, et ce malgré toutes mes incitations ; la voiture recula de trente centimètres, puis s'arrêta. Avec grande douceur, j'encourageai les animaux à reprendre leurs foulées, espérant dégager les roues dont seul un tiers était encore visible. Ce fut en vain ; nous étions irrémédiablement bloqués.

Je me sentis navré de devoir être responsable de la mort de ces bêtes innocentes ; mais je fus incapable de pleurer sur mon propre sort. Je pus seulement prier que la mort fût ce que j'avais toujours cru qu'elle était – l'apathie, la non-existence, l'oubli. Mais je n'étais plus certain de rien, surtout depuis que la réalité s'était révélée si différente du monde logique et scientifique où j'avais placé ma foi – tellement plus dangereuse et plus maléfique ! À partir du moment où existait une créature comme Vlad, comment être certain qu'il n'y eût ni Ciel ni Enfer ?

Je me pelotonnai sous le plaid trempé et fermai les yeux, prêt à accueillir mon destin. Un long moment, je restai assis, songeant à mon épouse (si éloignée de moi par une distance à la fois sentimentale et géographique), à mon petit garçon (qui s'était vu voler sa vie future) et à Arkady – ainsi qu'à Stefan, le plus fortuné des Van Helsing, en cela qu'il avait du moins été délivré de la souffrance.

Puis je me rappelai ma mère, laquelle aurait sûrement le cœur brisé de perdre ses deux fils en même temps. J'allais me livrer entièrement aux éléments et au désespoir, lorsque son image m'enjoignit d'agir. Je soulevai mes paupières alourdies par les flocons en liquéfaction, je descendis de la voiture d'un pas mal assuré puis, en proie à la cécité des neiges, je m'engageai jusqu'aux hanches dans les moraines.

J'avais peine à me mouvoir, mais une énergie tout extérieure me fit progresser obliquement dans la forêt silencieuse, sous le couvert des branches de pin lourdement chargées qui délivraient de petites avalanches chaque fois que je m'accrochais à elles. De toutes mes forces, je criai le nom d'Arminius ; les tourbillons de neige étouffèrent mon exclamation, interdisant le moindre écho.

Pourtant, je continuai de pousser mon cri – un cri qui n'était ni une semonce ni une demande, mais la prière la plus sincère, bien que je n'eusse pu décrire ni son contenu ni la réponse tant espérée. Je hurlai – *Arminius ! Arminius !* – jusqu'à ce que mes jambes gourdes ne pussent plus me porter, jusqu'au moment où je m'effondrai en avant et, suffoquant, reposai ma joue barbue contre la neige.

Jamais de ma vie je n'avais connu un tel anéantissement, jamais de ma vie je n'avais tant souhaité étreindre la mort. Exténué, je laissai échapper un soupir et, du même souffle, tout espoir, toute crainte, tout désir, tout – même le souvenir tourmenté des êtres qui m'étaient chers. La neige tomba doucement, régulièrement, jusqu'à m'ensevelir ; sous elle, je tressaillis une dernière fois, puis m'abandonnai à l'immobilité et à l'obscurité.

***

Or, du sein de cette obscurité, Arkady vint à moi – un homme vivant, mortel, avec de l'argent éclairant sa moustache de jais, sa chevelure, et du chagrin dans ses yeux bienveillants.

Bram, dit-il, *point ne sied que tu sois étranger à ton ascendance. Viens...*

Et il me conduisit hors des ténèbres dans une douce aube printanière, sur un tertre couvert de fleurs sauvages, où s'érigeait une vaste demeure ou, plus exactement, un manoir qui, avec son architecture devant beaucoup au style roman, était bien plus moderne que le château et, de manière significative, moins sinistre en termes d'apparence et d'aura. Sans nul doute, cette bâtisse avait été autrefois une agréable maison de famille – mais elle respirait une profonde tristesse, un air de tragédie, peut-être à cause de la vigne enchevêtrée qui avait envahi nombre de fenêtres, les masquant presque. Ou peut-être fus-je influencé par l'expression douloureusement nostalgique du visage de mon compagnon.

Je le suivis à travers le tertre, vers le manoir ; et, comme nous entrions, je pus voir dans la lueur grise de l'aube approchante la désolation que lui inspiraient la poussière, la saleté et le délabrement.

Jadis, la maison avait dû être fort belle ; plus belle, certainement, que toutes celles qu'il m'avait été donné de voir en Hollande, car nous autres gens des Pays-Bas (même ceux d'entre nous qui sont nantis) dédaignons l'ostentation. Mais pareille retenue n'avait pas été de mise ici ; il y avait des pièces à profusion, de vastes salons (plus qu'il n'en fallait pour toute famille, aussi nombreuse soit-elle), aménagés avec une extrême élégance : quantité d'immenses candélabres d'or et d'argent, certains supportant plus de vingt bougies ; les plus beaux chemins de table en dentelle ; des murs couverts de tapisseries telles que j'en ai vu seulement dans les musées ; des fauteuils houssés de brocart filé d'or pur ; et, partout, de grands tapis turcs de la plus fine laine. Arkady me guida dans un bureau empli de livres.

Je passai un bon moment à contempler les portraits ornant chaque mur ; la plupart représentait de frêles Roumains, dotés d'yeux et de cheveux noirs, que je ne devais jamais connaître – mais l'un d'entre eux se trouvait être un jeune Arkady Tsepesh posant assis, avec une sombre chevelure coupée court selon la mode qui était populaire il y a trente ans, une moustache soigneusement frisée et un timide sourire esquissé sous ses yeux noisette de poète pensif.

Et, debout derrière lui, une main reposant tendrement sur son épaule, se tenait ma mère. Juvénile – si juvénile, plus juvénile que je l'avais jamais vue, et belle, ses yeux bleus reflétant la nature calme et douce que j'étais venu à tant aimer. Sur son jeune visage se lisait une aménité qu'elle avait à présent perdue ; une innocence, une confiance désormais remplacées par un soupçon de dureté, une ombre de souffrance errant autour de ses yeux et de ses lèvres.

« Stefan George Tsepesh », murmura Arkady, dont la soudaine présence à mon côté me fit sursauter. Son regard suivit le mien, se posa sur l'image de la ravissante jeune femme blonde aux boucles délicates et, l'espace d'un instant, ses yeux furent ceux du jeune homme sensible, empli d'espoir, que montrait le portrait. « Ta mère t'a prénommé George – en référence au saint qui terrassa le dragon ; et moi... » Là, sa voix s'altéra et il pencha la tête, incapable de parler. Puis, s'étant ressaisi, il poursuivit : « Moi, je t'ai prénommé Stefan – en référence à mon cher frère qui fut terrassé par Vlad. »

Il me fit face en souriant tristement. « Bram... Je comprends maintenant que ce n'est point par hasard que tu ressembles à mon épouse, que ce soit par les yeux ou par le caractère. Je puis maintenant voir le visage de ma chère mère, et son sang russe dans les reflets roux de ta chevelure. » Il s'interrompit un instant, puis désigna le vestibule et l'escalier. « Va. Va voir ton passé. »

Poussé par la curiosité, je me hasardai à monter les marches, essayant de recréer les sentiments des anciens habitants de la maison, voulant retracer les pas de ma mère et ceux de mon père. À l'étage, je découvris une chambre à coucher qui avait dû être la leur ; j'y vis une petite boîte à bijoux contenant des boucles d'oreilles et un médaillon doré. Et sur un pupitre étaient posés une plume et un encrier de forme carrée empli d'une encre noire depuis longtemps sèche. Je contemplai un moment ces objets, me demandant quels tristes mots en étaient issus. Maman s'était-elle assise là il y a tant d'années pour rédiger l'ahurissant journal qu'elle ne m'avait donné à lire que très récemment ?

Jouxtant la chambre, se trouvait une petite nursery avec un vieux berceau de bois – et, sur le mur, une icône de saint George terrassant le dragon au-dessus d'un cierge votif presque entièrement consumé. Sur le plancher, près du berceau, des couvertures, des oreillers d'adulte et, accrochées à la fenêtre, des couronnes d'ail, flétries et quasi réduites en poussière. À l'évidence, cette pièce avait constitué une cache pour se protéger contre les forces du Mal.

Au son de la voix d'Arkady, je me tournai de surprise pour le redécouvrir debout à mon côté.

C'est ici que ta mère cherchait refuge au cours des nuits précédant ta naissance. Viens...

De nouveau, je le suivis. Nous sortîmes du manoir et retraversâmes le tertre fleuri ; là, pour la première fois, je vis qu'en face de la bâtisse principale se trouvait une petite chapelle orthodoxe, avec un dôme surmonté d'une flèche. Arkady y entra, me laissant dans l'embrasure. L'influence turque s'y décelait nettement, avec une haute coupole et des murs complètement cachés par de brillantes mosaïques byzantines représentant des saints : Marie lors de l'Annonciation ; Pierre, reniant le Christ au chant du coq ; Étienne le martyr, percé de flèches. Au fond de la salle, un petit autel curieusement dénué de symboles religieux.

Arkady me fit signe de le rejoindre devant un grand mur couvert de plaques d'or ; chacune indiquait l'emplacement d'une crypte et toutes portaient gravé le nom TEPES.

Tsepesh, prononça-t-il, *ce qui signifie Empaleur. C'était le nom mortel de Vlad, et ce fut donc le nom pris par sa progéniture humaine. Mais lorsqu'il devint non-mort, les paysans, saisis de crainte, lui donnèrent le nom de Dracula : fils du dragon, du Diable. Lorsque je devins immortel, j'adoptai le nom de Dracul, lequel atteste ma funeste origine, car je ne souhaitais point déshonorer le nom de Tsepesh.*

Je regardai pensivement les noms et les dates sur les plaques d'or. C'étaient de très anciennes cryptes, certaines datant de près de quatre cents ans. Et comme je les contemplais, je me rendis compte que nous n'étions pas seuls : en face de nous se matérialisaient de fantomatiques images d'hommes, chacun vêtu d'un costume appartenant à une époque différente – l'un portant le gilet court en vogue au temps de Napoléon, un autre arborant une tunique médiévale et des jambières de laine. Certains étaient encore dans leur prime jeunesse, mais la plupart étaient fort âgés, avec des chevelures grisonnantes et des visages baissés, marqués ; et tous avaient des yeux si tourmentés qu'il me fut intolérable de croiser directement leurs regards.

Je compris voir défiler un pan d'histoire présentant les quatre derniers siècles.

Ce sont tes ancêtres, dit Arkady. *Dix-sept générations. Ce sont les hommes qui souffrent en Enfer afin que leurs familles soient protégées et dispensées de connaître la vérité : que Vlad les a corrompus en les forçant d'entrer à son service – service consistant à lui procurer le sang de victimes candides et innocentes. Ce sont les hommes dont les âmes ont acquis à l'Empaleur la perpétuation de sa vie.*

Je suis la dix-huitième génération ; mon âme lui a d'ores et déjà acquis une nouvelle durée de vie. Et toi, Bram, tu es la dix-neuvième.

Tout à coup, je ne fus plus dans la chapelle mais dans cette horrible salle où étaient morts mon père et mon frère. Là trônait l'Empaleur, magnifique avec sa tunique écarlate et son diadème doré; aussi radieux que le soleil, aussi farouchement beau et fier qu'un lion. Je vis la première génération liée à son service se prosterner devant lui : le père en pleurs qui perçait de la dague le doigt de son minuscule fils vagissant avant de recueillir ce jeune sang dans le calice.

Et Vlad levant ce calice, comme il l'avait fait devant le pauvre Stefan, et buvant...

Je vis le triste spectacle se reproduire au fil des générations; dix-sept pères accablés, dix-sept fils plaintifs.

Fais que cela s'achève avec moi, fit la voix d'Arkady. Regardant autour de moi, je m'aperçus que j'étais désormais seul. *Cher Bram, fais que la malédiction s'achève avec moi.*

Et j'observai, du point de vue élevé d'un dieu regardant du ciel, comment, une génération après l'autre, Vlad savourait la lente descente de chaque âme individuelle dans la terreur et la corruption, lorsque le fils choisi venait à comprendre qui était véritablement son « grand-oncle » Vlad et ce qu'on attendait de lui.

Je vis également le Pacte prendre effet : le château devint le centre d'un domaine prospère peuplé de domestiques, de paysans s'échinant dans les champs fertiles. Tel un grand seigneur féodal, Vlad pourvut à la subsistance et à la protection de tout un village. Puis, en retour, les villageois se mirent en rapport avec le fils aîné pour assurer la subsistance de leur maître – convenant de ne jamais mettre en garde les naïfs voyageurs cherchant logis, ou ceux que l'invitation du fils attirait au château.

Cette alliance sacrilège se maintint jusqu'au jour où, lâchant la bride à son arrogance, Vlad osa s'en prendre à l'un des siens : Zsuzsanna. Saisis de terreur à l'idée que le vampire pût dorénavant s'attaquer à eux sans discrimination, les villageois s'enfuirent, et le château se délabra, déserté par tous à l'exception de Vlad et de ses deux comparses, l'immortelle Zsuzsanna et la mortelle Dunya.

Puis me réapparurent les environs du manoir; je me vis moi-même, nourrisson, transporté dans les mains du bon géant blond que je devais plus tard appeler « Papa ». Et je vis mes parents prendre une calèche et fuir en direction opposée, anxieux de traverser la rivière avant le coucher du soleil – ma mère épuisée et blafarde après une délivrance difficile, abritée sous des couvertures pour se garantir du froid printanier, mon père arborant un visage lugubre, tendu par la désespérance alors qu'il pressait l'attelage vers leur havre.

Je les vis échouer. Je vis le soleil baisser dans le ciel jusqu'au moment où ses derniers rayons disparurent, je vis la calèche soudainement assiégée par une meute grondante de loups gris. L'un d'eux bondit dans la voiture et sauta à la gorge de ma mère ; mon père se tourna, pointa le revolver d'acier luisant et le tua d'une seule balle.

Surgissant de l'obscurité, Vlad vint menacer Maman ; il bondit dans la calèche à l'exemple du loup puis déploya sa cape entre mes parents tel un grand oiseau de malheur fondant sur sa proie. Ma pauvre et courageuse mère – le visage blême, la chevelure hirsute, les yeux plissés par la terreur et la détermination – prit l'arme de la main de mon père et, avec une expression d'amour et de chagrin infinis, fit feu.

Non pas sur Vlad, mais sur Arkady – dont le regard mourant enveloppa ma mère d'une gratitude et d'une dévotion à nulles autres pareilles.

Les chevaux hennirent, s'emballèrent, emportant ma mère avec eux. Mon père agonisant tomba de la voiture et roula sur la terre froide ; aussitôt, Vlad s'agenouilla auprès de lui, le redressa puis l'étreignit vicieusement.

Tels furent le martyre et le sacrifice auxquels, par égard pour moi, ils consentirent librement. Si mon père avait pu mourir innocemment à cet instant, le Pacte eût été frappé d'annulation ; Vlad eût été détruit. Aujourd'hui, je vivrais sans souci à Amsterdam, mon petit garçon encore à mon côté – et tous deux dans une bienheureuse ignorance de l'immense prix de notre liberté. Mais l'Empaleur pervertit cette noble action en enfonçant ses dents dans le cou de mon père.

La première mort d'Arkady aurait dû entraîner la destruction de Vlad ; mais sa seconde venait d'assurer la survie de l'Empaleur.

Allais-je laisser nul et non avenu un tel sacrifice, aussi amer que généreux ?

Fais que cela s'achève avec moi. Bram! Fais que la malédiction s'achève avec moi.

Me tournant, je vis derechef Arkady à mon côté. Mais alors, sous mon regard perplexe, il se transforma – rapetissant, s'amenuisant, blanchissant – jusqu'au moment où, enfin, je compris me trouver, non pas face à mon père, mais à cet énigmatique idiot d'Arminius.

Qui, avec un sourire mi-niais mi-sagace, me disait : *Le Pacte est une épée à double tranchant, Abraham. Une épée à double tranchant...*

« Je ne comprends pas », dis-je.

Elle coupe des deux côtés. Vlad a corrompu bien des âmes de sa famille. Mais le détruirais-tu, Abraham, que tu les délivrerais : l'âme de ton père et celles de tes ancêtres. Accepte la charge, et tu peux les racheter.

***

À mon réveil, j'étais au chaud, étendu sous une couverture non pas de neige mais de grosse laine, sur un matelas dur et étroit, bourré de paille. Je ne reconnus pas l'endroit où je me trouvais, lequel semblait appartenir à une époque très reculée : les murs de terre étaient arrondis et portaient les empreintes des mains du bâtisseur; le sol consistait tout bonnement en de la glèbe tassée et paillée. Sur ma table de chevet, une lampe à huile éclairait la pièce, tout comme le faisait un feu brûlant dans un proche âtre de pierre d'où émanait une chaleur réconfortante. Mais au-delà de la fenêtre et des volets de bois rustique, les hurlements féroces du vent attestaient la persistance de la tourmente.

Après m'être redressé, je découvris qu'on m'avait ôté ma chemise, mon gilet et mon manteau, pour les remplacer par une sorte de tricot de peau fait d'une laine brute qui me grattait. Je remarquai aussi un pansement récent, composé d'un tissu aux larges mailles.

Je me rappelai la tempête de neige et m'émerveillai de ne remarquer aucun signe de gelure sur mes pieds et mes jambes ; je m'étonnai également de me sentir somme toute assez dispos. Même mon épaule blessée avait cessé de m'élancer. J'allais sortir mes jambes du lit dans l'intention de me lever et d'examiner la pièce lorsque, regardant par hasard sur ma droite, je vis, gisant à terre juste à côté de moi, un loup.

Un grand loup argenté dans son épaisse fourrure d'hiver, profondément endormi (du moins le pensais-je), couché en une confortable demi-lune. Comme je demeurais bouche bée, il leva sa tête et fixa sur moi des yeux inquisiteurs et incolores.

Si mon manteau contenant pistolet et munitions s'était trouvé à proximité, je me serais armé sur-le-champ. Mais la bête se contenta de bâiller, exhibant une langue et des gencives roses, ainsi que deux rangées de crocs effroyablement acérés, puis elle posa sa grosse tête sur ses pattes antérieures et me considéra avec un air d'ennui proprement canin.

Avec précaution, je dégageai mes jambes des couvertures puis restai droit et immobile, paralysé d'incertitude.

Comme en réponse au bâillement de l'animal, un homme entra dans la pièce : Arminius, toujours vêtu de sa simple robe noire, portant à la main ma chemise – ou plutôt celle d'Arkady. La chemise me parut assez neuve (c'est-à-dire que je soupçonne Arkady de l'avoir achetée sans jamais avoir eu l'occasion de la porter, de sorte qu'elle était restée en l'état durant plus de deux décennies dans son armoire), mais, en même temps, sa coupe et son léger jaunissement lui conférait un aspect suranné. Eh bien, Arminius produisit sur moi une impression identique : un très vieux jeune homme, à barbe et chevelure blanches, mais avec le teint de pêche d'un nouveau-né, et des yeux alertes et sans âge comme ceux du loup blanc. Sa peau était du rose de la langue de l'animal, ses cheveux de la même couleur que la fourrure de celui-ci et, si l'on ajoutait l'éclat de son regard, sa physionomie détonait totalement avec l'austère noirceur de sa mise.

Il sourit, tout d'abord à mon intention, puis à celle de l'animal qui parut lui rendre la pareille en ouvrant sa gueule et en frétillant de la langue ; après quoi il agita sa queue comme un chien, en signe de bienvenue.

« Est-il éveillé, Archange ? » demanda gentiment Arminius à la créature.

Puis il se pencha pour gratter le loup derrière l'oreille. Archange ferma ses yeux en signe d'appréciation et commença à griffer vivement l'air avec une patte arrière.

J'osai alors me lever – gardant toujours un œil sur le quadrupède prédateur et néanmoins jovial – et je pris la chemise qui m'était présentée. J'étais si impressionné par tout ce tableau, et par le fait même d'avoir survécu, que ma voix se réduisit à un chuchotement : « Comment m'avez-vous trouvé ? »

Bien qu'Arminius haussât les épaules comme si la réponse importait peu, son sourire demeura. « Je sais comment trouver ceux qui ont besoin de mon aide. Venez ; vous avez faim. »

Il avait tout à fait raison. Je le laissai me guider dans une cuisine équipée d'une cheminée bien plus grande que dans l'autre pièce, où une marmite de fonte noire était suspendue à un crochet. D'un hochement de tête, il m'indiqua où je devais m'asseoir – à une table de bois sommairement taillé et sur un banc fait de quelques rondins fendus. Je m'y installai donc tandis qu'il transvasait une partie du contenu de la marmite dans un bol de facture artisanale ; il m'apporta celui-ci puis me tendit un morceau de pain noir. J'attendis un instant une cuillère, qui n'apparut point ; aussi, sans autre forme de procès, portai-je le bol à mes lèvres.

Ce fut un repas champêtre : betterave, chou et crème d'orge, mais le tout délicieux et chaud à souhait. J'engloutis deux bolées tandis que mon hôte allait s'accroupir devant le feu, sur la terre battue ; le loup le rejoignit, se blottissant contre les pierres tièdes de l'âtre pendant que son maître contemplait les flammes et lui grattait distraitement la tête. Sans cesser de me sustenter, j'observai le duo avec curiosité ; l'animal et l'humain avaient une *couleur* semblable ; et ils se ressemblaient par leurs manières nobles et placides.

Je mangeai jusqu'à satiété ; et à l'instant précis où je posai mon bol de terre cuite sur le bois brut, mon hôte se tourna vers moi pour révéler son doux sourire.

« Maintenant, il est temps que vous parliez. »

Comment aurais-je pu me taire ? La contenance de l'homme était telle que je lui aurais confié ma vie au premier coup d'œil ; et la dévotion que lui témoignait l'énorme loup ne m'impressionnait pas moins.

Aussi lui racontai-je l'histoire : ma vie à Amsterdam, comment elle avait été bouleversée par les récents événements, l'apparition d'Arkady, l'enlèvement de mon frère, sa mort, la transformation de mon fils en vampire, la destruction d'Arkady. J'évoquai en outre ma choquante découverte, à savoir que j'étais le fils d'Arkady et le descendant de Vlad, puis je décrivis ma faiblesse, mon impuissance à secourir ceux que j'aimais et avais aimés.

Désespéré, j'implorai Arminius de m'accompagner au château – pour délivrer mon petit garçon et détruire Vlad. Car il me paraissait des plus instruits en matière d'occultisme, et très fort, assez fort peut-être, pour vaincre l'Empaleur.

À mon grand embarras, ma voix se brisa à plusieurs reprises au cours de ma narration ; plus d'une fois, je m'interrompis pour ôter mes lunettes et essuyer mes larmes. Cependant, j'aurais pu pleurer des océans si j'avais pensé que cela pût convaincre Arminius de m'aider. J'étais persuadé qu'il savait précisément quel renfort offrir.

Il écouta ma poignante supplique en observant un silence et un détachement complets, sans que ses bons yeux sombres ne quittassent une seule fois les miens. Puis, mon monologue terminé, il tourna de nouveau son visage vers le feu. Le loup s'éveilla et toucha la main de son maître ; celui-ci gratta la tête de l'animal par deux fois. La créature se rendormit et ne tarda pas à rêver, comme le montra le tremblotement de ses pattes antérieures.

« Je ne puis venir avec vous, Abraham, finit-il par déclarer. Comme Vlad, je suis, dans une certaine mesure, attaché à ma résidence. Et même si ce n'était pas le cas, je ne pourrais lever une main contre lui. C'est *vous* qui devez accomplir cette tâche, mon ami. On vous attend depuis maintes générations. »

Ma frustration, ma colère furent trop grandes pour être cachées. « Mais je ne suis pas assez fort ! »

Il hocha la tête vers l'âtre, comme s'il s'adressait au feu. « Pas encore. Mais si vous choisissez la bonne voie, vous le serez. » Puis il poussa un brusque soupir. « Bien sûr, une fois que vous saurez ce que cela exige, vous vous cabrerez.

– Non ! m'exclamai-je avec véhémence, résolu à la vengeance. J'accomplirai tout le nécessaire pour détruire Vlad. Dites-moi seulement ce que je dois faire. »

Alors, il détourna son corps du feu et me fit face, s'adossant à la pierre, ses bras croisés sur ses tibias. « Si vous étiez maléfique, je vous enverrais à la Scholomance – l'école où le Diable enseigne aux siens les arts divinatoires.

– S'il existe une école dédiée au Mal, dis-je, désespéré,

me penchant vers lui par-dessus la table, alors il doit sûrement y avoir une école dédiée au Bien. »

À ces mots, il sourit, détendant ses lèvres minces qui formèrent un demi-cercle. « Une telle institution ne saurait exister ouvertement, ni même avoir un nom, car elle serait constamment soumise aux attaques de ses ennemis. Là réside le problème, Abraham : si nous souhaitons combattre le Mal, il nous faut le connaître. Si vous souhaitez prendre l'avantage sur Vlad, il vous faut posséder un pouvoir égal au sien afin de vous défendre, vous-même et ceux que vous aimez. Mais un tel pouvoir apporte avec lui une terrible tentation.

– Si je dois l'emporter sur Vlad, je n'ai pas d'alternative.

– En effet. » Son expression s'attrista. « Il n'est pas d'alternative lorsqu'on veut défaire un être de la trempe de Vlad. D'autres ont essayé ; aucun n'a réussi.

– Avez-*vous* essayé ? »

Ses yeux parurent s'élargir de surprise puis il détourna rapidement son regard ; il se mit debout et pivota de trois quarts vers le feu, lequel jeta un éclat orange, couleur de lis tigré, sur son visage et sa chevelure étincelante de blancheur.

« Non. Je n'ai pas essayé, mais j'ai conseillé certaines personnes. Seulement, elles n'avaient pas la... l'unique occasion dont vous disposez. »

Pris de curiosité, je haussai un sourcil. « Qu'est-ce à dire ? »

De nouveau, il préféra considérer le feu plutôt que de croiser mon regard. Après un long moment, il répondit : « Vous avez la forte volonté de votre mère. Croyez-moi, vous en aurez besoin. Même de son vivant, Vlad était rusé et sanguinaire, réputé à travers tout son petit royaume de *Valahia* – que vous connaissez mieux sous le nom de Valachie – pour ses actes de sadisme et de torture. Certes, son peuple l'aimait pour les victoires qu'il remporta contre les Turcs, mais sa férocité au combat n'avait rien à voir avec le courage, l'honneur ou l'amour de son pays. Seules deux passions le guidaient : la soif du sang et la soif du pouvoir. Le passage des siècles n'a fait que les décupler. »

Son regard erra vers le haut et sur les côtés, comme s'il contemplait le passé. Dérouté par la conviction émanant de sa voix, je m'autorisai une remarque : « Vous parlez comme si vous l'aviez connu. »

Il me jeta un coup d'œil puis retroussa ses lèvres tristement, timidement, comme si la vérité l'embarrassait. « Je l'ai connu. Né sous le signe du Sagittaire, l'année où les Anglais brûlèrent Jeanne d'Arc comme hérétique – un présage d'autres maux, peut-être.

« Je connaissais son père, Vlad Dracul, envoyé à la cité de Buda comme otage de Sigismond de Luxembourg. Et son grand-père, Mircea le Vieux, qui régna de nombreuses années, et son arrière-grand-père, Basarab le Grand, qui défit les Tatars. » Le loup gronda dans son sommeil ; Arminius posa une main sur lui. « Oui, je sais, Archange. Les Dracul, comme on les appelle depuis, furent une lignée d'êtres fort intelligents, fort astucieux, animés de grandes ambitions politiques, mais – j'en ai peur – guère dotés de sagesse, nonobstant le fait qu'un bon nombre d'entre eux rallièrent les *Sholomonari.* »

Je sourcillai en entendant ce terme – bien que je fusse beaucoup plus intrigué par ses assertions : voulait-il vraiment dire qu'il *avait connu* les ancêtres de Vlad ? Qu'il était *plus âgé* , au moins d'un siècle, que l'Empaleur ?

« Du roi *Solomon*, expliqua-t-il. Les *Sholomonari* comptaient parmi les plus brillants esprits de l'Europe orientale. Ils se consacraient à l'alchimie – à la quête de l'immortalité ; ou, si vous préférez, à la recherche de la pierre philosophale. Mais après quelques temps, nombre de *Sholomonari* se consacrèrent au Mal plutôt qu'au Bien. Ceux enclins à l'Iniquité étudièrent à Sibiu, sur les bords du lac d'Hermannstadt, à la Scholomance du Diable ; et tous apprirent l'art de sceller des Pactes, certains pour un gain temporel, d'autres pour un trésor plus durable. Le père et le grand-père de Vlad furent des *Sholomonari*, tout comme lui-même. Vlad et ses aïeux usèrent de leurs pouvoirs pour avancer leurs carrières politiques.

« Mais il y avait de la cruauté en Vlad, et sa soif de pouvoir surpassait la leur – peut-être parce que son propre père l'avait remis de sang-froid comme otage au sultan turc alors qu'il était enfant. En tout cas, il eut tôt fait de découvrir un moyen d'obtenir la vie éternelle, le sang éternel, et ce fut cette alliance que vous connaissez sous le nom de Pacte. À l'instar de son père et de son grand-père, Vlad jugeait indifférent de livrer à l'ennemi ses propres parents, du moment qu'il en tirait quelque bénéfice. »

À cet instant me vint une pensée terrible. « Mais alors... S'il y a eu et s'il y a encore de nombreux *Sholomonari*... il doit donc exister aussi de nombreux vampires ?

– D'une certaine façon, répondit Arminius. L'espèce que vous connaissez a été entièrement créée par les morsures de Vlad. Mais il y en a d'autres, de diverses natures – autant d'espèces, peut-être, qu'il existe de marchés conclus avec le Diable. Différents hommes quêtent différentes choses. Vlad, lui, a quêté l'immortalité agrémentée de sang et de terreur, car ces deux éléments lui procuraient du plaisir.

– Et comment se fait-il que vous sachiez tout cela ? » demandai-je ; ma curiosité l'avait emporté, bien que telle question parût impudente, presque indélicate. « Sur la Scholomance, les *Sholomonari* et Vlad ? »

Je m'attendais à ce qu'il ne répondît pas ; la tête me tournait, envahie de superstitions romantiques : il existait une organisation secrète de *Sholomonari* qui se vouaient à maintenir le Bien, mais Arminius, lui, s'était juré de ne jamais révéler la source de ses vastes connaissances occultes... Néanmoins, il répondit bel et bien – après avoir observé une pause pour se courber et caresser pensivement le flanc du loup endormi – par des mots que jamais, de toute ma vie, je n'aurais pu imaginer :

« C'est que, mon cher Abraham, je suis un vampire, moi aussi. »

18

Le journal d'Abraham Van Helsing (suite)

Je ne pus que le regarder, abasourdi par cet aveu ; un soudain frisson d'effroi me parcourut. Avais-je eu tort de me fier à ce paisible inconnu ? M'étais-je mépris sur l'atmosphère de bonté que j'avais ressentie chez lui ? N'avais-je fui le château de Vlad que pour me jeter dans la gueule du loup ?

Il devina mon malaise, et un sourire attristé, navré, infléchit fugitivement ses lèvres minces derrière sa moustache tombante ; puis son expression se rembrunit encore. « Je n'ai pas l'intention de vous effrayer. Mais c'est la vérité.

– Qui *êtes*-vous ? demandai-je doucement, sans réfléchir.

– Exactement ce que je parais être : un humble Juif né il y a bien des années de cela à Buda, avant que cette cité ne fût rattachée à sa jumelle de l'autre rive du Danube.

– Combien d'années de cela ? »

Il haussa les épaules, comme si c'était là un détail trop insignifiant pour être mentionné. « Peu de siècles avant Vlad. Il suffit de dire que je quittai ma Hongrie natale pour échapper à la Peste noire ainsi qu'à certaines exactions exercées contre mes coreligionnaires ; je trouvai un havre de salut au cœur des forêts de Valachie. Là, j'acquis un intérêt pour l'alchimie et ces choses dites occultes.

– Ainsi, vous fûtes un des *Sholomonari* ? » Je ne me souciai plus du fait que mes questions fussent discourtoisement directes ; son stupéfiant aveu excluait tout droit de réserve en la matière.

« Oui. Comme il était alors de coutume de prendre un nom latin, je devins connu sous le nom d'Arminius, le Mage. Et il en est toujours ainsi, même maintenant. » Il soupira tristement à cette évocation. « À ma façon, j'étais aussi avide que

Vlad. Mais je n'étais pas assoiffé de sang ou de pouvoir politique ; non, je désirais obtenir l'immortalité pure et simple – et des pouvoirs personnels. Aussi, je fis ce que d'autres ont fait avant et après moi (et j'entends continuer) : j'usai de mes connaissances magiques pour forger un Pacte. Mais de tels marchés ne vont jamais sans contrepartie. J'ai sacrifié des âmes innocentes... »

Il s'interrompit subitement et se détourna de moi, cachant son expression ; je le soupçonnai d'en faire ainsi pour dissimuler sa peine. Ce mouvement éveilla aussitôt Archange, qui pressa son mufle contre la main de son maître, comme pour le réconforter.

Après une pause de quelques secondes, Arminius poursuivit : « Oui, j'ai sacrifié des innocents, exactement comme Vlad le fait maintenant, afin d'acquérir mon immortalité. Contrairement à lui, je n'avais pas envie de jouer au jeu du chat et de la souris pendant des générations. Non, je voulais purement et simplement le pouvoir – et non pas du sang. Or, ce pouvoir, je l'obtins en épuisant psychiquement mes victimes.

– Psychiquement ? » Je ne pus préserver mon intonation d'un certain scepticisme.

« Arkady vous en a parlé, n'est-ce pas ? De l'aura physique, de l'énergie vitale ?

– Il m'en a touché mot », répondis-je avec gêne. Ce n'est pas si facile de quitter la défroque du cynique pour, du jour au lendemain, revêtir l'habit du converti. Oui, j'avais vu de mes propres yeux que les vampires existaient ; mais le fait de discuter d'auras, de magnétisme animal et de forces psychiques me paraissait encore du dernier ridicule.

« Votre ton m'indique que vous n'y croyez toujours pas. Dommage, car il vous faut apprendre à contenir votre aura, la protéger, si vous devez l'emporter sur Vlad, dit Arminius d'un ton tranché. Mes victimes ne détenaient pas un tel savoir ; résultat : elles périrent. Car je savais comment attacher ma propre aura à la leur, percer celle-ci et y puiser toute leur énergie et leur vie. Ainsi allais-je me fortifiant, tandis que leur affaiblissement les menait lentement au trépas. Et chaque nouvelle vie que j'absorbais me valait un surcroît de compétences, de capacités pareilles à celles que vous avez observées chez

Vlad et votre père : une ouïe, une vision, une olfaction supranormales – et même la faculté de connaître les pensées d'autrui.

« Prenons mes victimes : je ne connus leurs pensées que trop bien. Non pas selon le fruste procédé de ce glaneur de Vlad, des bribes au hasard, par voie sanguine – mais intensément. Profondément, car mon contact avec elles m'ouvrit les plus secrets replis de leur esprit et les agrégea au mien. Au début, cette méthode se révéla fort agréable pour moi ; en effet, il me fut donné de voir, dans toute leur complexité, les multiples facettes de chaque âme radieuse, la richesse incroyable, infinie, du savoir entreposé dans chaque mémoire. Mais avec le temps, la beauté même de mes trophées commença de me hanter ; et le butin ainsi accumulé pesa sur ma conscience, jusqu'au moment où ma culpabilité fut insoutenable.

– Et que fîtes-vous ? demandai-je, fasciné, osant à peine respirer.

– Je me repentis, répondit-il en se retournant vers moi. Je m'amendai. »

Les battements de mon cœur s'accélérèrent, et toutes mes pensées allèrent à Arkady : si seulement mon père avait eu la possibilité de se repentir, de se racheter d'une façon ou d'une autre... « Arminius, dis-je, l'âme de mon père est égarée. Puis-je faire quelque chose pour...

– Oui. Juste une chose. Et je soupçonne que vous savez déjà laquelle.

– Tuer Vlad », énonçai-je d'une voix lugubre.

Il approuva d'un solennel hochement de tête ; puis, adoptant une intonation qui me rappela singulièrement mon rêve : « Le Pacte est bilatéral, Abraham. Détruisez Vlad, et vous délivrerez de l'Enfer l'âme de votre père, et celles de vos ancêtres. Vous seul pouvez les racheter.

« Mais vous devez aussi savoir la chose suivante : en accomplissant son ultime sacrifice par amour pour vous, votre père vous a bel et bien sauvé. Car Vlad est affaibli chaque fois qu'un Dracul vainc le Mal et choisit le Bien. C'est probablement pour cette seule raison que vous avez été capable de fuir le château sans être piégé par ses pouvoirs hypnotiques. »

Un instant, je méditai ces paroles sans mot dire ; puis je demandai : « Et maintenant... Êtes-vous redevenu mortel ? »

À cette question, il s'esclaffa, ce qui fit se lever Archange. « Qui sait ? Pour répondre, il faudrait que je sois sûr et certain d'avoir trouvé la pierre philosophale. En tant qu'homme de science, vous pouvez sans doute comprendre que je ne dispose d'aucune preuve empirique, si ce n'est que... » – il écarta les bras et considéra avec amusement son corps qu'on devinait noueux sous sa robe – « *...Je ne suis pas encore mort* , semble-t-il. »

Riant toujours, il sortit une tasse de forme grossière d'un buffet proche et la posa sur la table devant moi ; puis, après être allé chercher un petit chaudron suspendu dans l'âtre, il me servit un sombre breuvage. « Buvez, fit-il d'un ton soudainement autoritaire excluant toute contradiction. Cela vous fera du bien. »

Pris d'hésitation, je levai la tasse vers mon visage, m'arrêtant pour sentir le liquide marron foncé. « Qu'est-ce ?

– Une décoction médicinale aux herbes. Pour vous guérir de ce qui vous rend malade. »

Je fronçai les sourcils. « Rien ne me rend malade. Du moins, rien à quoi puisse remédier une tisane d'herbes. »

Ses traits furent éclairés par une lueur de gaieté, qu'il s'empressa d'effacer. « Vous êtes bien un médecin, n'est-ce pas, docteur Van Helsing ? N'avez-vous pas confiance en moi ? Pensez-vous que je vous aie secouru, pansé, nourri et procuré un lit bien chaud dans le seul but de vous empoisonner ensuite ? »

J'hésitai peut-être une seconde de plus que la politesse l'eût exigé (ce qui parut redoubler son allégresse, détail que je jugeai passablement irritant). « Non. Bien sûr que non. Mais j'aimerais savoir à quoi c'est destiné. Par... curiosité professionnelle.

– C'est destiné à vous fortifier, mon ami. Pour votre retour au château. Vous ai-je offert ici quelque chose qui ne vous ait pas été bénéfique ? »

Il marquait là un point. Après tout, j'avais avalé le potage sans une seconde de réflexion ; et puis il avait indubitablement réussi à soigner mon épaule blessée, ainsi que les gelures inexplicablement disparues sans laisser de traces.

Mais j'avais toujours brocardé les remèdes populaires, les jugeant aussi susceptibles de tuer que de guérir. Je guignai avec incertitude le liquide contenu dans la tasse. On eût dit du thé noir, mais l'odeur était très différente et assez particulière, avec de forts relents terreux. Je pris une petite gorgée et ne pus réprimer un rictus de dégoût ; de fait, ce fut mon seul recours pour ne pas recracher le « thé » dans la tasse.

Ma réaction rien moins que gracieuse parut lui procurer une autre source de divertissement, mais son attitude demeura empreinte de fermeté. « Oui, cela est amer. Il en est ainsi de nombreuses choses – tout aussi nécessaires. Buvez. *Buvez.* »

Son insistance me déconcerta. Je ne comprenais pas grand-chose à tout cela, si ce n'est qu'il attribuait manifestement quelque vertu à cette potion. J'ouvris la bouche pour m'enquérir de ses effets spécifiques, mais il parla en premier :

« Puisque vous partagez mon intérêt pour l'art de la médecine... Au fil des années, j'ai vu nombre de changements dans ce domaine – certains bons, d'autres moins. Vous autres les docteurs avez par trop négligé l'ancienne botanique ; il vous serait profitable d'enrichir votre pratique par ces choses-là.

– L'ancienne botanique ? » demandai-je.

Il regarda explicitement la tasse que j'avais à la main ; je grimaçai un sourire et absorbai une autre petite gorgée. Amer, cela l'était – au point de provoquer la nausée. Si je n'avais eu confiance en lui, j'aurais pensé que c'était du poison. De nouveau égayé par ma déglutition malaisée, il répondit :

« Tel que le bon usage du tue-loup. Et de l'ail. Et des pétales de la rose sauvage. Nous en reparlerons, Abraham. Quand vous reviendrez. »

Je lui lançai un coup d'œil interrogateur – et ingurgitai une troisième gorgée de ce terrible thé sous son regard pressant. Apparemment, il escomptait que je m'en aille, puis que je revienne. Mais son expression demeura énigmatique, et il ne fournit nulle explication, même quand, mi-figue mi-raisin, je lui demandai : « Vais-je déjà repartir ? »

Au lieu de cela, il changea de sujet et commença de s'étendre sur le sujet de l'homéopathie ; je bus lentement le vil breuvage tandis qu'il m'exposait comment le fait d'ingérer une dose minime de ce qui indisposait le corps amenait souvent la guérison.

Je ne pus m'empêcher de le contredire, en défense de ma

profession et de mes convictions. Je lui citai nombre d'exemples, qu'il entreprit de réfuter l'un après l'autre ; en désespoir de cause, je recourus à cette comparaison que je tenais pour irrésistible : « C'est aussi insensé, dis-je, que de vouloir se prémunir contre le vampire en ne lui autorisant qu'une petite morsure. »

À ces mots, il devint silencieux et m'adressa un regard scrutateur. « Vous ne croyez pas si bien dire, Abraham, fit-il enfin. Pour " traiter " le vampire, vous devez devenir le vampire. »

Ses paroles me transirent jusqu'à la moelle, et cela au sens propre, car je me rendis soudain compte que mes bras étaient glacés. Je les frictionnai en un effort pour les réchauffer, puis renvoyai son regard à Arminius : il arborait un sourire encourageant, malgré la déclaration alarmante qu'il venait de faire.

Comme je le fixais, je constatai que, derrière lui, le feu était devenu extraordinairement coloré, les flammes changeant devant mes yeux du rouge et de l'orange au vert, au bleu et au violet. Puis ce fut la perspective de la pièce qui se modifia également, et ses dimensions parurent augmenter immensément. Arminius lui-même se transforma : l'homme à la chevelure de neige se métamorphosa en un beau loup blanc semblable à Archange, lequel dormait toujours, tapi devant le feu.

Tout à coup, je m'aperçus que j'avais changé, moi aussi ; que je pouvais voir une lueur étrange entourer Arminius et Archange, onduler au rythme de leur souffle, de leurs mouvements et de leurs variations de couleurs. Et je pouvais tout entendre : nos respirations, nos cœurs battants, nos bruits de digestion. Je pus même distinguer que la neige avait cessé de tomber au-dehors.

Soudainement poussé par un farouche sentiment de liberté, je courus en direction de la porte et me rendis compte, chemin faisant, que je n'étais plus dans le corps familier d'Abraham Van Helsing, mais dans un corps animal, jeune et vigoureux – celui d'un loup, comme ceux d'Archange et d'Arminius. Cette découverte m'emplit d'exaltation et d'euphorie, tel un prisonnier brusquement libéré, qui n'aurait jamais su jusqu'alors qu'il se trouvait en prison.

Comme j'approchais de la porte, celle-ci s'ouvrit par ma seule volonté.

Au-dehors, la nuit était limpide et radieuse, illuminée par une lune irisée de lueurs violettes, rouges et bleues. Une telle brillance, jointe au reflet des étoiles sur la neige étincelante de fraîcheur, suscitait une clarté qu'on eût dit diurne. Mais ce fut bien dans la nuit que je bondis avec mon corps de loup – pour, l'instant d'après, me rendre compte que je ne courais pas, ni n'étais captif d'un corps quelconque ; non, je planais en toute aise, porté par la brise froide.

Je chevauchai le vent ascendant, survolai de blanches montagnes miroitantes, des vallées, puis quelques chaumières isolées, jusqu'au moment où m'apparut une bourgade de grandeur convenable. Alors, contemplant la terre de ma perspective aérienne, je vis un éclat ardent et chaleureux – pareil à celui d'une flambée – émanant de maisons paysannes à flanc de coteau et de demeures plus raffinées qu'abritait un vallon. Comme une plume, je me laissai flotter vers le bas, passant devant des habitations aux volets clos, m'émerveillant des bruits de respiration, des battements de cœur qui en sourdaient, de l'odeur tiède, aussi distincte que si j'avais pressé mon visage contre la peau qui la dégageait...

Je jetai mon dévolu sur une grande bâtisse – une auberge, d'après l'enseigne située au-dessus du carillon de l'entrée – dont les sonorités et les senteurs étaient particulièrement engageantes. Parvenu devant la porte fermée, j'eus la sensation de me solidifier.

Je baissai les yeux vers mes mains – non, pas *mes* mains ; c'étaient celles de quelqu'un d'autre, et je me rendis compte qu'il en allait ainsi de mon corps entier. J'exposai ces mains d'étranger au clair de lune et m'aperçus, avec un frisson d'horreur et d'incompréhension, que la chair en était pâle et lumineuse. J'en dressai une dans l'air froid et la tournai d'un côté, de l'autre, telle une femme admirant un diamant passé à son doigt ; puis, avec un ébahissement enfantin, j'observai le jeu des différentes couleurs, aux superbes nuances d'argent et de nacre bleu pâle, rose et vert, qui luisaient sur ma peau comme si celle-ci eût été une opale polie.

Je l'abaissai en entendant un bruit de pas – venu de l'étage, comme je le perçus dans une euphorie étrangement croissante – et j'écoutai impatiemment tandis que ma victime approchait d'une démarche pesante. Sans doute le temps avait-il ralenti son vol pour moi, car des heures parurent s'écouler avant que la porte s'entrebâille enfin.

Derrière le battant se tenait une personne vêtue d'une chemise de nuit aussi ample qu'informe, une femme d'âge moyen, corpulente et comme empâtée par des grossesses successives, coiffée d'un bonnet blanc d'où émergeaient deux tresses châtaines descendant jusqu'à sa taille ; deux poils bruns pointaient d'un gros grain de beauté situé juste au-dessus de sa lèvre supérieure. Rentrant un double menton aux plis flasques, elle me lorgna et dit d'un ton sec : « Il est tard pour frapper ! »

Elle s'exprimait en roumain. Invraisemblablement, je compris chaque mot, comme si elle s'était adressée à moi en un hollandais irréprochable.

Un faible nimbe rouge l'entourait tel un voile de gaze ; je compris sur-le-champ qu'il s'agissait du phénomène dont Arkady et Arminius avaient parlé – l'aura. La sienne dénotait une force et une détermination animales, une énergie vitale intacte, et produisait par intermittence des étincelles brun foncé trahissant de l'irritation.

Qu'on ne s'y trompe pas : c'était une femme quelconque, plutôt laide, qui n'eût pas déclenché le moindre élan charnel chez le mortel qu'on appelait le Dr Abraham Van Helsing. Mais sa senteur m'affola. Quelle merveilleuse odeur ! Terreuse, tiède, douce-amère ; l'odeur d'un sang sain, accompagnée de la belle musique d'un cœur vigoureux, palpitant dans son opulente poitrine. Une femme robuste, dotée d'un sang foncé, riche et rouge... je me trouvai quasi incapable de lui parler. Défaillant presque de désir, j'eus les jambes aussi flageolantes que la première fois que j'avais porté Gerda vers le lit nuptial, la couvrant de baisers.

Tout cela, je le notai en un éclair, grâce à la curieuse élasticité du temps dans lequel j'évoluais désormais, avant même qu'elle eût prononcé un mot ; j'eus peine à maîtriser mon impatience pendant qu'elle finissait sa phrase. Et pourtant, malgré mon envie désespérée de l'étreindre, quelque force immatérielle me neutralisait.

Je compris devoir attendre son invitation.

« Je cherche une chambre », dis-je, m'esbaudissant aussitôt du son de ma propre voix. Car *ce n'était pas* la mienne mais celle d'un étranger, profondément mélodieuse et grave.

Je regardai la forte paysanne en éprouvant une réelle envie, une concupiscence émotionnelle et physique, semblable à la luxure, quoique mon sentiment fût d'un ordre plus élevé. En effet, je convoitais, non point son corps et un plaisir passager, mais son essence, sa vie même.

Cette appétence imprégna mon être entier, au point que je pus lui faire traverser mes yeux et la diriger comme un faisceau de lumière ; et lorsque je plongeai mon regard dans celui de la femme, j'eus la sensation que le nimbe rouge l'environnant – la protégeant – se recroquevillait autour de son cœur. Comme je continuais de la dévisager, le nimbe brasilla, puis s'éteignit complètement, ainsi que la flamme d'une bougie soufflée.

Je m'élançai, me sentant devancé par mon propre désir, et j'emplis l'air autour d'elle d'une brume indigo parsemée de sombres étincelles. Aussitôt, ses yeux devinrent ternes, troubles, reflétant la même horrible hébétude que j'avais déjà vue dans ceux de la paysanne du château de Vlad. Je compris avoir établi une communication entre nous, similaire à celle qu'Arkady avait ébauchée avec moi dans le train : je me sus, sans doute aucun, libre d'introduire directement des pensées dans son esprit.

« Bien sûr », murmura-t-elle, ses yeux écarquillés sur moi ; c'était, de fait, la réponse que j'avais intimée. Lorsqu'elle ouvrit grande la porte et me fit signe d'entrer dans un corridor faiblement éclairé, je sentis un frisson mauvais. Cependant, j'entrepris de le réprimer, discernant tout à coup ce dont il s'agissait : une soif, une faim, l'une consumante, l'autre dévorante, si atrocement douloureuses que j'eus peine à les supporter, à les tolérer.

Durant quelques secondes fugitives, je luttai, me contins tant bien que mal, ne comprenant comment j'avais pu me glisser si soudainement dans la peau d'un vampire, ne désirant pas – cela est quasi certain – tuer. Mais cette retenue fut éphémère ; car ma concupiscence s'accrut avec une telle intensité – surpassant de très loin toute émotion, toute sensation que j'aie connues en tant que mortel – que je ne pus l'endurer plus longtemps.

C'est un rêve, me dis-je avec soulagement. *Le rêve d'un agonisant pris dans les neiges.* Rien n'en était vrai – ni Arminius et son loup blanc, ni la clairière, peut-être pas même Vlad, Arkady et la mort de Stefan. Peut-être même étais-je chez moi en Hollande, alité, en proie à une fièvre si délirante que la totalité des dernières semaines n'avait été qu'une longue hallucination. Peut-être même que notre pauvre Papa était encore vivant.

Ainsi rationaliserai-je mon action suivante : je cédai à la faim sanguinaire, je saisis la femme dans le corridor, je me pressai contre son corps dru pour jouir de la chaleur qu'il dégageait, de la texture de la chair douce et ferme de sa gorge, de l'odeur de sa chevelure. Et cette chair douce, je la découvris de ma bouche, de ma langue (tirant également jouissance de la salure de sa peau malpropre) et, enfin, de mes dents ; puis, lorsque je refermai ma mâchoire, la perçant, elle trembla et laissa échapper un petit cri de surprise et de béatitude qui parla pour nous deux.

Je me plaçai derrière elle, la tins dans mes bras tel un amoureux – car c'était à n'en pas douter un acte plus intime qu'une simple union charnelle – et puisai d'elle, à l'aide de mes lèvres et de ma langue, un divin nectar, le vin le plus suave que j'aie jamais bu. Oui, il fut suave, et grisant à l'extrême, au point que je m'égarai complètement, plus anéanti que je l'aie jamais été à la suite d'un acte d'amour ou de libations. Je me serrai contre elle le plus possible et, ma poitrine inséparable de son dos, mes paumes formant coupes pour ses seins, je sentis le rythme forcené de son cœur, puis le ralentissement de celui-ci, qui battit alors doucement, de plus en plus doucement...

Le grondement du sang dans ses veines s'apparenta au noble ressac de la mer. Et, au gré des marées, se présentèrent ses pensées, épaves dérivantes que je pouvais pêcher à loisir. Ici, une appréciation louangeuse de ma prestance ; là, un désir d'enrouler ses jambes gaillardes autour de mes reins ; plus loin, une pensée meurtrière envers son mari, lequel dormait d'un sommeil d'ivrogne à l'étage ; à l'horizon, le pourboire qu'elle empocherait si elle m'offrait ses services...

Son esprit était entièrement à ma merci, à ma disposition, tout comme l'était son corps. Cependant, j'y fus indifférent, concentré exclusivement sur son sang brûlant qui coulait avec un flux régulier. Je m'en abreuvai continûment, souhaitant que ce moment ne prît jamais fin – car, pour être sincère, c'était aussi profondément satisfaisant que l'apex de l'extase sexuelle.

Mais la fin devait survenir; l'océan de ses pensées se calma; il fut placide, à l'étale. Puis il n'y eut plus que les ténèbres. Me voyant en présence de la Mort, je reculai aussitôt et vis, non sans répugnance et consternation, son corps qui s'abattait lourdement sur le sol. Jamais je n'oublierais son visage de morte : d'une blancheur de craie, sa grise bouche en cerise exprimant une vague surprise mêlée de sensualité, ses yeux écarquillés, vides.

Au bruit de son cadavre heurtant le sol, une porte s'ouvrit à l'extrémité du corridor, et un homme apparut – de taille immense, pourvu d'une barbe et d'une chevelure hirsutes et sombres, fort débraillé avec sa chemise de nuit d'un blanc douteux.

« Ana ? » fit-il.

Ma réaction fut purement instinctive; je me tins totalement immobile. (J'ai failli écrire : *et n'osai respirer* – mais, de fait, je ne respirais pas du tout.)

Et, tandis que l'homme progressait dans le couloir avec cette flegmatique lenteur d'escargot caractéristique du mortel, j'avisai une forme auprès de la femme – Arminius, arborant comme toujours sa robe noire et son bon sourire.

Tout comme Arkady naguère, il me parla sans mouvoir ses lèvres. *Il vous verra bientôt, Abraham, à moins que vous n'agissiez. Rappelez-vous l'aura : rétractez-la hermétiquement au centre de votre être.*

Curieusement, son conseil me parut parfaitement compréhensible et judicieux. Avec une sensation d'aspiration, comme lorsqu'on inhale de l'air, je retirai aussitôt de la femme morte mon aura indigo, aura avec laquelle j'avais percé la sienne. Je pus sentir la régression de cette puissance jusqu'au tréfonds de mon être; je l'y gardai et me tournai pour faire face à l'homme, prêt à le traiter comme son épouse si le besoin s'en devait faire sentir (même si, mon appétit ayant été plus qu'assouvi, cette perspective était peu ragoûtante).

Mais *il ne nous vit pas, ni Arminius ni moi* – non, il n'aperçut que l'infortunée Ana, vision qui lui arracha une sorte de glapissement. Il accourut auprès d'elle et, pris de frénésie, tomba à genoux en criant son nom. Je me tenais debout juste à côté de lui, mais pas une fois il ne manifesta quelque soupçon de ma présence.

J'étais – comme Arminius devant moi, avec ses pieds plantés tout près de la tête de l'homme hurlant à la mort – entièrement invisible.

Maintenant, bougez en plaçant l'aura en avant de vous, commanda Arminius. *Visualisez-la dans la direction où vous souhaitez vous rendre.*

J'obtempérai derechef, déplaçant mentalement l'énergie bleu foncé (quoique scintillante) dans le vestibule.

Et, dans le temps que met un cœur à battre, j'y fus ; debout dans l'entrée ; puis, d'un souffle de ma volonté qui égala le vent d'hiver, je poussai la porte pour m'évader.

Je franchis le perron, et, à ma stupeur, me retrouvai non pas au-dehors, dans le froid de la rue, mais devant la cheminée d'Arminius, où Archange, le loup, s'étirait contre la pierre chaude, sa fourrure d'argent orangée par l'éclat du feu.

Arminius était debout à mon côté. « Vous êtes comme votre mère, Abraham ; doué d'une forte volonté. Voilà qui présente un grand avantage : une âme à la volonté bien trempée contrôle plus facilement son aura.

« Mais cela comporte deux inconvénients : vous êtes insensible à bien des égards ; très sceptique, aussi... Entêté, pourrait-on presque dire. Pardonnez-moi d'avoir usé de mesures draconiennes pour vous convaincre de la réalité de certaines choses ; mais si vous ne pouvez croire à l'aura, jamais vous n'apprendrez à la contrôler. Réussissez en cela, et vous serez capable d'entrer dans le domaine de Vlad puis d'en sortir sans encombre. Autrement, votre survie dépendra du hasard. »

Sa critique de mon entêtement ne me dérangea pas le moins du monde. À vrai dire, je pouffai, sous le joug d'une euphorie étourdissante, totalement indifférent au fait d'avoir tué un être humain une minute auparavant. Tel un enfant, je tendis mes mains, mes bras se détachant sur la teinte sombre des murs de terre, et me vis revenu dans mon propre corps – le corps de Bram. Cependant, il luisait encore – cette fois d'un bleu beaucoup plus vif, liséré de violet et parsemé de rares touches de rouge et d'orange.

Je continuai de folâtrer pendant qu'Arminius me montrait comment contrôler les couleurs, comment me mouvoir sans produire de bruit, sans émettre d'odeur. Tout cela semblait remarquablement facile, et si évident qu'il me parut incroyable de n'avoir jamais considéré que le corps humain pût posséder son propre champ électrique et magnétique.

Au beau milieu de mes enfantillages, je fis une volte-face : mes compagnons avaient subitement disparu et la porte était grande ouverte.

C'était une invitation : je me dirigeai vers le seuil et, jetant un regard par l'embrasure, je vis une faible lumière solaire et de vastes prairies ondoyantes.

Je pénétrai en cet espace et en ce temps – dans l'aube, où le soleil levant emplissait le ciel d'Orient de l'éclat rose-orange des lis tigrés. Les herbes étaient vivaces et vertes, étincelantes de rosée, l'air pur et frais, quoique chargé d'une brume qui laissait de grosses gouttes sur mon manteau et mes bottes.

Et dans mes mains se trouvaient un pieu aiguisé, moitié moins long que mon bras, et un maillet ; à ma taille, engainé, un couteau à longue lame. Dans ma tête, la voix d'Arminius résonnait, comme si elle eût été ma propre pensée : *Comprenez-vous à quoi ces objets sont destinés, Abraham ?*

Je comprenais. Je longeai le pré verdoyant, marchant sur un sentier caillouteux qui se trouva mener à des sépultures proprement alignées : sobres dalles de granit pour les gens du commun, marbres fleuris pour les classes supérieures. J'arrivai ainsi jusqu'à une clôture de fer forgé, hérissée de grands chardons noirs ; au-delà, un mausolée de pierre grise.

Je savais pourquoi j'étais là et, soudain, je me rappelai les leçons de contrôle d'Arminius. Je levai la main qui tenait le pieu de façon à ce qu'elle se détachât sur le ciel, toujours orange mais d'un rose plus pâle, puis j'écartai un peu les doigts. C'étaient bien mes mains, des mains humaines. Je ne voyais plus aussi clairement l'éclat bleu, mais une légère trace en subsistait (ou peut-être ne fut-ce que mon imagination). Usant de ma faculté de visualisation, je rétractai mon aura jusqu'au tréfonds de mon être et me rendis compte que ma respiration était devenue insonore. J'avançai, quittant les cailloux pour mettre un pied sur le perron de pierre du mausolée, mais les fers de mes bottes ne produisirent pas le moindre cliquetis. Dans la quiétude de ce début de matinée, je n'entendis que les doux appels des oiseaux.

Aussi ouvris-jc d'une poussée la lourde porte de métal et fis-je un pas dans le tombeau sombre et dépourvu d'aération. L'endroit sentait tristement la poussière, le moisi, les lys fanés ; il n'y avait nulle lumière, à l'exception des mornes rayons du premier soleil qui passaient par l'embrasure de la porte. Et même cet éclairage diminua lorsque j'empruntai un corridor, long et étroit, au plafond voûté – vide et silencieux, hormis un bruit d'égouttement, assourdi mais insistant, celui d'une eau s'écoulant dans les ténèbres croissantes. J'eus une impression de claustrophobie, semblable à celle qu'on éprouve en pénétrant dans un tunnel depuis longtemps fermé, et ne pus m'empêcher de la rattacher symboliquement au processus de l'enfantement : car, d'une certaine façon, je naissais à nouveau. Mais quelque chose d'autrement sinistre que les bras d'une mère m'attendait à l'extrémité de cet obscur boyau.

Finalement, le corridor aboutit à un caveau spacieux et silencieux, faiblement éclairé par le soleil qui, filtrant à travers les vitraux des fenêtres en ogive, colorait l'air, les parois et ma peau de lavis d'aquarelle rouges, bleus et verts. Là, disposés en rangées ordonnées et équidistantes, des cercueils scellés reposaient sur des catafalques de pierre, la tête de chacun surmontée d'une plaque de marbre apposée au mur.

L'instinct me conduisit dans un coin éloigné, où se trouvait la bière la plus récente (ainsi qu'en témoignait son vernis brillant et non terni par la procession des années) ; elle était encombrée de couronnes et de vases de fleurs blanches : des lys veloutés, aux limbes brunis et vrillés, et des roses dont l'éclosion avait jonché la pierre de pétales. L'atmosphère de désolation était accrue par le cercle de cierges froids et éteints qui entouraient le site.

Ce cercueil était plus petit que les autres, rayonnant de blancheur, non encore scellé par ces solides fixations de fer destinées à épargner aux proches éplorés les remugles de la putréfaction ; ce simple spectacle remua en moi les souvenirs de mon petit Jan et me serra la gorge. Je clignai des yeux afin de refouler mes larmes puis, tremblant d'émotion, je soulevai le couvercle.

Là, dans un écrin de satin rose, gisait une fillette âgée d'une douzaine d'années au plus, mais possédant déjà l'exquise beauté de la féminité épanouie. La lumière traversant le vitrail dessinait des rubans de couleur – sépia, violet, rouge – sur son visage livide et figé ; le rouge tombait sur une somptueuse cascade de boucles cuivrées, leur apposant l'éclat d'un feu. Oui, elle était belle, avec sa peau délicate comme porcelaine, qui apparaissait sous une constellation de taches de rousseur enfantines, et ses lèvres qui arboraient une moue délicieusement juvénile... Et, à la voir tenir un lys mourant entre ses mains petites et fines, on discernait dans son repos une grâce et une dignité qui n'eussent pas déparé chez toute dame bien née.

Trop belle. Ne l'ayant jamais vue auparavant, je me bornai à présumer qu'elle avait été une victime de Vlad, de Zsuzsanna ou d'Arkady – ou plutôt l'une de leurs infortunées créatures qui, d'une façon ou d'une autre, avait échappé au pieu et au couteau. Néanmoins, mon cœur eut un élan vers elle. C'est là une métaphore, je le sais, mais à ce moment-là il en fut bel et bien ainsi. Je sentis physiquement mes émotions, ma volonté, affluer dans sa direction. J'aurais dû comprendre mon erreur sur-le-champ et me montrer plus prudent ; mais au lieu de cela, je laissai échapper un soupir de pure affliction, consterné par la mort d'un être aussi virginal et ravissant, et je m'inclinai afin de déposer un baiser respectueux sur son front d'ivoire.

À cet instant, elle ouvrit les yeux. Des yeux verts comme la mer, mouchetés d'ambre, félins, légèrement bridés, incontestablement féminins. Ils m'attirèrent comme l'eût fait le chant suave d'une sirène...

Je luttai mentalement, me débattant pour ne pas disparaître dans cette mer d'un si beau vert, tandis qu'elle se dressait, souriante, lâchant sa fleur pour s'emparer de moi.

Mais je me rappelai l'enseignement d'Arminius. Je reculai à la fois physiquement et psychiquement, puis me concentrai pour protéger l'énergie entourant mon cœur.

Ma résolution revint aussitôt. Elle allait s'asseoir lorsque j'appliquai la pointe du pieu au milieu de sa plate poitrine de fillette, entaillant la dentelle blanche qui couvrait son petit cœur inerte. Tenant le pieu de ma main gauche, je levai de l'autre le maillet au-dessus de ma tête et l'abattis.

Mais à la dernière seconde, avant que la masse trouvât sa cible, je fléchis en voyant ses yeux d'une douceur océane, le flamboiement auburn de ses boucles, le poli de sa peau de porcelaine. Sa beauté si innocente... N'était-ce pas celle d'une simple enfant ? L'horreur de mon acte me frappa en plein, avec la même force que je venais d'imprimer au maillet.

Un flot de bile monta du fond de ma gorge. Pris de nausée, aveuglé par des larmes cuisantes, je tombai à genoux à l'instant précis où la tête métallique du maillet heurtait la pièce de bois ; de justesse, je parvins à me rattraper au bord du cercueil du bout des doigts.

Ma visée fut donc approximative, et l'impact s'en trouva atténué ; le pieu perça sa poitrine, mais selon un angle de quelque trente degrés sur la droite, manquant le cœur. Et la malheureuse enfant – oh, comme elle se dressa, agrippant le bord de son petit cercueil blanc, posant une seconde sa menue main blanche sur la mienne ! – de tressaillir en poussant une plainte stridente, aigrelette et totalement inhumaine. Elle entrouvrit ses lèvres roses comme des pétales de rose, découvrant de petites dents acérées (quoique ses canines fussent anormalement longues) ; puis, mue par une souffrance intolérable, elle se pencha vers moi, grondant, claquant sa mâchoire comme un chiot enragé qui eût griffé l'air de ses crocs.

Je criai moi aussi, désespéré par son calvaire, accablé par mon ratage. J'étais complètement vulnérable à ce moment-là, et je la vis sur le point de me mordre – mais quelque chose l'en dissuada. Baissant les yeux sur ma poitrine, je fus soulagé d'y apercevoir un grand crucifix doré.

Aussi continua-t-elle de se contorsionner et de gémir, luttant pour s'extraire du cercueil et fuir son tourment, mais ma présence à son côté l'en empêchait.

Délivrez-la, ordonna une voix – ferme, calme, mais non dénuée d'une certaine indignation. *Elle a suffisamment souffert ! Délivrez-la immédiatement !*

Levant les yeux, je vis Arminius debout à mon côté. En lui, plus aucune trace de l'imbécile heureux qu'il m'avait semblé être ; bien au contraire, il resplendissait à présent de la même gloire résolue, de la même magnifique autorité que l'Empaleur sur son trône. Saisi d'un respect mêlé de crainte, je contemplai ses yeux sombres, impérieux, son aura de puissance physique, sa chevelure et sa barbe, toutes deux blanches et longues, qui s'embrasaient et fusionnaient en une unique flamme d'une incandescente blancheur : le Fils de l'Homme dans l'*Apocalypse*, aux pieds d'airain et aux cheveux blancs comme une laine blanche comme neige.

Bronzez votre cœur, Abraham. Ayez pitié d'elle maintenant, et elle est vouée à souffrir. Frappez encore. Frappez !

Cette vue me donna courage. Derechef, je rétractai mon aura et constatai que cette action suscitait en moi un regain de calme et de vigueur. Je me dressai sur mes jambes tremblantes puis, faisant fi de tout effroi, j'avançai ma main et rectifiai l'angle du pieu, indifférent aux moulinets de la fillette ; ses dents grinçantes étaient à présent noyées d'écume tandis qu'un démoniaque rictus de méduse crispait son visage naguère si avenant. La croix offrait une protection efficace ; la créature ne pouvait que reculer à mon contact.

Et je frappai, assénant cette fois un puissant coup dont l'écho parcourut la totalité du caveau assombri. La fillette émit un cri perçant alors que le pieu forait cartilage et muscle jusqu'à l'épine dorsale.

Ravalant toute pitié et toute crainte, j'observai avec une détermination farouche, prêt à frapper de nouveau si besoin était. Mais elle fut saisie d'un simple frissonnement, puis se figea dans une immobilité éternelle – et je surpris sur son visage une transformation subtile, quoique aussi stupéfiante que celle subie par Arkady lorsqu'il avait réintégré son authentique état de mortel. Sa grâce céleste fut soufflée telle une lampe et remplacée par une beauté affadie, purement humaine, qui me fut d'autant plus chérissable. Car gisait dorénavant devant moi une douce enfant mortelle, aux traits ingrats et pincés, à la peau cadavéreuse, grise, terne et cireuse, aux lèvres exsangues et légèrement entrouvertes, au regard voilé, éteint.

Je fermai ces yeux qui ne voyaient plus et me penchai pour baiser son front glacé ; des larmes brûlantes coulèrent sur mes verres de lunettes et ruisselèrent sur sa peau. Maintenant, je pouvais la pleurer.

Ce n'est pas encore fini, dit Arminius. *Le couteau.*

À contrecœur, je dégainai l'outil et plaçai la lame contre sa gorge blême. Mais la vue de ce visage innocent me retint.

Bronzez votre cœur, Abraham. Cela doit être fait pour que le repos lui soit accordé ; car les pouvoirs régénérateurs du vampire sont grands.

De nouvcau, je rétractai mon aura – que ma pitié avait ramenée vers l'enfant. Je cuirassai mon cœur et j'accomplis la tâche. Dois-je décrire ici cette ultime et horrible besogne ? L'effet brutal du couteau sur la chair tendre et la frêle ossature ? Mes efforts pour séparer la tête du corps ?

Ainsi fut-il fait, rapidement et sans effusion de sang. Ensuite, ayant découvert dans mon manteau une gousse d'ail, je la déposai avec douceur dans cette petite bouche attendrissante.

Puis, lorsque je sortis de ce caveau et regagnai le long et sombre corridor, force me fut de constater qu'il ne menait pas à une douce matinée de printemps dans un cimetière à l'herbe humectée de rosée, mais devant les chaudes pierres d'une cheminée ronflante.

C'était la chaumière d'Arminius, de nuit. Un rapide regard sur mes mains me confirma que j'étais bien moi-même, libre de tout éclat et scintillement surnaturels, complètement mortel et revêtu du tricot de laine.

À mon côté, Arminius était assis en tailleur, le menton de son compagnon à blanche fourrure reposant sur son genou. Ils paraissaient entièrement normaux, à cette réserve qu'une faible aura d'or étincelant les enluminait. Mon corps semblait revenu à son état normal mais, pour mon esprit, je me bornerai à dire qu'il subissait les mêmes variations que la pièce, laquelle se contractait et se dilatait alternativement, singulièrement petite durant une minute, puis, l'instant suivant, aussi vaste qu'une cathédrale. Je m'assis devant le feu, réfléchissant à toute vitesse pour tirer quelque conclusion sensée de ces expériences aussi nouvelles qu'invraisemblables.

Sans cesser de caresser la tête de l'animal, Arminius leva ses yeux vers moi, des yeux sombres emplis, non pas de contrariété ou d'amusement, mais d'une compassion attristée. « Vous êtes un homme résolu, Abraham. Avec de l'entraînement, vous acquerrez encore plus de force de volonté. Le temps aidant, vous n'aurez plus besoin de mon concours.

– Ces... événements, fis-je lentement. Sont-ils réels ?

– Vous n'êtes pas un vampire, mon ami. Mais il vous

faut connaître la mentalité du vampire si vous devez le vaincre.

– Alors, je n'ai pas tué la femme ?

– On ne peut tuer ce qui n'a jamais existé. »

Je hochai la tête de soulagement. « Et la petite fille ?

– Elle était bien réelle. En tant qu'homme, vous lui avez apporté l'aide la plus authentique qui soit : maintenant, son âme est libre d'entamer sa montée. Votre père, Vlad et Zsuzsanna ont tous recours à une assistance humaine pour éviter de créer des êtres semblables à eux-mêmes ; mais le genre de renfort que vous venez de procurer ne s'est pas toujours présenté. Aussi cette peste que constitue le vampirisme s'est-elle d'ores et déjà propagée à travers tout le continent. »

Cette révélation m'emplit d'appréhension. « Que peut-on faire ? »

Et avant que cette question eût entièrement franchi mes lèvres, je ne fus plus assis devant l'éclat chaud et rassurant du foyer d'Arminius, mais debout dans une venelle entre deux hauts bâtiments de briques. Un proche réverbère jetait un trait de lumière sur mes revers de bottes, révélant des pavés recouverts d'une fine couche de neige.

La nuit était limpide, éclairée par les étoiles et la lune, et si froide que mon nez et mes joues furent aussitôt transis. À chaque expiration, ma chaude haleine se transformait instantanément en brume. La soudaineté de ce changement de décor m'occasionna un léger vertige (tout comme la puanteur voisine d'ordures pourrissantes) ; je pris appui sur la paroi la plus proche et tentai de m'orienter.

C'était une grande ville ; en effet, bien que la position de la lune et la profonde noirceur du ciel indiquassent une heure tardive, le silence de l'avenue où donnait le passage était fréquemment interrompu par des bruits de sabots et des grincements de roues. Cependant, la venelle était longue, très étroite et sombre, plutôt abritée du regard des passants.

Je me croyais seul. Mais, lorsque ma surprise s'estompa et que mes sens et mon attention furent lentement revenus, je détectai, sur ma gauche, à l'autre extrémité de ce qui était en fait une impasse, une voix féminine, rauque, railleuse, dénotant une ivresse manifeste. Je me tournai, prenant d'abord soin de rétracter mon aura comme Arminius me l'avait si souvent enjoint, puis décelai, située dans un faible rai de lumière, la source de cette sonorité.

Une femme, blanche de peau et voluptueusement potelée, au visage rond, sans beauté particulière, et à la chevelure chamarrée, teinte au henné – presque de la même couleur que sa robe cramoisie, laquelle, incroyablement ajustée à la taille, présentait un décolleté si profond que son opulente poitrine semblait sur le point de s'en échapper. Elle était adossée au mur de brique, insoucieuse du froid, sa cape rouge ouverte et maintenue sur ses hanches par d'aguichantes mains gantées de coquelicot afin de mettre ses appas en valeur.

« Allons, viens », fit-elle en allemand, appuyant son dire d'une moue de ses lèvres charnues et fardées de vermillon ; puis, clignant ses paupières lourdement soulignées de khôl, elle adressa un mouvement de tête qui se voulait suggestif à son compagnon dissimulé dans l'ombre.

Ses paroles furent apparemment insuffisantes, car la sombre silhouette ne bougea point ; du moins pas avant qu'elle sourît et révélât son secret – agrippant les plis du devant de sa jupe et les écartant lentement pour montrer un cotillon... puis écartant celui-ci pour découvrir des bas noirs, des cuisses blanches et le triangle mordoré qui couronnait ses jambes.

« Viens », intima-t-elle avec une véhémence due à l'ébriété, qui frisait l'impatience colérique. « Viens... »

Son galant s'avança dans la lumière du réverbère. Bien qu'il me tournât le dos, je notai la blancheur de sa chevelure, son embonpoint et ses beaux vêtements. Il s'empressa de déboutonner son pantalon et, d'un mouvement brusque, sauvage, empala la femme – lui arrachant un cri de surprise puis de plaisir – et la pressa contre le mur. Elle écarta au maximum ses jambes pâles, les pans de sa jupe rouge formant deux cascades sanglantes de chaque côté de sa silhouette, puis les lova du mieux qu'elle put autour de l'épaisse taille de l'homme.

Mes joues s'empourprèrent d'embarras et d'excitation ; Arminius m'avait-il déposé en ce temps et en ce lieu, simplement pour que je fusse le témoin d'une rencontre aussi scabreuse ? C'est ce que je ne pus comprendre. Toutefois, je me contraignis de veiller à ma protection mentale, m'entourant à nouveau en imagination de mon éclat bleu et violet, non sans m'assurer qu'il fût le plus dense possible autour de mon cœur.

Mon sentiment de concupiscence s'atténua sur-le-champ, et mes yeux perçurent – non pas *virent*, je me hâte de le préciser, car cette sensation outrepassait la simple vue, mais *perçurent* – une sombre scintillation autour du chaland de la putain. Un voile indigo, ressemblant assez à celui que j'avais perçu autour de moi-même lorsque j'avais revêtu la forme du vampire. Pareille constatation m'encouragea à étudier l'homme de plus près.

Je ne distinguais toujours pas son visage mais, soudain, je reconnus sa silhouette, sa corpulence, sa chevelure blanche, et cela bien que je ne l'eusse auparavant jamais vu debout – plutôt gisant mort dans un train en marche. C'était l'homme qu'Arkady avait tué, qu'il m'avait supplié de mutiler en employant le même procédé dont j'avais usé envers la fillette de douze ans. Mais, animé par ce que j'avais cru être une juste indignation, je m'y étais alors refusé ; et maintenant le résultat était là.

Il donnait des poussées vigoureuses, rapides, effrénées, écrasant la femme contre le mur avec une telle force que les râles gutturaux de celle-ci, émis à la même cadence que le pilonnage de son partenaire, acquirent une stridence devant autant à la douleur qu'au plaisir...

Oh oh oh oh oh...

Je regardai autour de moi et me rendis compte que, cette fois, je ne disposais d'aucune arme – ni pieu, ni couteau, ni maillet. Je n'aperçus que ma sacoche de médecin et le grand crucifix qui ornait ma poitrine. Je pris la croix de ma main droite puis, la tenant de façon à ce que mon ennemi ne pût manquer de la voir, je commençai à marcher vers lui.

Je crois qu'il n'avait pas ressenti ma présence jusqu'alors. Mais à l'instant où je haussai le crucifix, il fit pivoter son cou avec une aise surnaturelle et surprit mon approche par-dessus son épaule.

Il en fut galvanisé. Alors que j'étais encore à de nombreux pas de lui, il saisit le cou de la femme entre ses dents d'un geste vif et violent, sans prendre le temps d'hypnotiser sa victime, de la charmer, de l'amener à une langoureuse coopération. Il était résolu à se nourrir, ce qu'il fit avec promptitude et efficacité, en déchiquetant brutalement la peau.

La femme poussa un hurlement d'effroi et de douleur ;

elle se contorsionna et se débattit tandis que le sang jaillissait, éclaboussant son blanc visage et sa blanche poitrine avant de se fondre dans le rouge de ses lèvres, de son corsage, de sa chevelure. Il donna un ultime coup de reins, si énergique que je distinguai un faible craquement d'os. Elle cria de nouveau – une longue sonorité perçante qui diminua jusqu'à devenir un gémissement diffus – puis demeura en suspens, les jambes ballantes, réduite à l'impuissance pendant qu'il buvait rapidement, avidement, à pleine gorge, indifférent au liquide obscur qui mouchetait ses cheveux blancs.

Finalement, je parvins à lui, le crucifix haut la main. « Laisse-la ! Pars ! »

Il tourna son visage maculé de sang vers le mien – sa longue moustache blanche perlée de gouttes cramoisies – et gronda tel un loup avertissant son congénère de rester à distance de sa prise ; mais je n'éprouvais aucune appréhension – seul m'atteignait le remords de n'avoir pas été assez diligent pour éviter à la femme d'être mordue. J'avançai la croix au cœur de cette mêlée sanglante, entre le bourreau et sa victime.

Il poussa un féroce glapissement de rage, puis renonça et commença de se dégager. Je fis un pas vers lui, puis deux, puis trois, le forçant à reculer jusqu'au moment où la malheureuse fut libérée.

Elle s'affaissa le long du mur et tomba assise sur les pavés enneigés avec un bruit peu cérémonieux, ses jambes gainées de noir écartées en V sous ses jupes écarlates. Sa tête ballotta en avant, déversant ses boucles artificiellement rousses qui vinrent se confondre avec le sillon de sang qui se perdait entre ses seins ; j'aurais pu la croire morte si une vague plainte ne s'était échappée de ses lèvres.

Je m'étais enfin interposé entre le vampire et sa proie. Le temps de trois battements de cœur, pas plus, il me tint tête à une longueur de bras, grognant et faisant furieusement grincer ses dents souillées de sang, démoniaque réplique du regretté père Noël aux joues grassouillettes, dont les yeux bleus étaient à présent habités par la mort et le feu de l'Enfer. C'était la première fois que j'assistais à la transformation complète d'un mortel en vampire (plutôt que l'inverse), et je fus glacé de voir ce qui, certainement, avait été un gentil grand-père se muer en une bête aussi insensible et meurtrière.

Cependant, je ne le craignis point. Je savais qu'il n'était rien de plus qu'un prédateur vaincu s'employant à une vaine intimidation pour préserver sa fraîche proie des atteintes d'un intrus. Je me concentrai pour maintenir mon bouclier imaginaire tout en dressant la croix. Depuis mon expérience avec la fillette aux cheveux cuivrés, ma confiance en cette arme n'avait fait que croître. Je sentais son pouvoir parcourir mon bras sur toute la longueur, et je fus fasciné de constater que ce pouvoir ne provenait pas de la relique elle-même, mais bien *de moi* ; et cette prise de conscience ne fit que décupler ma détermination.

« Pars ! répétai-je à la créature hargneuse qui me faisait face. Tu ne peux l'avoir. Au nom de Dieu, pars ! »

Puis, avec une hardiesse qui me surprit, je me précipitai sur lui avec la croix. Cette initiative eut le mérite de le convaincre enfin que tout était perdu ; il fit volte-face et remonta la venelle avec une vélocité insolite chez un être de sa corpulence.

Je tournai aussitôt mon attention sur sa victime et m'agenouillai auprès d'elle, sortant une liasse de pansements de ma sacoche afin d'endiguer le saignement de son cou lacéré. Elle était encore vivante, quoique livide suite au choc et à peine consciente ; par chance, le vampire n'avait point entamé son œsophage ni sa trachée artère, pas plus qu'il n'avait tranché sa carotide ; non, il s'était borné à déchiqueter grièvement la peau à la base de son cou. Toutefois, ayant entendu un bris d'os, je redoutai quelque dommage à la colonne vertébrale.

Aussi pressai-je fermement un coton contre sa plaie avant de l'y fixer. Puis je couvris ses jambes avec ses jupes et son manteau pour la protéger du froid, j'inspectai délicatement son dos à la recherche de contusions tout en lui posant maintes questions auxquelles, étonnamment, elle fut capable de chuchoter des réponses. À mon grand soulagement, elle ne souffrait que de quelques fêlures aux côtes.

Je l'aidai à se relever et nous chancelâmes vers l'avenue ; là, je hélai un fiacre qui nous mena à l'hôpital.

Durant ce trajet fatidique, tout en tenant dans mes bras la femme damnée – à mes yeux, ce n'était plus une putain, non, il s'agissait d'une innocente, grelottante et blême, qui aspirait chaque goulée d'air au prix d'un effort pitoyable –, je me jurai que, dût-elle mourir, son sang ne retomberait pas sur la tête de son agresseur, mais bien sur la mienne.

***

Et, au point du jour, lorsque je franchis d'une démarche lasse les portes de l'hôpital pour rejoindre la rue, je me retrouvai transporté magiquement dans l'impasse, où le soleil dardait ses rayons multicolores sur les pavés et les monceaux d'ordures qui pourrissaient sous une mince couche de neige. Sur le mur de brique rougeâtre, au niveau de ma poitrine, se trouvait une petite tache brune, muet rappel de l'ignoble agression de la nuit dernière.

Ma sacoche noire était anormalement lourde, et je la tenais d'une main ferme, sachant que j'y trouverais toute arme requise en temps voulu. Je savais aussi ce pour quoi j'avais été ramené ici. Mes sens – surtout le sixième, si mystérieux, auquel je devais la perception de l'aura ainsi qu'une inexplicable faculté de *connaissance* – s'étaient aiguisés avec chaque expérience, notamment lors de la perforation de la jeune fille. Même le sauvetage de la malheureuse prostituée avait eu quelque effet sur mes capacités ; ainsi, lorsque je m'avançai dans la venelle et levai les yeux vers les crasseux immeubles de brique s'érigeant de chaque côté, je vis que celui sur ma gauche comportait un très vague reflet de la funeste aura indigo que j'étais venu à associer avec le vampire.

La neige crissant doucement sous mes bottes, je sortis de l'impasse et parvins au coin de l'artère principale qui, relativement au bruit de circulation de la nuit précédente, était paisible dans l'aube hivernale. C'était bien l'avenue d'une grande ville, ou plutôt l'une de ses pires sections, empestant la tristesse, le sordide, la décrépitude – et qu'achevait d'empuantir la proximité d'un moulin à papier.

L'immeuble qui sollicitait mon attention, un inélégant cube de briques, aux fenêtres fendillées et jaunies, dont les vitres disparaissaient sous une opaque pellicule de poussière, se trouvait face à un trottoir couvert d'une neige noire de suie et jonché de déchets et d'empreintes ; s'y ajoutaient des déjections tant humaines que canines. À l'entrée du bâtiment, un gant coquelicot gisait dans la gadoue fuligineuse.

Mû par un étrange sentiment de révérence, je m'agenouillai pour le récupérer, puis je jurai à sa propriétaire de la venger, de la libérer de l'entité maléfique qui avait voulu sa mort.

Et comme j'étais accroupi sur le perron, méditant avec le gant à la main, je sentis l'approche d'un inconnu – humain, oui, mais en appétit. Un coup d'œil vers le haut me révéla une menue jeune femme qui, malgré ses tremblements dus au froid et à l'épuisement, s'efforçait pathétiquement d'arborer une attitude charmeuse. Ses vêtements étaient usés, ses jupes rapiécées et, en guise de manteau, elle ne portait qu'un châle de laine dont les pans écartés découvraient sa poitrine plate et osseuse.

« Un peu de compagnie vous plairait-il, *mein Herr* ? » demanda-t-elle d'une voix altérée par le laudanum – d'ailleurs, ses yeux rêveurs attestaient l'emprise de cette même substance ; puis elle fut saisie d'une quinte, émettant la déchirante toux grasse d'une tuberculeuse. Cependant, même la liqueur de pavot ne pouvait masquer son désespoir ; son regard trouble me rappela tant celui de Gerda que je ne pus le soutenir.

Je m'immobilisai et tentai de visualiser son aura. Presque aussitôt, un faible éclat vert-jaune l'empreignit tout entière, à l'exception de ses poumons que vint couvrir une lugubre ombre grise.

Je fus tenté d'interrompre mon entreprise et d'ouvrir ma sacoche pour lui offrir une aide médicale. Mais un état aussi avancé que le sien requérait un traitement autrement poussé que celui que je pouvais lui proposer pour l'instant, et je savais avoir peu de temps pour mener ma tâche à bien.

Son apparence et le fait qu'elle m'eût remarqué me firent souvenir de veiller à ma propre aura ; je rétractai incontinent celle-ci, la centrant sur mon cœur, et vis la fallacieuse salacité de son regard se transformer en un authentique ébahissement. Elle hoqueta de surprise, puis se tourna pour regarder alentour, comme si elle me cherchait ; je sus alors lui être entièrement invisible.

Je me levai en hâte et tirai la porte de l'immeuble ; l'encadrement de bois ayant gauchi, le battant colla et ne céda qu'après de considérables efforts. (La vue de la porte s'ouvrant arracha un glapissement d'effroi à la jeune femme ; elle ramassa ses jupes et s'enfuit vers l'avenue.)

Je fis un pas à l'intérieur, dans une minuscule entrée précédant un étroit corridor qui distribuait des appartements et menait à un escalier d'où l'aura indigo semblait émaner. Je gravis les marches à toute allure, essayant d'ignorer l'odeur suffocante des flaques d'urine et de vomi (sur lesquelles je manquai glisser). Ma destination et la source de l'éclat indigo se trouvaient au troisième étage, derrière une porte de bois éclaté et gluant, pourvue d'une poignée lâche et rouillée.

Prenant garde de rester inaudible et dans les limites de mon aura, j'usai d'un fin scalpel et d'un maillet tirés de ma sacoche pour forcer le verrou. La poignée était déjà si vétuste que ma tâche fut aisée ; la porte ne tarda pas à s'ouvrir, et je pénétrai en catimini dans le repaire de ma proie, un appartement de deux pièces.

Aussitôt, une sensation de pur maléfice m'envahit, la même sensation que j'avais éprouvée dans l'antre de Vlad ; cela se combina avec un dégoût ordinaire devant la saleté répugnante du lieu. La première pièce, dépourvue de tout mobilier, présentait un parquet de bois pourri ayant perdu son vernis depuis des lustres, et des fenêtres trop crasseuses pour permettre à la lumière du soleil de les traverser. Éparpillées sur le sol, des bouteilles – vides – d'alcool et de laudanum ; dans un coin, un matelas immonde, couvert de taches brunes, sur lequel un rat mâchonnait de la paille d'un air affairé. Il ne prêta aucune attention à mon entrée et poursuivit tranquillement sa manducation ; je vis là un bon présage.

Toutefois, je m'appliquai à protéger mon cœur jusqu'au moment où s'atténua le sentiment de répulsion ; ensuite, j'ouvris ma sacoche pour y ranger le scalpel et prendre les autres armes nécessaires : le pieu et le couteau. Le couteau, je le glissai à ma taille ; le pieu et le maillet, je les tins chacun dans une main. Laissant la sacoche par terre, je me dirigeai vers le saint des saints.

Là, comme je m'y attendais, se trouvait une bière de pin brut, environnée des scintillations de l'aura indigo.

Contrairement à la fois précédente, je n'eus aucune hésitation : j'allai droit au cercueil et soulevai le couvercle. Ci-gisait le père Noël, avec sa chevelure et sa moustache d'argent soigneusement frisées, son nez rond et ses joues légèrement avivées par le sang des prostituées.

Mon assurance ne vacilla qu'un instant, le temps de songer à son épouse éplorée, ses petits-enfants et ses autres victimes que je n'avais pas sauvées. Ce ne fut qu'un éclair d'émotion et de compassion, pas plus – mais il ouvrit aussitôt ses yeux, petits et bleus au-dessus de ses joues pleines, et les plissa dans ma direction avec animosité.

Il allait se dresser quand je repris mes esprits et me penchai en avant, de sorte que la croix oscilla entre nous, à quelques centimètres de son visage. Il dénuda ses crocs et siffla pour démontrer son hostilité, mais je savais que ce n'était que la bravade d'un animal piégé. Et, en cet instant de certitude intérieure, je vis s'élever mon propre éclat bleu vif, je le vis recouvrir le funeste nimbe indigo, tel un banc de brouillard noyant une volute de fumée, puis rabaisser celui-ci vers ma victime.

Alors, en un mouvement preste et délié, je plaçai le pieu sur sa poitrine – déchirant la fine laine de son élégant gilet qu'ornait un gousset doré – et j'assénai un coup puissant, sonore.

Mon ennemi se cabra et hurla, mais le pieu l'avait bel et bien percé. Bientôt, il ne fut plus un ennemi, mais un homme dont je déplorai la mort tout en accomplissant la décapitation qui allait le libérer. (J'ai failli écrire *profanation* ; cependant, bien que l'acte horrible consistant à couper la tête d'un cadavre puisse être ainsi qualifié, il s'agissait, dans ce cas-là, d'une action miséricordieuse, et l'expression de paix qui parut sur sa figure naguère diabolique me sembla compenser toutes les répugnances du monde.) Je déposai une gousse d'ail dans sa bouche et fermai le couvercle, le laissant à un repos perpétuel.

Et lorsque j'eus récupéré ma sacoche puis traversé l'antichambre menant au fétide corridor, je ne fus pas surpris le moins du monde de me retrouver pour la troisième fois devant l'âtre, auprès d'Arminius et d'Archange. Il faisait toujours nuit, bien que je n'eusse pu juger combien de temps avait passé – pour moi, il s'était écoulé un siècle, pas moins. Toutefois, la pièce semblait maintenant entièrement normale ; ma perspective ordinaire s'était rétablie, et l'étrange sentiment d'euphorie étourdissante avait disparu. Pour la première fois depuis que j'avais bu l'infect breuvage, j'eus l'impression d'être tout à fait revenu à moi – du moins, assez pour comprendre que j'avais été drogué.

Arminius contemplait le feu tout en caressant la tête de son compagnon ; il me parla comme si je n'étais pas parti, comme si notre conversation n'avait jamais été interrompue. « Abraham, je vous crois dorénavant prêt à vous colleter tout seul avec les vampires. »

Je le coupai aussitôt, l'interpellant d'un ton indigné : « Que m'avez-vous fait ? Comment diable suis-je allé dans tous ces endroits ? Comment ai-je perpétré tous ces actes ? Ils étaient tous imaginaires, n'est-ce pas ?

– Uniquement le premier. Les deux autres furent bien réels, répondit-il d'un air sombre, sans aucune trace de sa gaieté coutumière. Je suis navré qu'une mesure aussi désespérée ait été nécessaire. Il est vrai que c'était risqué, périlleux même ; néanmoins, comme je l'ai dit, psychiquement parlant, vous n'êtes guère sensible, mon ami. Le temps manquait pour extraire et développer vos capacités par une méthode plus sûre ; cela eût pris de précieuses années. Par chance, votre esprit et votre cœur furent assez forts pour supporter l'expérience. Et maintenant que les canaux sont ouverts, ils ne peuvent être si aisément fermés.

– Extraire mes capacités ? »

Il hocha la tête lentement, avec solennité. « Pour vous permettre de traquer le vampire. Comme je le dis, la méthode a donné ses fruits. Vous voilà prêt. »

Je me tournai vers les fenêtres aux volets clos, derrière lesquels s'étendait la nuit. « Ainsi, je partirai pour le château au matin. »

À ma surprise, il secoua la tête. « Non, Abraham. Quand je disais “ le vampire ”, j'employais un terme générique. À présent, vous possédez l'énergie nécessaire pour détruire de jeunes vampires aux capacités limitées – mais vous êtes loin de pouvoir affronter le plus âgé et le plus fort d'entre eux tous.

– Alors, que dois-je faire ? demandai-je. Reboire de votre puissant breuvage ? Mon pauvre fils...

– Je comprends votre désir. Mais vous ne serez jamais assez fort pour détruire Vlad tel qu'il est actuellement. »

Son affirmation me réduisit à un morne silence ; avant que j'eusse pu ouvrir la bouche pour protester, le questionner, il poursuivit : « Comme je le disais, le Pacte est une épée à double tranchant. Vlad acquiert du pouvoir et une extension de vie pour chaque fils aîné qu'il corrompt et incline au Mal. Mais *si un fils aîné devait accomplir des actes de bonté*, par exemple en détruisant la monstrueuse progéniture vampirique de Vlad, ce dernier s'en trouverait affaibli. Chaque fois qu'une âme est délivrée de la morsure du vampire – *à condition que cela vienne d'une bonne intention et non d'une mauvaise* –, Vlad en est épuisé et vous en êtes fortifié. »

Hébété, je laissai pendre ma mâchoire inférieure et lui adressai un regard stupéfait. « Que dites-vous ? Que ma vie va désormais consister en cela ? Fréquenter nuitamment des cimetières, en vue de commettre des actes macabres ? »

Son visage me parut bon mais implacable, bourru mais ne recelant nul jugement ; il soutint fixement mon regard tout en répliquant : « Uniquement si vous souhaitez racheter votre père et tous vos ancêtres. Uniquement si vous souhaitez sauver de cette malédiction vos enfants à venir et toutes les générations futures. »

Fais que cela s'achève avec moi. Cher Bram...

L'épuisement et le poids de ses paroles eurent raison de moi. Mes jambes tremblèrent, fléchirent, et je m'effondrai à genoux devant l'âtre, toute capacité de réflexion anéantie, oblitérée par la pesanteur de ce fardeau. J'eusse volontiers succombé à l'inconscience, là, face au feu chuintant, mais Arminius me souleva avec une poigne étonnamment forte et me porta jusqu'à mon lit.

Je dormis et rêvai à nouveau d'Arkady et de mes ancêtres : bras tendus, ils imploraient mon aide...

19

Le journal d'Abraham Van Helsing (suite)

22 décembre. – Arminius avait raison. Bien que je n'aie jamais repris de son étrange breuvage, l'acuité de mes perceptions et ma capacité de détecter et de contrôler les auras ont subsisté, et ont même été raffermies par d'autres exercices sous sa direction.

Les jours et les nuits se confondent. Il me semble avoir passé une vie entière sous la tutelle d'Arminius, mais ce ne sont que quelques semaines. Je suis dans un perpétuel état d'épuisement, similaire à celui que j'ai connu à la faculté de médecine, mais mes macabres études ont dorénavant pour support un tout autre genre de cadavre.

De temps à autre, je me trouve mystérieusement transporté dans des villes et des villages d'Europe, d'est en ouest ; cela, je le sais, est dû à l'intervention d'Arminius.

Toutefois, je recours en général à des modes de déplacement plus mondains et passe nombre d'heures en train ou en diligence à la recherche de la maléfique engeance de Vlad. J'ai visité villes et villages de Hongrie, de Roumanie, d'Autriche, d'Allemagne, mais je n'en ai pas vu grand-chose à part leurs rues de nuit et leurs mausolées baignés d'aube. Et, chaque fois que je soustrais une victime potentielle aux mandibules du vampire, chaque fois que je libère une âme captive et suppliciée, je sens s'accroître mes propres pouvoirs.

J'ai écrit à Maman et à Gerda pour expliquer mon absence, mais il m'a été impossible de coucher le récit des événements sur le papier en lui conférant une tournure sensée. Je prie que ma mère comprenne. Timoré comme je suis, je n'ai pu décrire l'état réel du petit Jan ; aussi leur ai-je livré une fable édulcorée – à savoir, que l'enfant était mort. Je fus également incapable d'annoncer à Maman les nouvelles touchant Arkady et Stefan. Pour cela, j'attendrai que nous ayons un tête-à-tête – à supposer que l'occasion s'en représente un jour.

Et qu'en est-il de ma pauvre épouse ? Aussi longtemps que Zsuzsanna existera, Gerda sera en danger à cause des marques laissées sur sa gorge. Point de repos pour moi tant que ma chérie ne sera pas délivrée, et notre enfant vengé...

***

Le journal d'Abraham Van Helsing

9 janvier 1872. – Pas de répit. Toujours plus fort. Bien que la tâche gagne en facilité à certains égards, sa nature lugubre déteint sur mon âme. Dans l'heure qui précède l'aube – l'heure précédant mon offensive –, cette sinistre charge m'oppresse tant que je m'effondre à genoux et m'écrie silencieusement :

Père, éloigne cette coupe de moi...

Mais dès que le pieu et le maillet ont fait leur œuvre, ma victime et moi poussons un ultime soupir, heureux du repos qui s'offre à nous.

Justus et pius. Je suis sévère mais juste.

Lorsque je dors enfin – à des heures indues, entre les parenthèses de l'aurore et du crépuscule – des rêves relatifs à ma famille viennent me hanter. Stefan, Gerda, Arkady – et, surtout, le petit Jan. Ils m'appellent de leurs purgatoires respectifs ; ils implorent une aide que je ne puis encore donner.

Bientôt, mon enfant. Bientôt.

***

Le journal d'Abraham Van Helsing

23 janvier. – Après un mois passé à sillonner l'Europe orientale, je suis retourné dans la chaumière d'Arminius pour prendre quelque répit et approfondir mes études. Il a porté à mon attention un ancien manuscrit intitulé *Goetia* ou *La Petite Clé de Salomon* [1] – une méthode pour invoquer les démons. « Assimilez cet ouvrage, dit-il, et vous comprendrez comment les Pactes sont forgés, comment Vlad reste en communication avec les puissances obscures. » Voilà un sujet aussi fascinant qu'intimidant.

Mais je ne puis m'attarder.

La nuit dernière, j'ai de nouveau rêvé du petit Jan ; j'ai vu l'enfant mortel de naguère, aux yeux candides et affectueux, doté du caractère doux et de l'humeur égale de sa grand-mère. Mais la morne pierre grise du château de Vlad l'environnait ; et comme l'image se précisait, offrant plus de détails, je me rendis compte qu'il était pris au piège de l'étreinte délicieuse et traîtresse de Zsuzsanna, luttant pour se libérer, tendant ses petits bras potelés vers moi.

Papa, viens ! S'il te plaît, Papa...

Il fit d'abord un sourire – celui, craintif et hésitant, qui était parfois le sien quand il se retenait de pleurer. Mais plus il essayait de m'atteindre, plus la femme vampire resserrait sa poigne, baissant de force ses petits bras et les entravant jusqu'au moment où le pauvre garçon ne put plus bouger, ne put plus rien faire, hormis fondre en sanglots d'impuissance.

Oh, Papa, viens !

Et dans mon rêve je pleurai d'angoisse et de frustration tandis que Zsuzsanna penchait sa tête en avant pour mordre cruellement le cou de Jan, ses longs cheveux dénoués retombant sur lui comme un voile bleu-noir. Cet obstacle le déroba à ma vue ; mais je pus l'entendre gémir faiblement alors qu'elle le perçait.

La scène se précisa encore. Je vis qu'ils se tenaient ensemble sur des marches, au-dessous du tableau de l'Empaleur qu'éclairait la lueur vacillante d'une bougie. Et comme j'observais, l'image aux yeux verts du portrait s'anima, se déplaça et tourna son regard hautain vers moi.

Un éclat de rire moqueur.

Puis un hurlement hystérique :

Papa, viens !

---

1. Vrai titre : *La Clavicule de Salomon*, Gutenberg Reprints, 1981 (épuisé). *Goetia* : mot latin signifiant « enchantement, magie ». *(N.d.T.)*

Il n'est qu'un enfant ; il ne peut s'exprimer avec l'éloquence d'un adulte. Mais ses inflexions frénétiques me furent une mine d'informations navrantes.

Son tourment augmente quotidiennement, et nul autre que moi ne peut le libérer. Je *dois* aller à lui. Le cri d'angoisse de son âme captive a touché la mienne.

Je m'éveillai, sanglotant et convaincu. Le rêve était simple, fugitif, mais il convoyait une telle puissance émotionnelle que l'image de Jan hante désormais mes heures de veille.

***

Après une nuit quasi blanche, j'ai tristement raconté mon songe à Arminius alors que nous mangions un gruau d'avoine au lait de brebis pour le petit déjeuner.

Comme de coutume, il mit quelque temps à répondre ; et quand il se décida, ce fut d'un ton précautionneux, en détournant ses yeux sombres. « C'est chose commune pour un vampire que de hanter les rêves d'un être cher.

– Peut-être », fis-je, me tenant sur la défensive. Je sentais sa désapprobation, même si je n'en pouvais déceler aucun signe manifeste, que ce fût dans son expression débonnaire ou dans sa voix. « Mais quand bien même cela serait vrai, en aurait-il moins besoin de moi ? À présent, je suis fort. Assez fort pour vaincre Vlad et procurer le repos à mon enfant. »

Il éloigna un peu sa chaise de la table, gardant ses yeux fixés sur les céréales dans son bol, puis poussa un long soupir assourdi. Celui-ci n'exprimait aucune récrimination, mais je sentis pointer un désaccord et me raidis en vue d'un âpre échange.

Il y eut un autre temps mort. Enfin, Arminius leva son bon regard et répondit : « Abraham. Vous êtes fort, certes ; mais pas encore assez fort pour vaincre Vlad.

– Oh que si ! » La rage impuissante qui m'avait saisi en rêve me reprit. Je frappai la table de mon poing, faisant jaillir du lait de mon bol. « Ces deux derniers mois, je n'ai rien fait d'autre que de débarrasser l'Europe du fléau des non-morts ! Et aucun d'eux – aucun d'eux ! – n'a eu raison de moi. Aucun n'a pu m'échapper. Deux mois de ma vie, envolés ! Combien de temps dois-je encore attendre ? Combien de temps encore ? »

Il fixa sur moi un regard d'infinie compréhension, d'infinie pitié, puis entrouvrit ses lèvres pour dire deux mots :

« Des années. »

À ces paroles, je me dressai brusquement, exaspéré, fou de colère. Je hurlai tout en jetant mon bol de terre cuite contre la tablette de la cheminée et ressentis une vive satisfaction de le voir voler en éclats. Lait et flocons d'avoine jaillirent dans les airs, éclaboussant le manteau, l'âtre – et le pauvre Archange, qui bondit sur ses pattes avec un grognement.

« Vous me demandez là de laisser mon fils rester dans ce... cet *enfer*, avec ces deux démons. Vous me demandez de délaisser sa mémoire, de délaisser mon épouse, de délaisser ma propre vie, et de remplacer celle-ci durant les années à venir en un purgatoire pour nous tous ! Je suis assez fort, vous dis-je ! Assez fort, oui – et je n'en puis plus. Vlad *doit* être détruit, et *maintenant* ! »

Puis, constatant la sereine compassion qui émanait des doux yeux bruns d'Arminius, et la perplexité qui empreignait la blancheur de ceux d'Archange, je pris une puissante respiration. Et lorsque j'expirai l'air, je fus à la fois surpris et honteux qu'il s'accompagnât de sanglots déchirants, arrachés du tréfonds de mon être.

Je retombai sur ma chaise et cachai mon visage, luttant pour reprendre mes esprits. Une main chaleureuse toucha mon épaule ; mais ce geste de réconfort ne fit que redoubler mes pleurs.

« Abraham », fit Arminius. Son intonation était aussi douce que celle d'une mère – et pourtant aussi sévère que celle d'un général. « Il n'existe aucune autre façon de procéder. Ne pouvez-vous voir que Vlad vous manipule, même à pareille distance ? Il s'est affaibli et s'inquiète de son sort. Aussi a-t-il poussé votre propre fils à tenter de vous trahir – pour vous amener à lui. »

Ses dernières paroles ranimèrent mon ire ; ne les eût-il pas prononcées, j'aurais écouté, j'aurais pu être persuadé. Mais cette insulte envers mon enfant renforça ma détermination. Je me relevai et lui adressai un regard furibond à travers mes larmes. « Jamais Jan n'irait me trahir ! Ce n'est qu'un enfant innocent – et il est mon *fils*. »

Arminius me dévisagea un instant sans mot dire. Puis je crois qu'il sentit ma résolution, car il eut un soupir exhalant défaite et lassitude. « Vous disposez de votre libre arbitre, Abraham. Le Mal oblige ; le Bien, de par sa nature même, ne le peut. Je ne vous retiendrai pas ici si vous souhaitez partir. Mais écoutez-moi bien : je ne serai peut-être plus là quand vous reviendrez. »

Quand vous reviendrez, et non *dussiez-vous revenir*. Il était si certain que j'échouerais et que je reviendrais implorer son aide ! Cette pensée m'ulcéra profondément et, cédant à mon émotivité aussi bien qu'à mon épuisement moral, je ne fis aucun effort pour endiguer mon emportement.

Au lieu de cela, j'allai droit à mon lit de fortune et rassemblai mes affaires. Puis, exactement comme je m'étais rué (il y a si longtemps, semble-t-il) hors de notre maison d'Amsterdam, claquant la porte au nez de Maman et de Stefan, je claquai maintenant la porte au nez d'Arminius sans ajouter un mot.

20

Le journal d'Abraham Van Helsing (suite)

Avec mon manteau et ma sacoche emplie de remèdes et d'armes, je me précipitai dans la grange voisine, qui abritait des moutons, quelques poulets et les deux juments qui avaient tiré ma voiture. Je ne bridai que l'une d'entre elles et jetai une couverture sur son dos en guise de selle. Le véhicule, je n'en avais pas besoin. Bien que la dernière semaine eût été très chaude pour la saison, ce qui avait fait fondre presque toute la neige, les cols des montagnes étaient encore traîtres et verglacés. Mes chances seraient meilleures avec une seule monture.

Ainsi chevauchai-je – étourdiment, sans provisions ni eau – jusqu'au déclin du jour. À ma grande perplexité, un trajet qui, dans mon souvenir, n'excédait pas plus de deux ou trois heures, se trouva prendre la matinée, l'après-midi et une partie de la soirée. Le temps que j'atteigne le « trône de Dieu » – ou *Isten szek*, le pic magnifiquement enneigé qui flanque le col de Borgo –, il était coloré de la teinte rose-orange du soleil couchant.

Je continuai. Et quand, des heures plus tard, j'arrivai au domaine de Vlad, le soir était tombé. Prenant garde de rester inaperçu, je me rendis non pas au château mais au manoir familial que j'avais vu en rêve (ou faut-il plutôt parler de vision ?), la nuit où Arminius m'avait sauvé d'une mort par le froid.

La bâtisse se tenait là, dans la clarté lunaire, au sommet d'un tertre dont les herbes fanées se devinaient à travers la neige fondante. Plus loin au nord, les tourelles rébarbatives de la résidence de Vlad s'élançaient vers les nues, leur noirceur prédatrice offusquant les étoiles, le clair de lune et le ciel indigo.

Je pénétrai dans la maison de mes ancêtres avec un profond sentiment de respect et d'obligation, avec la sensation de leur présence. C'était bel et bien une demeure hantée par des fantômes fébriles et chuchotants. En effet, lorsque que je fus enfin parvenu à allumer lampes et chandeliers, leurs portraits accrochés aux murs m'adressèrent des regards suppliants – ils imploraient mon aide et demandaient d'être délivrés de leur tourment.

Comment leur opposer un refus ? Car mon propre fils comptait parmi ces infortunés.

Une lampe dans une main et ma sacoche dans l'autre, je gravis tant bien que mal l'escalier menant à la petite pièce qui, je le savais, m'attendait : la nursery, avec ses couronnes d'ail desséchées autour de la fenêtre, et son berceau – vide, hélas ! Là, je m'installai pour la nuit, à même le plancher, juste au-dessous d'une icône byzantine accrochée au mur, représentant saint George, vainqueur du dragon. J'allumai le cierge votif et chuchotai la prière que j'avais lue dans le journal de ma mère :

Saint George, délivre-nous...

Mais je ne pus m'empêcher d'avoir l'impression de prier nul autre que moi-même.

***

Puis, par un matin bleu, limpide et froid, je me rendis au château. Je pris grand soin de me préparer mentalement, resserrant mon aura de manière que même le Diable en personne ne pût entendre mon souffle, mon pas – ni sentir l'odeur de mon sang vif et chaud. Je franchis à cheval la courte distance entre le manoir et le château, essayant de ne pas me rappeler les paroles laconiques d'Arminius, qui avaient attisé mon ire et ma frustration :

Des années.

J'étais convaincu de ma capacité de détruire Vlad, encore furieux à la simple pensée de l'existence maudite à laquelle ces deux mots me vouaient.

Durant ma chevauchée, je m'émerveillai de la vue qui m'avait été précédemment cachée par la nuit. Au loin se dressaient les cimes hiémales des Carpathes ; elles étincelaient de blancheur sous le soleil et s'élevaient en vrille dans les cieux, composant ainsi un spectacle fort impressionnant pour une personne accoutumée aux vastes et plats polders de Hollande. Ce n'était pas le paysage terne, incolore, que j'avais cru discerner la veille au soir ; les douces collines et les montagnes escarpées resplendissaient de sapins. De fait, il y avait des arbres partout, plus que je n'en avais jamais vus en un seul lieu : une forêt de gigantesques conifères et, environnant les fermes, une succession de vergers pour lors dénudés ; au printemps, leur fleuraison doit embaumer toute la région.

Dans l'ensemble, cela formait un panorama d'un bleu et d'un blanc aussi riants que ceux des Alpes suisses – jusqu'au moment où, regardant le ciel du nord, on voyait les immenses et sinistres tours grises du château de Vlad qui obscurcissaient de leurs ombres le domaine alentour.

J'eus tôt fait d'arriver à l'entrée principale du château. L'édifice menaçant reposait sur un sommet entouré d'un précipice sur trois côtés, de sorte que, sauf en façade, un à-pic circulaire et vertigineux donnait sur l'épaisse forêt de sapins ; au-delà de cette étendue sauvage se profilaient les plus abruptes montagnes de la chaîne des Carpathes. Il s'agissait bel et bien d'un château fort, imprenable de tous côtés à une exception près.

Une fois dans les lieux, je me rendis vite, sans hésitation, dans la terrible salle du trône. Elle était vide, dénuée de tout indice du violent combat qui s'y était déroulé naguère. Le cadavre de la femme âgée, le corps d'Arkady, celui de Stefan, tout cela avait été enlevé. Nulle trace de leur ultime supplice ne subsistait, sauf une large tache brune sur la dalle où avait péri mon frère.

Je ne m'attardai pas sur ce détail, ni ne m'autorisai à être chagriné par le souvenir qu'il évoquait. Mon frère serait mieux servi si je cuirassais mon cœur et menais ma tâche à bien ; plus tard viendrait le temps des pleurs.

Aussi traversai-je la grande salle à pas rapides, légers, silencieux, vers la porte menant à la pièce, bien plus petite, d'où avaient surgi Zsuzsanna et le petit Jan. Elle était entrebâillée, invitante.

J'y entrai sans crainte, sans atermoiement, sans penser à autre chose qu'à maintenir ma protection et garder le silence.

Mais si je n'avais pas été aussi préparé, le spectacle qui

m'accueillit m'aurait sûrement fort inquiété. Tout contre le mur du fond de la pièce aveugle se trouvait un autel drapé de noir, où brûlait une chandelle. Devant celle-ci étaient soigneusement disposés le calice d'or et un médaillon de forme ronde portant gravée une étoile à cinq rais.

La malignité, le Mal qui émanait de cet autel provoqua chez moi un net tressaillement. Car il était environné d'un nimbe tel que je n'en avais jamais vu : une aura composée de ténèbres si denses qu'elle ne luisait pas, mais semblait plutôt former une bouche d'ombre, une obscurité intégrale qui engloutissait tout ce qui l'approchait – toute lumière, toute vie et tout amour.

Et devant cet autel gisaient deux cercueils : tous deux d'ébène poli mais de taille différente, le plus grand étant drapé d'une bannière portant l'emblème du dragon ailé. De chacun d'eux rayonnait l'immanquable éclat bleu-noir que j'avais appris à associer au vampire ; mais l'aura du plus petit était faible, comparée à celle de l'autre, qui émettait une sombre radiance seulement comparable à la splendeur du soleil couchant.

Je restai quelque temps devant ces cercueils tout en méditant l'avertissement d'Arminius. Devais-je en tenir compte, ne pas essayer de détruire Vlad dans l'immédiat et m'attaquer exclusivement à Jan, proie plus accessible et moins expérimentée ? Ou devais-je céder à mon instinct et courir le danger, dans l'espoir que la seconde mort de Vlad délivrât mon petit garçon de sa monstrueuse existence, sans qu'il souffrît d'autres douleurs ?

La raison ne trouva nul ancrage dans mon cœur de père.

Doucement, je posai ma sacoche sur le sol et en sortis pieu et maillet. Mon esprit concentré sur la croix abritant mon cœur, le maillet dans une main, le pieu tenu haut dans l'autre comme un javelot, je soulevai le couvercle du cercueil le plus grand.

À l'intérieur gisait Vlad – la chevelure totalement blanchie, la peau livide et si tirée sur ses traits anguleux que son visage avait perdu tout semblant de beauté. Ses sourcils étaient maintenant broussailleux et hirsutes, ses oreilles vaguement pointues à leur extrémité supérieure. Ses lèvres ordinairement rubis avaient blêmi, et leur léger écartement révélait les crocs sombrement jaunis d'un vieux prédateur. Il avait tout l'air du monstre qu'il était de fait.

Et sur sa poitrine, tranquillement assoupi, reposait mon fils.

J'eus un mouvement de recul et fus tenté d'abaisser le pieu, de le laisser choir sur la pierre, d'abandonner. Mais le souvenir de Stefan, celui d'Arkady, celui du rêve où Jan avait imploré mon aide, tout cela fit que je me ressaisis. Battant le rappel de toutes mes énergies protectrices, rassemblant tout mon courage, toute ma résolution, et bannissant toute compassion et tout amour paternel, je plaçai l'extrémité du pieu – de la même taille que lui, pauvre petit ! – sur le cœur de mon fils endormi.

Quel garçon superbe, magnifique, avec ses boucles dorées et sa peau d'enfant – satinée, poupine, incroyablement douce et immaculée ! Avec ses pâles paupières, veinées de bleu et frangées d'or, qui dissimulaient les yeux de sa grand-mère, et les beaux traits de sa ravissante mère...

Papa, viens ! Oh, Papa...

Je ne puis relater l'horreur de cet instant, lorsque je levai le maillet au-dessus de ma tête et l'abattis en un coup puissant et sonore. Oh oui, ce fut rapide et miséricordieux, mais il n'est pas de mots – non, aucun – qui puissent communiquer l'angoisse d'un père commettant un tel acte. Je suis Abraham, et il fut mon Isaac ; mais cette fois, Dieu n'offrit nul recours, nul sacrifice subrogatoire.

L'arme plongea profondément dans le corps de mon pauvre enfant – mais pas assez loin, car la force m'avait manqué pour percer aussi le cœur de celui qui, vivant par le pieu, méritait – ô combien ! – de périr de même.

Jan poussa un hurlement aigu, strident, complètement inhumain, tandis que ses yeux s'ouvraient, embrasés de terreur et de rage.

Ce n'était pas la voix de mon fils, ni ses yeux – non, ce n'était que son enveloppe gonflée par une force maléfique. Cependant, je n'en eus pas moins mal pour lui. En dépit de mes précautions, en dépit de mes efforts pour m'endurcir, je ne pus contenir mes émotions plus longtemps ; je laissai échapper un gros sanglot pendant que mon petit garçon se contorsionnait, ruait des quatre fers et grinçait des dents.

Mais soudain il cessa de s'agiter, et le funeste prestige qui voilait ses traits s'estompa pour révéler un visage suavement mortel, tout comme les nuages d'une tempête se disséminant aux quatre vents pour découvrir les rayons d'un radieux soleil. Il pénétra paisiblement dans l'éternité avec ses yeux bleus grands ouverts, et, en eux, je vis l'obscurité céder la place à l'expression candide et affectueuse que je leur connaissais d'avant.

Sa paix me redonna vigueur. Je levai le maillet pour frapper derechef – un coup qui allait résonner à travers tout l'Enfer.

Un étau, brûlant et glacé, se referma sur mon poignet : la main de Vlad. Sursautant de frayeur, je regardai par-delà les yeux de Jan et vis une seconde paire de globes oculaires – anciens ceux-là, sournois et impérieux...

Viens à nous, Stefan...

Je sentis sa sombre aura qui surgissait et tentait d'engouffrer la mienne. La prise sur mon poignet se resserra jusqu'au moment où je crus qu'elle allait rompre mes os ; le maillet tomba de ma main et heurta le sol en produisant le timbre argentin du métal contre la pierre.

Instinctivement, j'envoyai un flux d'énergie pour protéger mon cœur et me courbai vers mon agresseur, faisant osciller la croix juste au-dessus de son visage. Il me lâcha comme si ma chair eût été du vitriol et bondit hors du cercueil. Du coup, je partis brusquement en arrière et m'effondrai, entraînant le corps empalé du pauvre Jan qui vint atterrir sur le sol devant moi.

Après avoir tâtonné pour trouver ma sacoche, je rampai vers son petit cadavre et m'accroupis au-dessus de lui à des fins protectrices, impatient de manier le couteau et de parachever la libération de sa jeune âme. Tout ce temps, Vlad était debout devant nous, tendant ses bras, parlant d'une voix apaisante, belle, la voix de mon véritable père :

« Stefan. Regarde-moi, mon enfant. »

Je désobéis, refusant de croiser ce regard vert et magnétique, et gardai mon attention fixée sur la tâche en cours. Mais avant que j'eusse pu sortir le couteau, un cri démoniaque provint de l'autre cercueil, dont le couvercle venait d'être repoussé.

Zsuzsanna en jaillit, telles les misères du monde s'échappant de la boîte de Pandore, sa chevelure de jais désormais argentée aux tempes. Son allure, quoique prodigieuse encore, avait perdu sa fraîcheur, comme une rose sur le point de s'effeuiller. Sa silhouette n'avait plus ses courbes féminines ; elle s'était décharnée, émaciée, tandis que ses traits, comme ceux de Vlad, avaient revêtu une roideur sévère. Des ombres avaient commencé de s'amasser entre ses pommettes sculpturales et ses yeux – des yeux dépouillés de leur tendre couleur mordorée et maintenant embrasés d'un rouge infernal, tels les yeux d'un animal réfléchissant la lueur d'une lampe dans la nuit.

Elle était belle encore, certes – un beau monstre.

À la vue de Jan gisant sur le flanc – Jan dont les petits bras s'agitaient vers l'avant puis retombaient inertes sur le pieu cruellement planté dans sa poitrine –, elle poussa un autre hurlement qui me rappela de façon saisissante les lamentations de Gerda. Et comme je m'agenouillais derrière mon fils, posant la main sur le manche du couteau qui allait le délivrer, elle balaya l'air d'un geste violent – avec une fureur dirigée contre moi.

J'y vis un geste vain, inspiré par son dépit d'être tenue en échec par la croix. Mais l'instant d'après, je fus atteint par une bourrasque qui décolla mes genoux du sol et me projeta en arrière contre le mur de pierre.

Je heurtai la paroi avec une force qui fit craquer mes côtes et mon crâne. Le choc que je pris à la tête en bannit toute pensée, et je glissai vers le sol, proprement assommé, avant de tomber sur mes coudes. Mais la pire douleur se trouva résider dans ma poitrine, lorsque je tentai de reprendre un tant soit peu mon souffle. Je fermai les yeux et m'efforçai de me ressaisir, de trouver l'énergie nécessaire pour me redresser, ne fût-ce qu'à genoux, cependant que Zsuzsanna vociférait :

« Assassin ! Tu as ôté la vie à mon enfant ! Et maintenant tu vas payer de la même monnaie ! »

Ses paroles dissipèrent ma commotion et provoquèrent une telle colère en moi que j'ouvris les yeux et – faute de pouvoir crier – chuchotai : « Jamais il n'a été à vous ! Jamais ! Tout comme votre vie ne vous appartient pas – puisqu'elle fut volée à d'autres ! »

Mais Zsuzsanna était trop folle de rage pour m'entendre ; elle se tourna vers le seuil et s'écria : « Tue-le ! Tue-le donc ! Il a assassiné l'enfant ! »

Suivant son regard, je vis la paysanne, mais non comme je l'avais vue auparavant. Bien qu'elle portât la même robe, son visage avait revêtu la beauté et la jeunesse surnaturelles des vampires, et les reflets rougeâtres de sa longue chevelure brune luisaient comme infusés de la brillance d'un soleil couchant. À l'ordre de sa maîtresse, elle leva un bras pour frapper à distance tandis que Zsuzsanna faisait de même.

Je me savais incapable de survivre à un autre coup – et d'autant moins à deux assénés simultanément. Mais avant que les diablesses pussent frapper, j'entendis comme le mugissement d'une puissante tempête et je perçus une autre rafale de vent.

« Nuisez-lui et vous êtes mortes ! » tonna Vlad à l'adresse des femmes tout en projetant Zsuzsanna contre le mur opposé. Bien qu'elle parût moins frêle que lui, il possédait une force bien supérieure à la sienne ; elle heurta la pierre avec un bruit à briser le tympan. Mais ce n'était point la sonorité signalant le craquement d'os immortels, car la silhouette de Zsuzsanna s'affaissa sur le sol en une masse noire et blanche, révélant une longue fissure dentelée – un éclair pétrifié – derrière elle.

Pareil coup eût certainement tué net un homme, mais Zsuzsanna fut simplement étourdie ; elle redressa aussitôt sa poitrine à l'aide de ses bras, ses jupes éparses derrière elle sur le sol, sa chevelure sombre retombant sur son visage livide.

« Je te jure », siffla-t-elle à mon intention, retroussant sa lèvre inférieure pour découvrir une rangée de dents qu'on eût dites affûtées avec un rasoir, rentrant son menton pour révéler un visage consumé par de grands yeux de braise, « qu'il y aura paiement pour cela ! Je savourerai chaque instant de ton tourment, de ta souffrance, de ta corruption. Et le jour où ton âme rejoindra celle de ton père en Enfer, j'exulterai !

– Silence ! » ordonna Vlad, avec une rage qui éclipsa celle de Zsuzsanna comme le soleil éclipse la flamme d'une bougie. « Quelle est cette unique chose que j'exige par-dessus tout, Zsuzsa ? Que tu ne lui nuises jamais, que tu ne médises jamais de lui, que tu ne lui fasses jamais de peine ! Et qu'as-tu fait ? Qu'as-tu fait ? *Son fils* est perdu pour nous, et nous allons maintenant payer ce préjudice ! »

Zsuzsanna détourna son visage de Vlad en observant un mutisme morose.

Pendant cette diatribe, je m'étais remis sur mes genoux tremblants et avais ainsi progressé vers mon enfant, à seulement quelques pas d'où se tenait l'Empaleur. À côté de ma sacoche noire, Jan gisait toujours sur le flanc, pâle et silencieux dans la mort, épargné par la force qui m'avait arraché à lui. Si ce n'avait été pour Arkady et toutes les générations passées et à venir qui escomptaient mon secours, je me serais volontiers rendu aux monstres... Mais non, il me fallait achever la tâche qui donnerait le repos à mon petit garçon.

Durant le temps qui me fut nécessaire pour prendre une douloureuse respiration, le ton de Vlad changea brusquement ; il se fit chaleureux, affectueux, agréable à l'ouïe, semblable au doux chant aigu du rossignol par une paisible nuit étoilée. « Abraham », fit-il d'une voix tendre, s'adressant pour la première fois à l'homme que j'étais devenu plutôt qu'au nourrisson lui ayant jadis échappé, « ton enfant n'est pas vraiment mort. Moi seul ai les moyens de lui redonner vie. Et j'entends les employer, à condition que tu fasses une petite chose : viens à moi maintenant. Accomplis le rituel avec moi, et toi et ton enfant serez libres de regagner votre foyer. »

Il parlait avec la voix d'Arkady ; et cette sonorité m'émut au point que j'oubliai ma situation et quittai des yeux le corps de mon enfant pour observer la physionomie de l'Empaleur ; et je vis celle-ci se modifier, se transformer en celle du père que je n'avais jamais connu de son vivant.

Je luttai pour maintenir l'éclat protecteur autour de mon cœur ; je battis des paupières et, derrière l'illusion, j'aperçus la figure squelettique et maligne de l'Empaleur. Je fouillai d'une main ma sacoche, sans regarder, et j'en sortis – enfin – le couteau gainé.

« Assez de souffrance », dit-il, et je me retrouvai à contempler les yeux doux et compatissants d'Arkady. « Assez, cher Bram ! Dois-tu renoncer à tout ? À ta propre vie, à celle de ton épouse, à celle de ton fils ? Non ! Jette de côté la croix et tends-moi le garçon. Je te le restituerai ; je rétablirai la vie heureuse qui fut la tienne. Je ne te demande qu'un petit rituel, un bref échange, et tout peut redevenir comme autrefois ; tu ramèneras le garçon chez toi, tu le rendras à sa mère et tu laisseras la joie de ces retrouvailles la rétablir, elle aussi. Tu as fait assez de sacrifices... Regarde-le, Bram ! Regarde ce que tu as fait à la chair de ta chair, considère la cruauté avec laquelle tu as mutilé son innocent petit corps ! Quelle insanité pousse un père à tant maltraiter sa progéniture ? Lui souhaites-tu de rester ainsi – ou de redevenir un enfant heureux, vivant ?

« Jette de côté la croix ; accorde-moi cette unique petite chose. Et la lugubre obscurité qui menace d'ensevelir ta vie se changera en jour ; et tu pourras à nouveau te reposer sur l'amour de ton épouse et de ton fils. »

Ses paroles me percèrent plus profondément que toute lame l'eût fait ; je baissai les yeux vers le minuscule cadavre de Jan et refoulai un flot de chagrin si puissant que je craignis de le voir balayer les derniers vestiges de mes facultés défensives. Je me sentis environné de la noirceur d'encre de l'aura de Vlad, je sentis mon propre éclat s'y engouffrer, s'y consumer.

Je fermai les yeux ; des larmes retenues brûlèrent derrière mes paupières. Et avec une désespérance outrepassant toutes celles que j'aie jamais connues avant ou depuis, une désespérance qui transcenda le temps, l'espace, la fragilité physique, et déchira le voile séparant la terre du Ciel, je m'écriai mentalement – non, je *priai* – à l'adresse d'Arminius, d'Arkady, et des générations défuntes et futures :

Aidez-moi !

Les morts et les absents m'entendirent-ils ? Ma prière sincère suscita-t-elle quelque rescousse venue du tréfonds de mon âme ? Je l'ignore, mais un processus d'alchimie émotionnelle s'opéra. L'écume de mon désespoir se transmua en l'or d'une volonté tenace. Physiquement, j'étais la proie d'un affaiblissement et d'un vertige dangereux ; le supplice occasionné par chacune de mes respirations n'avait fait que croître, accompagnée d'une sensation de lourdeur dans mes poumons. Je craignis une perforation et redoutai de m'évanouir avant d'être parvenu à me traîner hors du château.

Néanmoins, je trouvai la force de prendre le corps de Jan dans mes bras puis, quoique chancelant et suffoquant, de me mettre debout. Le pauvre garçon était plus pesant dans la mort qu'il l'avait jamais été au cours de sa vie.

« Bram », susurra Vlad d'une intonation enjôleuse, affectant toujours le visage et la voix d'Arkady – mais j'entrevis le monstre décadent derrière cette façade. « Allons, apporte-le-moi. »

Je désobéis, choisissant de tituber vers le seuil ; je passai devant la paysanne devenue vampire (qui n'osa me toucher, ni croiser les yeux de son maître) et gagnai la salle du trône. Vlad m'y suivit, sans cesser de m'adresser ses paroles cajoleuses :

« Tu es un homme obstiné – mais si las, si fatigué... Dépose ta souffrance, Bram. Dépose ton fardeau... »

Mû par ma seule volonté, je passai devant les instruments de torture, devant les taches de sang, devant le trône. Et lorsque je parvins enfin dans le long corridor étroit qui conduisait à l'escalier, je m'appuyai pesamment contre la paroi fraîche. Le gros pieu saillant du petit corps de Jan égratigna la pierre, laissant un sillage brillant qui marqua notre passage.

Ma douleur augmentait, tout comme mon inattention ; mais de m'accorder le luxe de l'inconscience eût signifié l'échec. Comme je descendais les marches d'un pas incertain, je vis soudain Arkady : il attendait sur le palier, les bras tendus en signe de bienvenue.

Abraham, mon fils, tu es fatigué ! Donne-moi ton fardeau...

L'espace d'un instant, je sentis un regain d'espoir, pensant qu'Arkady avait survécu d'une façon ou d'une autre, et qu'il était venu faciliter notre évasion. Mais, battant des paupières, j'entrevis derrière sa physionomie souriante les traits malveillants de Vlad. Derechef, je priai Arminius et mes ancêtres ; derechef, je trouvai des forces.

Grimaçant de douleur, je déportai le poids de mon fils sur mon bras gauche puis, de ma main droite, je tendis le crucifix qui ornait ma poitrine. Douleur et nécessité occultèrent toute appréhension ; j'approchai hardiment de ma Némésis, prêt à appliquer la relique contre sa chair si besoin était.

Cela faillit d'ailleurs se produire ; j'étais à moins d'une longueur de bras de lui, assez près pour sentir son souffle fétide, quand il s'écarta enfin.

Ainsi progressai-je malaisément à travers le château, en proie à un épuisement et à un vertige toujours croissants, et pourtant plus résolu à chaque foulée. Enfin, j'arrivai à la porte ouverte qui menait au jour. Triomphant, je posai un pied dans un pan de soleil.

Devant moi, le battant claqua, poussé par un brusque coup de vent ; un lourd pêne de fer noir retomba dans la gâche.

Derrière moi, un peu plus aigre à présent, la voix de Vlad commanda :

« Laisse ton fardeau, Abraham. Livre-toi à l'inévitable et au repos. »

Avec un sursaut d'énergie qui épuisa toutes mes réserves, je me dirigeai vers le battant et, mon fils toujours dans mes bras, j'appuyai mon front contre le bois pour y puiser de la fraîcheur. Malgré le poids de Jan sur mon bras gauche, je tendis une main pour déverrouiller la porte ; mais la langueur et la douleur me submergèrent. Mon front toujours au contact du bois, je me laissai glisser à genoux avec un haut-le-cœur.

L'Empaleur approcha, souriant, ne se donnant plus la peine de maintenir l'apparence d'Arkady. Point n'était besoin ; je me trouvais physiquement trop faible pour lutter. Je tentai de dresser une main, de lever la croix, mais mes bras étaient aussi lourds que la pierre nous entourant. Seule une pensée me donnait de l'espoir : peut-être étais-je en train de succomber. Auquel cas ma mort entraînerait la destruction de Vlad.

L'Empaleur ne se trompait pas en m'attribuant un vif désir de paix, de silence, de repos. Comme ce serait plaisant d'abandonner toute émotion, toute joie, toute souffrance, tout amour, toute haine. Toute lutte... Je n'avais qu'à fermer les yeux et me livrer aux ténèbres vides.

Ce que je fis. Mais une lumière brilla au sein de cette obscurité ; puis, sous mes yeux, cette lumière devint une image qui se solidifia.

C'était Arminius, avec sa chevelure et sa barbe luisantes de blancheur. Ses traits étaient précisément les mêmes qu'auparavant ; mais, pour la première fois, je me rendis compte de leur ressemblance avec ceux d'Arkady – comme si c'eût été là mon père, encore étrangement immortel mais racheté.

Lève-toi, Abraham. Lève-toi et sauve ton fils. Sauve-nous tous.

La simple idée de bouger m'arracha un soupir d'accablement – qui déclencha une nouvelle et violente onde de douleur. Cette douleur me contraignit d'ouvrir les yeux, lesquels se trouvaient par hasard baissés vers le cadavre pâle et inerte de mon fils.

Vlad était maintenant à côté de nous, ses pieds plantés près de la petite tête de Jan, ses mains tendues pour saisir mon enfant.

Avisant le battant, j'agrippai la poignée de fer noir et me tirai vers le haut ; puis je déverrouillai la porte et l'ouvris toute grande.

La brillante lumière du soleil afflua, caressant mon visage de sa chaleur, se répandant sur moi, mon enfant et le corps tendu de l'Empaleur...

Vlad émit un cri étouffé – une malédiction inarticulée – et recula instinctivement. Je profitai de son hésitation pour sceller la porte avec un fragment d'hostie, puis je soulevai mon fils et chancelai au-dehors dans le bleu d'un jour radieux.

21

Le journal d'Abraham Van Helsing (suite)

Comment je parvins à monter sur la jument avec le corps de Jan et à faire le long et tortueux trajet ramenant à la chaumière d'Arminius sans m'évanouir et tomber sur le sol verglacé, je ne saurais le dire. Je ne sais qu'une chose : à mon arrivée, je n'avais jamais été aussi près de mourir ; si l'âme de mon petit garçon n'avait pas requis un surcroît d'aide de ma part, peut-être aurais-je succombé.

Le crépuscule tombait lorsque nous parvînmes à la clairière cachée d'Arminius. Je sautai de ma monture et déposai le corps de mon enfant sous un vénérable sapin odoriférant. Le soleil nous inonda de ses ultimes rayons corallins tandis que j'accomplissais la tâche macabre qui allait mettre mon fils au repos ; seulement ensuite je pénétrai dans la chaumière afin de demander à Arminius de m'aider pour l'inhumation.

Mais les pièces étaient vides, les cendres dans l'âtre froides et sombres. J'appelai Arminius puis, en désespoir de cause, Archange ; la seule réponse fut l'écho de ma voix frénétique.

Je me trouvai trop mal en point et fatigué pour faire quoi que ce soit, excepté allumer un feu et m'allonger aussitôt près de la cheminée. Le matin venu, aussitôt après mon réveil, je pris quelques rondins sur le tas de bois et je fis un bûcher au sommet duquel je posai les restes de mon petit garçon. Lorsqu'il s'embrasa, je contemplai la sombre fumée qui transportait l'âme de Jan au Ciel.

***

Je m'assieds à nouveau devant la cheminée afin de consigner les événements de ces derniers jours. Aucun détail ne doit échapper à ma mémoire, car je suis sûr que cette relation me sera utile à l'avenir.

Je vais rester ici quelques jours pour guetter le retour d'Arminius et reconstituer mes forces. S'il ne revient pas, j'entends prendre avec moi l'ouvrage intitulé *Goetia* plus certains autres textes que j'ai trouvés, et les rapporter en Hollande. Je me sais appelé à retourner chez moi ; mais ma vie là-bas ne sera – ne pourra plus jamais être la même.

Les yeux fixés sur le feu, je n'ai nul besoin d'intervention magique pour discerner dans les flammes une vision de mon avenir. Je vois deux chemins divergents, comme si je me trouvais devant une bifurcation au milieu d'une forêt embrumée :

Le premier chemin est l'avenir qui m'est désormais refusé, la vie d'un homme aimant et aimé, entouré d'enfants et d'une épouse heureuse de vieillir auprès de lui. Toute une vie passée en rires et en disputes, ponctuée de larmes, une vie composée de dix mille « bonjour » et baisers du soir, de dix mille histoires contées à la lueur des chandelles, de dix mille portes claquées et de dix mille excuses faites à contrecœur. Toute une vie passée à regarder mes enfants grandir, parvenir fièrement à l'âge adulte et élever leur propre famille. Des petits-enfants, une vie bien vécue, une mort paisible et un enterrement au côté de ma Gerda. Tout cela aurait pu m'advenir.

Mais pour le bien de ceux que j'aime et de ceux que je n'ai jamais connus ni ne connaîtrai jamais, je ne puis être cet homme. À présent, je ne vois que trop clairement la destinée qui m'attend :

Une vie solitaire, privée d'amour – de peur que je n'engendre un autre descendant qui serait, lui aussi, tourmenté puis détruit. Dix mille jours passés dans des cimetières glacials et silencieux, à assassiner ceux depuis longtemps défunts, dix mille nuits dans des rues sordides, dans des villages et des cités que j'arpenterai d'un pas d'étranger.

Dix mille nuits afin que vienne le jour où je serai le plus fort et pourrai achever la tâche pour laquelle je naquis.

Je choisis volontiers ce chemin-là, jamais foulé par être

humain, afin que l'autre sentier soit sûr pour ceux qui l'empruntent ; afin que les rêves des autres hommes soient doux.

Et pour ma regrettée famille, dont le sang, ruisselant des mains de l'Empaleur, m'appelle :

Justus et pius.

Je serai vengé.

Épilogue

Le journal de Mary Tsepesh Van Helsing

13 février 1872. – Bram est enfin revenu.

Écrire ces mots devrait susciter la joie. Après tout, ma plus grande crainte ne s'est jamais réalisée ; l'enfant pour qui tant fut risqué, tant fut volontiers sacrifié, cet enfant est sauf et se trouve de nouveau ici avec moi.

Mais à quel prix ? À quel prix ?

Gerda partage à présent ma chambre – je suis trop anxieuse pour la laisser la nuit sans surveillance. Au cours des heures sombres qui précèdent l'aube, il m'arrive fréquemment d'être réveillée par un rire clair, argentin ; alors, je me dresse sur le lit, le cœur battant à tout rompre, car la voix n'appartient pas à ma bru, mais à la sœur d'Arkady. Parfois, cette voix se charge d'irritation, puis ce sont des vociférations.

Je sais avec qui lutte Zsuzsanna : avec *lui*. Il foule encore cette terre et, bien souvent, au cœur de l'obscurité, j'ai pleuré en silence, attendant vainement des nouvelles de mes bien-aimés.

Il y a un peu plus d'une quinzaine de jours, Gerda sortit de son silence pour hurler derechef avec la voix de Zsuzsanna ; puis elle bondit de son lit et se planta au milieu de la pièce dans sa blanche chemise de nuit, tel un fantôme pris de folie, les coudes collés au corps, les mains agrippées au crâne, ses yeux sombres ouvrant deux vides insondables dans son visage pâle – si pâle. *Assassin ! Tu as ôté la vie à mon enfant... ! Et maintenant tu vas payer de la même monnaie...*

Puis elle tomba à genoux et fondit en sanglots. Abritant ses yeux de ses paumes, elle se prit à gémir : « Jan... Jan... mon doux petit garçon hollandais... »

J'écoutai avec une horreur, un chagrin que n'eût pu

exprimer aucune larme. Un moment, je demeurai abasourdie et baignée de sueur, pétrifiée dans les draps de lin, les pieds figés contre la brique chauffante (refroidie à cette heure), tandis qu'un frisson brûlant parcourait mon épine dorsale. Mais l'interrogation qui me consumait prit douloureusement forme et battit dans mes oreilles jusqu'au moment où il me fut intolérable de rester au lit ; je me levai et traversai la pièce glaciale à pas feutrés (grâce à mes chaussettes de laine) pour lui poser la question :

« Au nom de Dieu, qui a tué Jan ? Gerda, il faut que je le sache... »

Elle ne m'entendit point. Je plaçai une main sous son menton et fis pivoter son visage vers moi : las ! son regard était vide, et ses lèvres bougeaient faiblement, mais sans produire aucun son. Incapable de répondre à ma question, elle s'était à nouveau retranchée dans sa torpeur et son mutisme.

Je savais déjà que mon petit-fils était mort ; je voulais maintenant connaître le nom de son assassin. En effet, seulement quelques jours auparavant, j'avais reçu de mon fils aîné une lettre concise, où il disait que son unique enfant avait été tué, et n'offrant aucun détail – la mort de Stefan n'y était même pas évoquée. Aussi, tout en pleurant la disparition de mon petit-fils, fus-je saisie d'un espoir tout maternel : si Bram n'avait pas mentionné la mort de Stefan, alors peut-être que celui-ci, du moins, était encore vivant... Dans ce cas-là, Gerda se serait méprise...

Mais bientôt mon chagrin se mêla de fureur. Je fus certaine que Vlad était directement responsable de la perte de notre petit ange, et cette conviction attisa le feu de ma haine.

« *Qui* l'a tué ? Qui ? *Parle !* » ordonnai-je, cette fois avec une telle véhémence que les paupières de Gerda tressaillirent ; ses yeux restèrent sombres et atones, mais ses lèvres frémissantes émirent un chuchotement assourdi avant de redevenir silencieuses :

« Abraham... »

Je m'éloignai d'elle en chancelant et allai m'asseoir sur mon lit.

Bien sûr, Bram ne pouvait avoir nui à son propre enfant ; de cela, j'étais convaincue, même en cet horrible instant. Mais il semblerait que Zsuzsanna voie en mon fils un assassin. Et si le pauvre enfant était déjà mort au moment où Abraham m'avait écrit, pourquoi donc Zsuzsanna avait-elle attendu aussi longtemps pour le pleurer ?

L'unique explication est trop horrible à envisager.

Cependant, je la vois reflétée dans les yeux de Bram. Il n'y a que cinq jours de cela, je reçus une lettre postée de Hongrie, qui annonçait son arrivée imminente.

Avant-hier au soir, je me trouvais seule dans ma chambre (seule, quoique Gerda dormît tranquillement à proximité), contemplant le feu moribond et me lamentant comme je l'avais fait la nuit – si lointaine, semble-t-il – où Arkady m'était revenu.

Il y eut deux coups rapides, peu sonores mais légèrement péremptoires, à la porte. Ce bruit me fit aussitôt porter une main à mon cœur affolé : car je n'avais entendu aucun pas dans le corridor ou dans l'escalier. Néanmoins, cette façon de frapper m'était par trop familière ; je laissai échapper un cri et m'empressai d'aller ouvrir.

Je trouvai Abraham sur le seuil, tout comme des mois auparavant, avant que les ténèbres du passé fussent descendues sur nous.

C'était mon fils – et pourtant on eût dit un étranger. Une seconde, juste avant de jeter mes bras autour de lui, je reculai d'effroi. C'était bien l'homme qui était venu à ma porte il y avait seulement quelques mois de cela ; car c'étaient les mêmes yeux bleu clair derrière les verres épais, les mêmes cheveux ondulés et cuivrés.

Mais cet homme n'était plus le même. Il avait une physionomie nouvelle, une expression puissante, mystérieuse et peinée. Son regard bleu comportait maintenant une pointe de dureté – dureté que je n'avais jamais vue en lui auparavant et dont je ne l'aurais jamais cru capable.

« *Mœder* », dit-il. Et sa façon de parler avait changé, elle aussi ; j'y notai une autorité et une lassitude plus prononcées que chez le commun des mortels.

Non-mort, pensai-je en un éclair d'horreur aveuglante, car flottait autour de lui comme une aura surnaturelle, comme un parfum d'ésotérisme. *Non-mort, ou contaminé comme la pauvre Gerda...*

Mais non ; loin de dénoter quelque prestige d'immortel,

ses traits hagards ne révélaient qu'ombres et rides – ainsi que le fardeau d'une responsabilité qui l'avait fait vieillir avant l'âge. Frappée de ce spectacle, j'effleurai de mes doigts son visage – chaud, toujours ! – et je le vis qui s'adoucissait imperceptiblement.

Je pris sa main – et la trouvai d'une tiédeur aussi réconfortante que celle de sa joue. « Bram », dis-je d'une voix tremblante tout en scrutant ses yeux pour y déceler ne fût-ce qu'une minuscule étincelle d'espoir. J'aurais voulu l'accueillir avec tous les égards, mais j'avais trop longtemps langui d'incertitude. « Tu nous as prévenues au sujet de Jan, mais ta lettre ne mentionnait ni Stefan ni Arkady... »

Il détourna brièvement les yeux et prit une respiration (ce ne fut qu'un petit hoquet), mais cette courte hésitation me découvrit l'horrible vérité mieux qu'aucun mot ne l'eût fait. Je pressai mes deux mains contre mon cœur et gémis un instant avant qu'il répondît, d'une voix douce : « Ils sont morts. Tous les deux. Mais Vlad vit toujours. »

Comment les pleurerai-je jamais tous ?

Arkady, mon chéri, s'il se pouvait que je brûle en Enfer à ta place ! Cependant, peut-il y avoir plus grand tourment que le mien : de vivre en sachant que ton âme pure souffre injustement alors que le monstre foule encore cette terre, se régalant du sang des innocents ? En sachant que ta mort et ta damnation n'ont pas suffi pour épargner à notre enfant de passer une vie dans l'ombre de l'Empaleur ?

Et comment pleurerai-je la perte du dénommé Abraham ? Il est revenu et vit ici avec nous dans cette maison, mais la plupart du temps, de nuit comme de jour, il est soit absent, soit reclus dans son bureau où il compulse d'étranges grimoires. Il parle peu – et jamais de la Transylvanie. Quand il s'exprime, c'est d'un ton des plus distraits, le regard fixé ailleurs – sur les ombres de son frère, de son père ou de son fils, dans cette maison peuplée de fantômes vivants et morts.

Bram est ici, mais il n'est pas avec nous. Mon fils est perdu pour moi, aussi sûrement que si Vlad l'avait arraché de mes bras le jour de sa naissance...

OUVRAGES DE LA COLLECTION « TERREUR »

IAIN BANKS
Le seigneur des guêpes

CLIVE BARKER
Secret Show
Le royaume des devins
Imajica 1
Imajica 2

WILLIAM P. BLATTY
L'Exorciste : la suite

ROBERT BLOCH
L'écharpe
Lori
Psychose
Psychose 2
Psychose 13
Contes de terreur

J. R. BONANSINGA
Black Mariah
Pire que le mal

RANDALL BOYLL
Froid devant
Monssstre
Territoires du crépuscule

MARION ZIMMER BRADLEY
Sara

RAMSAY CAMPBELL
Envoûtement
La secte sans nom
Soleil de minuit

CATHY CASH SPELLMAN
Dans les griffes du diable

MATTHEW J. COSTELLO
Cauchemars d'une nuit d'été
La chose des profondeurs
Né de l'ombre

MARTIN CRUZ-SMITH
Le vol noir

THOMAS DISCH
Le caducée maléfique

KATHERINE DUNN
Un amour de monstres

JEANNE FAIVRE D'ARCIER
Rouge flamenco
La déesse écarlate

JOHN FARRIS
L'ange des ténèbres
Le fils de la nuit éternelle

RAYMOND FEIST
Faërie

BERNARD FLORENTZ
Noces d'enfer

CHRISTOPHER FOWLER
Le diable aux trousses
L'illusionniste

RAY GARTON
Crucifax
Extase sanglante

CHRISTOPHER GOLDEN
Des saints et des ombres
L'illusionniste

LINDA C. GRAY
Médium

WILLIAM HALLAHAN
Les renaissances de Joseph Tully

BARBARA HAMBLY
Le sang d'immortalité
Voyage avec les morts

THOMAS HARRIS
Dragon rouge
Le silence des agneaux

JAMES HERBERT
Dis-moi qui tu hantes
Fluke
Fog
La lance
Les rats
Le repaire des rats
L'empire des rats
Le survivant
Sanctuaire
Sépulcre
Présages

SHIRLEY JACKSON
Maison hantée
La loterie
Le cadran solaire

Graham Joyce
L'enfer du rêve
Requiem

Stephen King
La part des ténèbres
Salem
Dolores Claiborne
Les yeux du dragon

Andrew Klavan
Il y aura toujours quelqu'un derrière vous
L'heure des fauves

Dean Koontz
Le masque de l'oubli
Miroirs de sang
La mort à la traîne
La nuit des cafards
La nuit du forain
La peste grise
Une porte sur l'hiver
La voix des ténèbres
Les yeux des ténèbres
La maison interdite
Fièvre de glace
Lune froide
La cache du diable
Mr Murder
Démons intimes
Tic Tac
Etranges détours
Les larmes du dragon
Le rideau des ténèbres
Le visage de la peur

Steven Laws
Train fantôme
Gideon

Tanith Lee
La danse des ombres
Le festin des ténèbres
Caïn l'obscur

Charles de Lint
Mulengro
Symphonie macabre
Les murmures de la nuit

Bentley Little
Le postier

Charles McLean
Le guetteur

Robert Marasco
Notre vénérée chérie

Graham Masterton
Démences
Le démon des morts
Le djinn
Le jour « J » du jugement
Le miroir de Satan
La nuit des salamandres
Le portrait du mal
Les puits de l'enfer
Rituels de chair
Hel
Transe de mort
Manitou
La vengeance de Manitou
L'ombre du Manitou
Le trône de Satan
Apparition
La maison de chair
Les guerriers de la nuit
Les rivages de la nuit
Le fléau de la nuit
Tengu
Sang impur
Le maître des mensonges
Les visages du cauchemar

Robert McCammon
L'heure du loup
La malédiction de Bethany
Scorpion
Le mystère du lac

Michael McDowell
Les brumes de Babylone
Cauchemars de sable

Andrew Neiderman
L'avocat du diable
Confessions androgyues

Pierre Pelot
La nuit sur terre

D. Preston/L. Child
Relic

John Pritchard
Les sœurs de la nuit
Les anges du désespoir

Garfield Reeves-Stevens
Contrat sur un vampire
La danse du scalpel

Anne Rice
Chronique des vampires
1. Entretien avec un vampire

2. Lestat le vampire
3. La reine des damnés
4. Le voleur de corps
La momie
Le lien maléfique
L'heure des sorcières
Taltos
Memnoch le démon

ANNE RIVERS SIDDONS
La maison d'à côté

FRED SABERHAGEN
Un vieil ami de la famille
Le dossier Holmes-Dracula
Les confessions de Dracula
Un amour de Dracula

JOHN SAUL
Cassie
Hantises
Créature

PETER STRAUB
Ghost Story
Julia
Koko
Mystery
Sans portes, ni fenêtres
La gorge

MICHAEL TALBOT
La tourbière du diable

BERNARD TAYLOR
Le jeu du jugement

SHERI S. TEPPER
Ossements

THOMAS TESSIER
L'antre du cauchemar

THOMAS TRYON
L'autre
La fête du maïs
Noire magie

JACK VANCE
Méchant garçon

LAWRENCE WATT-EVANS
La horde du cauchemar

CHET WILLIAMSON
La forêt maudite

PAUL F. WILSON
La forteresse noire
Liens de sang
Mort clinique

BARI WOOD
Amy girl
Double vue

BARI WOOD/JACK GEASLAND
Faux-semblants

T. M. WRIGHT
L'antichambre
Manhattan Ghost Story
L'autre pays

XXX
MICHÈLE SLUNG présente :
22 histoires de sexe et d'horreur

DOUGLAS E. WINTER présente :
13 histoires diaboliques

Dernières nouvelles de Dracula
L'année de la terreur

Achevé d'imprimer en mai 1998
sur les presses de l'Imprimerie Bussière
à Saint-Amand (Cher)

POCKET - 12, avenue d'Italie - 75627 Paris Cedex 13
Tél. : 01-44-16-05-00

— N° d'imp. 1193. —
Dépôt légal : juin 1998.

Imprimé en France